小序

◎李春青

诗歌是一种很古老的文学形式，早在文字出现之前很多年就已经存在了，我们看到有些民族没有文字，但诗歌却是少不了的。乡谣里曲，无时无处不有，所谓“饥者歌其食，劳者歌其事”是也。中国自古以来就是一个诗的国度，诗歌有着漫长的发展历史。特别是自从周公“制礼作乐”以后，诗歌更是成为中国传统文化的核心部分。周代的贵族社会中，“诗教”与“乐教”一样都是贵族文化修养的重要内容。贵族阶级在对天地祖先之神明进行祭祀时是少不了诗和乐的，诸侯与诸侯之间、贵族与贵族之间、君主与臣僚之间在交接聘问等一些比较庄严的场合也是少不了诗和乐的。有时候，做臣子的对君主有意见，又不敢明说，就献上一首诗，委婉地表达自己的意见；有时候对君主的善政有赞赏之情，又怕直接说有阿谀逢迎之嫌，于是也用诗来表达，这就是所谓“美刺”和“讽谏”。由于诗和乐是贵族教育中的重要内容，所以差不多每个贵族都懂得诗和乐，这样一来，在许多交际场合，贵族们干脆就用诗来表达比较重要的观点和想法，这就是所谓“赋诗明志”。我们今天看到的这三百零五首诗组成的《诗》，就是在这样历史的过程中被编订成为我国第一部诗歌总集的。后来到了春秋战国之际，周朝政治体制崩坏了，新兴的士人阶层出现了，诸子百家产生了。其中以孔子为代表的儒家认为西周的礼乐制度特别好，需要恢复，于是就把《诗》《书》《礼》《易》《春秋》等周代文献当成恢复周代礼乐制度的主要手段，大加宣扬，极力推崇，久而久之，这些文献都成了儒家经典，干脆称为“经”了。《诗经》一度成为“五经之首”，可见其重要性。

到了汉代，儒家们极力宣扬“五经”的重要性，终于让帝王相信，要想长治久安、江山永固，离开了“五经”是不可能的。于是在“废黜百家，独尊儒术”的口号之下，儒家推崇的“五经”获得至高无上的地位。于是读书人学习、钻研“五经”，围绕这些经典形成了一套一套的所谓“专门之学”，这就是“经学”。儒家士人试图通过经学来限制皇权，实现士人阶层与君权共治天下的理想，所以他们对经典的解读本质上都是政治性的，是一种意识形态，所以《诗经》中那些民歌民谣也一律被解读为政治寓言，或者是赞美某个王、某个后，或者是讥刺某个公、某个君。在这样的情况下，《诗经》就不是我们今天理解的文学了。

从宋代以后，人们开始怀疑汉儒对《诗经》的那种政治性解读了，但并不能从根本上推翻从政治角度阐释《诗经》作品的传统。只是到了现代，由于西方文学观念的进入，学者们才开始把《诗经》彻底地当作文学作品来看待，可以说在一定程度上恢复了《诗经》作品的本来面目。但是也还是有许多问题有待解决，例如：汉儒为什么那样阐释诗歌？他们“不得不如此的苦心孤诣”是什么？《诗经》作品在它们产生、采集、传承的过程中是不是真的曾经有过重要的政治功能呢？这些都是需要进一步研究的问题。然而对于我们一般读者来说，只要把《诗经》看作是两三千年前中华民族的祖先们留下的情感记忆和生活印记，从中获得某种触动、启发、激励也就足够了。

陶楚歌、王璐莹、赵子贤三位博士参加了本书的翻译工作，在此表示感谢。

·经典随身读·
侯海博　主编

诗经译注

[春秋]孔子等　编选
李春青等　译注

民主与建设出版社
·北京·

目录

·风·

·雅·目录

小雅

大雅

·颂·目录

周颂

·风·

《风》是采集于周朝各诸侯封地的民间歌谣，在《诗经》中最富思想意义和艺术价值。“风”又称“国风”，包括《周南》《召南》《邶风》《鄘风》《卫风》《王风》《郑风》《齐风》《魏风》《唐风》《秦风》《陈风》《桧风》《曹风》《豳风》15部，收录诗160篇。诗的产生地域辽阔，大部分作品是劳动人民的集体创作，有助于后世了解当时各地的风土民情。

周 南

周南因在周王都城南面而得名。周朝一般将长江、汉水流域的一些诸侯国统称为“南国”，或者“南土”。周南为周公的封地，时为采邑，采邑不得命名为国风，为了编排形式整齐，采诗官便把产自这些地方的诗称为《周南》。《周南》共存诗 11 首，大约产生于西周末年到东周初年。

关雎

——这是一首爱情结合之诗。

关关雎鸠[①]，	雎鸠关关叫，
在河之洲；	栖在河中洲；
窈窕淑女，	姑娘善又美，
君子好逑[②]。	君子好配偶。
参差荇菜[③]，	荇菜有长短，
左右流之[④]；	顺水左右采；
窈窕淑女，	姑娘美且善，
寤寐求之[⑤]。	日夜求她来。
求之不得，	求她不能得，
寤寐思服[⑥]；	日夜常思念；
悠哉悠哉，	思念绵且长，
辗转反侧。	终夜难成眠。

①关关：鸟鸣之声。雎（jū）鸠：一种水鸟的名字，据说这种鸟用情专一，不离不弃，生死相伴。②逑（qiú）：同“仇”，配偶。③荇（xìng）菜：一种可以食用的水生植物。④流：捋取。⑤寤（wù）：醒来。寐（mèi）：入睡。⑥思服：思念。

参差荇菜，　　　　　　荇菜有长短，
左右采之；　　　　　　左采复右采；
窈窕淑女，　　　　　　姑娘善又美，
琴瑟友之。　　　　　　弹琴来示爱。

参差荇菜，　　　　　　荇菜有长短，
左右芼之[①]；　　　　　　左采复右采；
窈窕淑女，　　　　　　姑娘善且美，
钟鼓乐之。　　　　　　钟鼓使开怀。

葛覃

——这是女子婚后回娘家省亲之诗。

葛之覃兮[②]，　　　　　　葛草长呀长，
施于中谷[③]；　　　　　　蔓延谷中央；
维叶萋萋[④]。　　　　　　叶子绿又多。
黄鸟于飞[⑤]，　　　　　　黄鸟飞呀飞，
集于灌木[⑥]；　　　　　　栖在灌木上；
其鸣喈喈[⑦]。　　　　　　叫声远又亮。

葛之覃兮，　　　　　　葛草长呀长，
施于中谷；　　　　　　蔓延谷中央；

---

① 芼（mào）：择取。② 葛：一种蔓草，可以抽取它的纤维用来织布，俗称夏布，这种草的藤蔓还可以用来做鞋，供夏天穿用。覃（tán）：延长，此处指蔓生之藤。③ 施（yì）：蔓延。中谷：在山谷中。④ 维：发语词。萋（qī）萋：茂盛的样子。⑤ 黄鸟：黄莺，一说黄雀。于：语气助词。⑥ 集：栖息。⑦ 喈（jiē）喈：鸟儿婉转鸣叫的声音。

维叶莫莫①。　　叶子旺又密。
是刈是濩②，　　割下再蒸煮，
为絺为绤③；　　织衣细与粗；
服之无斁④。　　穿上不厌弃。

言告师氏⑤，　　告诉女师，
言告言归⑥。　　要回娘家。
薄污我私⑦，　　洗干净内衣，
薄浣我衣⑧。　　洗干净外衣。
害浣害否⑨，　　洗与不洗分清楚，
归宁父母⑩。　　快快回家看父母。

卷耳

——这是一篇妻子思念远出征战的丈夫的情歌。

采采卷耳⑪，　　卷耳采又采，
不盈顷筐⑫。　　盛不满一筐。
嗟我怀人⑬，　　思念心上人，
寘彼周行⑭：　　将筐搁路旁：

① 莫莫：茂盛的样子。② 刈（yì）：割取。濩（huò）：用热水煮东西，这里是指将葛放在水里煮。③ 絺（chī）：细葛布。绤（xì）：粗葛布。④ 斁（yì）：厌倦。⑤ 师氏：女师，教女子妇德、妇言、妇容、妇功。⑥ 言：语气助词。归：回娘家。⑦ 薄：助词。⑧ 浣：洗涤。衣：外衣。⑨ 害：通“何”，什么。否：表示否定，此处指不用洗的衣服。⑩ 归宁：回家以慰父母之心。⑪ 采采：采摘。卷耳：一种野菜，今名苍耳。⑫ 顷筐：斜口筐，后高前倾。⑬ 嗟：语气助词，另一说，叹息声。⑭ 寘（zhì）：同“置”，放下之意。

陟彼崔嵬[1]，　　登上崎岖的石山，
我马虺隤[2]。　　马儿腿发软。
我姑酌彼金罍[3]，　　我且斟满这酒杯，
维以不永怀[4]！　　消了长长的忧伤！

陟彼高冈，　　登上高高的山冈，
我马玄黄[5]。　　马儿眼发黄。
我姑酌彼兕觥[6]，　　我且斟满这酒杯，
维以不永伤！　　消了长长的忧伤！

陟彼砠矣[7]，　　登上嶙峋的山石，
我马瘏矣[8]，　　马儿生病难前，
我仆痡矣[9]，　　仆人憔悴不堪，
云何吁矣[10]！　　唉，多么忧伤！

樛木

——这是一首情真意切的婚礼祝福歌。

南有樛木[11]，　　南方弯弯的树木，
葛藟累之[12]。　　葛草缠着它。

① 陟（zhì）：登高。崔嵬（wéi）：高而不平的土石山。② 虺隤（huī tuí）：因疲劳而生病。③ 金罍（léi）：青铜盛酒器。④ 维：发语词。永：长久。⑤ 玄黄：马生病而变色。⑥ 兕觥（sì gōng）：犀牛角做成的酒杯。⑦ 砠（jū）：有土的石山。⑧ 瘏（tú）：马因生病而无法前行。⑨ 痡（pū）：人过度疲惫、无法走路的样子。⑩ 吁（xū）：忧愁。⑪ 樛（jiū）木：树向下弯曲。⑫ 葛藟（lěi）：葛和藟都是蔓生植物，茎可以缠树。累（léi）：缠。

乐只君子[①]，　　快乐的君子啊，
福履绥之[②]！　　福禄伴随他！

南有樛木，　　南方弯弯的树木，
葛藟荒之[③]。　　葛草覆盖它。
乐只君子，　　快乐的君子啊，
福履将之[④]！　　福气帮助他！

南有樛木，　　南方弯弯的树木，
葛藟萦之[⑤]。　　葛草环绕它。
乐只君子，　　快乐的君子啊，
福履成之[⑥]！　　福气成就他！

螽斯

——这是先民颂祝多子多福的诗。

螽斯羽[⑦]，　　蝗虫张翅飞，
诜诜兮[⑧]。　　群集空中荡。
宜尔子孙，　　你们多子孙，
振振兮[⑨]。　　家族长兴旺。

螽斯羽，　　蝗虫张翅飞，

① 只：助词。② 福履：福禄，幸福。绥（suí）：安乐。③ 荒：覆盖，遮掩。④ 将：扶助。⑤ 萦（yíng）：缠绕。⑥ 成：成就。⑦ 螽（zhōng）：蝗虫，俗称蚂蚱。⑧ 诜（shēn）诜：形容众多。⑨ 振振：盛多的样子。

薨薨兮[1]。　　群集嗡嗡响。
宜尔子孙，　　你们多子孙，
绳绳兮[2]。　　家运永绵长。

螽斯羽，　　蝗虫张翅飞，
揖揖兮[3]。　　聚集不分离。
宜尔子孙，　　你们多子孙，
蛰蛰兮[4]。　　家族永和详。

桃夭

——叙写女子出嫁场景及作者美好祝愿之诗。

桃之夭夭[5]，　　桃枝真繁茂，
灼灼其华[6]。　　花朵艳艳红。
之子于归[7]，　　姑娘嫁过去，
宜其室家[8]。　　和善一家成。

桃之夭夭，　　桃枝繁且茂，
有蕡其实[9]。　　桃子肥又大。
之子于归，　　姑娘嫁过去，
宜其家室。　　和善成一家。

---

①薨（hōng）薨：很多虫飞的声音。②绳绳：绵延不绝的样子。③揖（jí）揖：会聚。④蛰（zhé）蛰：群聚欢乐的样子。⑤夭夭：美丽而茂盛的样子。⑥灼灼：桃花盛开，色彩鲜艳如火的样子。⑦之子：这位姑娘。于归："于"是语助词，"归"是指出嫁。⑧室家：家庭。⑨有：语气助词，没有实际意义。蕡（fén）：果实累累的样子。

桃之夭夭，
其叶蓁蓁[1]。
之子于归，
宜其家人。

桃枝茂且繁，
树叶浓又密。
姑娘嫁过去，
和善待全家。

兔罝

——这是一首展现打猎场景之诗。

肃肃兔罝[2]，
椓之丁丁[3]。
赳赳武夫[4]，
公侯干城[5]。

仔细结兔网，
桩子打得铮铮响。
武士威风有力量，
他是公侯之依靠。

肃肃兔罝，
施于中逵[6]。
赳赳武夫，
公侯好仇[7]。

仔细结兔网，
放在大路上。
武夫威风有力量，
他是公侯好帮手。

肃肃兔罝，
施于中林[8]。
赳赳武夫，
公侯腹心。

仔细结兔网，
放在林子中。
武夫威风有力量，
他是公侯贴心人。

---

①蓁（zhēn）蓁：叶子茂盛的样子。②肃肃：端庄严正的样子。兔罝（jū）：捕兔子的网。③椓（zhuó）：敲、槌击。丁（zhēng）丁：打桩之声。④赳赳：武勇的样子。⑤公侯：周封列国爵位（公、侯、伯、子、男）之尊者，泛指统治者。干城：盾牌与城郭。比喻捍卫者或者御敌的将士。⑥逵（kuí）：四通八达的道路。⑦仇（qiú）：同伴，伴侣。⑧中林：林中。

芣苢

——这是采摘车前子时所唱的民间歌谣。

采采芣苢[①]，	采呀采车前子，
薄言采之[②]。	来采车前子。
采采芣苢，	采呀采车前子，
薄言有之[③]。	采到车前子。
采采芣苢，	采呀采车前子，
薄言掇之[④]。	拾起车前子。
采采芣苢，	采呀采车前子，
薄言捋之[⑤]。	捋下车前子。
采采芣苢，	采呀采车前子，
薄言袺之[⑥]。	牵起衣襟来盛它。
采采芣苢，	采呀采车前子，
薄言襭之[⑦]。	掖起衣襟来兜它。

汉广

——这是樵夫对心爱女子可见而不可求的苦恋之诗。

南有乔木[⑧]，	南方有树高又直，
不可休思[⑨]。	荫少难歇凉。

---

① 采采：采了又采。芣苢（fú yǐ）：草名，即车前子，可食。②薄言：发语词，没有实义。③有：藏有。④掇（duō）：拾取。⑤捋（luō）：以手掌握物，向一端滑动。⑥袺（jié）：手提着衣襟兜东西。⑦襭（xié）：翻转衣襟掖于腰带以兜东西。⑧ 乔木：形容树木高大笔直。⑨ 思：语气助词。

汉有游女[1]，	汉江有女乘船游，
不可求思。	难以追求她。
汉之广矣，	汉水这样宽，
不可泳思。	不能游过岸。
江之永矣[2]，	江水这样长，
不可方思[3]。	小筏难渡江。
翘翘错薪[4]，	柴草蓬乱长得高，
言刈其楚[5]。	割下那荆条。
之子于归[6]，	姑娘嫁过去，
言秣其马[7]。	快把马儿先喂饱。
汉之广矣，	汉水这样宽，
不可泳思。	不能游过岸。
江之永矣，	江水这样长，
不可方思。	小筏难渡江。
翘翘错薪，	柴草蓬乱长得高，
言刈其蒌[8]。	割下那蒌蒿。
之子于归，	姑娘嫁过去，
言秣其驹。	快把小马先喂饱。
汉之广矣，	汉水这样宽，
不可泳思。	不能游过岸。

① 汉：汉水，为长江最长的支流。游女：外出游览的女子。② 江：指长江。永：长。③ 方：筏子，此处用作动词，意思是乘木筏渡江。④ 翘翘：高出的样子。错薪：丛丛杂生的柴草。⑤ 刈（yì）：割。楚：荆树。⑥ 于归：女子出嫁。⑦ 秣（mò）：用谷草喂马。⑧ 蒌（lóu）：草名，即蒌蒿。

江之永矣，	江水这样长，
不可方思。	小筏难渡江。

汝坟

——这是妻子挽留久役归来的征夫之诗。

遵彼汝坟[①]，	沿着汝水河岸走，
伐其条枚[②]。	砍下树枝与树干。
未见君子[③]，	没有看见那君子，
惄如调饥[④]。	好像早上没吃饭。
遵彼汝坟，	沿着汝水河岸走，
伐其条肄[⑤]。	砍下新生小树枝。
既见君子，	已经看见那君子，
不我遐弃[⑥]。	别再远离抛弃我。
鲂鱼赪尾[⑦]，	鲂鱼辛劳尾巴红，
王室如燬[⑧]。	王室多难像燃火。
虽则如燬，	虽然多难像燃火，
父母孔迩[⑨]。	父母在旁要侍奉。

①遵：循，沿着。汝：水名，即汝河，源出河南省。坟：堤岸。②条：枝条，细而长的树枝。③君子：此处指在外服役或为官的丈夫。④惄（nì）：忧思。调（zhōu）饥：朝饥，即早上饥饿思食。比喻一种渴望的心情。⑤肄（yì）：树被砍伐后再生的小枝。⑥遐：远。⑦鲂（fáng）鱼：鱼名，今名武昌鱼。赪（chēng）：赤红色。⑧燬（huǐ）：烈火。⑨孔：甚。迩（ěr）：近。

麟之趾

——这是以麒麟美誉王侯子孙之诗。

麟之趾[①]。	麒麟的脚趾不伤人。
振振公子[②]，	就像那仁厚的公子，
于嗟麟兮[③]！	啊呀，麒麟啊！
麟之定[④]。	麒麟的额头不碰人。
振振公姓[⑤]，	就像那仁厚的公孙，
于嗟麟兮！	啊呀，麒麟啊！
麟之角。	麒麟的犄角不顶人。
振振公族[⑥]，	就像那仁厚的公族，
于嗟麟兮！	啊呀，麒麟啊！

①麟：麒麟，传说中的动物。趾：足，此处是指麒麟的脚。②振（zhēn）振：诚实仁厚的样子。③于（xū）：通“吁”，叹词。④定：额头。⑤公姓：诸侯之子曰公子，公子之孙曰公姓。⑥公族：诸侯的宗族子弟。

召南

召南为召公治下的周王都以南的一些地方，在今陕西岐山西南。召也为采邑，与《周南》中的诗篇采集地较近，因此《召南》与《周南》的题材、音律均相近，存诗14首。

鹊巢

——这是以鸠居鹊巢起兴描写婚礼之诗。

维鹊有巢[①]，	喜鹊筑好巢，
维鸠居之[②]。	鸤鸠住里面。
之子于归，	姑娘嫁过去，
百两御之[③]。	百辆华车来迎娶。
维鹊有巢，	喜鹊筑好巢，
维鸠方之[④]。	鸤鸠占有它。
之子于归，	姑娘嫁过去，
百两将之[⑤]。	百辆花车去送她。
维鹊有巢，	喜鹊筑好巢，
维鸠盈之[⑥]。	住满了鸤鸠。
之子于归，	姑娘嫁过去，
百两成之[⑦]。	百辆香车使礼成。

①鹊：喜鹊。有巢：比兴男子已造家室。②鸠：斑鸠，今名布谷鸟，这种鸟自己不筑巢，而是住在喜鹊的巢里。③百：虚数，指数量多。两：同“辆”。御（yà）：同“迓”，迎接。④方：占据。⑤将（jiāng）：护送。⑥盈：满。⑦成：结婚礼成。

采蘩

——这是一首描述采白蒿的劳动者辛苦劳动的诗歌。

于以采蘩①？	何处采白蒿？
于沼于沚②。	沼泽和水洲。
于以用之？	白蒿何所用？
公侯之事③。	公侯祭神明。
于以采蘩？	何处采白蒿？
于涧之中④。	山间小溪流。
于以用之？	白蒿何处用？
公侯之宫⑤。	用之公侯宫。
被之僮僮⑥，	首饰佩戴多隆重，
夙夜在公⑦。	白天夜里为公事。
被之祁祁⑧，	首饰佩戴真繁盛，
薄言还归。	祭祀完毕回家去。

草虫

——这是以野菜为题来表现浪漫爱情之诗。

喓喓草虫⑨，	草虫喓喓叫，

---

①于以：问词，往哪儿去。蘩（fán）：白蒿。叶片形状很像艾叶，根茎可食，古代常用来祭祀。②沼：水池。沚（zhǐ）：水中小洲。③事：此指祭祀。④涧：山夹水曰涧。⑤宫：宗庙，代指祭典。⑥被（bì）：通“髲”，取他人之发编结披戴的发饰，相当于今天的假发。僮（tóng）僮：很多的样子。⑦夙：早。⑧祁（qí）祁：首饰繁多的样子。⑨喓（yāo）喓：虫鸣声。草虫：蝈蝈。

趯趯阜螽①。	蚱蜢到处跳。
未见君子，	没见那君子，
忧心忡忡②。	心里不安宁。
亦既见止③，	既然看见他，
亦既觏止④，	既然亲近他，
我心则降。	心就放下了。

陟彼南山⑤，	登到南山上，
言采其蕨⑥。	要去采蕨菜。
未见君子，	没见那君子，
忧心惙惙⑦。	心里愁又急。
亦既见止，	既然看见他，
亦既觏止，	既然亲近他，
我心则说⑧。	心里高兴了。

陟彼南山，	登到南山上，
言采其薇⑨。	要去采薇菜。
未见君子，	没见那君子，
我心伤悲。	心里太悲伤。
亦既见止，	既然看见他，
亦既觏止，	既然亲近他，
我心则夷⑩。	心就平静了。

① 趯（tì）趯：昆虫跳跃之状。阜螽（zhōng）：蚱蜢。② 忡（chōng）忡：心绪不安。③ 止：语气助词。④ 觏（gòu）：相会。⑤ 陟（zhì）：升，登。⑥ 蕨（jué）：植物名，蕨菜，嫩叶可食用。⑦ 惙（chuò）惙：愁苦的样子。⑧ 说（yuè）：通“悦”。⑨ 薇：野菜，嫩苗可食用。⑩ 夷：平。

采蘋

——这是描述贵族之女出嫁前的祭祀过程之诗。

于以采蘋[①]？　　浮萍哪里采？
南涧之滨。　　南涧水旁采。
于以采藻[②]？　　水藻哪里采？
于彼行潦[③]。　　积水那边采。

于以盛之？　　拿什么盛它？
维筐及筥[④]。　　方筐和圆篓。
于以湘之[⑤]？　　拿什么煮它？
维锜及釜[⑥]。　　三脚锅和锅。

于以奠之[⑦]？　　哪里放置它？
宗室牖下[⑧]。　　宗庙窗户下。
谁其尸之[⑨]？　　谁来主祭祀？
有齐季女[⑩]。　　虔诚的少女。

甘棠

——这是一首怀念召公之诗。

蔽芾甘棠[⑪]，　　茂盛的甘棠树呀，

① 蘋：多年生水草。②藻：水藻。③行潦（háng lǎo）：沟中积水。④筥（jǔ）：圆形的筐。⑤湘：烹、煮。⑥锜（qí）：三足锅。釜（fǔ）：炊具。⑦奠：放置。⑧宗室：宗庙、祠堂。牖（yǒu）：天窗。⑨尸：主持祭祀。⑩ 齐（zhāi）：通“斋”，恭敬。季：少、小。⑪ 蔽芾（fèi）：树木高大茂密。甘棠：棠梨树，落叶乔木，果实圆而小，味涩可食。

勿翦勿伐[①]，
召伯所茇[②]。

别剪它别砍它，
召伯曾住这树下。

蔽芾甘棠，
勿翦勿败[③]，
召伯所憩[④]。

茂盛的甘棠树呀，
别剪它别毁它，
召伯曾歇这树下。

蔽芾甘棠，
勿翦勿拜[⑤]，
召伯所说[⑥]。

茂盛的甘棠树呀，
别剪它别拔它，
召伯曾在这树下。

行露

——这是女子反对逼婚而进行的辩驳之诗。

厌浥行露[⑦]。
岂不夙夜？
谓行多露[⑧]！

露水满满湿了路。
怎会不想夜里走？
害怕道上露水多！

谁谓雀无角[⑨]，
何以穿我屋？
谁谓女无家[⑩]，
何以速我狱[⑪]？

谁说雀鸟没有嘴，
为什么穿破我的屋？
谁说你没有成家，
为什么迫我入监狱？

---

① 翦：同“剪”。伐：砍伐。② 召伯：即召公，名奭（shì），姬姓，封于燕。茇（bá）：草舍，此处作动词用，居住的意思。③ 败：毁坏。④ 憩（qì）：休息。⑤ 拜：掰手，擘。⑥ 说（shuì）：通“税”，休憩。⑦ 厌浥（yì）：沾湿。行：道路。⑧ 谓：同“畏”，意指害怕露浓。⑨ 角：鸟嘴。⑩ 女：同“汝”，你。无家：没有成家。⑪ 速：招致。狱：诉讼，打官司。

虽速我狱，	虽然迫我入监狱，
室家不足[①]！	结婚理由也不足！
谁谓鼠无牙，	谁说老鼠没有牙，
何以穿我墉[②]？	为什么穿破我的墙？
谁谓女无家，	谁说你没有成家，
何以速我讼[③]？	为什么迫我去公堂？
虽速我讼，	虽然迫我去公堂，
亦不女从！	也不会嫁你！

羔羊

——这是一首批评士大夫的无所作为之诗。

羔羊之皮，	羔羊皮做袍，
素丝五纶[④]。	白丝交错密密缝。
退食自公，	退朝公家饭吃饱，
委蛇委蛇[⑤]。	摇摇摆摆真逍遥。
羔羊之革[⑥]，	羔羊革做袍，
素丝五緎[⑦]。	白丝交错密密缝。
委蛇委蛇，	摇摇摆摆真逍遥，
自公退食。	退朝公家饭吃饱。

① 室家不足：要求成婚的理由不充分。② 墉（yōng）：墙。③ 讼：诉讼。④ 纶（tuó）：古代用计算丝缕的量词，五丝或二丝称纶。⑤ 委蛇（wēi yí）：悠闲自得的样子。⑥ 革：皮。⑦ 緎（yù）：古时计算丝的单位。丝二十缕为緎。

羔羊之缝[①]，	羔羊皮做袍，
素丝五总[②]。	白丝交错密密缝。
委蛇委蛇，	摇摇摆摆太逍遥，
退食自公。	退朝公家饭吃饱。

殷其雷

——这是妻子在雷声阵阵的天气中思念、担忧丈夫之诗。

殷其雷[③]，	隆隆打雷声，
在南山之阳[④]。	在南山南边。
何斯违斯[⑤]？	为什么这时离开家？
莫敢或遑[⑥]。	不敢有闲暇。
振振君子[⑦]，	仁厚的君子，
归哉归哉！	回来啊回来啊！

殷其雷，	隆隆打雷声，
在南山之侧。	在南山旁边。
何斯违斯？	为什么这时离开家？
莫敢遑息。	不敢有休息。
振振君子，	仁厚的君子，
归哉归哉！	回来啊回来啊！

殷其雷，	隆隆打雷声，

①缝：缝合之处。②总：八十根丝为一总。③殷（yǐn）：通“磤”，雷声。④阳：山南为阳。⑤斯：指示词。前一“斯”字指此人，后一“斯”字指此地。违：离去。⑥或：有。遑（huáng）：闲暇。⑦振振：仁厚的样子。

在南山之下。
何斯违斯？
莫或遑处①。
振振君子，
归哉归哉！

在南山下边。
为什么这时离开家？
不敢多留会儿。
仁厚的君子，
回来啊回来啊！

摽有梅

——这是逾龄女子闺中盼嫁之诗。

摽有梅②，
其实七兮。
求我庶士③，
迨其吉兮④。

梅子落了地，
还有七分在树上。
追求我的人，
等到吉时就来吧。

摽有梅，
其实三兮。
求我庶士，
迨其今兮⑤。

梅子落了地，
剩下三分在树上。
追求我的人，
现在快来吧。

摽有梅，
顷筐塈之⑥。
求我庶士，
迨其谓之⑦。

梅子全落地，
拿着筐子来盛它。
追求我的人，
等你一句话。

---

①处：停留。②摽（biào）：坠落。③庶：很多。士：未婚的男子。④迨（dài）：及。吉：好日子。⑤今：现在。⑥塈（jì）：取。⑦谓：开口说话，告诉。

小星

——描述像小星星一样位卑职微的小吏们昼夜奔忙的生活。

嘒彼小星[①]，	小星微微亮，
三五在东[②]。	三颗五颗挂东方。
肃肃宵征[③]，	脚步匆匆夜里走，
夙夜在公。	白天晚上公事忙。
寔命不同[④]！	是命不相同！
嘒彼小星，	小星微微亮，
维参与昴[⑤]。	参昴星宿在天上。
肃肃宵征，	脚步匆匆夜里走，
抱衾与裯[⑥]。	抱着被子和床帐。
寔命不犹[⑦]！	是命不如人！

江有汜

——这是一首弃妇的哀怨诗。

江有汜[⑧]，	江水有支流，
之子归，	人已嫁过去，
不我以。	不同我一起。
不我以，	不同我一起，
其后也悔。	以后要后悔。

---

①嘒（huì）：微光闪烁。②三五：参宿三星，昴宿五星。③肃肃：急急忙忙的样子。宵：天未亮以前。征：行。④寔：实。⑤参（shēn）、昴（mǎo）：星宿名。⑥衾（qīn）：被子。裯（chóu）：被单。⑦犹：若，如。⑧汜（sì）：由主流分出而后重新汇合的河水。

江有渚[①]，	江上有小洲，
之子归，	人已嫁过去，
不我与。	不与我一起。
不我与，	不与我一起，
其后也处[②]。	以后要发愁。
江有沱[③]，	江水有支流，
之子归，	人已嫁过去，
不我过。	不到我这儿来。
不我过，	不到我这儿来，
其啸也歌[④]。	以后要哭嚎。

野有死麕

——这是一首简单而优美的爱情诗。

野有死麕[⑤]，	野地里有头死獐，
白茅包之。	白茅草包着它。
有女怀春[⑥]，	姑娘家动了春心，
吉士诱之[⑦]。	好男儿引诱她。
林有朴樕[⑧]，	林子里有小树，
野有死鹿。	野地里有死鹿。
白茅纯束[⑨]，	白茅草将它捆住，

① 渚（zhǔ）：水中小洲。② 处：忧愁。③ 沱（tuó）：江的支流。④ 啸：号哭。⑤ 麕（jūn）：獐子。⑥ 怀春：思春。⑦ 吉士：对男子的美称。⑧ 朴樕（sù）：丛生的小型灌木。⑨ 纯束：捆扎，包裹。

有女如玉。

那姑娘美得像玉。

“舒而脱脱兮[①]！
无感我帨兮[②]！
无使尨也吠[③]！”

“慢慢来呀！
别动我的围裙呀！
别惊得狗儿叫呀！”

何彼襛矣

——这是一首讽刺王姬出嫁时车服豪华场面浩大之诗，同时也是一首描述门当户对的爱情诗。

何彼襛矣[④]？
唐棣之华[⑤]。
曷不肃雝[⑥]？
王姬之车[⑦]。

怎么那样浓艳美丽？
像唐棣花一样。
怎么不够严肃雍容？
王姬出嫁的车辆。

何彼襛矣？
华如桃李。
平王之孙[⑧]，
齐侯之子[⑨]。

怎么那样浓艳美丽？
像桃李花一样。
平王的外孙，
齐侯的孩子。

其钓维何？
维丝伊缗[⑩]。

钓鱼用什么？
把丝线捻成钓绳。

---

① 舒：舒缓。脱（tuì）脱：动作文雅舒缓。② 感（hàn）：通“撼”，动摇的意思。帨（shuì）：围裙。③ 尨（máng）：多毛的狗。④ 襛（nóng）：繁盛的样子。⑤ 唐棣（dì）：植物名。属蔷薇科，花白色，有芳香。⑥ 曷：何。肃：庄严肃静的样子。雝（yōng）：雍容、安详。⑦ 王姬：君主的女儿。⑧ 平王：东周第一代君主，名宜臼。⑨ 齐侯之子：齐国诸侯之子。⑩ 缗（mín）：钓鱼的绳。

齐侯之子，	齐侯的孩子，
平王之孙。	平王的外孙。

驺虞

——这是女子婚后回娘家省亲之诗。

彼茁者葭[①]，	芦苇长得壮，
壹发五豝[②]。	发箭射中五头母猪。
于嗟乎驺虞[③]！	哎呀呀，猎人啊！
彼茁者蓬[④]，	蓬蒿长得壮，
壹发五豵[⑤]。	发箭射中五头小猪。
于嗟乎驺虞！	哎呀呀，猎人啊！

①茁（zhuó）：壮实。葭（jiā）：芦苇。②豝（bā）：母猪。③于嗟乎：感叹词，表示惊异、赞美。驺虞（zōu yú）：官家的猎人。④蓬：蓬蒿。⑤豵（zōng）：小猪。

邶 风

邶（今河南汤阴县东南），周代诸侯国。殷商覆灭之后，殷商遗民被安置在商纣王之子武康的封地——邶、鄘、卫三地，分别由周武王的三个弟弟管叔、蔡叔和霍叔守卫。周武王死后，成王幼年继位，周公代为掌政。武康趁机发动叛乱，周公率军镇压，并杀掉武康及管叔三人，合三地为卫，封给康叔。因此，后世有称邶风、鄘风、卫风都是卫国的诗，毛诗将其分为三卷。《邶风》风格独特，主题丰富，共存诗 19 首。

柏舟

——这是一首弃妇对不幸命运的控诉诗。

汎彼柏舟[①]，	随水漂啊柏木舟，
亦汎其流。	随着河水流。
耿耿不寐[②]，	心中烦乱不能睡，
如有隐忧[③]。	有深切的忧愁。
微我无酒[④]，	不是没有酒啊，
以敖以游。	拿酒出游去解忧。
我心匪鉴，	心不是镜子，
不可以茹[⑤]。	不可以照出万物。
亦有兄弟，	也有兄弟，
不可以据[⑥]。	不可以依靠。
薄言往愬[⑦]，	前去诉苦，
逢彼之怒。	碰到他们发怒。
我心匪石，	心不是石头，
不可转也。	不可以随便转移。

① 汎：浮行，漂流。②耿耿：不安的样子。③隐：深。④微：非，不是。⑤茹（rú）：容纳。⑥据：依靠。⑦愬（sù）：同“诉”，告诉。

我心匪席，
不可卷也。
威仪棣棣①，
不可选也②。

心不是席子，
不可以随便卷起。
仪容庄重又闲雅，
不可以让步被人欺。

忧心悄悄③，
愠于群小④。
觏闵既多⑤，
受侮不少。
静言思之，
寤辟有摽⑥。

心中忧愁难消，
那群小人怨恨我。
伤痛之事太多，
受到欺侮不少。
静心想想这事，
拍着胸口睡不着。

日居月诸⑦！
胡迭而微⑧？
心之忧矣，
如匪浣衣。
静言思之，
不能奋飞。

太阳啊月亮啊！
为什么不再明亮？
心中忧愁难去，
像脏衣服没有洗。
静心想想这事，
不能展翅高飞起。

绿衣

——这是一首思念亡故妻子的诗。

绿兮衣兮，

绿色的上衣啊，

---

① 棣棣：雍容娴雅的样子。② 选：退让。③ 悄悄：忧愁的样子。④ 愠（yùn）：恼怒，怨恨。⑤ 觏（gòu）：遭逢。闵（mǐn）：忧伤。⑥ 寤：交互。辟（pì）：捶打。摽（biào）：捶胸。⑦ 居、诸：语气助词。⑧ 迭：更替。微：无光。

绿衣黄里。	绿色的上衣黄色的衬里。
心之忧矣，	心里忧愁啊，
曷维其已[①]！	什么时候才能停止！
绿兮衣兮，	绿色的上衣啊，
绿衣黄裳[②]。	绿色的上衣黄色的下裳。
心之忧矣，	心里忧愁啊，
曷维其亡！	什么时候才能消亡！
绿兮丝兮，	绿色的丝线啊，
女所治兮[③]。	那女子织的啊。
我思古人[④]，	我想念故去的人，
俾无訧兮[⑤]。	劝我不要犯错啊。
絺兮绤兮[⑥]，	细葛布啊粗葛布，
凄其以风[⑦]。	穿上像风一样凉。
我思古人，	我想念故去的人，
实获我心[⑧]。	确实得到我的心。

燕燕

——这是一首送别诗。

燕燕于飞[⑨]，	燕子飞起来，

①曷：何。已：止。②裳：下衣，形状如今天的裙子。③女（rǔ）：同“汝”。治：缝制。④古人：故人，指已亡故之人。⑤俾（bǐ）：使。訧（yóu）：过失。⑥絺（chī）：细葛布。绤（xì）：粗葛布。⑦凄：凉而有寒意。⑧获：得。⑨燕燕：即燕子。

差池其羽①。
之子于归②，
远送于野。
瞻望弗及，
泣涕如雨③！

张开翅膀不整齐。
姑娘嫁走了，
远远送到郊外去。
望她望不到，
泪水滚滚像下雨！

燕燕于飞，
颉之颃之④。
之子于归，
远于将之⑤。
瞻望弗及，
伫立以泣！

燕子飞起来，
忽而下来忽而上。
姑娘嫁走了，
走长路送她过去。
望她望不到，
久久站着在哭泣！

燕燕于飞，
下上其音。
之子于归，
远送于南⑥。
瞻望弗及，
实劳我心⑦！

燕子飞起来，
下下上上声呢喃。
姑娘嫁走了，
远远送她去往南。
望她望不见，
心里想念再难安！

仲氏任只⑧，
其心塞渊⑨。
终温且惠⑩，

二妹为人可信任，
你心诚实想得深。
既温柔和顺，

① 差（cī）池：不整齐。② 于归：出嫁。③ 涕：眼泪。④ 颉（xié）：上飞。颃（háng）：下飞。⑤ 将：送。⑥ 南：南方。⑦ 劳：使操劳。⑧ 仲：排行第二。氏：姓氏。任：信任。⑨ 塞：诚实。渊：深厚。⑩ 终：既，已经。

淑慎其身[①]。　　为人善良谨慎。
“先君之思”[②]，　　“常常想念先君”，
以勖寡人[③]！　　这样劝告我！

日月

——这是将怨愤诉诸日月的弃妇诗。

日月居诸[④]！　　太阳啊月亮啊！
照临下土。　　照见下面的土地。
乃如之人兮[⑤]，　　竟有像这样的人啊，
逝不古处[⑥]。　　不再相处像从前。
胡能有定[⑦]？　　什么时候能安定？
宁不我顾[⑧]？　　为什么不顾念我？

日居月诸！　　太阳啊月亮啊！
下土是冒[⑨]。　　光芒覆盖着土地。
乃如之人兮，　　竟有像这样的人啊，
逝不相好[⑩]。　　不再与我相爱。
胡能有定？　　什么时候能安定？
宁不我报？　　为什么不回报我？

日居月诸！　　太阳啊月亮啊！
出自东方。　　从东方出来。

---

①淑：善良。慎：谨慎。②先君：已故的国君。③勖（xù）：勉励。寡人：寡德之人，庄姜自称。④居、诸：语气助词。⑤之人：这样的人。⑥逝：语气助词。⑦胡：怎么。定：止。⑧宁：难道。顾：顾念。⑨冒：覆盖，照耀。⑩相好：和我交好。

乃如之人兮，　　竟有像这样的人啊，
德音无良[①]。　　不再同我说好话。
胡能有定？　　什么时候能安定？
俾也可忘[②]。　　使我可以忘了他。

日居月诸！　　太阳啊月亮啊！
东方自出。　　从东方出来。
父兮母兮！　　爹啊娘啊！
畜我不卒[③]。　　养我不能到最后。
胡能有定？　　什么时候能安定？
报我不述[④]！　　报答我的话不说！

终风

——这是女子为情所恼的爱情诗。

终风且暴[⑤]，　　大风整天刮得紧，
顾我则笑[⑥]。　　见我就调笑。
谑浪笑敖[⑦]，　　戏谑放浪又嘲弄，
中心是悼[⑧]！　　我心中忧伤！

终风且霾[⑨]，　　大风整日扬起土，
惠然肯来[⑩]？　　何时顺心来看我？
莫往莫来[⑪]，　　不去也不来，

---

① 德音：好话。② 俾：使。③ 畜：养育。④ 不述：不遵循义理。⑤ 暴：疾风。⑥ 则：而。⑦ 谑：戏谑。浪：放荡。⑧ 中心：心中。悼：烦忧，害怕。⑨ 霾（mái）：沙尘飞扬的景象。⑩ 惠然：友好的样子。⑪ 莫往莫来：不相往来。

悠悠我思！　　想念漫长难开怀！

终风且曀[1]，　　大风刮得天色暗，
不日有曀[2]。　　不知哪天天又阴。
寤言不寐[3]，　　夜里难入睡，
愿言则嚏[4]。　　愿打喷嚏是他想我。

曀曀其阴，　　天气真阴沉，
虺虺其雷[5]。　　轰轰打雷声。
寤言不寐，　　夜里难入睡，
愿言则怀[6]。　　愿他悔悟想念我。

击鼓

——这是征夫厌战、思归、渴望安定之诗。

击鼓其镗[7]，　　大鼓敲得堂堂响，
踊跃用兵[8]。　　士兵积极练刀枪。
土国城漕[9]，　　为国兴土工，为漕城筑墙，
我独南行。　　我独自去往南方。

从孙子仲[10]，　　跟着公孙子仲，
平陈与宋[11]。　　和睦陈国与宋国。

---

①曀（yì）：阴云密布。②不日：不见太阳。有：同“又”。③寤：醒着。寐：睡着。④嚏（tì）：打喷嚏。⑤虺（huǐ）虺：雷声。⑥怀：思念。⑦镗（tāng）：鼓声。⑧踊跃：双声连绵词，跳跃，表示高兴。⑨土国城漕：卫国大兴土木，筑造漕城。⑩孙子仲：人名，统兵的主帅。⑪平：和，调停。陈与宋：陈国与宋国。

不我以归①，	不许我回家，
忧心有忡②！	心中忧伤难平！
爰居爰处③？	哪里是住的地方？
爰丧其马④？	哪里失去了马？
于以求之⑤？	哪里去找呀？
于林之下。	在那树林下。
“死生契阔”⑥，	“死生都不分离”，
与子成说⑦。	与你结成誓言。
执子之手，	握住你的手，
与子偕老。	与你同到老。
于嗟阔兮⑧，	唉，相隔这么远啊，
不我活兮⑨！	不能再见面！
于嗟洵兮⑩，	唉，相隔太远啊，
不我信兮⑪！	不能实现誓言！

凯风

——这是反映先民孝敬之心的诗。

凯风自南⑫，	和风从南方来，
吹彼棘心⑬。	吹着枣树长嫩芽。

① 不我以归：即不以我归，意思是长期不许我回家。② 忡（chōng）：忧愁。③ 爰（yuán）：何处，哪里。④ 丧：丧失，此处有跑失之意。⑤ 于以：于何。⑥ 契阔：聚散。⑦ 成说：誓约。⑧ 于嗟：感叹词。⑨ 不：不许。⑩ 洵：长久。⑪ 信：守信用。⑫ 凯风：和风。⑬ 棘：酸枣树。

棘心夭夭[①]，
母氏劬劳[②]。

嫩芽长得茂，
母亲多辛劳。

凯风自南，
吹彼棘薪[③]。
母氏圣善[④]，
我无令人[⑤]。

和风从南方来，
吹着枣树长成柴。
母亲明理善良，
我这儿子不够好。

爰有寒泉，
在浚之下[⑥]。
有子七人，
母氏劳苦。

寒泉的水啊，
在浚城下。
有孩子七个人，
母亲太辛劳。

睍睆黄鸟[⑦]，
载好其音[⑧]。
有子七人，
莫慰母心。

漂亮的黄鸟，
唱起歌来真好听。
有孩子七个人，
难以安慰母亲的心。

雄雉

——这是贵族少妇思念远行丈夫之诗。

雄雉于飞，
泄泄其羽[⑨]。

雄鸡飞起来，
缓缓舒展翅膀。

① 夭夭：树木娇嫩的样子。② 劬（qú）劳：劳累。③ 棘薪：可以当柴烧的酸枣树。④ 圣善：明事理，有美德。⑤ 令：善。⑥ 浚（jùn）：卫国地名。⑦ 睍睆（xiàn huǎn）：美丽，好看。⑧ 载：传载。⑨ 泄（yì）泄：慢慢飞的样子。

我之怀矣，
自诒伊阻[1]！

我心中想念，
独留这忧伤！

雄雉于飞，
下上其音。
展矣君子[2]，
实劳我心[3]！

雄鸡飞起来，
飞上飞下歌唱。
诚实的君子，
让我想得辛苦！

瞻彼日月[4]，
悠悠我思[5]！
道之云远[6]，
曷云能来？

望着太阳和月亮，
思念多漫长！
道路这样远，
什么时候回来？

百尔君子[7]，
不知德行。
不忮不求[8]，
何用不臧[9]？

你们这些君子，
不知德行是什么。
不忌恨人不贪求，
做什么会没好结果？

匏有苦叶

——这是女子在渡口等待情人之诗。

匏有苦叶[10]，
济有深涉[11]。

葫芦叶子苦，
济水渡口深。

---

①诒（yí）：留。伊：语气助词。阻：忧愁，苦恼。一说阻隔。②展：诚实。③劳：劳苦。④瞻（zhān）：看。⑤悠悠：绵绵不绝。⑥云：语气助词。⑦百：众多。⑧忮（zhì）：害人，忌恨。⑨臧（zāng）：善。⑩匏（páo）：葫芦。⑪济：水名，源出河南济源县王屋山。

深则厉[1]，　水深穿着衣裳过，
浅则揭[2]。　水浅提起衣裳过。

有渳济盈[3]，　济水满盈盈，
有鷕雉鸣[4]。　雌鸡叫不停。
济盈不濡轨[5]，　水满不湿车轴头，
雉鸣求其牡[6]。　野鸡唱歌来求偶。

雍雍鸣雁[7]，　大雁声和谐，
旭日始旦[8]。　太阳出来天要亮。
士如归妻[9]，　小伙子如果想娶妻，
迨冰未泮[10]。　趁那河冰还没消。

招招舟子[11]，　船夫招手催上船，
人涉卬否[12]。　别人过河我在岸。
人涉卬否，　别人过河我在岸，
卬须我友。　我要等待朋友来。

谷风

——这是一首希望丈夫回心转意的弃妇诗。

习习谷风[13]，　哗哗山中刮大风，

---

① 厉：不解衣涉水。② 揭（qì）：提起下衣渡水。③ 渳（mǐ）：水满的样子。盈：满。④ 鷕：雌雉的叫声。⑤ 濡：沾湿。轨：车轴的两端。⑥ 牡：雄性的野鸡。⑦ 雍（yōng）雍：大雁的和鸣之声。⑧ 旦：天亮。⑨ 归妻：娶妻。⑩ 泮（pàn）：冰解。⑪ 舟子：摆渡的船夫。⑫ 卬（áng）：我。否：不（渡河）。⑬ 习习：形容风声。谷风：来自山谷的风。

以阴以雨。	天阴又下雨。
黾勉同心[1]，	努力与你同心意，
不宜有怒。	不该冲我发火。
采葑采菲[2]，	摘蔓菁摘萝卜，
无以下体[3]。	不要它的根。
德音莫违：	说得好话别违背：
“及尔同死。”	“和你同死去。”

行道迟迟[4]，	路上走得慢，
中心有违。	心中有怨仇。
不远伊迩[5]，	路途不远这样近，
薄送我畿[6]。	只送我到大门边。
谁谓荼苦[7]？	谁说荼菜苦，
其甘如荠[8]。	甜得像荠菜。
宴尔新昏[9]，	新婚日子多快乐，
如兄如弟。	像是亲兄弟。

泾以渭浊[10]，	渭水扰得泾水浊，
湜湜其沚[11]。	水流停下就清澈。
宴尔新昏，	新婚日子多快乐，
不我屑以[12]。	不再亲近我。
毋逝我梁[13]，	不要到我的鱼梁去，

①黾（mǐn）勉：勤勉，努力。②葑（fēng）：蔓菁，俗称大头菜，叶、根可食用。菲：萝卜。③下体：根。④迟迟：迟缓。⑤迩：近。⑥畿（jī）：指门槛。⑦荼（tú）：苦菜。⑧荠：荠菜。⑨宴：快乐。⑦泾、渭：河名。⑪湜（shí）湜：水清见底的样子。⑫不我屑以：不愿与我亲近。⑬梁：捕鱼水坝。

毋发我笱①。	不要开我的鱼篓。
我躬不阅②，	容忍不下我，
遑恤我后③。	何况我的后人。
就其深矣，	要是河水深，
方之舟之④。	乘船渡过去。
就其浅矣，	要是河水浅，
泳之游之。	游泳游过去。
何有何亡，	有什么没什么，
黾勉求之。	缺了什么尽力求。
凡民有丧，	凡是邻居有困难，
匍匐救之⑤。	爬着也去救。
不我能慉⑥，	不再爱护我，
反以我为雠⑦。	反而将我当仇敌。
既阻我德⑧，	拒绝我的好意，
贾用不售⑨。	像货物卖不出去。
昔育恐育鞫⑩，	曾经生活慌又穷，
及尔颠覆⑪。	与你尽力度过。
既生既育，	如今生活有好转，
比予于毒⑫。	把我比作毒虫。

①笱（gǒu）：鱼篓。②阅：容纳。③恤（xù）：忧，顾及。④方：并船。⑤匍匐：手足伏地而行，此处指尽力。⑥慉（xù）：爱惜。⑦雠（chóu）：同“仇”。⑧阻：拒绝。⑨贾（gǔ）：卖。⑩鞫（jū）：穷困。⑪颠覆：艰难，患难。⑫毒：毒虫。

我有旨蓄①，	存着美味的菜肴，
亦以御冬。	用来抵御寒冬。
宴尔新昏，	新婚日子多快乐，
以我御穷②。	用我抵挡贫穷。
有洸有溃③，	动手又发火，
既诒我肄④。	只留给我辛苦活。
不念昔者，	不念从前的誓言，
伊余来塈⑤！	只爱我一个！

式微

——这是一首劝说臣子回归故国之诗。

式微式微⑥，	天黑了天黑了，
胡不归？	为什么不回来？
微君之故⑦，	不是为了君王的缘故，
胡为乎中露⑧？	怎会还在露水中？
式微式微，	天黑了天黑了，
胡不归？	为什么不回来？
微君之躬⑨，	不是为了君王的身体，
胡为乎泥中？	怎会还在泥路里？

---

①旨：甘美。②御：抵挡。③洸（guāng）：粗暴。溃（kuì）：发怒。④诒：遗。肄：劳苦的活计。⑤伊：唯。来：语气助词。塈：爱。⑥式：语气助词。微：（日光）衰微，黄昏或曰天黑。⑦微：非。⑧中露：即露中，露水之中。倒文以协韵。⑨躬：身体。

旄丘

——这是斥责袖手旁观之诗。

旄丘之葛兮[1]，	土丘上的葛菜呀，
何诞之节兮[2]？	怎么这样长的茎啊？
叔兮伯兮[3]！	叔啊伯啊！
何多日也？	怎么多天都不来？
何其处也？	怎么留在家里？
必有与也。	定要等谁才一起。
何其久也？	怎么这样久？
必有以也。	一定有原因。
狐裘蒙戎[4]，	狐皮袍子乱蓬蓬，
匪车不东[5]。	不是车子不往东。
叔兮伯兮！	叔啊伯啊！
靡所与同[6]。	不与我同心。
琐兮尾兮[7]！	渺小啊低微啊！
流离之子。	流亡漂泊的人啊。
叔兮伯兮！	叔啊伯啊！
褎如充耳[8]。	笑着假装听不到。

①旄（máo）丘：前高后低的土山。②诞：延，长。③叔伯：此处指卫国诸臣。④蒙戎：蓬松，散乱。⑤匪：同“非”。⑥靡：没有。⑦琐：细小。尾：卑微。⑧褎（yòu）：聋。充耳：塞耳。

简兮

——这是一首赞颂、爱慕舞师的诗歌。

简兮简兮①，	大鼓咚咚响，
方将万舞②。	将要跳起大舞。
日之方中，	太阳在正中，
在前上处③。	领队在前方。
硕人俣俣④，	高大的人真魁梧，
公庭万舞。	在庙堂前跳大舞。
有力如虎，	力气像老虎，
执辔如组⑤。	手握缰绳像丝组。
左手执籥⑥，	左手拿乐笛，
右手秉翟⑦。	右手挥起野鸡尾。
赫如渥赭⑧，	满脸通红像涂赭，
公言锡爵⑨。	公说赐酒给他喝。
山有榛⑩，	山上有榛树，
隰有苓⑪。	湿地有甘草。
云谁之思？	是在想念谁？
西方美人！	西方的美人！

---

①简：威武。②方将：将要。万舞：一种舞蹈形式。③在前上处：前列的第一个。此处指舞列的第一名。④硕：硕大。俣（yǔ）俣：魁梧健美。⑤辔：马缰绳。组：丝织的宽带子。⑥籥（yuè）：古乐器。⑦翟（dí）：野鸡尾巴上的羽毛。⑧赫（hè）：红色。渥（wò）：厚。赭（zhě）：赤褐色。⑨锡：赐。爵：青铜制酒器，用来温酒和盛酒。⑩榛（zhēn）：榛树，落叶灌木。花黄褐色，果实叫榛子，果皮坚硬，果肉可食。⑪隰（xí）：湿地。苓（líng）：一种苦药。

彼美人兮，　　　　那个美人啊，
西方之人兮！　　　西方来的人啊！

泉水

——这是一首凄婉悱恻的思归诗。

毖彼泉水[①]，　　泉水流出来，
亦流于淇[②]。　　流到淇水去。
有怀于卫，　　　　卫国在心上，
靡日不思。　　　　没一天不想。
娈彼诸姬[③]，　　各位美丽的姬姓女，
聊与之谋[④]。　　姑且与她们商量。

出宿于泲[⑤]，　　出门住在泲地，
饮饯于祢[⑥]。　　饮酒送别在祢地。
女子有行[⑦]，　　女子出嫁了，
远父母兄弟。　　　远离父母兄弟。
问我诸姑，　　　　问候各位姑姑，
遂及伯姊。　　　　和大伯家的阿姐。

出宿于干，　　　　出门住在干地，
饮饯于言[⑧]。　　饮酒送别在言地。

---

①毖（bì）：泉水涌流的样子。②淇：淇水，卫国河名。③娈（luán）：美好的样子。诸姬：指卫国的同姓之女，卫国的国君姓姬。④聊：姑且。⑤泲（jǐ）：古地名。⑥饯（jiàn）：以酒送行。祢（nǐ）：古地名，今山东菏泽西。⑦行：指女子出嫁。⑧干、言：均为卫国地名。

载脂载舝[①]，　　涂好车油上好轴，
还车言迈[②]。　　调转车子远远走。
遄臻于卫[③]，　　赶快到达卫国，
不瑕有害[④]？　　该不会有祸害？

我思肥泉[⑤]，　　一想到肥泉，
兹之永叹。　　更加忧愁长叹。
思须与漕[⑥]，　　想念须地漕地，
我心悠悠[⑦]。　　漫长的思念。
驾言出游，　　驾车出去走走，
以写我忧[⑧]。　　来消解这烦忧。

北门

——这是一首小官吏诉说自己愁苦的诗。

出自北门，　　从北门出来，
忧心殷殷[⑨]。　　忧愁深深。
终窭且贫[⑩]，　　既窘迫又贫困，
莫知我艰。　　没人知晓这艰辛。
已焉哉，　　算了吧，
天实为之，　　老天实在要这样，
谓之何哉[⑪]！　　我能怎么办！

---

①脂：涂车轴的油脂。舝（xiá）：车轴两头的金属键。②迈：远行。③遄（chuán）：疾速。臻：至。④瑕：何。⑤肥泉：地名。⑥须、漕：皆为卫国的城邑。⑦悠悠：忧愁深长。⑧写：宣泄，排除。⑨殷殷：十分忧伤。⑩终：既。窭（jù）：贫寒，艰窘。⑪谓：奈何不得。

王事适我①，　王室的事丢给我，
政事一埤益我②。　政事也都推给我。
我入自外，　我从外面回家来，
室人交遍谪我③。　家人轮流责备我。
已焉哉，　算了吧，
天实为之，　老天实在要这样，
谓之何哉！　我能怎么办！

王事敦我④，　王室的事逼迫我，
政事一埤遗我⑤。　政事也都全给我。
我入自外，　我从外面回家来，
室人交遍摧我⑥。　家人轮流讽刺我。
已焉哉，　算了吧，
天实为之，　老天实在要这样，
谓之何哉！　我能怎么办！

北风

——这是反映逃亡者艰辛之诗。

北风其凉，　北风冷冷吹，
雨雪其雱⑦。　大雪落纷纷。
惠而好我⑧，　那同我亲近的人，
携手同行。　携手一起走。

① 王事：王家之事，此处指有关王室的事务。适（zhì）：派。② 政事：公家的事。埤（pí）益：增加。③ 谪（zhé）：谴责。④ 敦：逼迫。⑤ 埤遗：同“埤益”。⑥ 摧：讥讽，讽刺。⑦ 雨（yù）雪：下雪。雨作动词用。雱（páng）：雪下得很大的样子。⑧ 惠而：爱好。

其虚其邪[1]？　　怎能慢慢走？
既亟只且[2]！　　事情紧急啊！

北风其喈[3]，　　北风呜呜叫，
雨雪其霏[4]。　　大雪落纷纷。
惠而好我，　　那同我亲近的人，
携手同归[5]。　　携手同回一起走。
其虚其邪？　　怎能慢慢走？
既亟只且！　　事情紧急啊！

莫赤匪狐[6]，　　没有狐狸不是红的，
莫黑匪乌。　　没有乌鸦不是黑的。
惠而好我，　　那与我亲近的人，
携手同车。　　携手乘车一起走。
其虚其邪？　　怎能慢慢走？
既亟只且！　　事情紧急啊！

静女

——这是描写青年男女幽会的诗歌。

静女其姝[7]，　　娴静的姑娘真漂亮，
俟我于城隅[8]。　　等我在城墙角楼上。
爱而不见[9]，　　躲藏起来看不见，

---

①虚邪：徐缓。②亟：急迫。③喈（jiē）：通“湝”，寒凉。④霏（fēi）：雨雪纷飞。⑤同归：一起到较好的他国去。⑥莫赤匪狐：没有不红的狐狸。⑦静女：贞静娴雅之女。朱熹《诗集传》：“静者，闲雅之意。”姝（shū）：美好。⑧俟（sì）：等待。城隅（yú）：城角隐蔽处。⑨爱：“薆”的假借字，隐蔽的意思。

搔首踟蹰[①]。 挠着头急得乱走。

静女其娈[②]， 娴静的姑娘真好看，
贻我彤管[③]。 送我一支彤管。
彤管有炜[④]， 彤管红又亮，
说怿女美[⑤]。 喜爱它的美。

自牧归荑[⑥]， 郊外回来赠荑草，
洵美且异[⑦]。 的确美丽神奇。
匪女之为美， 不是荑草好看，
美人之贻。 那是美人的赠予。

新 台

——这是一首讽刺封建礼教之诗。

新台有泚[⑧]， 新台真鲜亮，
河水浼浼[⑨]。 河水满当当。
燕婉之求[⑩]， 求个安顺美好人，
籧篨不鲜[⑪]。 反像蛤蟆不漂亮。

新台有洒[⑫]， 新台真高峻，

---

① 踟蹰（chí chú）：徘徊不定。② 娈：面目姣好。③ 贻（yí）：赠。彤管：指红管草。④ 炜（wěi）：盛明的样子，有光彩。⑤ 说怿（yuè yì）：即“悦怿”，喜悦。⑥ 牧：野外。荑（tí）：初生的白茅，象征婚媾。⑦ 洵（xún）：实在，诚然。异：特殊。⑧ 新台：卫宣公替世子伋娶齐女，听说齐女漂亮，就在河边筑一座新台，把齐女给自己娶来，称为宣姜。有泚（cǐ）：很鲜明的样子。⑨ 河水：此处指黄河。浼（mǐ）浼：大水茫茫。⑩ 燕婉：安乐、美好。⑪ 籧篨（qú chú）：蛤蟆。鲜：善。⑫ 有洒（cuǐ）：高峻。

河水浼浼①。　　河水与岸平。
燕婉之求，　　求个安顺美好人，
籧篨不殄②。　　反像蛤蟆不好看。

鱼网之设，　　洒下大鱼网，
鸿则离之③。　　蛤蟆钻进去。
燕婉之求，　　求个安顺美好人，
得此戚施④。　　得了这丑蛤蟆。

二子乘舟

——这是一首友人送别之诗。

二子乘舟，　　两位公子坐船上，
泛泛其景⑤。　　飘荡去远方。
愿言思子⑥，　　想想这二人，
中心养养⑦。　　心中太忧伤。

二子乘舟，　　两位公子坐船上，
泛泛其逝。　　飘荡去远方。
愿言思子，　　想想这二人，
不瑕有害⑧？　　该不会有祸害？

① 浼（měi）浼：水满的样子。② 殄（tiǎn）：和善。③ 鸿：指蛤蟆。离：通"罹"，罹难，遭受。④ 戚施：驼背的人。这里指蛤蟆。⑤ 泛泛：飘荡的样子。景：通"憬"，远行。⑥ 愿：思念。⑦ 养（yáng）养：心神不定，烦躁不安。⑧ 不瑕：不无，是疑惑、揣测之词。

鄘 风

鄘（今河南汲县东北），周代诸侯国。鄘地早已并入卫国，诗作中有涉及卫国宫廷之事便不足为奇。《鄘风》大多为东周时期的作品，共存诗10首。

柏舟

——这是一首婚恋诗。

泛彼柏舟，	随水漂呀柏木舟，
在彼中河。	漂在河中央。
髧彼两髦[①]，	垂发两绺那少年，
实维我仪[②]；	是我的对象；
之死矢靡它[③]。	发誓到死没别人。
母也天只[④]！	娘啊天啊！
不谅人只[⑤]！	不体谅我啊！
泛彼柏舟，	随水漂啊柏木舟，
在彼河侧。	漂在河岸旁。
髧彼两髦，	垂发两绺那少年，
实维我特[⑥]；	是我的对象；
之死矢靡慝[⑦]。	发誓到死不改变。
母也天只！	娘啊天啊！
不谅人只！	不体谅我啊！

①髧（dàn）：头发下垂的样子。两髦（máo）：古代男子未行冠礼前，头发齐眉，分向两边的样式。②仪：配偶。③之：到。矢：誓。靡：无。④只：语气助词。⑤谅：相信。⑥特：与上文的“仪”同义。⑦慝（tè）：改变。

墙有茨

——这是隐晦讽刺卫国宫闱丑闻之诗。

墙有茨①，	墙上有蒺藜，
不可埽也②。	不可以扫去。
中冓之言③，	宫里那些话，
不可道也④。	不能往外说。
所可道也⑤？	往外说什么？
言之丑也。	丑话脏了人耳朵。
墙有茨，	墙上有蒺藜，
不可襄也⑥。	不可以除去。
中冓之言，	宫里那些话，
不可详也⑦。	不可以细说。
所可详也？	仔细说什么？
言之长也。	说来那话太长了。
墙有茨，	墙上有蒺藜，
不可束也。	不可以捆走除尽。
中冓之言，	宫中那些话，
不可读也⑧。	不可以诉说。
所可读也？	还要说什么？
言之辱也。	说来真是太羞耻。

---

①茨（cí）：蒺藜。②埽：除掉。③中冓（gòu）：宫中。④道：说。⑤所：若。⑥襄：除去。⑦详：详细讲述。⑧读：说出，宣露。

君子偕老

——这是一首讽刺卫宣公夫人宣姜的诗。

君子偕老①，	君子陪你到老，
副笄六珈②。	玉簪下面六步摇。
委委佗佗③，	步子稳重有仪态，
如山如河，	像那高山与大河，
象服是宜④。	画衣真合身。
子之不淑⑤，	这人不善良，
云如之何⑥！	又能怎么样！
玼兮玼兮⑦，	鲜艳啊真好看，
其之翟也⑧。	绣着羽毛那翟衣。
鬒发如云⑨，	黑发浓密像云彩，
不屑髢也⑩。	不用拿假发来戴。
玉之瑱也⑪，	美玉垂耳边，
象之揥也⑫，	簪子象牙制，
扬且之皙也⑬。	额头宽阔真白净。

---

①君子：指卫宣公。偕老：夫妻相亲相爱、白头到老。②副：妇人的一种首饰。笄（jī）：簪。珈（jiā）：饰玉。③委委佗佗：举止雍容华贵、落落大方。④象服：镶有珠宝、绘有花纹的礼服。⑤淑：善。⑥云：句首发语词。如之何：奈之何。⑦玼（cǐ）：花纹绚烂。⑧翟：绣着山鸡彩羽的衣服。⑨鬒（zhěn）：黑发。如云：形容头发浓密。⑩髢（dí）：假发。⑪瑱（tiàn）：冠冕上垂在两耳旁的玉。⑫揥（tì）：发钗一类的首饰。⑬扬：前额宽广方正。且：助词。皙（xī）：白。

胡然而天也①？	怎么这样像天仙？
胡然而帝也？	怎么这样像帝女？
瑳兮瑳兮②，	鲜艳啊真好看，
其之展也③。	白色轻纱那展衣。
蒙彼绉絺④，	罩上细纱衣，
是绁袢也⑤。	白色的内衣。
之子清扬⑥，	那人眉目清秀，
扬且之颜也⑦。	额头多丰满。
展如之人兮⑧，	像这样的人啊，
邦之媛也⑨。	国家的美女。

桑中

——这是记述青年男女多次约会的爱情诗。

爰采唐矣⑩？	女萝哪里采？
沬之乡矣⑪。	沬乡那里采。
云谁之思？	是在思念谁？
美孟姜矣⑫。	美丽的姜家大姑娘。
期我乎桑中⑬，	与我约会在桑中，
要我乎上宫⑭，	邀我相见在上宫，

① 胡：怎么。然：这样。② 瑳（cuō）：玉色鲜丽洁白。③ 展：古代夏天穿的一种纱衣。④ 蒙：覆盖，罩上。絺（chī）：细葛布。⑤ 绁袢（xiè fán）：夏天穿的白色内衣。⑥ 清扬：眉清目秀。⑦ 颜：额头。⑧ 展：的确。⑨ 媛：美女。⑩ 爰：于何，在哪里。唐：菟丝子，寄生蔓草，秋初开小花，子实入药。⑪ 沬（mèi）：卫邑名，在今河南淇县。乡：郊外。⑫ 孟姜：姜家的长女。⑬ 桑中：地名。⑭ 要（yāo）：邀约。

送我乎淇之上矣[①]。 送我离去在淇水旁。

爱采麦矣？ 麦子哪里采？
沬之北矣。 沬乡北边采。
云谁之思？ 是在思念谁？
美孟弋矣。 美丽的弋家大姑娘。
期我乎桑中， 与我约会在桑中，
要我乎上宫， 邀我相见在上宫，
送我乎淇之上矣。 送我离去在淇水旁。

爱采葑矣[②]？ 芜菁哪里采？
沬之东矣。 沬乡东边采。
云谁之思？ 是在思念谁？
美孟庸矣。 美丽的庸家大姑娘。
期我乎桑中， 与我约会在桑中，
要我乎上宫， 邀我相见在上宫，
送我乎淇之上矣。 送我离去在淇水旁。

鹑之奔奔

——这是一首对旧婚姻制度的控诉之诗。

鹑之奔奔[③]， 鹌鹑成双飞，
鹊之彊彊[④]。 喜鹊成双对。

① 淇：淇水。② 葑（fēng）：一种菜名，即芜菁。③ 鹑：鸟名，即鹌鹑。奔奔：雌雄一起飞的样子。
④ 鹊：喜鹊。彊彊：同“奔奔”。

人之无良①，	那人心地不善良，
我以为兄。	我却将他当兄长。

鹊之彊彊，	喜鹊成双飞，
鹑之奔奔。	鹌鹑成双对。
人之无良，	那人心地不善良，
我以为君。	我却拿他当君王。

定之方中

——这首诗是对卫文公的颂扬之作。

定之方中②，	定星在当中，
作于楚宫③。	楚丘建新宫。
揆之以日④，	测量日影定方向，
作于楚室。	建造新房屋。
树之榛栗，	种上榛树栗树，
椅桐梓漆，	还有椅桐梓漆，
爰伐琴瑟。	长大伐来做琴瑟。

升彼虚矣⑤，	登上漕邑废墟，
以望楚矣。	观望这楚丘。
望楚与堂⑥，	看见楚丘和堂邑，
景山与京⑦，	还有大山和高丘，

---

① 无良：不善。② 定：定星，又叫营室星。十月之交，定星出现，古人认为此时宜造宫室。③ 楚宫：楚丘的宫殿。④ 揆（kuí）：测度。日：日影。⑤ 虚：废墟。⑥ 堂：楚丘旁的堂邑。⑦ 京：高丘。

降观于桑。　　下来看农桑。
卜云其吉[①]，　　占卜说吉祥，
终焉允臧[②]。　　确实是个好地方。

灵雨既零[③]，　　好雨落下来，
命彼倌人[④]。　　命令驾车的小官。
星言夙驾[⑤]，　　晴天一早驾车来，
说于桑田[⑥]。　　停在桑田间。
匪直也人，　　不仅为人民，
秉心塞渊[⑦]，　　用心踏实又深远，
騋牝三千[⑧]。　　良马有三千。

蝃蝀

——这是一首从侧面反应封建礼教束缚婚姻自由之诗。

蝃蝀在东[⑨]，　　东方出彩虹，
莫之敢指。　　没人敢去指。
女子有行[⑩]，　　女子出嫁了，
远父母兄弟。　　远离父母兄弟。

朝隮于西[⑪]，　　西边早上出彩云，
崇朝其雨[⑫]。　　一个早上都下雨。

---

①卜：古人烧龟甲察看裂纹以测吉凶。②臧：好，善。③灵雨：及时雨。零：落。④倌人：驾车小臣。⑤星：晴。夙：早上。⑥说（shuì）：通“税”，歇息。⑦秉心：用心、操心。塞渊：充实。⑧騋（lái）：七尺以上的马。牝（pìn）：母马。⑨蝃蝀（dì dōng）：彩虹。⑩有行：指出嫁。⑪隮（jī）：虹。⑫崇朝：终朝。

女子有行，	女子出嫁了，
远父母兄弟。	远离父母兄弟。
乃如之人也①，	竟有像这样的人啊，
怀昏姻也②。	破坏婚姻礼仪。
大无信也③，	太没有诚信，
不知命也④。	不听从父母的命令。

相鼠

——这是一首怨刺之诗。

相鼠有皮⑤，	看那老鼠还有皮，
人而无仪⑥。	人却没威仪。
人而无仪，	人没有威仪，
不死何为？	不死做什么？
相鼠有齿，	看那老鼠有牙齿，
人而无止⑦。	人却没节止。
人而无止，	人没有节止，
不死何俟⑧？	不死还等什么？
相鼠有体，	看那老鼠有肢体，
人而无礼。	人却没礼仪。

① 乃如之人：像这样的人。② 昏姻：婚姻。③ 大：太。信：贞信，贞节。④ 命：父母之命。⑤ 相：视。⑥ 仪：威仪。⑦ 止：指遵守礼法。⑧ 俟（sì）：等待。

人而无礼，	人没有礼仪，
胡不遄死[①]？	为什么不快死去？

干旄

——这是一首描写卫大夫访贤之诗。

孑孑干旄[②]，	牛尾旗子高高立，
在浚之郊[③]。	到浚邑郊外。
素丝纰之[④]，	白色丝线锁旗边，
良马四之。	好马备四匹。
彼姝者子[⑤]，	那忠顺的人，
何以畀之[⑥]？	拿什么回报？
孑孑干旟[⑦]，	隼鸟旗子高高立，
在浚之都[⑧]。	到浚邑都市。
素丝组之[⑨]，	白色丝线锁旗边，
良马五之。	好马备五匹。
彼姝者子，	那忠顺的人，
何以予之？	拿什么赠予？
孑孑干旌[⑩]，	鸟羽旗子高高立，
在浚之城。	到浚邑城郊。

---

① 胡：何。遄（chuán）：速。② 孑（jié）孑：高举的样子。干旄（máo）：以牦牛尾饰旗杆，树于车后，以状威仪。③ 浚：地名。④ 纰（pí）：在衣冠或旗帜上镶边。⑤ 姝：美好。⑥ 畀（bì）：给，予。⑦ 旟（yú）：画有鹰隼的旗。⑧ 都：古时区域名，指四方域邑。⑨ 组：编织。⑩ 干旌（jīng）：将长尾野鸡毛设于旗干之首。

素丝祝之[①]，
良马六之。
彼姝者子，
何以告之？

白色丝线锁旗边，
好马备六匹。
那忠顺的人，
有什么建议来相告？

载驰

——这是一首抒发热爱故土、收复失地的情怀之诗。

载驰载驱[②]，
归唁卫侯[③]。
驱马悠悠，
言至于漕[④]。
大夫跋涉，
我心则忧。

打马快些走，
回去慰问卫王侯。
赶马走长路，
到达漕城里。
大夫急急来追我，
我心中忧愁。

既不我嘉[⑤]，
不能旋反。
视尔不臧[⑥]，
我思不远[⑦]。
既不我嘉，
不能旋济。
视尔不臧，
我思不閟[⑧]。

虽然不赞同我，
也不能调车回返。
比起你们没好办法，
我有想法不深远。
虽然不赞同我，
也不能调车渡河去。
比起你们没好办法，
我有想法不周密。

---

①祝：编连缝合。②载：语气助词。驰、驱：车马奔跑。③唁（yàn）：向死者家属表示慰问，此处不仅是哀悼卫侯，还有凭吊宗国危亡之意。④漕：地名。⑤嘉：赞许。⑥臧：好，善。⑦思：想法。⑧閟（bì）：同“毖”，谨慎。

陟彼阿丘，	登上那山丘，
言采其蝱[①]。	采些贝母来解忧。
女子善怀[②]，	女子多思虑，
亦各有行[③]。	也有主张和道理。
许人尤之[④]，	许国大夫责备我，
众稚且狂[⑤]。	既幼稚又轻狂。
我行其野，	走在卫国郊野上，
芃芃其麦[⑥]。	麦子长得旺。
控于大邦[⑦]，	跑去告诉大邦国，
谁因谁极[⑧]！	谁能依靠谁帮忙！
大夫君子，	大夫君子们，
无我有尤。	不要说我错。
百尔所思，	你们想得那么多，
不如我所之[⑨]！	不如我去一趟！

①言：语助词。蝱：贝母草。②怀：怀恋。③行：指主张。④尤：责怪。⑤众：通“终”，既是。⑥芃（péng）芃：草长得很茂盛的样子。⑦控：往告，赴告。⑧因：依靠。极：至，此处指援助者的到来。⑨之：往，行动。

卫 风

邶、鄘、卫都是周代的古国名，后合并为卫国，建都殷墟（今河南淇县），卫国自第一代国君康叔历十三世至献公，其后便国力日衰，到懿公时，更加腐败不堪。卫国于公元前660年被狄人所灭，后在齐桓公帮助下，卫文公率残部在楚丘（今河南滑县东）重建卫国。《卫风》共存诗10首。

淇奥

——这是一首对真心崇拜之人的赞颂诗。

瞻彼淇奥①，	看那淇水弯弯，
绿竹猗猗②。	绿竹美丽茂密。
有匪君子③，	有才华的君子，
如切如磋④，	像骨象经过雕琢，
如琢如磨⑤。	像玉石经过琢磨。
瑟兮僩兮⑥，	庄严啊威武啊，
赫兮咺兮⑦。	光明啊有威仪。
有匪君子，	有才华的君子，
终不可谖兮⑧。	始终不能忘记。
瞻彼淇奥，	看那淇水弯弯，
绿竹青青。	绿竹美丽茂密。
有匪君子，	有才华的君子，
充耳琇莹⑨，	充耳宝玉多晶莹，

①淇：淇水，源出河南林县，东经淇县流入卫河。奥：水边深曲的地方。②猗猗：繁盛而美丽。③匪：通“斐”，有文采貌。④切磋：本义是加工玉石骨器，此处引申为讨论研究学问。⑤琢磨：本义是玉石骨器的精细加工，此处亦引申为学问道德的钻研深究。⑥瑟：仪容庄重。僩（xiàn）：宽广，博大。⑦咺（xuān）：有威仪的样子。⑧谖（xuān）：忘记。⑨充耳：挂在冠冕两旁的饰物，下垂至耳，一般用玉石制成。琇（xiù）：似玉的美石。

会弁如星①。	帽上玉石像星星。
瑟兮僩兮，	庄严啊威武啊，
赫兮咺兮。	光明啊有威仪。
有匪君子，	有才华的君子，
终不可谖兮。	始终不能忘记。
瞻彼淇奥，	看那淇水弯弯，
绿竹如箦②。	绿竹美丽茂密。
有匪君子，	有才华的君子，
如金如锡③，	像是金与锡，
如圭如璧④。	像是圭和璧。
宽兮绰兮，	宽和啊温柔啊，
猗重较兮⑤。	倚着车上横木啊。
善戏谑兮，	爱开玩笑啊，
不为虐兮。	不伤害别人啊。

考槃

——这是描写一位山间隐士生活意趣之诗。

考槃在涧⑥，	建好木屋在山涧，
硕人之宽⑦。	贤人心里宽。
独寐寤言⑧，	独睡独醒独说话，

① 会弁（biàn）：鹿皮帽接合处。② 箦（zé）：堆积。③ 金、锡：黄金和锡，一说铜和锡。④ 圭：玉制的礼器，在举行隆重仪式时使用。璧：玉制礼器，正圆形，中有小孔，也是贵族朝会或祭祀时使用。⑤ 猗：通“倚”，依靠。较：古时车厢两旁作扶手的曲木或铜钩。⑥ 槃（pán）：快乐。⑦ 硕人：形象高大丰满的人，不仅指形体高大，更指道德的高尚。⑧ 寐：睡着。寤：睡醒。

永矢弗谖[1]。	发誓永远不忘怀。
考槃在阿[2]，	建好木屋在山阿，
硕人之薖[3]。	贤人心宽阔。
独寐寤歌，	独睡独醒独唱歌，
永矢弗过[4]。	发誓永远不结伙。
考槃在陆[5]，	建好木屋在高原，
硕人之轴[6]。	贤人心宽敞。
独寐寤宿，	独睡独醒独自躺，
永矢弗告[7]。	发誓永远不跟人讲。

硕人

——这是男子对美丽女子的赞扬之诗。

硕人其颀[8]，	高大美人身子长，
衣锦褧衣[9]。	穿着锦衣披罩衫。
齐侯之子[10]，	齐侯的孩子，
卫侯之妻[11]。	卫侯的妻子。
东宫之妹[12]，	太子的妹子，
邢侯之姨[13]，	邢侯的小姨子，
谭公维私[14]。	谭公是她的妹夫。

---

① 矢：同“誓”。谖：忘却。② 阿：山阿，山凹进去的地方。③ 薖（kē）：宽大的样子。④ 过：忘记，错过。⑤ 陆：高而平的地方。⑥ 轴：徘徊往复。⑦ 告：哀告，诉苦。⑧ 硕人：高大白胖的美人。颀（qí）：修长。⑨ 衣锦：穿着锦制的衣服。“衣”作动词用。褧（jiǒng）：布罩衣。⑩ 齐侯：指齐庄公。子：此处指女儿。⑪ 卫侯：指卫庄公。⑫ 东宫：太子居处。⑬ 姨：此处指妻子的姐妹。⑭ 私：女子称其姊妹之夫为“私”。

手如柔荑[1]，	手指柔嫩如初芽，
肤如凝脂[2]。	皮肤白皙像凝脂。
领如蝤蛴[3]，	脖颈白长像蝤蛴，
齿如瓠犀[4]。	牙齿整齐像葫芦籽。
螓首蛾眉[5]，	额头方正眉细弯，
巧笑倩兮[6]，	一笑酒窝露出来，
美目盼兮[7]。	黑白分明眼睛亮。
硕人敖敖[8]，	高大美人身子长，
说于农郊[9]。	停车歇息在郊外。
四牡有骄[10]，	四匹好马真健壮，
朱幩镳镳[11]，	马嚼上红绸鲜亮，
翟茀以朝[12]。	鸟羽饰车来朝见。
大夫夙退[13]，	大夫们早早退朝，
无使君劳。	别让君王太辛劳。
河水洋洋[14]，	河水宽阔满当当，
北流活活[15]。	哗哗流去北方。
施罛涉涉[16]，	洒下鱼网嚯嚯响，

① 柔荑（tí）：白茅柔嫩之芽。② 凝脂：凝结的油脂。③ 领：颈部。蝤蛴（qiú qí）：天牛的幼虫，色白身长。④ 瓠犀：葫芦籽。因色白，排列整齐，所以常用来比喻美人的牙齿。⑤ 螓（qín）首：形容前额丰满开阔。蛾眉：蚕蛾触角，细长而曲。这里形容眉毛细长弯曲。⑥ 倩：嘴角间好看的样子。⑦ 盼：眼珠转动。⑧ 敖敖：修长高大貌。⑨ 说：通“税”，停车。⑩ 牡：雄马。有骄：强壮的样子。⑪ 朱幩（fén）：用红绸布缠饰的马嚼子。镳（biāo）镳：盛美的样子。⑫ 翟茀（fú）：野鸡毛羽作为车后的装饰。⑬ 夙退：早早退朝。⑭ 河水：此处特指黄河。洋洋：水流浩荡的样子。⑮ 北流：指黄河在齐、卫间北流入海。活活：水流声。⑯ 罛（gū）：大的鱼网。涉（huò）涉：撒网入水声。

鳣鲔发发[①]，
葭菼揭揭[②]。
庶姜孽孽[③]，
庶士有朅[④]。

鳣鱼鲔鱼砰砰跳，
芦苇荻草长得高。
陪嫁的姑娘身子长，
跟随的臣子真健壮。

氓

——这是一首描写婚姻悲剧之诗。

氓之蚩蚩[⑤]，
抱布贸丝[⑥]。
匪来贸丝，
来即我谋。
送子涉淇[⑦]，
至于顿丘[⑧]。
匪我愆期[⑨]，
子无良媒。
将子无怒[⑩]，
秋以为期。

那人笑嘻嘻，
抱着布来换丝绸。
不是为了换丝绸，
前来找我谈婚事。
送他渡过淇水去，
一直到顿丘。
不是我要推日子，
你没好媒人。
请你不要生气，
定下秋天做婚期。

乘彼垝垣[⑪]，
以望复关[⑫]。

登上破败的土墙，
望向复关那地方。

---

①鳣（zhān）：鳇黄鱼。鲔（wěi）：鲟鱼。发（bō）发：鱼尾击水之声。②葭（jiā）：初生的芦苇。菼（tǎn）：初生的荻草。揭揭：很长的样子。③庶姜：指随嫁的姜姓众女。孽孽：高大的样子。④庶士：文姜的陪从。朅（qiè）：勇武。⑤氓：民。蚩（chī）蚩：笑嘻嘻的样子。⑥布：古代货币，即布币。⑦淇：淇水。⑧顿丘：卫地名。⑨愆（qiān）：延误。⑩将：愿，请。⑪垝（guǐ）垣：破颓的墙。⑫复关：诗中男子的住地。

不见复关，	看不见复关，
泣涕涟涟。	眼泪不住流。
既见复关，	既然见复关，
载笑载言①。	有笑又有说。
尔卜尔筮②，	你来占卦卜筮，
体无咎言③。	卦象没有不吉祥。
以尔车来，	等你驾车来，
以我贿迁④。	把我嫁妆搬。
桑之未落，	桑叶还没落，
其叶沃若⑤。	叶子茂密有光泽。
于嗟鸠兮⑥，	哎呀斑鸠啊，
无食桑葚⑦。	不要吃桑果。
于嗟女兮，	哎呀女子啊，
无与士耽⑧。	不要爱他太过火。
士之耽兮，	男人爱过火，
犹可说也⑨。	尚且可摆脱。
女之耽兮，	女子爱过火，
不可说也。	再不能解脱。
桑之落矣，	桑叶落地时，
其黄而陨⑩。	颜色枯黄往下落。

---

①载：语气助词。②卜：卜卦，用龟甲卜吉凶。筮（shì）：用蓍草占吉凶。③体：卜筮所得卦象。咎言：不吉之言。④贿：财物。⑤沃若：润泽的样子。⑥于嗟：吁嗟，叹词。鸠：斑鸠。⑦桑葚（shèn）：桑树的果实。⑧耽：迷恋。⑨说：通“脱”，摆脱。⑩陨：坠落。

自我徂尔[1]，	从我到你家，
三岁食贫。	多年贫困又受苦。
淇水汤汤[2]，	淇水浩荡荡，
渐车帷裳[3]。	打湿车上的布帘。
女也不爽[4]，	我没有过错，
士贰其行[5]。	你却生二心。
士也罔极[6]，	男人没个准儿，
二三其德[7]。	三心二意无品德。
三岁为妇，	多年做妇人，
靡室劳矣[8]。	没有家务活不干。
夙兴夜寐[9]，	早起又晚睡，
靡有朝矣。	没有一天不这样。
言既遂矣，	生活已安定，
至于暴矣[10]。	态度变凶恶。
兄弟不知，	兄弟不知晓，
咥其笑矣[11]。	看见我就笑。
静言思之，	静下心来想这事，
躬自悼矣[12]。	独自伤心难过。
及尔偕老，	与你一同到老，
老使我怨。	老了让我心生怨。

①徂（cú）：往。②汤（shāng）汤：水势盛大。③渐（jiān）：沾湿。④爽：差错。⑤贰：有二心。⑥罔极：没有准则，行为多变。⑦二三其德：三心二意。⑧室劳：家务劳动。⑨夙兴夜寐：早起晚睡。⑩暴：凶暴。⑪咥（xì）：讥笑。⑫悼：伤心。

淇则有岸，　　　　淇水有个岸，
隰则有泮[①]。　　　　漯水也有边。
总角之宴[②]，　　　　少时真快乐，
言笑晏晏[③]。　　　　说说笑笑多温和。
信誓旦旦[④]，　　　　诚恳发誓言，
不思其反。　　　　想不到竟会违反。
反是不思，　　　　违背誓言不顾念，
亦已焉哉！　　　　那就算了吧！

竹竿

——这是一首出嫁女子的思乡之曲。

籊籊竹竿[⑤]，　　　　竹竿长又细，
以钓于淇[⑥]。　　　　用它在淇水钓鱼。
岂不尔思[⑦]？　　　　难道不想念故乡？
远莫致之。　　　　太远不能到那里。

泉源在左，　　　　泉源左边流，
淇水在右。　　　　淇水右边流。
女子有行[⑧]，　　　　女子出嫁了，
远兄弟父母。　　　　远离父母兄弟。

淇水在右，　　　　淇水右边流，

① 隰（xí）：低湿之地。泮（pàn）：岸，水边。② 总角：古时儿童两边梳辫，状如双角。此处指童年。③ 晏晏：和悦的样子。④ 旦旦：明朗的样子。⑤ 籊（tì）籊：长而尖的样子。⑥ 淇：卫国水名。⑦ 尔思：想念你。尔，你。⑧ 行：远嫁。

泉源在左。	泉源左边流。
巧笑之瑳①，	一笑牙齿像玉白，
佩玉之傩②。	一动佩玉有声音。

淇水滺滺③，	淇水长长流，
桧楫松舟④。	桧木做桨松木舟。
驾言出游⑤，	坐着小船去转转，
以写我忧⑥。	消了这忧愁。

芄兰

——这是一首小儿女之间的恋歌。

芄兰之支⑦，	芄兰荚枝垂，
童子佩觿⑧。	童子挂象锥。
虽则佩觿，	虽然挂象锥，
能不我知。	却不了解我。
容兮遂兮⑨，	走路摇摆玉佩响，
垂带悸兮⑩。	垂带晃呀晃。

芄兰之叶，	芄兰叶子弯，
童子佩韘⑪。	童子戴象钩。
虽则佩韘，	虽然戴象钩，

①瑳（cuō）：玉色鲜白，此处指露齿巧笑状。②傩（nuó）：行动有节奏的样子。③滺（yōu）滺：河水荡漾之状。④楫：船桨。桧、松：木名。⑤言：语气助词，相当于“而”。⑥写：排解。⑦芄（wán）兰：一种多年生的蔓草，又名萝摩。支：枝条。⑧觿（xī）：解结用具，形同锥。⑨容、遂：舒缓悠闲之貌。⑩悸：原指心动，此处指衣带摆动貌。⑪韘（shè）：钩弦用具，套于右手拇指，射箭时用于钩弦。

能不我甲[1]。　　却不亲近我。
容兮遂兮，　　走路摇摆玉佩响，
垂带悸兮。　　垂带晃呀晃。

河广

——这是一首思乡之诗。

谁谓河广？　　谁说河水广阔？
一苇杭之[2]。　　芦苇小船可渡过。
谁谓宋远？　　谁说宋国遥远？
跂予望之[3]。　　踮起脚来能望见。

谁谓河广？　　谁说河水广阔？
曾不容刀[4]。　　容不下一条小船。
谁谓宋远？　　谁说宋国遥远？
曾不崇朝[5]。　　来往不过一早晨。

伯兮

——这是一首描写妻子思念久役不归的丈夫之诗。

伯兮朅兮[6]，　　伯啊，威武啊，
邦之桀兮[7]。　　国家的英雄。
伯也执殳[8]，　　他手拿丈二殳，

---

①甲：借作“狎”，亲昵。②苇：芦苇，此处指芦苇编成的筏子。杭：通“航”，渡过的意思。③跂（qì）：踮起脚跟。④曾：竟。刀：通“舠”，小船。⑤崇朝：终朝，形容时间很短。⑥朅（qiè）：威武。⑦桀：才能出众的人。⑧殳（shū）：古兵器。

为王前驱。

为君王做先锋。

自伯之东，
首如飞蓬。
岂无膏沐[1]？
谁适为容[2]！

自从伯去东边，
我的头发像草乱。
哪里没有膏沐梳头？
为谁高兴去打扮！

其雨其雨，
杲杲日出[3]。
愿言思伯，
甘心首疾！

下雨吧下雨吧，
又是一轮大太阳。
时常想念他，
心里痛苦头也疼！

焉得谖草[4]？
言树之背[5]。
愿言思伯，
使我心痗[6]！

哪里去找忘忧草？
种在北堂下。
时常想念他，
使我生心病！

有狐

——这是一首相思之诗。

有狐绥绥[7]，
在彼淇梁[8]。
心之忧矣，

狐狸慢慢走，
在那淇水石桥上。
我心里担忧，

---

①膏：妇女润发的油脂。②谁适为容：为谁修饰，为谁打扮。③杲（gǎo）杲：明亮的样子。④谖（xuān）草：萱草，又称忘忧草。⑤背：屋子北面。⑥痗（mèi）：忧思成病。⑦绥绥：独行求匹貌。⑧淇：水名。梁：桥。

之子无裳[1]！　　这人也没个衣裳！

有狐绥绥，　　狐狸慢慢走，
在彼淇厉[2]。　　在那淇水浅滩上。
心之忧矣，　　我心里担忧，
之子无带！　　这人也没个腰带！

有狐绥绥，　　狐狸慢慢走，
在彼淇侧[3]。　　在那淇水旁。
心之忧矣，　　我心里担忧，
之子无服！　　这人也没个衣服！

木瓜

——这是一首描写互相赠答之诗。

投我以木瓜[4]，　　送我个木瓜，
报之以琼琚[5]。　　拿佩玉回他。
匪报也[6]，　　不是为报答，
永以为好也。　　永远以此来相好。

投我以木桃[7]，　　送我个木桃，
报之以琼瑶。　　美石回报他。
匪报也，　　不是为报答，

① 之子：这个人。② 厉：水深及腰，可以涉过之处。③ 侧：岸边。④ 木瓜：一种落叶灌木（或小乔木），果实长椭圆形，色黄而香，蒸煮或蜜渍后供食用。⑤ 琼琚（jū）：美玉。⑥ 匪：非。⑦ 木桃：果名，即樝子，比木瓜小。

永以为好也。

投我以木李[①]，
报之以琼玖。
匪报也，
永以为好也。

永远以此来相好。

送我个木李，
回他个美玉。
不是为报答，
永远以此来相好。

① 木李：果名，即榠樝。

王 风

周平王东迁洛邑（今河南省的洛阳、孟县、巩县、温县一带）以后，产生了许多民间歌谣，它们大都带有乱世苍凉哀怨的气氛，反映了当时战争频繁、人民无处为家的社会现实。在《诗经》中，这些歌谣集结起来，统称为《王风》。从地理位置上说，它们是从王城产生的歌谣；从政治蕴含和艺术手法上说，它们虽大多叙述王城之事，但缺乏《雅》的正统，而显得深沉厚重，别有寄托。《王风》共存诗 10 首。

黍离

——这是一首追思故国、慨叹兴衰之诗。

彼黍离离[①]，	黍子排成行，
彼稷之苗[②]。	高粱在长苗。
行迈靡靡[③]，	慢慢往远处走，
中心摇摇[④]。	心里不安太忧愁。
知我者谓我心忧，	知道我的人说我心里烦忧，
不知我者谓我何求。	不知道我的人说我还有什么要求。
悠悠苍天，	远远在上的天，
此何人哉！	这是什么人啊！

彼黍离离，	黍子排成行，
彼稷之穗。	高粱在抽穗。
行迈靡靡，	慢慢往远处走，
中心如醉。	心里难受像醉酒。
知我者谓我心忧，	知道我的人说我心里烦忧，
不知我者谓我何求。	不知道我的人说我还有什么要求。

①黍（shǔ）：黍子，去皮后叫黏黄米。离离：行列之貌。②稷（jì）：高粱。③靡靡：行步迟缓貌。④摇摇：形容心神不安。

悠悠苍天，	远远在上的天，
此何人哉！	这是什么人啊！

彼黍离离，	黍子排成行，
彼稷之实。	高粱结果实。
行迈靡靡，	慢慢往远处走，
中心如噎[①]。	心里忧愁像噎食。
知我者谓我心忧，	知道我的人说我心里烦忧，
不知我者谓我何求。	不知道我的人说我还有什么要求。
悠悠苍天，	远远在上的天，
此何人哉！	这是什么人啊！

君子于役

——这是一首抒发妻子思念服役丈夫之诗。

君子于役，	君子去服役，
不知其期，	不知期限在哪里，
曷至哉？	什么时候回家来？
鸡栖于埘[②]，	鸡儿飞回巢，
日之夕矣，	太阳要落山，
羊牛下来。	牛羊下坡来。
君子于役，	君子去服役，
如之何勿思！	叫我如何不想他！

①噎（yē）：气逆不能呼吸。②埘（shí）：在墙壁上挖洞做成的鸡舍。

君子于役，
不日不月，
曷其有佸[1]？
鸡栖于桀，
日之夕矣，
羊牛下括[2]。
君子于役，
苟无饥渴[3]？

君子去服役，
没日也没月，
什么时候能相会？
鸡儿飞去木桩，
太阳要落山，
牛羊下坡来。
君子去服役，
也许他不会挨饿？

君子阳阳

——这首诗描写了舞师与乐工共同歌舞的场面。

君子阳阳[4]，
左执簧[5]，
右招我由房[6]。
其乐只且[7]！

君子喜洋洋，
左手拿笙簧，
右手招我跳由房。
多快乐啊！

君子陶陶[8]，
左执翿[9]，
右招我由敖[10]。
其乐只且！

君子乐陶陶，
左手拿羽舞，
右手招我跳由敖。
多快乐啊！

---

①佸（huó）：会合。②括：至。③苟：表推测的语气词，大概，也许。④阳阳：快乐的样子。⑤簧：古乐器名，笙。⑥由房：演奏房中乐章所跳的舞蹈。⑦只且：语气助词。⑧陶陶：和乐舒畅貌。⑨翿（dào）：歌舞所用道具，用五彩野鸡羽毛做成，扇形。⑩由敖：舞名。疑即为《骜夏》。

扬之水

——这是一首戍边战士对妻子的思念之诗。

扬之水①，	河水缓缓流，
不流束薪②。	一捆小柴漂不走。
彼其之子③，	那个人啊，
不与我戍申④。	不和我去守卫申。
怀哉怀哉⑤！	想念啊想念啊！
曷月予还归哉⑥？	哪月才能回家乡？
扬之水，	河水缓缓流，
不流束楚⑦。	一捆荆条漂不走。
彼其之子，	那个人啊，
不与我戍甫⑧。	不和我去守卫甫。
怀哉怀哉！	想念啊想念啊！
曷月予还归哉？	哪月才能回家中？
扬之水，	河水缓缓流，
不流束蒲⑨。	一捆蒲柳漂不走。
彼其之子，	那个人啊，
不与我戍许⑩。	不和我去守卫许。
怀哉怀哉！	想念啊想念啊！
曷月予还归哉？	哪月才能回家去？

① 扬之水：激扬之水。②束薪：成捆的柴薪。③彼其：那个。④戍申：在申地边境防守。⑤怀：平安，一说思念、怀念。⑥曷：何。⑦束楚：成捆的荆条。⑧戍甫：守卫甫国边境。⑨束蒲：成捆的蒲柳。⑩许：地名。

中谷有蓷

——这是一首弃妇的怨歌。

中谷有蓷[1]，　　谷中长着益母草，
暵其干矣[2]。　　旱得已干燥。
有女仳离[3]，　　有个女子被抛弃，
嘅其叹矣。　　叹息又叹息。
嘅其叹矣，　　叹息又叹息，
遇人之艰难矣！　　嫁个良人太艰难！

中谷有蓷，　　谷中长着益母草，
暵其脩矣[4]。　　旱得成干肉。
有女仳离，　　有个女子被抛弃，
条其啸矣[5]。　　长叹呀长叹。
条其啸矣，　　长叹呀长叹，
遇人之不淑矣！　　嫁了一个负心汉！

中谷有蓷，　　谷中长着益母草，
暵其湿矣[6]。　　旱得快枯焦。
有女仳离，　　有个女子被抛弃，
啜其泣矣。　　抽噎哭不停。
啜其泣矣，　　抽噎哭不停，
何嗟及矣！　　后悔叹息来不及！

---

①中谷：同谷中，山谷之中。蓷（tuī）：益母草。②暵（hàn）：干枯。③仳（pǐ）离：妇女被夫家抛弃逐出，后世亦作离婚讲。④脩：干燥。⑤啸（xiào）：痛声。⑥湿：通“曝”，干。

兔爰

——这是一首伤时感事、悲观厌世之诗。

有兔爰爰[①]，
雉离于罗[②]。
我生之初，
尚无为[③]。
我生之后，
逢此百罹[④]。
尚寐无吪[⑤]！

狡兔真自在，
野鸡进网来。
我初生那时，
还没有战争。
我长大以后，
碰上这么多忧祸。
只愿长睡不醒来！

有兔爰爰，
雉离于罦[⑥]。
我生之初，
尚无造[⑦]。
我生之后，
逢此百忧。
尚寐无觉[⑧]！

狡兔真自在，
野鸡进网来。
我初生那时，
还没有灾祸。
我长大以后，
碰上这么多忧患。
只愿长睡永闭眼！

有兔爰爰，
雉离于罿[⑨]。
我生之初，
尚无庸[⑩]。

狡兔真自在，
野鸡进网来。
年幼那时候，
还没有劳役。

---

①爰（yuán）：舒服的样子。②离：同“罹”，陷，遭难。罗：网。③为：指徭役。④罹（lí）：忧。⑤吪（é）：行动。⑥罦（fú）：一种装设机关的网，能捕鸟兽。⑦造：指劳役。⑧觉：清醒。⑨罿（tóng）：捕鸟兽的网。⑩庸：指劳役。

我生之后，
逢此百凶。
尚寐无聪①！

我长大以后，
碰上这么多凶事。
只愿长睡听不见！

葛藟

——这是一首背井离乡之人内心的哀歌。

绵绵葛藟②，
在河之浒③。
终远兄弟④，
谓他人父。
谓他人父，
亦莫我顾！

葛藟长又长，
长在河水旁。
既然离开兄弟们，
喊别人叫爹。
喊别人叫爹，
也不关心照顾我！

绵绵葛藟，
在河之涘。
终远兄弟，
谓他人母。
谓他人母，
亦莫我有⑤！

葛藟长又长，
长在河水旁。
既然离开兄弟们，
喊别人叫娘。
喊别人叫娘，
也不关心亲近我！

绵绵葛藟，
在河之漘。

葛藟长又长，
长在河水旁。

①聪：听觉。②绵绵：连绵不绝。葛藟（lěi）：藤蔓。③浒（hǔ）：水边。与下文“涘（sì）”“漘（chún）”同义。④终：既，已。⑤有：通“友”，帮助。

终远兄弟，	既然离开兄弟们，
谓他人昆[①]。	喊别人兄长。
谓他人昆，	喊别人兄长，
亦莫我闻[②]！	也不关心询问我！

采葛

——这是一首真挚淳朴的恋人之诗。

彼采葛兮[③]，	那人采葛菜啊，
一日不见，	一天没见面，
如三月兮。	像三个月一样长。
彼采萧兮[④]，	那人采青蒿啊，
一日不见，	一天没见面，
如三秋兮[⑤]。	像三个秋天一样长。
彼采艾兮[⑥]，	那人采艾啊，
一日不见，	一天没见面，
如三岁兮。	像三年一样漫长。

①昆：兄。②闻：与“问”通。③葛：一种蔓生植物，块根可食，茎可制纤维。④萧：植物名。蒿的一种，即青蒿。有香气，古时用于祭祀。⑤三秋：通常一秋为一年，后又有专指秋三月的用法。这里三秋长于三月，短于三年，义同三季，九个月。⑥艾：植物名，菊科植物。

大车

——这是一首言辞激切的爱情诗。

大车槛槛[①]，　　大车走过坎坎响，
毳衣如菼[②]。　　毛衣青白像芦荻。
岂不尔思？　　怎么不想你？
畏子不敢。　　怕你没勇气。

大车哼哼[③]，　　大车走得重又慢，
毳衣如璊[④]。　　毛衣鲜艳像红玉。
岂不尔思？　　怎么不想你？
畏子不奔。　　怕你不与我私奔。

“榖则异室[⑤]，　　“活着不在一间房，
死则同穴。　　死后同躺一块地。
谓予不信，　　说我的话不可信，
有如皦日[⑥]！”　　有这太阳来证明！”

丘中有麻

——这是一首自由、热烈的爱情诗。

丘中有麻[⑦]，　　山丘中间长着麻，
彼留子嗟[⑧]。　　那是留子嗟。
彼留子嗟，　　那是留子嗟，

①槛（kǎn）槛：车轮的响声。②毳（cuì）衣：车氈，用于蔽风雨。菼（tǎn）：芦苇的一种。③哼（tūn）哼：重滞徐缓的样子。④璊（mén）：红色美玉，此处喻红色车篷。⑤榖：活着。⑥皦：同“皎”，光明。⑦麻：大麻，古时种植以其皮织布做衣。⑧子嗟：人名。

将其来施施①。 请他来帮忙。

丘中有麦， 山丘中间长着麦，
彼留子国②。 那是留子国。
彼留子国， 那是留子国，
将其来食。 请他来吃饭。

丘中有李， 山丘中间长李树，
彼留之子。 那是留的儿子。
彼留之子， 那是留的儿子，
贻我佩玖③。 送我一块佩玉。

①将（qiāng）：请，愿，希望。施施：施予，帮助。一说高兴貌。②子国：人名。③贻：赠。玖：玉一类的美石。

郑 风

郑（今河南省中部），西周末期宣王封他的弟弟姬友于郑，即郑恒公。周幽王时，犬戎入侵西周，郑桓公与周幽王一起被杀，其子郑武公迁都于新郑，重建郑国。《郑风》是郑武公后期的作品，共存诗21首。《郑风》多为爱情诗，后人称郑国是情歌的沃土。

缁衣

——这是一首以赠衣来表露妻子对丈夫的深情之诗。

缁衣之宜兮[①]，	黑色衣服多合身啊，
敝，予又改为兮[②]。	破了，我再改做啊。
适子之馆兮[③]，	你去官舍啊，
还，予授子之粲兮[④]。	回来，给你新衣啊。
缁衣之好兮，	黑色衣服多美好啊，
敝，予又改造兮。	破了，我再改做啊。
适子之馆兮，	你去官舍啊，
还，予授子之粲兮。	回来，给你新衣啊。
缁衣之蓆兮[⑤]，	黑色衣服多宽大啊，
敝，予又改作兮。	破了，我再改做啊。
适子之馆兮，	你去官舍啊，
还，予授子之粲兮。	回来，给你新衣啊。

①缁（zī）衣：黑色的衣服，当时卿大夫到官署所穿的衣服。宜：合适。②敝：破敝。指衣服破烂。③适：往。馆：官舍。④粲：鲜明，指新衣。一说“餐”之假借字。⑤蓆：宽大舒适。

将仲子

——这是一首热恋中男女幽会之诗。

将仲子兮[①]！	仲子啊！
无窬我里[②]，	不要翻过我家里墙，
无折我树杞[③]。	不要折断我家杞树。
岂敢爱之[④]？	怎会舍不得那树？
畏我父母。	害怕我的父母。
仲可怀也，	仲子让我想念，
父母之言，	父母的话，
亦可畏也！	也让我害怕！
将仲子兮！	仲子啊！
无窬我墙，	不要翻过我家院墙，
无折我树桑。	不要折断我家桑树。
岂敢爱之？	怎会舍不得那树？
畏我诸兄。	害怕我的兄弟。
仲可怀也，	仲子让我想念，
诸兄之言，	兄弟的话，
亦可畏也！	也让我害怕！
将仲子兮！	仲子啊！
无窬我园，	不要翻过我家园子，
无折我树檀。	不要折断我家檀树。
岂敢爱之？	怎会舍不得那树？

①将：愿，请。②窬：翻越。里：邻里。古代二十五家为里。③树：种植。④爱：爱惜。

畏人之多言。　　害怕别人多说话。
仲可怀也，　　仲子让我想念，
人之多言，　　别人多说话，
亦可畏也！　　也让我害怕！

叔于田

——这是一首赞美猎人之诗。

叔于田[①]，　　叔去打猎，
巷无居人。　　里巷没有居住的人。
岂无居人？　　哪是没有居住的人？
不如叔也，　　比不过叔啊，
洵美且仁[②]。　　确实漂亮又仁厚。

叔于狩[③]，　　叔去冬猎，
巷无饮酒。　　里巷没有人喝酒。
岂无饮酒？　　哪是没有人喝酒？
不如叔也，　　比不过叔啊，
洵美且好。　　确实漂亮又和善。

叔适野[④]，　　叔去郊外，
巷无服马[⑤]。　　里巷没有人驾马。
岂无服马？　　哪是没有人驾马？

---

①叔：古代兄弟次序为伯、仲、叔、季，年岁较小者统称为叔，此处指年轻的猎人。于：去，往。田：打猎。②洵：真正的，的确。③狩：冬猎为"狩"，此处为田猎的统称。④适：往。⑤服马：骑马之人。一说用马驾车。

不如叔也，	比不过叔啊，
洵美且武。	确实漂亮又勇武。

大叔于田

——这是一首描述打猎场面、赞美贵族猎人之诗。

叔于田①，	叔去打猎，
乘乘马②。	驾着四马拉的车。
执辔如组③，	手握马缰像丝组，
两骖如舞④。	两旁两马像跳舞。
叔在薮⑤，	叔在水泽旁，
火烈具举⑥。	烈火都举起。
襢裼暴虎⑦，	赤着膀子打老虎，
献于公所。	献去郑公府。
“将叔无狃⑧，	“请叔不要太大意，
戒其伤女。”	小心老虎伤了你。”
叔于田，	叔去打猎，
乘乘黄。	驾着四马毛金黄。
两服上襄⑨，	中间两匹在前方，
两骖雁行。	两旁两匹像雁行。

①田：同“畋”，打猎。②乘乘马：驾着拉一乘车的四马。前一个“乘”字为动词，后一个“乘”字为名词。古时一车四马叫一乘。③组：织带平行排列的经线。④骖（cān）：驾车的四马中外侧两边的马。⑤薮（sǒu）：低湿多草木的沼泽地带。⑥火烈：打猎时放火烧草，遮断野兽的逃路。具：都。举：起。⑦襢裼（tǎn xī）：脱衣袒身。⑧将（qiāng）：请，愿。狃（niǔ）：反复。⑨服：驾车的四马中间的两匹。

叔在薮，	叔在水泽旁，
火烈具扬。	烈火都上扬。
叔善射忌[①]，	叔擅长射箭，
又良御忌[②]。	车也驾得好。
抑磬控忌[③]，	一会儿勒起马，
抑纵送忌[④]。	一会儿纵马任驰骋。
叔于田，	叔去打猎，
乘乘鸨[⑤]。	驾着四马毛色杂。
两服齐首，	中间两匹一起走，
两骖如手。	两旁两匹像双手。
叔在薮，	叔在水泽旁，
火烈具阜[⑥]。	烈火烧得旺。
叔马慢忌，	马儿慢慢走，
叔发罕忌。	弓箭射得少。
抑释掤忌[⑦]，	箭筒打开装起箭，
抑鬯弓忌[⑧]。	把弓藏进袋里头。

清人

——这首诗描述了古代大规模战争中出现的车战。

清人在彭[⑨]，	清邑军队守卫彭，

① 忌：语尾助词。② 良御：驾马很在行。③ 抑：发语词。磬（qìng）控：勒马使缓行或停步。④ 纵送：发矢曰纵，从禽曰送。⑤ 鸨（bǎo）：有黑白杂毛的马。⑥ 阜：旺盛。⑦ 掤（bīng）：箭筒盖。⑧ 鬯（chàng）：弓囊，此处为动词。⑨ 清：郑国之邑。彭：郑国地名。

驷介旁旁[①]。　四马披甲多强壮。
二矛重英[②]，　两支矛装饰两层，
河上乎翱翔。　在河边遨游。

清人在消[③]，　清邑军队守卫消，
驷介麃麃[④]。　四马披甲多威武。
二矛重乔[⑤]，　两矛装饰两层羽，
河上乎逍遥。　在河边逍遥。

清人在轴[⑥]，　清邑军队守卫轴，
驷介陶陶[⑦]。　四马披甲跑得快。
左旋右抽[⑧]，　左转身子右拔刀，
中军作好[⑨]。　将军做得好。

羔裘

——这是讽刺当时郑国官场风气之诗。

羔裘如濡[⑩]，　羊皮袍子有光泽，
洵直且侯[⑪]。　的确正直又美丽。
彼其之子，　那个人，
舍命不渝[⑫]。　舍弃生命不改变。

① 驷介：一车驾四匹披甲的马。旁旁：马强壮有力貌。② 重英：两层矛上的缨饰。③ 消：郑国地名。④ 麃（biāo）麃：英勇威武貌。⑤ 乔：长尾野鸡。⑥ 轴：郑国地名。⑦ 陶陶：驱驰之貌。⑧ 旋：转。抽：拔刀。⑨ 中军：古三军为上军、中军、下军，中军之将为主帅。作好：与“翱翔”“逍遥”一样也是连绵词，指武艺高强。⑩ 羔裘：羔羊皮裘，古大夫的朝服。濡（rú）：柔软而有光泽。⑪ 洵：诚然，的确。侯：美。⑫ 渝：改变。

羔裘豹饰①，
孔武有力。
彼其之子，
邦之司直②。

羊皮袍子绣豹皮，
十分威武有力气。
那个人，
是国家的司直。

羔裘晏兮③，
三英粲兮④。
彼其之子，
邦之彦兮⑤。

羊皮袍子真鲜艳，
三排豹皮真好看。
那个人，
国家的人才啊。

遵大路

——这是一首女子勇敢挽留爱人的弃妇诗。

遵大路兮，
掺执子之袪兮⑥！
无我恶兮，
不寁故也⑦！

沿着大路走，
拉住你袖口！
不要讨厌我啊，
不要离弃老朋友！

遵大路兮，
掺执子之手兮！
无我魗兮⑧，
不寁好也！

沿着大路走，
拉住你的手！
不要嫌我丑啊，
不要离弃好朋友！

---

① 豹饰：用豹皮装饰皮袄的袖口。② 司直：负责劝谏君主过失的官吏。③ 晏：鲜盛貌。④ 三英：装饰袖口的三道豹皮镶边。⑤ 彦：才德出众之人。⑥ 掺（shǎn）：执。袪（qū）：袖口。⑦ 寁（zǎn）：迅速。故：旧。⑧ 魗（chǒu）：丑。

女曰鸡鸣

——这首诗表现了对青年夫妇和睦生活的赞美与向往。

女曰："鸡鸣。"	女子说："鸡叫了。"
士曰："昧旦①。"	男人说："天还没亮。"
"子兴视夜②，	"你起来看看夜色，
明星有烂③。"	启明星在闪光。"
"将翱将翔④，	"像鸟出窝去走走，
弋凫与雁⑤。"	射下野鸭与大雁。"
"弋言加之⑥，	"射中那只鸟，
与子宜之⑦。	给你做菜肴。
宜言饮酒，	用菜来下酒，
与子偕老。	与你同到老。
琴瑟在御⑧，	弹起琴和瑟，
莫不静好⑨。"	没有不美满安好。"
"知子之来之⑩，	"知道你的劝慰，
杂佩以赠之⑪！	回送给你杂佩！
知子之顺之⑫，	知道你的温顺，
杂佩以问之！	送你杂佩来慰问！
知子之好之，	知道你的爱意，
杂佩以报之！"	送你杂佩回报你！"

---

①昧旦：天色将明未明之际。②兴：起。视夜：察看夜色。③明星：启明星。有烂：灿烂，明亮。④将翱将翔：已到破晓时分，宿鸟将出巢飞翔。⑤弋（yì）：用生丝做绳，系在箭上射鸟。凫：野鸭。⑥加：射中。⑦与：为。宜：即"肴"，烹调菜肴。⑧御：弹奏。⑨静好：和睦安好。⑩来：殷勤体贴之意。⑪杂佩：古人佩饰，上系珠、玉等，质料和形状不一，故称杂佩。⑫顺：柔顺。

有女同车

——这是这是一首描写贵族青年的恋爱之歌。

有女同车，	同车那姑娘，
颜如舜华①。	脸儿像木槿花一样。
将翱将翔，	走路像鸟在飞翔，
佩玉琼琚②。	美玉戴身上。
彼美孟姜③，	姜家美丽的大姑娘，
洵美且都④！	确实美丽又大方！
有女同行，	同车那姑娘，
颜如舜英。	脸儿像木槿花一样。
将翱将翔，	走路像鸟在飞翔，
佩玉将将⑤。	佩玉叮当响。
彼美孟姜，	姜家美丽的大姑娘，
德音不忘⑥！	品德美好真难忘！

山有扶苏

——这是一首情人约会时向对方唱出的戏谑之歌。

山有扶苏⑦，	山上有扶苏，
隰有荷华⑧。	湿地有荷花。

① 舜华：植物名，即木槿花。华：同“花”。②琼琚：美玉。③孟姜：毛传：“齐之长女。”排行最大的称孟，姜则是齐国的国姓。后世孟姜也用作美女的通称。④洵：确实。都：娴雅。⑤将将：即“锵锵”，玉石相互碰击摩擦发出的声音。⑥德音：美好的品德声誉。⑦扶苏：树木名。⑧隰：洼地。

不见子都①，　　没看到漂亮的子都，
乃见狂且②。　　却见个狂徒。

山有乔松③，　　山上有高松，
隰有游龙④。　　湿地有水红。
不见子充⑤，　　没看到漂亮的子充，
乃见狡童⑥。　　却见个狡猾的小童。

萚兮

——这是一首慨叹时光易逝、渴望亲情之诗。

萚兮萚兮⑦，　　枯叶要落啦落啦，
风其吹女⑧！　　风吹着你摇晃！
叔兮伯兮，　　叔啊伯啊，
倡予和女⑨！　　我唱歌你来和！

萚兮萚兮，　　枯叶要落啦落啦，
风其漂女⑩！　　风吹着你摇晃！
叔兮伯兮，　　叔啊伯啊，
倡予要女⑪！　　我唱歌你来和！

---

① 子都：古代美男子。② 狂且（jū）：丑陋的狂童。③ 乔：高大。④ 游龙：水草名，又名水荭。⑤ 子充：古代良人名。⑥ 狡童：狡狯的少年。⑦ 萚（tuò）：脱落的木叶。⑧ 女（rǔ）：同“汝”。⑨ 倡：同“唱”。⑩ 漂：同“飘”。⑪ 要：成，指歌的收腔。

狡童

——这是一首情侣吵架后赌气之诗。

彼狡童兮①，　　那狡猾的小子，
不与我言兮。　　不和我说话呀。
维子之故②，　　为了你的缘故，
使我不能餐兮！　　我吃不下饭呀！

彼狡童兮，　　那狡猾的小子，
不与我食兮。　　不同我吃饭呀。
维子之故，　　为了你的缘故，
使我不能息兮③！　　我睡不安稳呀！

褰裳

——这首诗描写了一位郑国女子对丈夫的日夜思念之情。

子惠思我④，　　你爱我想我，
褰裳涉溱⑤。　　就提起衣裳过溱河。
子不我思⑥，　　你不想我，
岂无他人。　　难道没别人。
狂童之狂也且⑦！　　这狂小子太狂妄啊！

子惠思我，　　你爱我想我，
褰裳涉洧⑧。　　就提起衣裳过洧河。

---

①狡童：狡猾的少年。②维：因为。③息：安稳入睡。④惠：爱，即爱我。⑤褰（qiān）裳：提起下衣。溱（zhēn）：郑国水名出密县境，东北流至新郑县，与洧水合。⑥不我思：不思念我。⑦狂童：谑称，犹言“傻小子”。且：语气助词。⑧洧（wěi）：郑国水名，发源于今河南登封阳城山。

子不我思，	你不想我，
岂无他士。	难道没别人。
狂童之狂也且！	这狂小子太狂妄啊！

丰

——这是一首描写女子未答应男子的提亲，其后悔恨之诗。

子之丰兮[①]，	他容颜丰满啊，
俟我乎巷兮[②]，	在里巷等我啊，
悔予不送兮[③]！	后悔没跟着去啊！
子之昌兮[④]，	他身体强壮啊，
俟我乎堂兮，	在堂屋等我啊，
悔予不将兮[⑤]！	后悔没跟着走啊！
衣锦褧衣[⑥]，	穿着锦缎衣裳，
裳锦褧裳。	披着白纱罩衫。
叔兮伯兮[⑦]，	叔啊伯啊，
驾予与行！	驾车和我一起走！
裳锦褧裳，	穿着锦缎衣裳，
衣锦褧衣。	披着白纱罩衫。
叔兮伯兮，	叔啊伯啊，

①丰：丰满，标致。②俟：等候。③送：致女，以女授婿。④昌：健壮。⑤将：同行。⑥衣：动词，穿。褧（jiǒng）衣：用绢或麻纱制作的罩衫。⑦叔、伯：古代女子对丈夫、情人的称呼。

驾予与归。　　驾车和我一起回。

东门之墠

——这是一首情味很浓的爱情诗。

东门之墠[①]，　　东门有平地，
茹藘在阪[②]。　　坡上长茜草。
其室则迩[③]，　　他屋子离得近，
其人甚远！　　他人那么远！

东门之栗，　　东门栗树下，
有践家室[④]。　　有个好人家。
岂不尔思？　　难道我不想念你？
子不我即[⑤]！　　你不来找我呀！

风雨

——这是一首女子等待心仪男子之诗。

风雨凄凄，　　刮风下雨冷凄凄，
鸡鸣喈喈[⑥]。　　雄鸡喔喔叫。
既见君子，　　既然见到那君子，
云胡不夷[⑦]！　　怎会心里放不下！

---

①墠（shàn）：土坪，铲平的地。②茹藘（rú lú）：草名，即茜草，可染红色。阪（bǎn）：小山坡。③迩：近。④践：善。《韩诗》作“靖”，训“宁静”。⑤即：就，接近。⑥喈（jiē）喈：鸡鸣声。⑦胡：何。夷：同“怡”，悦。

风雨潇潇，　　刮风下雨猛潇潇，
鸡鸣胶胶。　　雄鸡喔喔叫。
既见君子，　　既然见到那君子，
云胡不瘳[1]！　　怎会治不好病！

风雨如晦[2]，　　刮风下雨天地暗，
鸡鸣不已。　　雄鸡叫不停。
既见君子，　　既然见到那君子，
云胡不喜！　　怎会不高兴！

子衿

——这是一首表达相思之苦的恋歌。

青青子衿[3]，　　你的衣领青，
悠悠我心。　　我的思念长。
纵我不往，　　纵然我没去，
子宁不嗣音[4]？　　你难道不能捎个信？

青青子佩[5]，　　你的佩带青，
悠悠我思。　　我的思念长。
纵我不往，　　纵然我没去，
子宁不来？　　你难道不能来一趟？

---

① 瘳（chōu）：病愈，此处是指愁思满怀的心病消除。② 晦：昏暗。③ 衿：襟，衣领。④ 嗣音：传音讯。⑤ 佩：这里指系佩玉的绶带。

挑兮达兮[1]，	独自来啊独自回，
在城阙兮[2]。	在高高的城墙上。
一日不见，	一天不见你，
如三月兮！	像三个月一样长！

扬之水

——这是一首妻子劝谏丈夫勿信谗言之诗。

扬之水[3]，	河水缓缓流，
不流束楚。	一捆荆条漂不走。
终鲜兄弟[4]，	兄弟本就少，
维予与女。	只有我和你。
无信人之言，	不要轻信别人的话，
人实迋女[5]。	人家在骗你。

扬之水，	河水缓缓流，
不流束薪。	一捆小柴漂不走。
终鲜兄弟，	兄弟本就少，
维予二人。	只有你我两个人。
无信人之言，	不要轻信别人的话，
人实不信[6]。	他人实在不能信。

① 挑、达：走来走去的样子。② 城阙：城门两边的观楼。③ 扬：激扬。④ 鲜（xiǎn）：缺少。⑤ 迋："诳"之借用，欺骗。⑥ 信：诚信、可靠。

出其东门

——这首诗抒写了男子对心上人忠贞不贰的感情。

出其东门[①]，	走出东城门，
有女如云[②]。	姑娘多得像天上云。
虽则如云，	虽然多得像天上云，
匪我思存[③]。	不是我的心上人。
缟衣綦巾[④]，	白衣绿佩巾那人，
聊乐我员[⑤]。	姑且可让我快乐。
出其闉阇[⑥]，	走出外城门，
有女如荼[⑦]。	姑娘多得像白茅花。
虽则如荼，	虽然多得像白茅花，
匪我思且[⑧]。	不是我心里的人。
缟衣茹藘[⑨]，	白衣红佩巾那人，
聊可与娱。	姑且可与她同乐。

野有蔓草

——这是一首委婉悠扬的邂逅之曲。

野有蔓草[⑩]，	郊外青草连成片，
零露漙兮[⑪]。	露珠落下多又圆。
有美一人，	有一个美女，

①东门：城东门。②如云：形容众多。③匪：非。思存：想念。④缟（gǎo）：白色。綦（qí）巾：暗绿色头巾。⑤员：同“云”，语气助词。⑥闉阇（yīn dū）：外城门。⑦荼（tú）：茅花，白色。茅花开时一片皆白，此亦形容女子众多。⑧且（jū）：语气助词。⑨茹藘（lú）：茜草，其根可制作绛红色染料。⑩蔓：蔓延。⑪零：降落。漙（tuán）：形容露水很多。

清扬婉兮[1]。　　眉目清秀体态美。
邂逅相遇[2]，　　碰巧遇见她，
适我愿兮。　　正合我心意。

野有蔓草，　　郊外青草连成片，
零露瀼瀼[3]。　　露珠落下浓又多。
有美一人，　　有一个美女，
婉如清扬。　　样子妩媚眉目清。
邂逅相遇，　　碰巧遇见她，
与子偕臧[4]。　　和她都欢喜。

溱洧

——这是一首表现热恋男女河边春游之诗。

溱与洧[5]，　　溱河与洧河，
方涣涣兮[6]。　　河水解冰满盈盈啊。
士与女[7]，　　男子和女子，
方秉蕑兮[8]。　　手里拿着兰草啊。
女曰："观乎？"　　女子说："去看看吧？"
士曰："既且[9]。"　　男子说："已经去过了。"
"且往观乎[10]！"　　"再去看看吧！"
洧之外，　　洧河外，

① 清扬：目以清明为美，扬亦明也，此处形容眉目漂亮传神。婉：美好。② 邂逅：不期而遇。③ 瀼（ráng）：形容露水很浓。④ 臧：善，好。⑤ 溱（zhēn）、洧（wěi）：郑国二水名。⑥ 方：正。涣涣：河水解冻后的奔腾之貌。⑦ 士与女：此处泛指男男女女。后文"士""女"则特指其中某青年男女。⑧ 秉：执。蕑（jiān）：一种兰草。⑨ 既：已经。且：同"徂"，去，往。⑩ 且：再。

洵訏且乐 ①。 确实宽阔又好玩。
维士与女 ②, 男子和女子,
伊其相谑 ③, 相互在调笑,
赠之以勺药 ④。 送去一朵芍药。

溱与洧, 溱河与洧河,
浏其清矣 ⑤。 河水真清澈。
士与女, 男子和女子,
殷其盈矣 ⑥。 人数那么多。
女曰:"观乎?" 女子说:"去看看吧?"
士曰:"既且。" 男子说:"已经去过了。"
"且往观乎!" "再去看看吧!"
洧之外, 洧河外,
洵訏且乐。 确实宽阔又好玩。
维士与女, 男子和女子,
伊其相谑, 相互在调笑,
赠之以勺药。 送去一朵芍药。

①洵:诚然,确实。訏(xū):广阔。②维:发语词。③伊:发语词。相谑:互相调笑。④勺药:
一种香草,与今之木芍药不同。⑤浏:水深而清之状。⑥殷:众多。盈:满。

齐 风

齐（今山东省的中北部和中部），周武王封国师姜尚于齐，建都营丘（今山东临淄）。《齐风》大约产生于东周初年至春秋时期，多是描述君主和大臣们的生活内容，半数以上是关于婚姻和爱情的诗。共存诗 11 首。

鸡鸣

——这是一首表现夫妻浪漫情调的问答联句诗。

“鸡既鸣矣， 朝既盈矣[①]。” “匪鸡则鸣[②]， 苍蝇之声。”	“鸡已经叫啦， 朝堂上人都满啦。” “不是鸡在叫， 苍蝇嗡嗡声。”
“东方明矣， 朝既昌矣[③]。” “匪东方则明， 月出之光。”	“东方亮啦， 朝堂上人都到啦。” “不是东方亮， 月亮照的光。”
“虫飞薨薨[④]， 甘与子同梦。” “会且归矣[⑤]， 无庶予子憎[⑥]。”	“虫子嗡嗡飞， 想要和你同做梦。” “朝会的人要回来啦， 不要给你招怨恨。”

① 朝盈：上朝堂的官员已满。②匪：不是。③昌：盛，意味人多。④薨（hōng）薨：飞虫的振翅声。⑤会：会朝，上朝。⑥无庶予子憎：庶无予子憎，希望不要召来别人对你的憎恨。

还

——这是一首关于两个初次见面的猎人协同打猎的山歌。

子之还兮[1]，　　　　　　那人轻捷啊，
遭我乎峱之间兮[2]。　　　与我相遇峱山中。
并驱从两肩兮[3]，　　　　并肩追逐两头兽啊，
揖我谓我儇兮[4]。　　　　作揖夸我灵利啊。

子之茂兮[5]，　　　　　　那人美好啊，
遭我乎峱之道兮。　　　　与我相遇峱山道。
并驱从两牡兮[6]，　　　　并肩追逐两头兽啊，
揖我谓我好兮。　　　　　作揖夸我好啊。

子之昌兮[7]，　　　　　　那人强壮啊，
遭我乎峱之阳兮。　　　　与我相遇峱山南。
并驱从两狼兮，　　　　　并肩追逐两头狼啊，
揖我谓我臧兮[8]。　　　　作揖夸我善良啊。

著

——这首诗描绘了妇人回忆当年出嫁时的情景。

俟我于著乎而[9]，　　　　他等我在门屏间，
充耳以素乎而[10]，　　　　白丝线坠着充耳，

①还：轻捷貌。②峱（náo）：齐国山名，在今山东淄博。③肩：三岁的兽。④儇（xuān）：轻快便捷。⑤茂：美，此处指善猎。⑥牡：公兽。⑦昌：指强有力。⑧臧：善，好。⑨著：古代富贵人家正门内有屏风，正门与屏风之间叫著。乎而：语尾助词。⑩充耳：饰物，悬在冠之两侧。

尚之以琼华乎而[①]！　　还有晶莹的美玉！

俟我于庭乎而，　　他等我在庭院中，
充耳以青乎而，　　青丝线坠着充耳，
尚之以琼莹乎而！　　还有晶莹的美玉！

俟我于堂乎而，　　他等我在厅堂里，
充耳以黄乎而，　　黄丝线坠着充耳，
尚之以琼英乎而！　　还有晶莹的美玉！

东方之日

——这是一首表现热恋中的男女幽会之诗。

东方之日兮，　　东方的太阳啊，
彼姝者子[②]，　　那漂亮的姑娘，
在我室兮。　　在我房里啊。
在我室兮，　　在我房里啊，
履我即兮[③]。　　踩着我的步子啊。

东方之月兮，　　东方的月亮啊，
彼姝者子，　　那漂亮的姑娘，
在我闼兮[④]。　　在我门里啊。
在我闼兮，　　在我门里啊，
履我发兮[⑤]。　　踩着我的脚印啊。

---

①尚：加上。琼：赤玉。华：与后文的“莹”“英”一样，均形容玉的光彩，因协韵而换字。②姝：貌美。③履：蹑，放轻脚步。即：相就，接近。④闼：内门。⑤发：走去，指蹑步相随。

东方未明

——这是一首反映奴隶阶级生活之诗。

东方未明，	东方还没亮，
颠倒衣裳[1]。	衣裤颠倒快穿上。
颠之倒之，	衣裤穿颠倒，
自公召之。	自从公家来召唤。
东方未晞[2]，	东方还没出太阳，
颠倒裳衣。	衣裤颠倒快穿上。
倒之颠之，	颠倒穿衣裤，
自公令之。	自从公家来命令。
折柳樊圃[3]，	折下柳条做篱笆，
狂夫瞿瞿[4]。	那人瞪着眼。
不能辰夜[5]，	不能同守夜，
不夙则莫[6]。	不是早出就晚回。

南山

——这是一首讽刺齐襄公与鲁桓公之诗。

南山崔崔[7]，	南山高又大，
有狐绥绥[8]。	狐狸慢慢走。

---

①衣裳：古时上衣叫“衣”，下衣叫“裳”。②晞（xī）：破晓，天刚亮。③樊：篱笆。圃：菜园。④狂夫：狂妄无知的人。瞿（jù）瞿：瞪视貌。⑤辰：指白天。⑥夙（sù）：早。莫：晚。⑦南山：齐国山名，又名牛山。崔崔：山势高峻状。⑧绥（suí）绥：求偶貌。

鲁道有荡[1]，	鲁国大路平，
齐子由归[2]。	文姜从这儿去嫁人。
既曰归止[3]，	既然嫁了人，
曷又怀止[4]？	为啥又想她？
葛屦五两[5]，	葛鞋并排摆，
冠緌双止[6]。	帽带结成双。
鲁道有荡，	鲁国大路平，
齐子庸止[7]。	文姜从这儿去嫁人。
既曰庸止，	既然已嫁人，
曷又从止[8]？	为啥又要跟着她？
蓺麻如之何[9]？	种麻该咋办？
衡从其亩[10]。	横着竖着插田亩。
取妻如之何[11]？	娶妻该咋办？
必告父母。	一定先告诉父母。
既曰告止，	既然告诉给父母，
曷又鞠止[12]？	为啥又要纵容她？
析薪如之何[13]？	劈柴该咋办？
匪斧不克[14]。	不用斧头砍不来。

① 有荡：即荡荡，平坦状。② 齐子：齐国的女儿（古代不论对男女美称均可称子），此处指齐襄公同父异的妹妹文姜。由归：从这儿出嫁。③ 止：语气词，无义。④ 怀：怀念。⑤ 葛屦：麻、葛等制成的单底鞋。五：并列。⑥ 緌（ruí）：帽带下垂的部分。帽带为丝绳所制，左右各一从耳边垂下，必要时可系在下巴上。⑦ 庸：用。⑧ 从：相从。⑨ 蓺（yì）：种植。⑩ 衡从："横纵"之异体，东西曰横，南北曰纵。亩：田垄。⑪ 取：通"娶"。⑫ 鞠（jū）：放任无束。⑬ 析薪：砍柴。⑭ 匪：通"非"。克：能、成功。

取妻如之何？ 娶妻该咋办？
匪媒不得。 没有媒人娶不来。
既曰得止， 既然娶了她，
曷又极止[①]？ 为啥极端放纵她？

甫田

——这是一首农妇思念丈夫，却只能自力更生之诗。

无田甫田[②]， 不要种大田，
维莠骄骄[③]。 野草长得高。
无思远人， 不要想念远方人，
劳心忉忉[④]！ 想他让人心发愁！

无田甫田， 不要种大田，
维莠桀桀。 野草长得高。
无思远人， 不要想念远方人，
劳心怛怛！ 想他让人心担忧！

婉兮娈兮[⑤]， 年少啊，多美好，
总角丱兮[⑥]。 扎俩小辫像羊角。
未几见兮， 才几天没见啊，
突而弁兮[⑦]！ 忽然戴起成年帽！

---

① 极：（放纵到）极点。② 田（diàn）：治理。甫田（tián）：大田。③ 莠：狗尾草。骄骄：高大貌。④ 劳心：忧心。忉（dāo）忉：心有所失的样子，与下文“怛（dá）怛”同义。⑤ 娈：貌美。⑥ 总角：古代男孩将头发梳成两个髻。丱（guàn）：形容总角翘起之状。⑦ 弁（biàn）：成人的帽子。

卢令

——这是一首赞美猎人、描写猎犬与猎人和谐关系的颂歌。

卢令令①，	猎狗脖上铃铛响，
其人美且仁②。	那人英俊又仁爱。
卢重环③，	猎狗脖上两个环，
其人美且鬈④。	那人英俊又勇敢。
卢重镅⑤，	猎狗脖上环套环，
其人美且偲⑥。	那人英俊又多才。

敝笱

——这是讽刺统治阶级荒淫无耻与奢侈放荡之诗。

敝笱在梁⑦，	鱼梁搁着破鱼篓，
其鱼鲂鳏⑧。	鲂鱼鳏鱼来回游。
齐子归止⑨，	齐国女子回娘家，
其从如云。	随从多得像是云。
敝笱在梁，	鱼梁搁着破鱼篓，
其鱼鲂鱮⑩。	鲂鱼鲢鱼来回游。

---

① 卢：黑毛猎犬。令令：即“铃铃”，猎犬颈下套环发出的响声。② 其人：指猎人。仁：仁慈和善。③ 重（chóng）环：大环套小环，又称子母环。④ 鬈（quán）：头发弯曲。⑤镅（méi）：一个大环套两个小环。⑥偲（cāi）：多才多智。⑦ 敝：破。笱（gǒu）：竹制的鱼篓。梁：捕鱼水坝。河中筑堤，中留缺口，嵌入笱，使鱼能进不能出。⑧ 鲂（fáng）鳏（guān）：鳊鱼和鲲鱼。⑨ 齐子：此处指文姜。归：回娘家。⑩ 鱮（xù）：鲢鱼。

齐子归止，　　齐国女子回娘家，
其从如雨。　　随从多得像是雨。

敝笱在梁，　　鱼梁搁着破鱼篓，
其鱼唯唯[1]。　　大鱼小鱼自在游。
齐子归止，　　齐国女子回娘家，
其从如水。　　随从多得像是水。

载驱

——这是齐国人讥讽文姜淫乱的诗歌。

载驱薄薄[2]，　　驾车飞驰辘辘响，
簟茀朱鞹[3]。　　竹席做帘顶盖红。
鲁道有荡，　　鲁国大路平，
齐子发夕[4]。　　齐女出发在晚上。

四骊济济[5]，　　四匹黑马真好看，
垂辔沵沵[6]。　　马缰软软垂两端。
鲁道有荡，　　鲁国大路平，
齐子岂弟[7]。　　齐女走时已天明。

汶水汤汤[8]，　　汶水浩荡荡，

---

①唯唯：形容鱼儿出入自如。②驱：车马疾走。薄薄：象声词，形容马蹄和车轮的转动声。③簟茀（diàn fú）：遮盖车子的方纹竹帘。朱：红色。鞹（kuò）：光滑的皮革。用漆上红色的兽皮蒙在车厢前面，是周代诸侯所用的车饰，这种规格的车子称为“路车”。④齐子：指文姜。发夕：傍晚出发。⑤骊（lí）：黑马。⑥辔：马缰。沵（nǐ）沵：柔软状。⑦岂（kǎi）弟：天刚亮。⑧汶水：流经齐鲁两国的水名，在今山东省。汤（shāng）汤：水势浩大貌。

行人彭彭①。	路人这样多。
鲁道有荡，	鲁国大路平，
齐子翱翔②。	齐女在游逛。
汶水滔滔，	汶水滔滔流，
行人儦儦③。	行人来回走。
鲁道有荡，	鲁国大路平，
齐子游敖④。	齐女在游荡。

猗嗟

——这是赞美少年射手神技的诗作。

猗嗟昌兮⑤！	啊，美好啊！
颀而长兮⑥，	身子高又长啊，
抑若扬兮⑦。	额角宽又美啊。
美目扬兮，	美丽的眼睛张开啊，
巧趋跄兮⑧。	动作多巧妙啊。
射则臧兮⑨！	射箭技术高啊！
猗嗟名兮⑩！	啊，美丽啊！
美目清兮⑪，	眼睛真清亮啊，
仪既成兮⑫。	射法已完成啊。

---

① 彭彭：众多貌。② 翱翔：遨游。③ 儦（biāo）儦：行人往来貌。④ 游敖：即“游遨”。⑤ 猗嗟：叹美之词。昌：壮盛的样子。⑥ 颀：身长貌。⑦ 抑：通“懿”，美好。⑧ 趋跄：快步走，从容而又合节拍的姿态。⑨ 臧：善。⑩ 名：眉睫之间。⑪ 清：眼睛黑白分明。⑫ 成：成就，完成。

终日射侯[1]，	整天去射箭，
不出正兮[2]。	不离靶心啊。
展我甥兮[3]！	不愧是我外甥啊！
猗嗟娈兮[4]！	啊，健美啊！
清扬婉兮，	眉目清秀姿态美啊，
舞则选兮[5]。	跳舞有节奏啊。
射则贯兮[6]，	箭箭都穿透啊，
四矢反兮[7]。	连连中靶心啊。
以御乱兮[8]！	来抵御祸乱啊！

---

① 侯：古代赛射或习射时用的箭靶。用兽皮做的叫“皮侯”，用布做的叫“布侯”。② 正：箭靶的中心。③ 展：诚然，真是。④ 娈：美好。与下句“婉”字义同。⑤ 选：与众不同。⑥ 贯：射中。⑦ 反：重复之意，指箭箭射中一处。⑧ 御：抵抗，御敌。

魏风

魏（今山西省西南部），周朝时期的诸侯国，被晋献公所灭。《魏风》是魏国灭亡之前的作品，多半含有讽刺、揭露、抨击统治阶级的意味，以富于反抗精神著称。这种特色的形成与其社会现实是分不开的：魏国土地贫瘠，人民艰苦，而魏国的税收又非常重，百姓由此颇多怨言。共存诗7首。

葛屦

——这是通过讽刺女主人心胸狭隘来反映阶级不平等之诗。

纠纠葛屦①，　　麻绳缠编的草鞋，
可以履霜？　　能否穿着踩雪霜？
掺掺女手②，　　柔弱纤细的双手，
可以缝裳？　　能否去缝制衣裳？
要之襋之③，　　缝衣女提衣托带，
好人服之。　　夫人穿试新衣裳。

好人提提④，　　夫人安然而傲慢，
宛然左辟⑤，　　作势装腔转左边，
佩其象揥⑥。　　自顾去戴象牙簪。
维是褊心⑦，　　真是狭隘少胸襟，
是以为刺。　　故作诗篇来嘲讽。

---

① 纠纠：缠绕，纠结交错。葛屦：指夏天所穿的用葛绳编制的鞋。②掺（xiān）掺：同“纤纤”，形容女子的手很柔弱纤细。③要：同“腰”。襋（jí）：衣领。④好人：此处是指富家的女主人。提提：傲慢。⑤辟：同“避”。左辟即左避。⑥象揥（tì）：象牙做的簪子。⑦褊心：心地狭窄。

汾沮洳

——这是一首赞美劳动青年同时藐视达官显贵之诗。

彼汾沮洳[①]，	汾水边的低洼地，
言采其莫[②]。	有人采酸迷。
彼其之子，	采菜的贤者，
美无度[③]。	美得无法衡量。
美无度，	美得无法衡量，
殊异乎公路[④]。	胜过管路车的官员。
彼汾一方，	汾水边的一处地方，
言采其桑。	有人采野桑。
彼其之子，	采桑的君子，
美如英[⑤]。	美得如同鲜花。
美如英，	美得如同鲜花，
殊异乎公行。	胜过管战车的官员。
彼汾一曲[⑥]，	汾水弯曲的地方，
言采其蕢[⑦]。	有人采菜忙。
彼其之子，	采菜的贤人，
美如玉。	美得如同璞玉。
美如玉，	美得如同璞玉，
殊异乎公族。	胜过管宗族的官吏。

①汾：汾水，在今山西省中部地区，汇入黄河。沮洳（jù rù）：水边低湿的地方。②莫：即酸莫，俗名牛舌头。嫩叶可食用，有酸味。③美无度：极言其美。④殊：非常。公路：与下两章的“公行”和“公族”一样，都是官名。⑤英：花。⑥曲：河道弯曲之处。⑦蕢（xù）：即泽泻草。

园有桃

——这首诗描写不得志的士人之生活境遇和心理状态。

园有桃，	园内有桃树，
其实之殽[①]。	果实是佳肴。
心之忧矣[②]，	心中多忧伤，
我歌且谣[③]。	我来歌与谣。
不知我者，	非我知心者，
谓我士也骄。	说我太骄傲。
彼人是哉[④]，	其说对不对，
子曰何其[⑤]？	你说该如何？
心之忧矣，	心中多忧伤，
其谁知之？	又有谁知晓？
其谁知之，	又有谁知晓，
盖亦勿思[⑥]。	索性不去想。

园有棘[⑦]，	园内有枣树，
其实之食。	食枣亦可饱。
心之忧矣，	心中多忧伤，
聊以行国[⑧]。	姑且去远行。
不知我者，	非我知心者，
谓我士也罔极[⑨]。	说我太无常。
彼人是哉，	其说对与否，

①殽：同“肴”，吃。“其实之肴”，即“肴其实”。②忧：忧伤。③歌、谣：曲合乐曰歌，徒歌曰谣，此处皆作动词用。④是：对。⑤其：疑问语气词。⑥盖（hé）：通“盍”，何不。⑦棘：通常指酸枣。此处特指枣。⑧聊：姑且。行国：离开城邑。“国”与“野”相对，指城邑。⑨罔极：无极，没有准则。

子曰何其？	你说该如何？
心之忧矣，	心中多忧伤，
其谁知之？	又有谁知晓？
其谁知之，	又有谁知晓，
盖亦勿思。	索性不思量。

陟岵

——这是一首在服役征途中人的思亲之诗。

陟彼岵兮①，	登上那荒山啊，
瞻望父兮。	遥望着爹啊。
父曰："嗟予子，	爹说："我的儿啊，
行役夙夜无已。	服役日夜不停息。
上慎旃哉②，	多加小心呀，
犹来无止③！"	要能回来就别滞留！"

陟彼屺兮④，	登上那青山啊，
瞻望母兮。	遥望着娘啊。
母曰："嗟予季⑤！	娘说："我的小儿啊！
行役夙夜无寐。	服役日夜不休息。
上慎旃哉，	多加小心呀，
犹来无弃！"	要能回来就别放弃！"

①陟（zhì）：登上。岵（hù）：有草木的山。②上：通"尚"，希望。旃（zhān）：之。③犹来：还是归来。④屺（qǐ）：无草木的山。⑤季：小儿子。

陟彼冈兮，
瞻望兄兮。
兄曰：“嗟予弟！
行役夙夜必偕[①]。
上慎旃哉，
犹来无死！”

登上那山冈啊，
遥望着哥啊。
哥说：“我的弟弟啊！
服役日夜不自如。
多加小心呀，
若能回来就别死去！”

十亩之间

——这是一首采桑女子呼伴同归时唱的歌。

十亩之间兮，
桑者闲闲兮[②]，
行与子还兮[③]。

十亩田间啊，
采桑女怡然自得，
要与你回家啊。

十亩之外兮，
桑者泄泄兮[④]，
行与子逝兮[⑤]。

十亩田外啊，
采桑女悠然自在，
要与你回家啊。

伐檀

——这是一首伐木者讽刺剥削者不劳而获的诗。

坎坎伐檀兮[⑥]，
寘之河之干兮[⑦]。

坎坎伐檀木啊，
放在河岸上啊。

---

①偕：俱。②桑者：采桑的人。闲闲：宽闲、悠闲貌。③行：将要。④泄泄：弛缓的样子。⑤逝：往。⑥坎坎：象声词，伐木声。⑦寘（zhì）：同“置”，放。干：河岸。

河水清且涟猗[①]。	河水清澈且波光荡漾。
不稼不穑[②]，	不耕种不收割，
胡取禾三百廛兮[③]？	如何得到三百束禾苗啊？
不狩不猎[④]，	不外出去打猎，
胡瞻尔庭有县貆兮[⑤]？	如何看到院中挂貆肉啊？
彼君子兮[⑥]，	那个君子啊，
不素餐兮[⑦]！	不白吃饭啊！
坎坎伐辐兮[⑧]，	坎坎伐木成车辐啊，
寘之河之侧兮。	放在河水边啊。
河水清且直猗[⑨]。	河水清澈且平直。
不稼不穑，	不耕种不收割，
胡取禾三百亿兮？	如何得到三百亿禾苗啊？
不狩不猎，	不外出去打猎，
胡瞻尔庭有县特兮[⑩]？	如何看到院中挂野兽啊？
彼君子兮，	那个君子啊，
不素食兮！	不白吃饭啊！
坎坎伐轮兮，	坎坎伐木成车轮啊，
寘之河之漘兮[⑪]。	放在河岸上啊。
河水清且沦猗[⑫]。	河水清澈且微波粼粼。

①涟（lián）：水波纹。猗（yī）：义同"兮"，语气助词。②稼（jià）：播种。穑（sè）：收获。③禾：谷物。三百：极言其多，非实数。廛（chán）：捆。④狩：冬猎。猎：夜猎。此诗中皆泛指打猎。⑤瞻：向前或向上看。县：古"悬"字。貆（huán）：幼貉。⑥君子：此系反话，指有地位有权势者。⑦素餐：白吃饭，不劳而获。⑧辐：车轮上的辐条。⑨直：水流的直波。⑩特：三岁的兽。⑪漘（chún）：河岸。⑫沦：小波纹。

不稼不穑，　　　　　　　　不耕种不收获，
胡取禾三百囷兮？　　　　　如何得到三百囤禾苗啊？
不狩不猎，　　　　　　　　不外出去打猎，
胡瞻尔庭有县鹑兮？　　　　如何看到院中挂鹌鹑啊？
彼君子兮，　　　　　　　　那个君子啊，
不素飧兮[1]！　　　　　　　不白吃饭啊！

硕鼠

——这首诗描写了贫苦农民的积怨，喊出了他们苦难中的追求和理想。

硕鼠硕鼠[2]，　　　　　　　大老鼠啊大老鼠，
无食我黍[3]！　　　　　　　不要再吃我的黍！
三岁贯女[4]，　　　　　　　多年侍奉你，
莫我肯顾。　　　　　　　　却不肯照顾我。
逝将去女[5]，　　　　　　　定要离开你，
适彼乐土。　　　　　　　　到那快乐的地方去。
乐土乐土，　　　　　　　　乐土啊乐土，
爰得我所[6]！　　　　　　　才是我的所去！

硕鼠硕鼠，　　　　　　　　大老鼠啊大老鼠，
无食我麦！　　　　　　　　不要再吃我的麦！
三岁贯女，　　　　　　　　多年侍奉你，

① 飧（sūn）：晚餐，此处泛指吃饭。② 硕鼠：田鼠。③ 无：毋，不要。黍：黍子，去皮后叫黏米，是重要的粮食作物之一。④ 三岁：多年。贯：侍奉。女：同“汝”。⑤ 逝：通“誓”。去：离开。⑥ 爰：于是，在此。所：处所。

莫我肯德[①]。 却不肯感激我。
逝将去女， 定要离开你，
适彼乐国[②]。 到那快乐的地方去。
乐国乐国， 乐国啊乐国，
爱得我直[③]！ 才让我所值！

硕鼠硕鼠， 大老鼠啊大老鼠，
无食我苗！ 不要再吃我的苗！
三岁贯女， 多年侍奉你，
莫我肯劳。 却不肯酬劳我。
逝将去女， 定要离开你，
适彼乐郊。 到那快乐的郊外去。
乐郊乐郊， 乐郊啊乐郊，
谁之永号[④]！ 谁知去处长呼叹号！

① 德：恩惠。② 国：域，即地方。③ 直：同“值”，价值。④ 之：其，表示诘问语气。号：呼喊。

唐 风

唐（今山西省太原一带），是周成王弟叔虞的封国，其子燮，改国号为晋，因此《唐风》实际上就是晋国的诗歌。《唐风》大约产生于东周和春秋初期，多反映民众长期过着动荡不安的生活。共存12首。

蟋蟀

——这是一首劝勉人珍惜年华光景之诗。

蟋蟀在堂，	蟋蟀屋内叫，
岁聿其莫[①]。	一年近尾了。
今我不乐，	今我不欢乐，
日月其除[②]。	时光又没了。
无已大康[③]，	不要过度求安乐，
职思其居[④]。	想想职位之事真不少。
好乐无荒，	好玩乐但不废荒，
良士瞿瞿[⑤]。	与谨慎的君子一样。
蟋蟀在堂，	蟋蟀屋内叫，
岁聿其逝。	一年又过了。
今我不乐，	今我不欢乐，
日月其迈[⑥]。	时光又走了。
无已大康，	不要过度求安乐，
职思其外。	想想职位外事也不少。

①聿（yù）：语气助词。莫：古“暮”字。②除：过去。③已：甚。大康：同“泰康”，过于享乐。④职：主要职务。居：处，指所处职位。⑤瞿（jù）瞿：警惕瞻顾貌。⑥迈：时光流逝。

好乐无荒，　　好玩乐但不废荒，
良士蹶蹶[①]。　　与勤敏的君子一样。

蟋蟀在堂，　　蟋蟀屋内叫，
役车其休[②]。　　服役的车辆回家了。
今我不乐，　　今我不欢乐，
日月其慆[③]。　　日月逝去了。
无已大康，　　不要过度求安乐，
职思其忧。　　职位上的愁事还不少。
好乐无荒，　　好玩乐但不废荒，
良士休休[④]。　　与平和的君子一样。

山有枢

——这是一首规劝和引导人们怎样生活之诗。

山有枢[⑤]，　　山上有枢树，
隰有榆[⑥]。　　洼地有榆树。
子有衣裳，　　你有衣裤，
弗曳弗娄[⑦]。　　不穿不着。
子有车马，　　你有车马，
弗驰弗驱[⑧]。　　不驰不跑。
宛其死矣[⑨]，　　枯病死了，

① 蹶（jué）蹶：动作勤敏的样子。② 役车：一种装上方形箱子的车子，此处指服役的车子。③ 慆（tāo）：逝去。④ 休休：安闲自得，乐而有节的样子。⑤ 枢（shū）：木名，刺榆。⑥ 隰：低湿之地。⑦ 曳：拖。娄：古代裳长拖地，需拖着或提着，娄指提。⑧ 驱：车马疾走。⑨ 宛：通“苑”，枯死貌。

他人是愉[①]。	别人来占有。
山有栲[②]，	山上有栲树，
隰有杻[③]。	湿地有杻树。
子有廷内[④]，	你有庭院与房屋，
弗洒弗扫[⑤]。	不洒水不打扫。
子有钟鼓，	你有钟与鼓，
弗鼓弗考[⑥]。	不敲不打。
宛其死矣，	枯病死了，
他人是保[⑦]。	别人来占有。
山有漆，	山上有漆树，
隰有栗。	湿地有栗树。
子有酒食，	你有美酒佳肴，
何不日鼓瑟[⑧]？	何不日日鼓瑟？
且以喜乐，	姑且用此欢喜作乐，
且以永日。	姑且用此延长时日。
宛其死矣，	枯病死了，
他人入室。	别人来入室。

①愉：快乐、享受。②栲（kǎo）：木名，即臭椿。③杻（niǔ）：树名。④廷：庭院。内：厅堂和内室。⑤洒：浇水。⑥考：敲击。⑦保：占有。⑧瑟：一种似琴的拨弦乐器，有二十五弦。

扬之水

——这是一首揭露晋昭侯与曲沃桓叔政争之诗。

扬之水①，	悠扬的流水，
白石凿凿②。	白石鲜明。
素衣朱襮③，	白衣朱领，
从子于沃④。	跟随你到沃地。
既见君子⑤，	既已见君子，
云何不乐⑥。	怎能不欢愉。
扬之水，	悠扬的流水，
白石皓皓⑦。	白石洁白。
素衣朱绣，	白衣彩领，
从子于鹄⑧。	跟随你到沃地。
既见君子，	既已见君子，
云何其忧。	怎能有忧虑。
扬之水，	悠扬的流水，
白石粼粼⑨。	白石清澈。
我闻有命⑩，	我听到命令，
不敢以告人！	不敢和人说！

① 扬：激扬。②凿凿：鲜明貌。③襮（bó）：绣有花纹的衣领。④子：你。沃：曲沃，地名。⑤既：已。君子：指桓叔。⑥何：什么。⑦皓皓：洁白状。⑧鹄：邑名，即曲沃。⑨粼粼：清澈貌，形容水清石净。⑩命：政令。

椒聊

——这是一首赞颂多子多福之诗。

椒聊之实[①]，	花椒成串多子，
蕃衍盈升[②]。	繁多满一升。
彼其之子，	那人的儿子，
硕大无朋[③]。	高大无比的身形。
椒聊且[④]！	如多子的花椒啊！
远条且[⑤]！	香气远长啊！
椒聊之实，	花椒成串多子，
蕃衍盈匊[⑥]。	繁多满一掬。
彼其之子，	那人的儿子，
硕大且笃[⑦]。	魁梧又厚实。
椒聊且！	如多子的花椒啊！
远条且！	香气远长啊！

绸缪

——这是一首祝贺新婚之诗。

绸缪束薪[⑧]，	捆柴薪般缠绕，
三星在天[⑨]。	三星在天上闪耀。
今夕何夕，	难言今宵，

① 椒：花椒。聊：草木结成的一串串果实。②蕃衍：生长众多。盈：满。升：量器名。③硕：大。朋：比。④且：语末助词。⑤条：长。⑥匊（jū）：掬，两手合捧。⑦笃：厚重，形容人体丰满高大。⑧绸缪（móu）：缠绕，捆束。⑨三星：即参星。

见此良人[1]？　　能见此良人？
子兮子兮，　　你啊你啊，
如此良人何？　　如此良人怎么办？

绸缪束刍[2]，　　捆青草般缠绕，
三星在隅[3]。　　三星闪烁在东南角。
今夕何夕，　　难言今宵，
见此邂逅[4]？　　能见此相约？
子兮子兮，　　你啊你啊，
如此邂逅何？　　如此相约怎么办？

绸缪束楚[5]，　　捆荆条般缠绕，
三星在户。　　三星闪亮在户梢。
今夕何夕，　　难言今宵，
见此粲者[6]？　　能见此美人？
子兮子兮，　　你啊你啊，
如此粲者何？　　如此美人怎么办？

杕杜

——这是一首流浪者之歌。

有杕之杜[7]，　　独生杜梨，
其叶湑湑[8]。　　枝叶繁密。

---

① 良人：丈夫，指新郎。② 刍（chú）：喂牲口的青草。③ 隅：指东南角。④ 邂逅（xiè hòu）：不约而来的爱悦者。⑤ 楚：荆条。⑥ 粲者：漂亮的人，此处指新娘。⑦ 有杕（dì）：即“杕杕”，孤立生长貌。杜：木名，赤棠。⑧ 湑（xǔ）：形容树叶茂盛。

独行踽踽[①]，　　孑然独行，
岂无他人？　　难道就没别人？
不如我同父[②]！　　总是不如我同父兄弟！
嗟行之人，　　叹息的行人，
胡不比焉[③]？　　为何无人亲密？
人无兄弟，　　人没有兄弟，
胡不佽焉[④]？　　为何不能相济？

有杕之杜，　　独生杜梨，
其叶菁菁[⑤]。　　枝叶茂密。
独行睘睘[⑥]。　　孑然独行。
岂无他人？　　难道就没别人？
不如我同姓[⑦]！　　总是不如我同族兄弟！
嗟行之人，　　叹息的行人，
胡不比焉？　　为何无人亲密？
人无兄弟，　　人没有兄弟，
胡不佽焉？　　为何不能相济？

羔裘

——这首诗谴责贵族统治者恃权傲物、趾高气扬的态度。

羔裘豹袪[⑧]，　　袖口镶貂皮的羊皮袍，
自我人居居[⑨]。　　神态那么高傲。

---

①踽（jǔ）：单身独行、孤独无依的样子。②同父：同祖父的族弟。③比：亲近。④佽（cì）：资助，帮助。⑤菁菁：树叶茂盛状。⑥睘（qióng）：孤独无依的样子。⑦同姓：同祖的昆弟。⑧袪（qū）：袖子。⑨自我人：对我们。自，对；我人，我等人。居居：心怀恶意的样子。

岂无他人？　　难道就没别人？
维子之故①！　　只能与你相互依靠！

羔裘豹褎②，　　袖口镶貂皮的羊皮袍，
自我人究究③。　　神态那么骄傲。
岂无他人？　　难道就没别人？
维子之好！　　只能与你同气相好！

鸨羽

——这首诗表现民从征役而不得养其父母的悲惨命运。

肃肃鸨羽④，　　肃肃作响鸨展翅羽，
集于苞栩⑤。　　在从生栩树上飘忽休憩。
王事靡盬⑥，　　征赋劳役无止息，
不能艺稷黍⑦。　　不能去种黍和稷。
父母何怙⑧？　　父母不知何所依？
悠悠苍天，　　悠悠的苍天，
曷其有所⑨！　　何时才能有所居！

肃肃鸨翼，　　肃肃作响鸨作飞行状，
集于苞棘⑩。　　在从生桑树上飘忽休憩。

---

①维：只。子：你。故：指爱，或解释为故旧。②褎（xiù）：同“袖”。③究究：同“居居”。④肃肃：鸟翅扇动的响声。鸨（bǎo）：鸟名，似雁，不过比雁要大，群居水草地区，性不善栖木。⑤苞：草木丛生。栩（xǔ）：柞树。⑥靡：没有。盬（gǔ）：休止。⑦艺：种植。⑧怙（hù）：依靠，凭恃。⑨曷：何。所：住所。⑩棘：酸枣树。

王事靡盬，	征赋劳役无止息，
不能艺黍稷。	不能去种黍和稷。
父母何食？	父母不知何所尝？
悠悠苍天，	悠悠的苍天，
曷其有极[①]！	何时才能有所讫！
肃肃鸨行[②]，	肃肃作响鸨展翼，
集于苞桑。	在酸枣树上飘忽休憩。
王事靡盬，	征赋劳役无止息，
不能艺稻粱。	不能去种稻和粱。
父母何尝？	父母不知何所食？
悠悠苍天，	悠悠的苍天，
曷其有常[③]！	何时才能归正常！

无衣

——这首诗表现男子与亡妻惺惺相惜的真挚感情。

岂曰无衣？	难道我缺穿少衣？
七兮[④]。	还有七套啊。
不如子之衣[⑤]，	可不如你的衣裳，
安且吉兮[⑥]！	舒适又美丽！

①极：尽头。②行：行列。③常：正常。④七：虚数，表现衣服之多。⑤子：第二人称的尊称。⑥安：舒适。吉：美，善。

岂曰无衣？　　难道我缺衣少穿？
六兮。　　还有六套啊。
不如子之衣，　　可不如你的衣裳，
安且燠兮[1]！　　舒适又温暖！

有杕之杜

——这是一首盼心仪之人到来之诗。

有杕之杜[2]，　　独生甘棠，
生于道左[3]。　　长在路的左旁。
彼君子兮，　　那个君子啊，
噬肯适我[4]？　　怎肯到我这厢？
中心好之，　　心中所爱，
曷饮食之[5]！　　何不酒食款待！

有杕之杜，　　独生甘棠，
生于道周[6]。　　长在路的右旁。
彼君子兮，　　那个君子啊，
噬肯来游[7]？　　怎肯来这游逛？
中心好之，　　心中所爱，
曷饮食之！　　何不酒食款待！

①燠（yù）：温暖。②杕（dì）：树木孤生之貌。③道左：道路左边，古人以东为左。④噬（shì）：何。适：到，往。⑤曷：同“盍”，何不。⑥周：右边。⑦游：游逛。

葛生

——这是一首悼亡爱人之诗。

葛生蒙楚①，
蔹蔓于野②。
予美亡此③，
谁与独处！

荆树被葛藤缠绕，
荒野蔓延着蔹草。
我的爱人死于此处，
谁与孤独的他相处！

葛生蒙棘④，
蔹蔓于域⑤。
予美亡此，
谁与独息！

荆棘被葛藤缠绕，
墓地蔓延着蔹草。
我的爱人死于此地，
谁伴孤独的他安息！

角枕粲兮⑥，
锦衾烂兮⑦。
予美亡此，
谁与独旦⑧！

兽骨枕华美啊，
织锦被艳丽啊。
我的爱人死于此厢，
谁陪孤独的他到天亮！

夏之日，
冬之夜。
百岁之后，
归于其居⑨！

夏日绵绵，
冬夜深深。
百年之后，
与他同寝！

---

①葛：藤本植物，茎皮纤维可织葛布。蒙：缠绕。楚：灌木名，即牡荆。②蔹（liǎn）：白蔹，攀缘性多年生草本植物，根可入药。③亡此：死于此处，指死后埋在那里。④棘：酸枣。⑤域：坟地。⑥角枕：牛角做的枕头。⑦锦衾：锦缎褥。⑧独旦：独处到天亮。⑨居：坟墓。

冬之夜，	冬夜深深，
夏之日。	夏日绵绵。
百岁之后，	百年之后，
归于其室①！	回到他的身边！

采苓

——这是一首讽劝切勿听信谗言之诗。

采苓采苓②，	采甘草啊采甘草，
首阳之巅③。	在首阳山峁。
人之为言④，	别人的假话，
苟亦无信。	确实难信可笑。
舍旃舍旃⑤，	舍弃它舍弃它，
苟亦无然。	确实全是假。
人之为言，	别人的假话，
胡得焉⑥！	千万别采纳！

采苦采苦⑦，	采苦菜啊采苦菜，
首阳之下。	在首阳山下。
人之为言，	别人的假话，
苟亦无与。	确实不能称赞它。
舍旃舍旃，	舍弃它舍弃它，
苟亦无然。	确实全是假。

① 室：墓冢。② 苓：一种药草。③ 首阳：山名。④ 为（wěi）言：即“伪言”，谎话。⑤ 舍旃（zhān）：放弃它吧。⑥ 胡：何。⑦ 苦：苦菜，野生，可食用。

人之为言，	别人的假话，
胡得焉！	千万别采纳！

采葑采葑[1]，	采蔓青啊采蔓青，
首阳之东。	在首阳山东。
人之为言，	别人的假话，
苟亦无从。	始终不能听从。
舍旃舍旃，	舍弃它舍弃它，
苟亦无然。	确实全是假。
人之为言，	别人的假话，
胡得焉！	千万别采纳！

① 葑（fēng）：即芜菁，又叫蔓菁。

秦 风

秦（今陕西、甘肃一带），古秦国原址在犬戎（今陕西兴平东南）。西周末年，因秦襄公护送周成王东迁有功，被正式列为诸侯，又被赐封岐山以西的土地，秦襄公为第一任国君。《秦风》中多体现秦国人的尚武精神，不乏悲壮慷慨的情调。产生的时代大约是东周至春秋时期，共存诗10首。

车邻

——这首诗借贵族朋友之间的相聚之乐感叹人生匆匆，应及时行乐的理念。

有车邻邻[①]，	车走响辚辚，
有马白颠[②]。	马儿白额顶。
未见君子[③]，	难以见君子，
寺人之令[④]。	侍人未传令。
阪有漆[⑤]，	坡上有漆树，
隰有栗[⑥]。	洼地有栗树。
既见君子，	既已见君子，
并坐鼓瑟。	并坐同瑟鼓。
今者不乐，	今日不行乐，
逝者其耋[⑦]。	转眼变老迈。
阪有桑，	山坡上有桑，
隰有杨。	湿地上有杨。
既见君子，	既已见君子，
并坐鼓簧[⑧]。	并坐同鼓簧。

①邻邻：同“辚辚”，车行声。②颠：头额。③君子：对友人的尊称。④寺人：近侍，常指宦官。⑤阪：山坡。⑥隰：低湿的地方。⑦耋（dié）：八十岁，此处泛指老人。⑧簧：原指笙吹管中的簧片，此处代指笙。

今者不乐，　　今日不行乐，
逝者其亡。　　不久将消亡。

驷驖

——这是一首描写秦君田猎盛况的狩猎之诗。

驷驖孔阜①，　　四匹雄壮黑骏马，
六辔在手②。　　六根缰绳手中抓。
公之媚子③，　　公爷宠爱的人，
从公于狩④。　　随着公爷把猎打。
奉时辰牡⑤，　　提供应时的野物，
辰牡孔硕⑥。　　肥壮野兽到处是。
公曰左之⑦，　　公爷命令车往左，
舍拔则获⑧。　　一箭就将其捕获。

游于北园⑨，　　捕猎之后游北园，
四马既闲。　　驾驭四马很熟练。
輶车鸾镳⑩，　　轻车马嚼鸾铃响，
载猃歇骄⑪。　　车载猎狗来休闲。

① 驷：四马。驖（tiě）：毛色似铁的好马。②辔：马缰。原本四匹马应有八条缰绳，但由于中间两匹马的内侧两条辔绳系在御者前面的车杠上，所以只有六辔在手。③媚子：亲信、宠爱的人。④狩：冬猎。古代帝王打猎，四季各有专称。《左传·隐公五年》："故春蒐、夏苗、秋狝、冬狩。"⑤奉时：指为公爷赶兽。辰牡：牝鹿和牡鹿代祭祀皆用公兽。⑥硕：肥大。⑦左之：向左面射箭。⑧舍：放、发。拔：箭的尾部。⑨北园：秦君狩猎时休憩用的园子。⑩ 輶（yóu）：用于驱赶堵截野兽的轻便车。鸾：鸾铃。镳（biāo）：勒马用具，与衔（马嚼子）合用，衔在马口中，镳是两头露在外面的部分。⑪ 猃（xiǎn）：长嘴的猎狗。歇骄：短嘴的猎狗。

小戎

——这首诗写妇人对出征西戎的丈夫的思念与赞美。

小戎俴收①，	小的兵车低的横木，
五楘梁辀②。	五处车辕被皮条紧箍。
游环胁驱③，	骖服有序连着驾具，
阴靷鋈续④。	皮带引行铜环接续。
文茵畅毂⑤，	长长的车毂车上垫着虎皮，
驾我骐馵⑥。	驾着各色的良驹。
言念君子⑦，	我思念那君子，
温其如玉⑧。	美得如同温玉。
在其板屋⑨，	住在西戎板木屋，
乱我心曲⑩。	思念扰乱我心曲。
四牡孔阜⑪，	四匹雄壮的战马，
六辔在手⑫。	六根缰绳手中抓。
骐骝是中⑬，	赤黑色马在中间，
騧骊是骖⑭。	黑嘴黄马在两边。
龙盾之合⑮，	相合之盾雕刻着龙，
鋈以觼軜⑯。	内缰之环装饰以铜。

① 小戎：兵车。因车厢较小，故称小戎。俴（jiàn）：浅。收：轸，车后横木。②楘（mù）：用皮革分五处缠在车辕上，起加固和修饰作用。梁辀（zhōu）：弯曲的车辕如船状，即用五束皮带系在车辕上。③游环：活动的环。胁驱：驾具。马的胁部加上皮扣，连在拉车的皮带上。④靷（yǐn）：引车前行的皮革。鋈（wù）续：以白铜镀的环紧紧扣住皮带。⑤文茵：有纹饰的虎皮坐垫。畅毂（gǔ）：长毂。⑥骐：青黑色如棋盘格子纹的马。馵（zhù）：左后蹄为白色，或四蹄皆白的马。⑦君子：此处指从军的丈夫。⑧温其如玉：女子形容丈夫性情温润如玉。⑨板屋：用木板建造的房屋。⑩ 心曲：心灵深处。⑪ 牡：公马。孔：甚。阜：肥大。⑫ 辔：缰绳。⑬ 骝（liú）：赤身黑鬣的马。⑭ 騧（guā）：黄色、黑嘴的马。⑮ 龙盾：画龙的盾牌。⑯ 觼（jué）：有舌的环。軜（nà）：内侧二马的辔绳。

言念君子，　　我思念那君子，
温其在邑[①]。　　却待在西戎之地。
方何为期[②]？　　何时才有归期？
胡然我念之[③]！　　为何让我惦记！

俴驷孔群[④]，　　四马无甲显骁勇，
厹矛鋈錞[⑤]。　　丈八酋矛鐏饰铜。
蒙伐有苑[⑥]，　　美丽盾牌饰羽纹，
虎韔镂膺[⑦]。　　虎皮弓囊镂文锦。
交韔二弓[⑧]，　　囊内交错置二弓，
竹闭绲縢[⑨]。　　竹制校具绳索捆。
言念君子，　　我思念那君子，
载寝载兴[⑩]。　　坐卧不宁。
厌厌良人[⑪]，　　君子文雅又娴静，
秩秩德音[⑫]。　　富有智慧和德行。

蒹葭

——这首诗描写痴情苦恋中的男子的心理感受。

蒹葭苍苍[⑬]，　　荻草芦苇色青苍，
白露为霜。　　清冷凝成白露霜。

---

①邑：秦国的属邑。②方：将。期：指归期。③胡然：为什么。④俴驷：披薄轻甲的四马。孔群：很协调。⑤厹（qiú）矛：头有三棱锋刃的长矛。錞（duì）：矛柄下端的金属套。⑥蒙：画杂乱的羽纹。伐：中型盾。苑：花纹。⑦虎韔（chàng）：虎皮弓囊。镂膺：在弓囊前刻花纹。⑧交韔二弓：两张弓，一弓向左，一弓向右，交错放在袋中。⑨闭：弓架，用以正弓。绲（gǔn）：绳。縢（téng）：缠束。⑩载寝载兴：又睡又起，起卧不宁。⑪厌厌：安静柔和的样子。⑫秩秩：聪明多智。⑬蒹葭（jiān jiā）：芦苇。苍苍：鲜明、茂盛貌。下文“萋萋”“采采”义同。

所谓伊人[①]，	所说的那人，
在水一方。	在水的一方。
溯洄从之[②]，	逆流而上去找寻，
道阻且长。	道路难行又漫长。
溯游从之，	顺流而下去找寻，
宛在水中央。	好像在水的中央。
蒹葭凄凄，	荻草芦苇沾露水，
白露未晞[③]。	清霜融化露未干。
所谓伊人，	所说的那人，
在水之湄[④]。	在水草之畔。
溯洄从之，	逆流而上去找寻，
道阻且跻[⑤]。	道路不平登高难。
溯游从之，	顺流而下去找寻，
宛在水中坻[⑥]。	好像在水中洲滩。
蒹葭采采，	荻草芦苇茎叶繁，
白露未已。	露水还未完全干。
所谓伊人，	所说的那人，
在水之涘[⑦]。	在河水之岸。
溯洄从之，	逆流而上去找寻，
道阻且右[⑧]。	道路阻行多曲弯。

①伊人：那个人，指所思慕的对象。②溯洄：逆流而上。下文“溯游”指顺流而下。③晞（xī）：干。④湄：水和草交接的地方。⑤跻（jī）：登。⑥坻（chí）：水中高地。⑦涘（sì）：水边。⑧右：不直，绕弯。

溯游从之，　　　　顺流而下去找寻，
宛在水中沚[①]。　　好像在水中小沙滩。

终南

——这是一首臣子对君主出行终南山时的赞美之诗。

终南何有[②]？　　终南山上有什么？
有条有梅[③]。　　有楸树和梅树。
君子至止，　　君子来此入住，
锦衣狐裘[④]。　　穿着锦衣狐裘。
颜如渥丹[⑤]，　　脸色红润有光度，
其君也哉！　　他是尊贵的君主！

终南何有？　　终南山上有什么？
有纪有堂[⑥]。　　有杞树和棠梨。
君子至止，　　君子入住此地，
黻衣绣裳[⑦]。　　穿着绣裳礼衣。
佩玉将将[⑧]，　　佩玉当当作响，
寿考不忘[⑨]！　　愿你终生勿忘！

---

①沚（zhǐ）：水中的小沙洲。②终南：终南山。③条：树名，即山楸。④锦衣狐裘：当时诸侯的礼服。⑤丹：赤石所制的红色颜料，今名朱砂。⑥纪：通“杞”，杞树。堂：通“棠”，指赤棠树。⑦黻（fú）衣：黑色青色花纹相间的上衣。绣裳：五彩绣成的下衣。⑧将将：同“锵锵”，象声词。⑨考：高寿。

黄鸟

——这是一首控诉上古时期殉葬制度之诗。

交交黄鸟[①]，	黄鸟在飞鸣，
止于棘[②]。	停留在酸枣树中。
谁从穆公[③]？	何人殉葬秦穆公？
子车奄息[④]。	子车氏奄息名。
维此奄息，	就是奄息，
百夫之特[⑤]。	百人之中才能无比。
临其穴，	临其墓穴，
惴惴其栗[⑥]。	使人恐惶战栗。
彼苍者天[⑦]，	苍天哪，
歼我良人[⑧]！	杀害我的好人！
如可赎兮，	倘若可以救赎啊，
人百其身[⑨]！	愿死百次赎回其身！
交交黄鸟，	黄鸟在飞鸣，
止于桑[⑩]。	停留在桑树中。
谁从穆公？	何人殉葬秦穆公？
子车仲行。	子车氏名仲行。
维此仲行，	就是仲行，
百夫之防[⑪]。	才德超过百人。
临其穴，	临其墓穴，

① 交交：飞来飞去。②棘：酸枣树。棘之言“急”，双关语。③从：殉葬。④子车：复姓。奄息：人名。下文“子车仲行”“子车鍼（zhēn）虎”与此同。⑤特：杰出的。⑥“临其穴”二句：郑笺：“谓秦人哀伤其死，临视其圹，皆为之惴栗。”⑦彼苍者天：悲哀至极的呼号，犹今语“老天爷”。⑧良人：好人。⑨人百其身：用一百人赎一条命。⑩桑：桑树。桑之言“丧”，双关语。⑪防：抵挡。

惴惴其栗。
彼苍者天，
歼我良人！
如可赎兮，
人百其身！

使人恐惶战栗。
苍天哪，
杀害我的好人！
倘若可以救赎啊，
愿死百次赎回其身！

交交黄鸟，
止于楚①。
谁从穆公？
子车鍼虎。
维此鍼虎，
百夫之御。
临其穴，
惴惴其栗。
彼苍者天，
歼我良人！
如可赎兮，
人百其身！

黄鸟在飞鸣，
停留在荆条中。
何人殉葬秦穆公？
子车氏鍼虎名。
就是鍼虎，
能力抵挡百人。
临其墓穴，
使人恐惶战栗。
苍天哪，
杀害我的好人！
倘若可以救赎啊，
愿死百次赎回其身！

晨风

——这是妻子思念丈夫之诗。

鴥彼晨风②，

乘风鸟疾速飞行，

① 楚：荆树。楚之言“痛楚”，亦为双关。②鴥（yù）：鸟疾飞的样子。晨风：鸟名，即鹯（zhān）鸟，属于鹞鹰一类的猛禽。

郁彼北林[1]。	回归茂盛的北林。
未见君子，	见不到君子，
忧心钦钦[2]。	多么忧愁伤心。
如何如何？	怎么办啊怎么办？
忘我实多！	把我忘掉真不幸！
山有苞栎[3]，	山上的栎树密集，
隰有六驳[4]。	洼地有很多梓榆。
未见君子，	见不到君子，
忧心靡乐。	多么愁苦忧郁。
如何如何？	怎么办啊怎么办？
忘我实多！	把我忘掉没情义！
山有苞棣[5]，	山上丛生着棠棣，
隰有树檖[6]。	洼地有树是山梨。
未见君子，	见不到君子，
忧心如醉。	心中忧闷酒醉沉迷。
如何如何？	怎么办啊怎么办？
忘我实多！	把我忘记多可惜！

①郁：郁郁葱葱，形容茂密。②钦钦：忧而不忘之貌。③苞：丛生的样子。栎（lì）：树名，柞树。④隰（xí）：低洼湿地。六驳（bó）：木名，梓榆之属。⑤棣：唐棣，也叫郁李，果实是红色的，形状如梨。⑥檖（suì）：山梨。

无衣

——这是一首歌颂秦地人民好战尚武精神之诗。

岂曰无衣？	谁说无衣？
与子同袍①。	你我穿同样的长袍。
王于兴师②，	君王兴兵，
修我戈矛，	我戈矛一同修理，
与子同仇③！	你我共同面对仇敌！
岂曰无衣？	谁说无衣？
与子同泽④。	你我穿同样的内衣。
王于兴师，	君王兴兵，
修我矛戟，	我矛戟一同修理，
与子偕作⑤！	你我行动在一起！
岂曰无衣？	谁说无衣？
与子同裳⑥。	你我穿同样的下衣。
王于兴师，	君王兴兵，
修我甲兵⑦，	我铠甲武器一同修理，
与子偕行！	你我共同去杀敌！

---

①袍：长袍。②王：此处指周王。③同仇：共同对抗敌人。④泽：同“袢”，内衣。⑤偕：一起。⑥裳：下衣，此指战裙。⑦甲兵：铠甲与兵器。

渭阳

——这是一首写甥舅送别的亲情之作。

我送舅氏，
曰至渭阳[①]。
何以赠之？
路车乘黄[②]。

我送舅舅，
至渭水之阳。
拿什么赠送他？
好车子和驾车的黄马。

我送舅氏，
悠悠我思。
何以赠之？
琼瑰玉佩[③]。

我送舅舅，
想起我娘无限思量。
拿什么赠送他？
宝石玉佩奉上。

权舆

——这是一首反应没落贵族的生活和心态之诗。

於，我乎[④]！
夏屋渠渠[⑤]，
今也每食无余。
于嗟乎！
不承权舆[⑥]！

唉，我哪！
房屋高大无比，
现在每顿无剩余。
唉呀！
当初的生活不能继续！

於，我乎！

唉，我哪！

①曰：发语词。阳：山南水北曰阳。②路车：大车，指诸侯之车。③琼瑰：玉之类的美石。④於：叹词。⑤夏屋：大屋。渠渠：屋子高大宽敞。⑥承：继承。权舆：原意是草木初发，此处引申为起始、当初。

每食四簋[①]，	每顿能吃四大食器，
今也每食不饱。	现在每顿挨饿受饥。
于嗟乎！	唉呀！
不承权舆！	当初的生活不能继续！

①簋（guǐ）：古代以青铜或陶制作的圆形食器。

陈风

陈（今河南开封以东到安徽亳州市一带），周武王克商之后，封舜的后代妫满于陈，建都宛丘（今河南省淮阳县），后陈国被楚国所灭。陈地民间风俗“妇人尊贵，好祭礼，用史巫”，这些特点是诗中有所体现。《陈风》多产生于东周时期，少数产生于西周时期，共存诗10首。

宛丘

——这首诗表达男子对巫女舞蹈家的爱慕之情。

子之汤兮[①]，	你舞蹈啊，
宛丘之上兮[②]。	在宛丘之上啊。
洵有情兮[③]，	确实多情啊，
而无望兮。	却无奢望啊。
坎其击鼓[④]，	击鼓响咚咚，
宛丘之下。	在宛丘之下。
无冬无夏，	没有夏没有冬，
值其鹭羽[⑤]。	鹭鸶羽毛手中拿。
坎其击缶[⑥]，	当当将瓦盆击打，
宛丘之道。	在宛秋之路。
无冬无夏，	没有冬没有夏，
值其鹭翿[⑦]。	鹭鸶羽毛头上插。

①汤：通“荡”。②宛丘：四方高、中央低的土山。③洵：确实，实在是。④坎：击鼓声。⑤值：持。⑥缶（fǒu）：瓦盆，一种打击乐器。⑦翿（dào）：一种用鸟羽毛制作的伞形舞蹈道具。

东门之枌

——这是一首抒情的山歌。

东门之枌[①]，	白榆树长在城门旁，
宛丘之栩[②]。	柞树长在宛丘上。
子仲之子[③]，	子仲家的姑娘，
婆娑其下[④]。	在树下起舞弄衣裳。
穀旦于差[⑤]，	选个好日子，
南方之原[⑥]。	在南边的平原之上。
不绩其麻，	她不去纺布织麻，
市也婆娑。	却在市井跳舞玩耍。
穀旦于逝[⑦]，	趁着美好的时光，
越以鬷迈[⑧]。	多次游玩聚会。
视尔如荍[⑨]，	你美丽若锦葵，
贻我握椒[⑩]。	送我花椒示情爱。

衡门

——这是一首阐释爱情观之诗。

衡门之下[⑪]，	简陋屋门，
可以栖迟[⑫]。	可以居息。

①枌（fén）：木名，白榆。②栩（xǔ）：柞树。③子：女儿。④婆娑：回旋舞蹈的样子。⑤穀：好，善。旦：日。差：选择。⑥原：平地。⑦逝：前往。⑧越以：于以。鬷（zōng）：常常。迈：前往。⑨荍（qiáo）：荆葵花。⑩贻：赠送。椒：花椒。⑪衡门：横木为门。⑫栖迟：栖息，安身，此处指幽会。

泌之洋洋[①]，　　　　泌泉荡漾，
可以乐饥[②]。　　　　聊以充饥。

岂其食鱼，　　　　难道吃鱼，
必河之鲂[③]？　　　　必是河鲂？
岂其取妻，　　　　难道娶妻，
必齐之姜[④]？　　　　定要齐女？

岂其食鱼，　　　　难道吃鱼，
必河之鲤？　　　　必是河鲤？
岂其取妻，　　　　难道娶妻，
必宋之子[⑤]？　　　　定要宋女？

东门之池

——这是一首描写男子对叔姬的爱慕之诗。

东门之池，　　　　东门外的池水，
可以沤麻[⑥]。　　　　可以沤麻。
彼美淑姬[⑦]，　　　　美丽的姑娘，
可与晤歌[⑧]。　　　　可以和她相互唱啊。

东门之池，　　　　东门外的池水，

---

①泌（bì）：与“密”相同，均为男女幽约之地。在山边曰密，在水边曰泌，故泌水是指一般的河流，而不是确指。②乐饥：乐而忘饥。③鲂：鳊鱼。④姜：齐国的贵族姓氏。⑤子：宋国的贵族姓氏。⑥沤（òu）：长时间用水浸泡。⑦淑姬：善良的姑娘。⑧晤歌：用歌声互相唱和。

可以沤纻[①]。	可以沤泞麻。
彼美淑姬，	美丽的姑娘，
可与晤语。	可以和她相互讲话。

东门之池，	东门外的池水，
可以沤菅[②]。	可以浸沤菅草。
彼美淑姬，	美丽的姑娘，
可与晤言。	可以和她相互言笑。

东门之杨

——这首诗描写情侣之间一方失约之后另一方等待的心情。

东门之杨，	东门的杨树，
其叶牂牂[③]。	枝繁叶密。
昏以为期[④]，	相约黄昏，
明星煌煌[⑤]。	启明星已明亮升起。

东门之杨，	东门的杨树，
其叶肺肺[⑥]。	枝繁叶茂。
昏以为期，	相约黄昏，
明星晢晢[⑦]。	启明星已明亮闪耀。

---

①纻：纻麻。②菅（jiān）：菅草。多年生草本植物，可做绳索。③牂（zāng）牂：风吹树叶的响声。一说茂盛貌。④昏：黄昏。期：约定的时间。⑤明星：启明星，清晨出现在东方的天空。煌煌：光亮貌。⑥肺（pèi）肺：同“牂牂”。⑦晢（zhé）晢：同“煌煌”。

墓门

——这是一首人民讽刺、劝谏统治者之诗。

墓门有棘①，	墓门外有酸枣树，
斧以斯之②。	该用斧头劈。
夫也不良③，	他不善良，
国人知之。	国人都心知肚明。
知而不已，	知道还不纠正，
谁昔然矣④？	是谁在纵容？
墓门有梅，	墓门外有梅树，
有鸮萃止⑤。	有猫头鹰在栖息。
夫也不良，	他不善良，
歌以讯止⑥。	作歌以劝谏。
讯予不顾，	劝谏不搭理，
颠倒思予⑦。	国家纷乱才想起。

防有鹊巢

——这是一首抒发唯恐失去爱情的忧虑心情的诗歌。

防有鹊巢⑧，	堤坝上怎会有鹊巢，
邛有旨苕⑨。	山丘上怎会长水草。
谁侜予美⑩？	谁离间我的爱人？

①墓门：墓道的门。②斯：劈开，砍掉。③夫：这个人，指作者讽刺之人。④谁昔：往昔，从前。然：这样。⑤鸮（xiāo）：猫头鹰，古人认为是恶鸟。萃：集，栖息。⑥讯：借作“谇”，斥责，告诫。⑦颠倒：跌倒。⑧防：水坝。一说堤岸。⑨邛（qióng）：山丘。苕（tiáo）：苕菜。⑩侜（zhōu）：谎言欺骗。

心焉忉忉①。　　心中很是苦恼。

中唐有甓②，　　庙堂上焉能砖瓦挡道，
邛有旨鹝③。　　山丘上怎会长出水草。
谁侜予美？　　谁离间我的爱人？
心焉惕惕④。　　心中忧恐烦恼。

月出

——这是一首描写月下情思之诗。

月出皎兮⑤，　　月出皎洁啊，
佼人僚兮⑥。　　美人苗条啊。
舒窈纠兮⑦，　　缓步优雅啊，
劳心悄兮⑧！　　让我忧心忡忡啊！

月出皓兮⑨，　　月出明亮啊，
佼人懰兮⑩。　　美人妩媚啊。
舒忧受兮，　　舒缓婀娜啊，
劳心慅兮⑪！　　让人忧心不安啊！

月出照兮⑫，　　月照光明啊，

---

①忉（dāo）忉：忧虑状。②唐：朝堂前和宗庙门内的大路，中唐泛指庭院中的主要道路。甓（pì）：砖。③鹝（yì）：绶草，一般生长在阴湿处。④惕惕：提心吊胆状。⑤皎：月光洁白明亮。⑥佼：同“姣”，美好。僚：娇美。⑦舒：舒徐，舒缓，指从容娴雅。窈纠：与第二、三章的“忧受”“夭绍”，皆形容女子行走时体态的曲线美。⑧劳心：忧心。悄：忧愁状。⑨皓：洁白明亮状。⑩懰：娇美。⑪慅（sāo）：心神不宁。⑫照：明亮貌。

佼人燎兮[①]。　美人艳丽啊。
舒夭绍兮，　体态轻盈啊，
劳心惨兮[②]！　让我忧愁烦燥啊！

株林

——这是一首讽刺陈灵公和夏姬淫乱之诗。

胡为乎株林[③]？　为何远到株林？
从夏南[④]。　是为了找夏南。
匪适株林，　不是去株林，
从夏南！　是为了找夏南！

驾我乘马[⑤]，　驾着我的马车，
说于株野[⑥]。　停留在株野。
乘我乘驹[⑦]，　乘着我的良驹，
朝食于株[⑧]。　在株野过夜。

泽陂

——这是一首写女子相思之情的诗歌。

彼泽之陂[⑨]，　那池塘之畔，

① 燎：明。② 惨：当为“懆（cǎo）”，焦躁貌。③ 胡为：为什么。株：陈国邑名。林：郊野。④ 从：跟，此处意思是找人。夏南：即夏姬之子夏徵舒。⑤ 乘马：四匹马。古以一车四马为一乘。⑥ 说：通“税”，此处指停车解马。株野：株邑之郊野。⑦ 驹：马高五尺以上、六尺以下称“驹”，大夫所乘；马高六尺以上称“马”，诸侯国君所乘。⑧ 朝食：吃早饭。⑨ 陂（bēi）：堤岸。

有蒲与荷[①]。	有蒲草与荷花。
有美一人，	有一美人，
伤如之何[②]？	我如何对她？
寤寐无为，	睡着醒着无办法，
涕泗滂沱[③]。	鼻涕眼泪都落下。

彼泽之陂，	那池塘之畔，
有蒲与蕑[④]。	有蒲草与莲蓬。
有美一人，	有一美人，
硕大且卷[⑤]。	高大美丽的身形。
寤寐无为，	睡着醒着无办法，
中心悁悁[⑥]。	我心中忧伤郁闷。

彼泽之陂，	那池塘之畔，
有蒲菡萏[⑦]。	有蒲草与荷花。
有美一人，	有一美人，
硕大且俨。	身材修长风度好。
寤寐无为，	睡着醒着无办法，
辗转伏枕。	我翻来覆去想着她。

① 蒲：香蒲，一种生在河滩上的植物。② 伤：因思念而忧伤。③ 涕泗：眼泪和鼻涕。④ 蕑（jiān）：兰草。⑤ 卷（quán）：通“鬈”，头发卷，形容鬓发很美。⑥ 悁悁：忧伤愁闷的样子。⑦ 菡萏（hàn dàn）：荷花。

桧 风

桧（今河南省新密和新郑一带），周朝的诸侯国。桧国国君姓妘，相传是西周初期祝融氏的后代。桧国于东周初年为郑武公所灭。由于周王朝和各诸侯国对其横征暴敛，因此《桧风》大都表达人民的不满、怨恨和伤感情绪。共存诗 4 首。

羔裘

——这是一首讽刺国君耽于豪华而忽视政治，臣下谏而不听的政治怨刺诗。

羔裘逍遥①，　　身着羔裘去逍遥，
狐裘以朝②。　　穿着狐裘来上朝。
岂不尔思？　　怎能不想你？
劳心忉忉③！　　让人忧心疲劳！

羔裘翱翔，　　身着羔裘去畅游，
狐裘在堂。　　穿着狐裘来朝堂。
岂不尔思？　　怎能不想你？
我心忧伤！　　让人忧伤！

羔裘如膏④，　　羔裘亮洁如脂膏，
日出有曜⑤。　　在阳光下闪耀。
岂不尔思？　　怎能不想你？
中心是悼！　　让人心哀伤！

---

①逍遥：悠闲地走来走去。②朝：朝堂。③忉忉：忧愁状。④膏：油脂。⑤曜（yào）：闪闪发光。

素冠

——这是一首赞美孝子之诗。

庶见素冠兮[①]，	幸而看见白帽戴啊，
棘人栾栾兮[②]。	他消瘦不堪啊。
劳心慱慱兮[③]！	心里忧苦不安啊！
庶见素衣兮，	幸而看见白衣穿啊，
我心伤悲兮！	我心里多悲伤啊！
聊与子同归兮。	愿和你一同去啊。
庶见素韠兮[④]，	幸而看见白蔽膝啊，
我心蕴结兮[⑤]！	我心多忧郁啊！
聊与子如一兮。	愿和你同生死啊。

隰有苌楚

——这是一首以写美好景象来反衬心情苦闷之诗。

隰有苌楚[⑥]，	洼地里有猕猴桃，
猗傩其枝[⑦]。	柔美的嫩条。
夭之沃沃[⑧]，	初生且繁茂，
乐子之无知！	羡慕你无知好！

①庶：幸。②棘人：急于哀戚的人。栾（luán）栾：瘠瘦的样子。③慱慱（tuán）：忧苦不安。④韠（bì）：即蔽膝，古代官服装饰，革制，缝在腹下膝上。⑤蕴结：郁结。⑥隰：低湿的地方。苌（cháng）楚：藤科植物，也就是今天的羊桃、猕猴桃。⑦猗傩（nuó）：同“婀娜”，柔轻盈柔美的样子。⑧夭：少，此指幼嫩。沃沃：润泽的样子。

隰有苌楚，
猗傩其华[①]。
夭之沃沃，
乐子之无家[②]！

洼地里有猕猴桃，
柔美花且娇。
初生且繁茂，
羡慕你无家好！

隰有苌楚，
猗傩其实。
夭之沃沃，
乐子之无室！

洼地里有猕猴桃，
柔美果更妙。
初生且繁茂，
羡慕你无家好！

匪风

——这是一首游子思乡诗。

匪风发兮[③]，
匪车偈兮[④]。
顾瞻周道[⑤]，
中心怛矣[⑥]！

那个风啸啸啊，
那个车疾行啊。
望着平坦的大道，
我心忧伤啊！

匪风飘兮，
匪车嘌兮[⑦]。
顾瞻周道，
中心吊兮[⑧]！

那个风旋转啊，
那个车疾驰啊。
望着平坦的大道，
我心悲哀啊！

---

①华：花。②无家：指无家庭拖累。③发：犹“发发”，风吹声。④偈（jié）：疾驰。⑤顾瞻：回头看。⑥怛（dá）：痛苦，悲伤。⑦嘌（piāo）：疾速。⑧吊：凭吊。

谁能亨鱼[①]？　　谁会将鱼烹饪？
溉之釜鬵[②]。　　谁会将锅洗净。
谁将西归？　　谁人西归故里？
怀之好音。　　托他代传好消息。

① 亨：通“烹”。②溉：洗。鬵（xín）：大锅。

曹 风

曹（今山东菏泽、定陶、曹县一带），周武王赐给弟弟曹叔振铎的封地，曹国是一个位于齐、晋之间的较小的诸侯国，东周春秋时期被宋国所灭。《曹风》大致产生于春秋时期，反映统治者生活腐化，百姓悲观失望的情绪。共存诗 4 首。

蜉蝣

——这是一首感叹生命短促、时光易逝之诗。

蜉蝣之羽，
衣裳楚楚。
心之忧矣，
于我归处①。

蜉蝣的羽翼，
像衣裳一样亮丽。
心中有苦，
何处是我的归地。

蜉蝣之翼，
采采衣服。
心之忧矣，
于我归息。

蜉蝣的翅翼，
像华美的彩衣。
心中忧愁，
何地让我归息。

蜉蝣掘阅②，
麻衣如雪③。
心之忧矣，
于我归说④。

蜉蝣穿穴而飞，
麻衣雪白。
心中忧伤，
何处是我所归。

---

①于我归处：何处是我的归宿。②掘阅：通“掘穴”，即掘地而出。③麻衣：指古朝服。④说（shuì）：通“税”，歇息。

候人

——这是一首讽刺社会现实之诗。

彼候人兮[①]，	那迎送宾客的贤人啊，
何戈与祋[②]。	举着戈和祋。
彼其之子[③]，	那些人啊，
三百赤芾[④]。	戴红蔽膝的三百新贵。
维鹈在梁[⑤]，	鹈鸟在鱼梁，
不濡其翼[⑥]。	却未湿羽翼。
彼其之子，	那些人啊，
不称其服[⑦]。	不配他们的着衣。
维鹈在梁，	鹈鸟在鱼梁，
不濡其咮[⑧]。	却未将嘴沾湿。
彼其之子，	那些人啊，
不遂其媾[⑨]。	不会久享优厚的俸禄美食。
荟兮蔚兮[⑩]，	云雾升腾啊，
南山朝隮[⑪]。	南山早上出红霞。
婉兮娈兮[⑫]，	少年啊美好啊，

①候人：官名，是看守边境、迎送宾客和治理道路、掌管禁令的小官。②何：通“荷”，扛着。祋（duì）：武器，殳的一种，竹制，长一丈二尺，有棱而无刃。③彼：他。其：语气词。之子：那人，那些人。④赤芾（fú）：赤色的芾。芾是祭祀时穿的衣服，是一种用皮革制作的蔽膝，上窄下宽，上端固定在腰部衣上，按官品不同而有不同的颜色。⑤鹈（tí）：即鹈鹕，喙下有囊，食鱼为生。梁：伸向水中用于捕鱼的堤坝。⑥濡（rú）：沾湿。⑦称：相称，相配。服：官服。⑧咮（zhòu）：禽鸟的喙。⑨遂：终，久。媾：厚待，厚受。此处指厚禄。⑩荟（huì）、蔚：云层蔽日，天空阴暗昏沉的样子。⑪朝：早上。隮（jī）：升，登。⑫娈：貌美。

季女斯饥①。　　幼小女儿却在挨饿呀。

鸤鸠

——这首诗赞颂君主的贤德，表达殷切期待之情。

鸤鸠在桑②，　　布谷鸟在桑树上，
其子七兮。　　它有七个孩子啊。
淑人君子③，　　贤良的君王，
其仪一兮④。　　他的言行一致啊。
其仪一兮，　　他的言行一致啊，
心如结兮⑤。　　内心坚定啊。

鸤鸠在桑，　　布谷鸟在桑树上，
其子在梅。　　孩子在梅树上。
淑人君子，　　贤良的君主，
其带伊丝⑥。　　他饰以白丝的宽带。
其带伊丝，　　他饰以白丝的宽带，
其弁伊骐⑦。　　他的皮帽上条纹黑白。

鸤鸠在桑，　　布谷鸟在桑树上，
其子在棘⑧。　　孩子在酸枣树上。
淑人君子，　　贤良的君主，
其仪不忒⑨。　　有正直的言行。

---

①季女：少女。②鸤（shī）鸠：布谷鸟。③淑人：善人。④仪：仪表，仪态。⑤心如结：比喻用心专一。⑥其：他的。⑦弁（biàn）：皮帽。骐：青黑色的马。⑧棘：酸枣树。⑨忒（tè）：变。

其仪不忒，　　有正直的言行，
正是四国[1]。　　可以作为四方的首领。

鸤鸠在桑，　　布谷鸟在桑树上，
其子在榛[2]。　　孩子在榛树上。
淑人君子，　　贤良的君主，
正是国人。　　校正国人。
正是国人，　　校正国人，
胡不万年[3]！　　如此贤良万年难寻！

下泉

——这是一首东周遗老怀念旧都的诗歌。

冽彼下泉[4]，　　寒冷的泉水涌动，
浸彼苞稂[5]。　　浸泡着稂草丛。
忾我寤叹[6]，　　我醒时长叹，
念彼周京[7]。　　怀念周朝宏大的都城。

冽彼下泉，　　寒冷的泉水涌动，
浸彼苞萧[8]。　　浸泡着蒿草丛。
忾我寤叹，　　我醒时长叹，
念彼京周。　　怀念周朝恢宏的都城。

---

①正：法则。②榛：丛生的树，树丛。③胡：何。④冽：寒冷。⑤苞：丛生。稂（láng）：童梁。一种野草。⑥忾（kài）：叹息。寤：醒。⑦周京：周朝的京都。与下文“京周”“京师”同义。⑧萧：艾蒿。

洌彼下泉，	寒冷的泉水涌动，
浸彼苞蓍[①]。	浸泡着蓍草丛。
忾我寤叹，	我醒时长叹，
念彼京师。	怀念周朝繁华的都城。
芃芃黍苗[②]，	黍苗长势茂盛，
阴雨膏之[③]。	凭阴雨滋润。
四国有王[④]，	四方诸侯能有周王，
郇伯劳之[⑤]。	全都是郇伯的功劳。

① 蓍：一种用于占卦的草。② 芃（péng）芃：茂盛而茁壮。③ 膏：滋润。④ 有王：有周天子。⑤ 郇（xún）：古国名。春秋时为晋地。在今山西临猗县南。劳：慰劳。

豳 风

豳（今陕西省栒邑、邠县一带），是周人先祖公刘的居住之地，周平王东迁，豳地归秦所有。《豳风》产生于西周时期，是《国风》中较早的诗，共存诗7首。周部族有着重视农业的传统，这也是豳地歌谣的主要特点。

七月

——这是一首按时序叙事的农事诗。

七月流火[1]，	七月火星下行偏向西，
九月授衣[2]。	九月丝麻可成衣。
一之日觱发[3]，	十一月寒风骤起，
二之日栗烈[4]。	十二月寒气凛冽。
无衣无褐，	缺穿少衣，
何以卒岁？	何以度过冬季？
三之日于耜，	正月修理农具，
四之日举趾。	二月下田犁地。
同我妇子，	同我的妻女，
馌彼南亩[5]，	饭食送到田地，
田畯至喜[6]。	田官至此共享欢喜。

七月流火，	七月火星下行偏向西，
九月授衣。	九月丝麻可成衣。
春日载阳，	三月天气始暖，
有鸣仓庚[7]。	黄莺在鸣啼。

① 流火：大火星自南方高处向偏西方向下行。②授衣：裁制冬衣。③觱（bì）发：风吹过物体发出的声响。④栗烈：凛冽、寒冷。⑤馌（yè）：送饭。⑥田畯（jùn）：为领主监工的农官。⑦仓庚：黄莺。

女执懿筐[1]，	姑娘拿着深筐，
遵彼微行[2]，	沿着田埂走在小路上，
爰求柔桑。	去采摘柔叶嫩条。
春日迟迟，	春日天长，
采蘩祁祁[3]。	采摘白蒿的众多姑娘。
女心伤悲，	姑娘心中伤悲，
殆及公子同归。	怕被公子带回。
七月流火，	七月火星下行偏向西，
八月萑苇[4]。	八月把荻草芦苇采集。
蚕月条桑[5]，	养蚕时节修剪桑叶，
取彼斧斨[6]。	拿着那斧子。
以伐远扬[7]，	砍掉高长的树梢，
猗彼女桑[8]。	留下柔条嫩枝。
七月鸣䴗[9]，	七月鸣叫的伯劳鸟，
八月载绩。	八月里纺织布衣料。
载玄载黄，	染色黑与黄，
我朱孔阳[10]，	着色鲜红艳丽，
为公子裳。	为公子做衣裳。
四月秀葽[11]，	四月无结子的远志，
五月鸣蜩[12]。	五月蝉鸣不止。

①懿筐：很深的筐。②微行：小路。③蘩：白蒿。祁祁：形容采蘩妇女众多。④萑（huán）苇：芦苇。⑤条桑：修整桑枝。⑥斨（qiāng）：方孔的斧。⑦远扬：长得特别高或特别长的桑枝。⑧猗彼女桑：用绳子拉住柔桑。⑨鸣䴗（jú）：伯劳鸟。⑩孔阳：色彩十分鲜明的样子。⑪秀：长穗。葽（yāo）：即远志，一种药用植物。⑫蜩（tiáo）：蝉。

八月其获，
十月陨萚①。
一之日于貉②，
取彼狐狸，
为公子裘。
二之日其同，
载缵武功③。
言私其豵④，
献豜于公⑤。

五月斯螽动股⑥，
六月莎鸡振羽⑦。
七月在野，
八月在宇，
九月在户，
十月蟋蟀入我床下。
穹窒熏鼠⑧，
塞向墐户⑨。
嗟我妇子，
曰为改岁，
入此室处。

八月农作物将收获，
十月叶子都已掉落。
十一月去打貉，
获得那狐狸皮，
为公子做裘衣。
十二月召集众人，
继续狩猎行动。
小的猎物私存，
大的猎物充公。

五月蚱蜢双股振动，
六月蝈蝈擦翅发声。
七月在野地，
八月在屋檐下，
九月在屋里，
十月蟋蟀进入我床底。
烟熏驱赶老鼠，
用泥涂抹窗门户。
嗟叹我的妻和孩子，
将要过年，
同入此屋共居。

①陨萚（tuò）：落叶。②于貉：猎貉。③缵：继续。④豵（zōng）：小野猪。⑤豜（jiān）：大野猪。⑥斯螽（zhōng）：即螽斯，昆虫名。⑦莎鸡：纺织娘，昆虫名。⑧穹窒：堵住洞穴。⑨塞向：堵塞北窗。墐户：将泥涂在竹木所制的门上，堵住缝隙，抵御御寒风。

六月食郁及薁，
七月亨葵及菽。
八月剥枣，
十月获稻。
为此春酒，
以介眉寿。
七月食瓜，
八月断壶①，
九月叔苴②，
采荼薪樗③，
食我农夫。

六月李子葡萄摘着吃，
七月觅采大豆煮着食。
八月打枣，
十月收稻。
为此酿成春酒，
以期饮食长寿。
七月吃瓜，
八月采摘葫芦，
九月拾取麻子，
采苦菜打椿柴，
养活我们农夫。

九月筑场圃，
十月纳禾稼。
黍稷重穋④，
禾麻菽麦。
嗟我农夫，
我稼既同⑤，
上入执宫功⑥。
昼尔于茅，
宵尔索绹⑦。
亟其乘屋⑧，
其始播百谷。

九月修建打谷场，
十月把稼谷存放。
早晚播种成熟的黍子高粱，
豆麻禾苗集中收藏。
嗟叹我们农夫，
我们的农活既已完毕，
还要服役贵族官邸。
白天去把茅草割，
夜晚将绳索打结。
赶快修好屋顶，
春天忙于百谷播种。

---

①壶：葫芦。②叔苴（jū）：拾麻籽。③荼：苦菜。樗（chū）：苦椿树。④重穋（lù）：后熟曰重，先熟曰穋。⑤既同：已收齐。⑥上：同“尚”。功：事。⑦索绹（táo）：搓草绳。⑧乘屋：覆盖屋顶。

二之日凿冰冲冲[①]，　　十二月凿冰声冲冲，
三之日纳于凌阴[②]。　　正月地窖把冰藏。
四之日其蚤[③]，　　二月祭祀早期，
献羔祭韭。　　献上韭菜和羔羊。
九月肃霜[④]，　　九月秋高气爽，
十月涤场。　　十月谷场荒凉。
朋酒斯飨[⑤]，　　两壶酒款待，
曰杀羔羊，　　宰杀羔羊，
跻彼公堂，　　登上那公共会场，
称彼兕觥[⑥]，　　举起酒杯，
万寿无疆！　　相互祝福无限寿长！

鸱鸮

——这是一首弱者悲怆呼号之诗。

鸱鸮鸱鸮[⑦]！　　鸱鸮啊鸱鸮！
既取我子[⑧]，　　既已将我的小鸟抓走，
无毁我室[⑨]。　　就别把我的鸟巢毁掉。
恩斯勤斯[⑩]，　　我辛勤地护佑小鸟，
鬻子之闵斯[⑪]！　　为了儿女我心忧！

---

①冲冲：凿冰的声音。②凌阴：冰窖。③蚤：同“早”，此指早朝，古代一种祭祀仪式。④肃霜：凝露成霜。⑤朋酒：两壶酒。⑥兕觥（sì gōng）：铜制的犀牛状酒杯。⑦鸱鸮（chī xiāo）：猫头鹰一类的鸟。⑧子：幼鸟。⑨室：鸟窝。⑩恩：通“殷”，言殷勤于幼子。斯：语气助词。⑪鬻（yù）：育，养育。闵：忧苦。

迨天之未阴雨①，	趁着天气无雨未阴，
彻彼桑土②，	剥去桑树皮和根，
绸缪牖户③。	缠缚修缮破洞。
今女下民④，	树下的人啊，
或敢侮予⑤！	谁还敢把我欺凌！
予手拮据⑥，	我的手已僵硬乏疲，
予所捋荼⑦，	还要把茅穗捋取，
予所蓄租⑧，	还要把茅草聚积，
予口卒瘏⑨，	我的嘴已累坏，
曰予未有室家⑩！	还未修好我的巢穴！
予羽谯谯⑪，	我枯焦的羽毛，
予尾翛翛⑫，	尾羽很稀少，
予室翘翘⑬，	我的房屋很危险，
风雨所漂摇，	风雨中飘摇，
予维音哓哓⑭！	我只能恐惧地哀叫！

东山

——这是一首征人在解甲还乡途中所写的思乡诗。

我徂东山，	我前往东山，

① 迨（dài）：及。② 彻：通“撤”，撤去。桑土：桑根。③ 牖（yǒu）户：窗门。④ 下民：下面的人。⑤ 侮：欺侮。⑥ 拮据：辛苦。⑦ 捋：一把一把地摘取。荼（tú）：茅草花。⑧ 蓄：积蓄。租：通“苴”，茅草。⑨ 卒瘏（tú）：尽瘁。⑩ 室家：鸟窝。⑪ 谯（qiáo）谯：羽毛稀疏的样子。⑫ 翛（xiāo）翛：羽毛干枯无光泽的样子。⑬ 翘翘：危险不稳的状况。⑭ 哓（xiāo）哓：惊恐的叫声。

慆慆不归①。
我来自东，
零雨其濛。
我东曰归，
我心西悲。
制彼裳衣，
勿士行枚②。
蜎蜎者蠋③，
烝在桑野④。
敦彼独宿⑤，
亦在车下。

久久不能归。
我来自东边，
细雨霏霏啊。
我听闻能把家还，
想到家乡心伤悲。
缝制回家的新衣裳，
不用衔枚行军打仗。
蠕动的大青虫，
一直在那桑树上。
蜷缩成团啊，
独自睡在战车下的士兵。

我徂东山，
慆慆不归。
我来自东，
零雨其濛。
果臝之实⑥，
亦施于宇⑦。
伊威在室⑧，
蠨蛸在户⑨。
町畽鹿场⑩，
熠耀宵行⑪。

我前往东山，
久久不能归。
我来自东边，
细雨霏霏啊。
结果的瓜蒌，
在屋檐上蔓延。
地虱虫在屋里爬，
蜘蛛结网在门边。
禽兽践踏野鹿栖息，
萤火虫一明一灭。

---

①慆（tāo）慆：久。②士：通“事”。行枚：行军时衔在口中以防止出声的竹棍。③蜎（yuān）蜎：幼虫蜷曲的样子。蠋（zhú）：毛虫。④烝：乃。⑤敦：团状。⑥果臝（luǒ）：葫芦科植物。⑦宇：屋檐边。⑧伊威：一种小虫，俗称土虱。⑨蠨蛸（xiāo shāo）：一种蜘蛛。⑩町畽（tuǎn）：屋旁的空地，禽兽践踏的地方。⑪熠耀：光明貌。宵行：萤火虫。

不可畏也，	并不可怕的荒凉田园，
伊可怀也！	让人更加怀念！
我徂东山，	我前往东山，
慆慆不归。	久久不能归。
我来自东，	我来自东边，
零雨其濛。	细雨霏霏啊。
鹳鸣于垤[①]，	鹳鸟在蚁堆边欢叫，
妇叹于室。	妻子在屋内哀叹。
洒扫穹窒，	打扫屋里的灰尘，
我征聿至[②]。	我的征人要归还。
有敦瓜苦[③]，	团团的苦瓜，
烝在栗薪[④]。	攀附在柴薪上。
自我不见，	你与我不见，
于今三年！	至今有三年！
我徂东山，	我前往东山，
慆慆不归。	久久不能归。
我来自东，	我来自东边，
零雨其濛。	细雨霏霏啊。
仓庚于飞，	黄莺鸟在飞翔，
熠耀其羽。	羽毛闪闪发亮。
之子于归，	美丽的姑娘要出嫁，

① 垤（dié）：小土丘。② 聿：将要。③ 瓜苦：瓜瓠，瓠瓜。一种葫芦。古时有一种习俗，在婚礼上剖瓠瓜成两张瓢，夫妇各执一瓢，装满酒用来漱口。④ 栗薪：束薪，即柴堆。

皇驳其马[①]。　　迎亲马儿有红有黄。
亲结其缡[②]，　　阿妈亲将佩巾结，
九十其仪[③]。　　仪式繁多好时光。
其新孔嘉，　　新婚美满又幸福，
其旧如之何！　　久别重逢更向往！

破斧

——这是一首随周公东征庆幸生还之诗。

既破我斧，　　打坏了我的斧头，
又缺我斨[④]。　　方孔斧都有了缺口。
周公东征，　　周公东征，
四国是皇[⑤]。　　四国惶恐称臣。
哀我人斯[⑥]，　　可怜我们士兵啊，
亦孔之将[⑦]！　　甚是庆幸！

既破我斧，　　打坏了我的斧头，
又缺我锜[⑧]。　　打缺了我的锜。
周公东征，　　周公东征，
四国是吪[⑨]。　　四国得以教化。
哀我人斯，　　可怜我们士兵啊，
亦孔之嘉[⑩]！　　运气甚佳！

---

①皇：指马的毛色黄白相杂。驳：指马的毛色不纯。②亲：此处是指女方的母亲。结缡（lí）：将佩巾结在带子上，这是古代婚仪。③九十：形容很多。④斨（qiāng）：斧的一种。⑤皇：匡正。⑥斯：语气词，相当于“啊”。⑦孔：程度副词，可解释为很、甚、极。⑧锜（qí）：凿子。⑨吪（é）：教化。⑩嘉：善，美。

既破我斧，	打坏了我的斧头，
又缺我锜①。	打缺了我的銶。
周公东征，	周公东征，
四国是遒②。	四国得以约束。
哀我人斯，	可怜我们士兵啊，
亦孔之休③！	终于能够久休！

伐柯

——这是一首写婚恋礼俗之诗。

伐柯如何④？	如何砍斧柄？
匪斧不克⑤。	没有斧子不行。
取妻如何⑥？	如何能娶妻？
匪媒不得。	没有媒人婚难成。
伐柯伐柯，	砍斧柄砍斧柄，
其则不远⑦。	它的标准在我手上。
我觏之子⑧，	我看到那个姑娘，
笾豆有践⑨。	将婚宴用具整齐摆放。

① 銶（qiú）：独头斧。② 遒（qiú）：安定。③ 休：休整。④ 伐柯：采伐做斧头柄的木料。⑤ 匪：同“非”。⑥ 取：通“娶”。⑦ 则：原则、方法。此处是强调砍伐时应遵照一定的方法。⑧ 觏：遇见。⑨ 笾（biān）：竹编的礼器，用来盛果脯。豆：木制、金属制或陶制的器皿，用来盛放腌制的食物和酱。

九罭

——这是一首表现古代先民好客、留客之诗。

九罭之鱼①，	网眼细密的小网，
鳟鲂②。	捉大的鳟鲂。
我觏之子③，	我看那客人，
衮衣绣裳④。	穿着画龙的彩衣绣裙。
鸿飞遵渚⑤，	鸿飞岂能沿着沙渚，
公归无所，	公爷归去没有定处，
于女信处⑥。	留你在此多住两宿。
鸿飞遵陆⑦，	鸿飞岂能沿着陆地，
公归不复，	公爷归去不再回来，
于女信宿⑧。	留你在此多住两宿。
是以有衮衣兮⑨，	所以藏起你的衣裙，
无以我公归兮⑩，	不让公爷回去，
无使我心悲兮！	不要使我伤心！

---

①九罭（yù）：网眼较小的渔网。九，虚数，此处表示网眼很多。②鳟鲂：鳟鱼和鲂鱼。③觏：遇见。④衮：古时的高级礼服。⑤遵：沿着。渚：沙洲。⑥女（rǔ）：汝。信：再住一夜称信。处：住宿。⑦陆：水边的陆地。⑧信宿：同“信处”，住两夜。⑨有：持有、留下。⑩无以：不要让。

狼跋

——这首诗赞颂一个其貌不扬但品德高尚之人。

狼跋其胡[①]，	狼向前踩其颌下肉袋，
载疐其尾[②]。	后退复踩其尾。
公孙硕肤[③]，	公孙心宽体胖，
赤舄几几[④]。	金饰鞋头彰显盛服状。
狼疐其尾，	狼后退踩其尾，
载跋其胡。	前进踩其颌下肉袋。
公孙硕肤，	公孙心宽体胖，
德音不瑕[⑤]。	他的声誉美好无暇。

①跋：踩。胡：颈下垂肉。②疐（zhì）：跌倒。③公孙：诸侯之孙。硕肤：大腹便便。④赤舄（xì）：锡与金合做的鞋头饰物。几几：鲜明。⑤瑕：疵病，过失。

·雅·

“雅”是西周的国都镐京、丰京一带（今陕西省西安市长安区附近）的乐调名。“雅”是正的意思，周朝人把京都地区的乐调看成是正声，所以“雅”就是正声雅乐。按诗的布局分为《小雅》和《大雅》，共存诗105篇。内容多是朝廷官吏及卿大夫的作品，一部分是在贵族享乐或诸侯朝会时所唱的乐歌，小部分是民歌。

小　雅

《小雅》是《雅》的组成部分，其中大部分是贵族作品，小部分来自民间，最为突出的是关于战争和劳役的作品。《小雅》大多产生于西周末期至东周初期，以厉王、宣王、幽王时期的居多。共存诗74篇。

鹿鸣

——这是一首宴饮时所唱之歌。

呦呦鹿鸣[①]，	呦呦的鹿在鸣叫，
食野之苹[②]。	啃吃野地的嫩蒿。
我有嘉宾，	我有好宾朋，
鼓瑟吹笙。	弹瑟又吹笙。
吹笙鼓簧[③]，	吹笙鼓动簧，
承筐是将[④]。	币锦满筐给客人送上。
人之好我，	客人对我很好，
示我周行[⑤]。	告我正道好主张。
呦呦鹿鸣，	呦呦的鹿在鸣叫，
食野之蒿[⑥]。	啃吃野地的青蒿。
我有嘉宾，	我有好宾朋，
德音孔昭[⑦]。	言语品德很是昭明。
视民不恌[⑧]，	教育人民不轻佻，

①呦（yōu）呦：鹿的叫声。②苹：艾蒿。③簧：笙上的簧片。笙是用几根有簧片的竹管、一根吹气管装在斗子上做成的。④承：奉上。将：送，献。⑤周行：大道，引申为大道理。⑥蒿：又名青蒿、香蒿，是一种菊科植物。⑦德音：美好的品德声誉。孔：很。⑧视：同“示”。恌：同“佻”。

君子是则是效[①]。　　君子应如此仿效。
我有旨酒[②]，　　我有美酒，
嘉宾式燕以敖[③]。　　设宴待客乐滔滔。

呦呦鹿鸣，　　呦呦的鹿在鸣叫，
食野之芩[④]。　　啃吃野地的芩草。
我有嘉宾，　　我有好宾朋，
鼓瑟鼓琴。　　弹瑟复弹琴。
鼓瑟鼓琴，　　弹瑟弹琴，
和乐且湛[⑤]。　　和乐尽情尽兴。
我有旨酒，　　我有美酒，
以燕乐嘉宾之心。　　设宴让宾客欢心。

四牡

——这是一首写公务缠身的小官吏的行役诗。

四牡骓骓[⑥]，　　四马远行俱疲，
周道倭迟[⑦]。　　大路漫长弯曲。
岂不怀归？　　难道不想回归？
王事靡盬[⑧]，　　王事不振，
我心伤悲！　　我心悲伤痛苦！

四牡骓骓，　　四马远行俱疲，

---

① 则：法则，楷模，此处作动词用。② 旨：甘美。③ 式：语气助词。燕：同“宴”。敖：游乐。④ 芩（qín）：草名，蒿类植物。⑤ 湛（dān）：乐之久。⑥ 四牡：四匹公马。骓（fēi）骓：马不停地走而显得疲劳。⑦ 倭迟：道路迂回遥远的样子。⑧ 靡盬（gǔ）：不牢固。

啴啴骆马[1]。	黑尾白马生病喘息。
岂不怀归？	难道不想回归？
王事靡盬，	王事不振，
不遑启处[2]！	没有闲暇休息！
翩翩者雏[3]，	鹁鸪鸟翩翩飞翔，
载飞载下，	飞低又飞高，
集于苞栩[4]。	停在丛生栎树上。
王事靡盬，	王事不振，
不遑将父[5]！	没有闲暇将父亲养！
翩翩者雏，	鹁鸪鸟翩翩飞翔，
载飞载止，	时飞时停，
集于苞杞[6]。	落在杞树丛中。
王事靡盬，	王事不振，
不遑将母！	没有闲暇将母亲养！
驾彼四骆，	驾车四马皆白，
载骤骎骎[7]。	车马快疾如飞。
岂不怀归？	难道不想回归？
是用作歌，	因此作歌唱，
将母来谂[8]！	养母是我的念想！

① 啴（tān）啴：喘息的样子。骆：黑鬃的白马。② 启处：指在家安居休息。③ 雏（zhuī）：一种短尾的鸟，也叫鹁鸪。④ 苞：茂密。栩（xǔ）：栎树。⑤ 将：奉养。⑥ 杞：杞树。⑦ 骎（qīn）骎：形容马走得很快。⑧ 谂（shěn）：想念。

皇皇者华

——这是一首赞美使臣不辞辛苦广采民意之诗。

皇皇者华①，	鲜花明亮艳丽，
于彼原隰②。	聚集在平原洼地。
駪駪征夫③，	众多的出使随从，
每怀靡及④。	经常担心不及。
我马维驹，	我的马很英俊，
六辔如濡⑤。	六根缰绳都润湿。
载驰载驱⑥，	驱车赶马，
周爰咨诹⑦。	广泛出访了解事。
我马维骐⑧，	我的马色黑青，
六辔如丝⑨。	六根缰绳很齐整。
载驰载驱，	驱车赶马，
周爰咨谋⑩。	广泛出访用以谋划。
我马维骆⑪，	我的马色纯白，
六辔沃若⑫。	六根缰绳都润泽。
载驰载驱，	驱车赶马，
周爰咨度⑬。	广泛出访以此谋策。

---

①皇皇：犹言“煌煌”，形容光彩甚盛。②原隰（xí）：原野上高平之处为原，低湿之处为隰。③駪（shēn）駪：众多貌。征夫：这里指使臣及其属从。④靡及：不及。⑤六辔：古代一车四马，马各二辔，其中两骖马的内辔，系在轼前不用，故称六辔。如濡：新鲜有光泽貌。⑥载：语助词。⑦咨诹（zōu）：商量，咨问。⑧骐：青黑色的马。⑨如丝：指辔缰有丝的光彩和韧度。⑩咨谋：与“咨诹”同义。⑪骆：白毛的马。⑫沃若：光泽盛貌。⑬咨度：与“咨诹”同义。

我马维骃[①]，　　我的马是杂色，
六辔既均[②]。　　六根缰绳皆均匀。
载驰载驱，　　驱车赶马，
周爰咨询[③]。　　广泛出访和咨询。

常棣

——这是一首在周人宴会上劝诫兄弟友爱之诗。

常棣之华[④]，　　棠棣之花，
鄂不韡韡[⑤]。　　繁盛鲜丽。
凡今之人，　　当今之人，
莫如兄弟。　　只有兄弟相亲爱。

死丧之威[⑥]，　　死丧的惧威，
兄弟孔怀[⑦]。　　惟有兄弟怀念不止。
原隰裒矣[⑧]，　　临危聚于平原或洼地，
兄弟求矣。　　只有兄弟相寻觅。

脊令在原[⑨]，　　鹡鸰水鸟在平原，
兄弟急难。　　惟有兄弟相救于危难。
每有良朋[⑩]，　　虽有挚友，
况也永叹[⑪]。　　只能徒增声长叹。

---

① 骃：杂色的马。② 均：协调。③ 咨询：与“咨诹”同义。④ 常棣：亦作棠棣、唐棣，蔷薇科落叶灌木，果实比李小，可食。⑤ 鄂不：萼足。韡（wěi）：鲜明貌。⑥ 威：通“畏”。⑦ 孔怀：最为思念、关怀。孔：很，最。⑧ 裒（póu）：聚集。⑨ 脊令：通“鹡鸰”，一种水鸟。⑩ 每：虽。⑪ 永：长。

兄弟阋于墙①，	兄弟在家里争吵，
外御其务②。	但能共同抵抗外辱。
每有良朋，	虽有好友，
烝也无戎③。	并无实际帮助。
丧乱既平，	危难既已平息，
既安且宁。	既安定又宁静。
虽有兄弟，	虽还是兄弟，
不如友生④？	怎能不如朋友相近?
傧尔笾豆⑤，	摆好私宴用的器皿，
饮酒之饫⑥。	喝酒一直到尽兴。
兄弟既具⑦，	兄弟都已到齐，
和乐且孺⑧。	和谐欢乐又相亲。
妻子好合⑨，	夫妻相好，
如鼓瑟琴。	如琴瑟之声相融。
兄弟既翕⑩，	兄弟好合，
和乐且湛⑪。	欢乐且相亲相应。
宜尔室家⑫，	处理好兄弟家庭关系，

① 阋（xì）：争吵。② 御：抵抗。务：通“侮”。③ 烝：通假作“曾”，乃。戎：帮助。④ 友生：友人。⑤ 傧（bìn）：陈列。笾（biān）豆：祭祀或宴会时用来盛食物的器具。笾用竹制，豆用木制。⑥ 饫（yù）：满足。⑦ 具：同“俱”，聚集。⑧ 孺：相亲。⑨ 好合：相亲相爱。⑩ 翕（xī）：聚合。⑪ 湛：深厚。⑫ 宜：和顺。

乐尔妻帑[①]。　　使妻子儿女欢愉。
是究是图[②]，　　深思熟虑，
亶其然乎[③]！　　确实理应如此啊！

伐木

——这是一首宴请亲朋故旧的诗歌。

伐木丁丁[④]，　　伐木响丁丁，
鸟鸣嘤嘤[⑤]。　　鸟儿嘤嘤鸣。
出自幽谷，　　飞离那深谷，
迁于乔木。　　飞上那高木。
嘤其鸣矣，　　嘤嘤鸟作鸣，
求其友声。　　发出求友声。
相彼鸟矣[⑥]，　　看那小鸟呀，
犹求友声。　　尚知求友声。
矧伊人矣[⑦]，　　何况是人呢，
不求友生？　　怎能不想友情？
神之听之[⑧]，　　神灵听到我的话，
终和且平[⑨]。　　生活最终美好和平。

伐木许许[⑩]，　　锯木许许声，
釃酒有藇[⑪]。　　滤酒更酣醇。

① 帑（nú）：通“孥”，儿女。② 究：深思。图：考虑。③ 亶（dǎn）：信、确实。然：如此。④ 丁（zhēng）丁：砍树的声音。⑤ 嘤嘤：鸟叫的声音。⑥ 相：审视，端详。⑦ 矧（shěn）：况且。伊：你。⑧ 听之：听到此事。⑨ 终……且……：既……又……。⑩ 许（hǔ）许：砍伐树木的声音。⑪ 釃（shī）：过滤。有藇（xù）：酒清澈透明的样子。

既有肥羜[1]，	既有肥美的小羊，
以速诸父[2]。	快将叔伯请。
宁适不来[3]，	宁愿凑巧不能来，
微我弗顾[4]。	非我不顾不诚恳。
於粲洒扫[5]，	将庭堂打扫干净，
陈馈八簋[6]。	陈列八簋食物盛。
既有肥牡[7]，	既有肥硕的公羊，
以速诸舅[8]。	快将舅父请。
宁适不来，	宁愿凑巧不能来，
微我有咎[9]。	非我有错不诚恳。
伐木于阪，	伐木在山坡上，
釃酒有衍[10]。	把酒过滤更香醇。
笾豆有践[11]，	宴会器皿摆齐整，
兄弟无远。	兄弟更相亲相近。
民之失德[12]，	人们失友失恩德，
干糇以愆[13]。	干粮待客失真诚。
有酒湑我[14]，	有酒我把它滤干净，
无酒酤我[15]。	无酒我购买待客人。
坎坎鼓我[16]，	坎坎鼓声啊，
蹲蹲舞我[17]。	蹲蹲舞步啊。

①羜（zhù）：小羊羔。②速：邀请。③宁适不来：难道有事不能来。④微：非。弗顾：不顾念。⑤於粲洒扫：清洁庭院忙打扫。⑥陈：陈列。簋（guǐ）：盛放食物用的圆形器皿。⑦牡：雄畜。诗中特指公羊。⑧诸舅：异姓亲友。⑨咎：过错。⑩衍：美好的样子。⑪笾（biān）豆：盛放食物用的两种器皿。践：陈列。⑫民：人。⑬干糇（hóu）：干粮。愆：过错。⑭湑（xǔ）：滤酒。⑮酤：买酒。⑯坎坎：鼓声。⑰蹲蹲：舞姿。

迨我暇矣[1]，　　趁此闲暇之空，
饮此湑矣。　　饮此清酒显亲情。

天保

——这是一首反映周人敬天保民的思想意识之诗。

天保定尔，　　上天保你安定，
亦孔之固[2]。　　让你王位安稳。
俾尔单厚[3]，　　使百姓有厚福，
何福不除[4]？　　何福份不给你？
俾尔多益，　　给你很多好处，
以莫不庶[5]。　　岂不物产丰富。

天保定尔，　　上天保你安定，
俾尔戬穀[6]。　　使你得到禄福。
罄无不宜[7]，　　你的一切都适宜，
受天百禄。　　受上天许多好处。
降尔遐福，　　降给你长远的幸福，
维日不足[8]。　　每日惟恐不足。

天保定尔，　　上天保你安定，
以莫不兴。　　万物无不兴盛。
如山如阜[9]，　　如山一样高，

---

①迨：等待。②亦孔之固：把稳固赐给你。③俾：使。尔：你。单厚：确实很多。④除：给予。⑤庶：众多。⑥戬穀（jiǎn gǔ）：福禄。⑦罄：所有。⑧维：通“惟”，惟恐。⑨阜（fù）：土山。

如冈如陵，	如岗一样大，
如川之方至[①]，	如百川流水，
以莫不增。	岂能不递增。
吉蠲为饎[②]，	吉日清洁酿酒做食，
是用孝享[③]。	用来给祖上祭供。
禴祠烝尝[④]，	四季都祭祀，
于公先王[⑤]。	祭祀先王先公。
君曰卜尔[⑥]，	先王先公传话讲，
万寿无疆。	祝你万寿无疆。
神之吊矣[⑦]，	神的降临，
诒尔多福[⑧]。	赐给你很多福分。
民之质矣[⑨]，	人民淳朴，
日用饮食。	日有饮食便满足。
群黎百姓，	百官和黎民，
遍为尔德[⑩]。	都被你的美德感动。
如月之恒[⑪]，	如弦月亮明，
如日之升。	如太阳高升。
如南山之寿，	寿如南山，
不骞不崩[⑫]。	不损不崩。

① 川之方至：河水涨潮。② 吉：吉日。蠲（juān）：祭祀前沐浴斋戒使清洁。饎：祭祀用的酒食。③ 是用：即用是，用此。④ 禴（yuè）祠烝尝：一年四季在宗庙里举行的祭祀的名称。春祠，夏禴，秋尝，冬烝。⑤ 公：先公，周之远祖。⑥ 君：祭祀中扮演先公先王的神尸。⑦ 吊：降临。⑧ 诒（yí）：通“贻”，送给。⑨ 质：质朴。⑩ 为：通“化”，感化。⑪ 恒：指月到上弦。⑫ 骞（qiān）：亏损。

如松柏之茂，　　如松柏长青，
无不尔或承。　　你定永远继承。

采薇

——这首诗写垂老的戍卒在归乡途中的所见所感。

采薇采薇①，　　采薇菜呀采薇菜，
薇亦作止②。　　薇菜刚刚长出土。
曰归曰归③，　　说归说归，
岁亦莫止④。　　却已到岁暮。
靡室靡家⑤，　　无室无家，
玁狁之故⑥。　　因猃狁之故。
不遑启居⑦，　　无暇安家居住，
玁狁之故。　　因猃狁之故。

采薇采薇，　　采薇菜呀采薇菜，
薇亦柔止。　　薇菜已变得柔嫩。
曰归曰归，　　说归说归，
心亦忧止。　　不能归家心愁闷。
忧心烈烈⑧，　　忧心如焚，
载饥载渴⑨。　　饥渴难耐。
我戍未定⑩，　　我驻地未定，

①薇：豆科植物，可食用。②作：初生。止：语助词。③曰：说。④岁亦暮止：一年将尽之时。⑤靡：无。⑥玁狁（xiǎn yǔn）：北方少数民族。春秋时代称为狄，秦汉时称匈奴。⑦不遑：没空。启居：跪和坐，指安居。⑧烈烈：火势很大的样子，此处形容忧心如焚。⑨载：语气助词。⑩戍：驻守。定：安定。

靡使归聘[①]。	难让人回家答询。
采薇采薇，	采薇菜呀采薇菜，
薇亦刚止[②]。	薇菜已变得老硬。
曰归曰归，	说归说归，
岁亦阳止[③]。	却已到年中。
王事靡盬[④]，	王事不定，
不遑启处。	哪有闲暇使生活安稳。
忧心孔疚[⑤]，	我心忧愁甚是苦痛，
我行不来[⑥]。	我想走却难以行动。
彼尔维何[⑦]？	那是什么花开？
维常之华[⑧]。	将帅车马的饰佩。
彼路斯何[⑨]？	那个大车谁所乘？
君子之车[⑩]。	是军中的将军。
戎车既驾[⑪]，	兵车既已备好，
四牡业业[⑫]。	四马很是英俊。
岂敢定居？	怎能安居不动？
一月三捷。	一个月里三战连胜。
驾彼四牡，	驾车用四匹雄马，
四牡骙骙[⑬]。	四匹雄马很雄壮。

① 使：传达消息的人。聘：探问。② 刚：指薇菜由嫩而老，变得粗硬。③ 阳：阴历十月。④ 盬（gǔ）：休止。⑤ 孔疚：非常痛苦。⑥ 不来：不归。⑦ 尔："苶"的假借字，花盛开貌。维何：是什么。⑧ 常：常棣，棠棣。⑨ 路：高大的马车。⑩ 君子：指将帅。⑪ 戎车：兵车。⑫ 四牡：驾兵车的四匹雄马。业业：马高大貌。⑬ 骙（kuí）骙：马强壮貌。

君子所依[①]，	将军需依乘战车，
小人所腓[②]。	兵士在车后隐藏。
四牡翼翼[③]，	四匹雄马整齐列陈，
象弭鱼服[④]。	拿着鱼皮箭袋象骨饰弓。
岂不日戒[⑤]，	每日战备警戒，
玁狁孔棘[⑥]。	猃狁之事甚是紧急。
昔我往矣，	往日我去从军，
杨柳依依[⑦]。	杨柳恋恋依依。
今我来思[⑧]，	今日我已归来，
雨雪霏霏[⑨]。	却是雨雪霏霏。
行道迟迟，	道路艰难漫长，
载渴载饥。	我口渴又腹肌。
我心伤悲，	我心中多伤悲，
莫知我哀。	谁知我的愁哀。

出车

——这是征夫赞颂南仲指挥英明，表达胜利的喜悦。

我出我车，	我推出我的兵车，
于彼牧矣[⑩]。	在牧马的远郊把马套在车上。
自天子所，	从天子处，
谓我来矣。	传令让我到出征的地方。

① 依：依靠。② 小人：指士卒。腓：隐蔽。③ 翼翼：行止整齐熟练貌。④ 象弭：象牙镶饰的弓。鱼服：鱼皮制成的箭袋。⑤ 日戒：每日警备。⑥ 棘：同“急”。⑦ 依依：柳枝随风飘拂貌。⑧ 思：语气助词。⑨ 雨（yù）：作动词，下雪。霏霏：雪花纷飞貌。⑩ 牧：城郊以外的地方。

召彼仆夫，
谓之载矣。
王事多难，
维其棘矣①。

召集那些御夫，
将辎重士兵载上。
周王多有外患事，
惟猃狁事最急忙。

我出我车，
于彼郊矣。
设此旐矣②，
建彼旄矣③。
彼旟旐斯④，
胡不旆旆⑤。
忧心悄悄⑥，
仆夫况瘁⑦。

我推出我的兵车，
在牧马的近郊把马套在车上。
陈列书有龟蛇的旗子，
竖立饰有牛尾的旗子。
还有壮观鹰隼旗，
无不猎猎迎风摆。
我担忧暗想，
难道车夫疲病劳伤。

王命南仲，
往城于方。
出车彭彭⑧，
旂旐央央⑨。
天子命我，
城彼朔方。
赫赫南仲⑩，
玁狁于襄⑪。

周王令南中大将，
去北方筑城以防。
出发的兵车浩荡，
旌旗飘动又闪亮。
天子命令我，
筑城在那北方。
威名的南仲大将，
消灭猃狁保边疆。

---

①棘：急。②旐（zhào）：画有龟蛇图案的旗。③建：竖立。旄（máo）：旗竿上装饰牦牛尾的旗子。④旟（yú）：画有隼鸟图案的旗帜。⑤旆（pèi）旆：旗帜飘扬的样子。⑥忧心悄悄：暗中担忧。⑦况瘁（cuì）：辛苦憔悴。⑧彭彭：形容车马众多。⑨旂（qí）：绘交龙图案的旗帜，带铃。⑩赫赫：威仪显赫的样子。⑪襄：即“攘”，平息，扫除。

昔我往矣，	昔日我离去，
黍稷方华[①]。	正值初夏。
今我来思[②]，	今日我归来，
雨雪载涂[③]。	满路雪花。
王事多难，	周王多有外患，
不遑启居[④]。	无暇定居思安。
岂不怀归？	难道不想回去？
畏此简书[⑤]。	怕这兵书告急。

喓喓草虫[⑥]，	蝈蝈在鸣叫，
趯趯阜螽[⑦]。	蚱蜢在跳动。
未见君子[⑧]，	看不见君子，
忧心忡忡。	我忧心涌动。
既见君子，	既已看见君子，
我心则降[⑨]。	我心情才平静。
赫赫南仲，	威名大将南仲，
薄伐西戎[⑩]。	乘胜讨伐西戎。

春日迟迟，	春日漫长舒暖，
卉木萋萋[⑪]。	草木茂盛繁密。
仓庚喈喈[⑫]，	黄莺在喈喈叫，

①方：正值。华：开花，诗中指黍稷抽穗。②思：语气助词。③雨雪：下雪。涂：即“途”。④遑：空闲。⑤简书：周王传令出征的文书。⑥喓（yāo）喓：昆虫的叫声。⑦趯（tì）趯：蹦蹦跳跳的样子。阜螽（zhōng）：蚱蜢。⑧君子：指出征之人。⑨降：安宁。⑩薄：借为“搏”，打击。西戎：古代北方少数民族。⑪萋萋：草木茂盛的样子。⑫喈（jiē）喈：鸟叫声。

采蘩祁祁[①]。　　从容采白蒿。
执讯获丑[②]，　　俘敌审讯或屠杀，
薄言还归[③]。　　莫把归家轻言。
赫赫南仲，　　威名大将南仲，
玁狁于夷[④]。　　还在平定猃狁。

杕杜

——这是一首妻子思念久役不归的丈夫之诗。

有杕之杜[⑤]，　　独生的棠梨树，
有睆其实[⑥]。　　果实光泽亮丽。
王事靡盬[⑦]，　　王事无休无止，
继嗣我日[⑧]。　　拖延戍边役期。
日月阳止[⑨]，　　又延留到十月，
女心伤止，　　妇人心中忧伤，
征夫遑止[⑩]。　　征夫无暇歇息。

有杕之杜，　　独生的棠梨树，
其叶萋萋[⑪]。　　它的叶子茂密。
王事靡盬，　　王事无休无止，
我心伤悲。　　我的心在悲泣。
卉木萋止，　　花木皆已茂盛，

---

①蘩：白蒿。祁祁：众多的样子。②执讯：捉住审讯。获丑：杀敌割左耳。③还：凯旋。④玁狁（xiǎn yǔn）：北方的少数民族。夷：扫平。⑤有：句首语气助词，无义。杕（dì）：树木孤独貌。杜：一种果木，又名棠梨。⑥睆（huǎn）：果实圆浑貌。实：果实。⑦靡：没有。盬（gǔ）：停止。⑧嗣：延长、延续。⑨阳：农历十月，十月又名阳月。止：句尾语气词。⑩遑：闲暇。⑪萋萋：草木茂盛貌。

女心悲止，	妇人忧悲伤心，
征夫归止。	想征夫已踏上归程。
陟彼北山①，	登上那座北山，
言采其杞②。	采摘枸杞。
王事靡盬，	王事无休无止，
忧我父母③。	忧我父母没人理。
檀车幝幝④，	役车破损缓慢，
四牡痯痯⑤，	驾车的四马多病疲，
征夫不远。	想征夫已近归期。
匪载匪来⑥，	车上无人人未回，
忧心孔疚⑦。	忧愁心痛多伤悲。
期逝不至⑧，	归期已到人未至，
而多为恤⑨。	甚是忧心伤怀。
卜筮偕止⑩，	卜筮都是吉兆，
会言近止⑪，	合说归期不远了，
征夫迩止⑫。	想征夫近期定能到。

---

① 陟：登山。② 言：语气助词，无义。杞：即枸杞，落叶灌木，果实小而红，可食，可入药。③ 忧：此为使动用法，使父母忧。一说忧父母无人供养。④ 檀车：役车，一般是用檀木做的。幝（chǎn）幝：破败貌。⑤ 痯（guǎn）痯：疲劳貌。⑥ 匪：非。载：车子载运。⑦ 孔：很，大。疚（jiù）：病痛。⑧ 期：预先约定时间。逝：过去。⑨ 恤：忧虑。⑩ 卜：以龟甲占吉凶。筮：以蓍草算卦。⑪ 会言：合言，都说。⑫ 迩：近。

鱼丽

——这是周代燕飨宾客通用的乐歌。

鱼丽于罶①，	鱼儿跳动在竹篓，
鲿鲨②。	有鲿鱼和泥鳅。
君子有酒，	君子有酒，
旨且多。	鱼儿美味且酒足。
鱼丽于罶，	鱼儿跳动在竹篓，
鲂鳢③。	有鳊鱼和鳢鱼。
君子有酒，	君子有酒，
多且旨。	鱼儿美味且酒足。
鱼丽于罶，	鱼儿跳动在竹篓，
鰋鲤④。	有鲇鱼和鲤鱼。
君子有酒，	君子有酒，
旨且有。	鱼儿美味且酒足。
物其多矣，	食物丰盛，
维其嘉矣。	惟它好吃呀。
物其旨矣，	食物甜美，
维其偕矣⑤。	惟它齐备呀。

---

①丽（lí）：同“罹”，遭遇。罶（liǔ）：捕鱼的工具用竹编成，编绳为底，鱼入而不能出。②鲿（cháng）：黄颊鱼。鲨：吹沙鱼，似鲫而比鲫小。③鲂：鳊鱼，鳞细小而美味。鳢：俗称黑鱼。④鰋（yǎn）：俗称鲇鱼，体滑无鳞。⑤偕：齐备。

物其有矣，	食物香美呀，
维其时矣[①]。	惟它新鲜合时令呀。

南有嘉鱼

——这是一首具有求贤之意的宴饮诗。

南有嘉鱼，	南方有好鱼，
烝然罩罩[②]。	欢游结成群。
君子有酒，	君子有美酒，
嘉宾式燕以乐[③]。	嘉宾欢乐地宴饮。
南有嘉鱼，	南方有好鱼，
烝然汕汕[④]。	成群地自由游动。
君子有酒，	君子有美酒，
嘉宾式燕以衎[⑤]。	嘉宾欢畅地宴饮。
南有樛木[⑥]，	南方有树弯曲，
甘瓠累之[⑦]。	甜葫芦在上面缠绕。
君子有酒，	君子有美酒，
嘉宾式燕绥之[⑧]。	嘉宾祥和地宴享美酒佳肴。
翩翩者鵻[⑨]，	鹁鸪鸟成群结对，

① 时：及时。② 烝（zhēng）：众多。罩罩：用多罩来捕鱼。③ 式：语气助词。燕：同“宴”。④ 汕汕：用众多抄网捉鱼。⑤ 衎（kàn）：快乐。⑥ 樛（jiū）：树木向下弯曲。⑦ 瓠（hù）：葫芦。累：缠绕。⑧ 绥：安。⑨ 鵻（zhuī）：鸟名，即斑鸠，也叫鹁鸪。

烝然来思[1]。	翩翩飞翔。
君子有酒，	子有美酒，
嘉宾式燕又思[2]。	嘉宾同聚把酒共享。

南山有臺

——这是一首颂德祝寿的宴饮诗。

南山有臺[3]，	南山有蓑衣草，
北山有莱[4]。	北山有苋草。
乐只君子[5]，	开心的君子，
邦家之基。	国家的基石。
乐只君子，	开心的君子，
万寿无期！	万寿无期限！
南山有桑，	南山上有桑，
北山有杨。	北山上有杨。
乐只君子，	开心的君子，
邦家之光。	国君的荣光。
乐只君子，	开心的君子，
万寿无疆！	万寿无疆！
南山有杞[6]，	南山有枸杞，
北山有李。	北山上有李。

①思：句尾助词，下同。②又：通“侑”，劝酒。③臺：即“薹”，莎草，又名蓑衣草，可制蓑衣。④莱：藜草，嫩叶可食。⑤只：语气助词。⑥杞（qǐ）：木名，一说杞柳，一说枸杞。

乐只君子，	开心的君子，
民之父母。	人民的父母亲。
乐只君子，	开心的君子，
德音不已[①]。	名誉流传不停。
南山有栲[②]，	南山有樗树，
北山有杻[③]。	北山有檍树。
乐只君子，	开心的君子，
遐不眉寿[④]？	怎不能长寿？
乐只君子，	开心的君子，
德音是茂[⑤]。	名声很美好。
南山有枸[⑥]，	南山有羊桃树，
北山有楰[⑦]。	北山有苦楸树。
乐只君子，	开心的君子，
遐不黄耇[⑧]？	怎么不会寿长？
乐只君子，	开心的君子，
保艾尔后[⑨]。	把你的子孙后代安养。

① 德音：好名誉。② 栲：树名，山樗。③ 杻（niǔ）：树名，檍树。④ 遐：何。眉寿：高寿。⑤ 茂：美盛。⑥ 枸（jǔ）：树名，即枸榾，今名羊桃。⑦ 楰（yú）：树名，即鼠梓，也叫苦楸。⑧ 黄耇（gǒu）：少年发黑，老变白，白久变黄为老寿。⑨ 保艾：安定地长养。

蓼萧

——这是一首关于诸侯朝见天子时歌功颂德之诗。

蓼彼萧斯①，	长大的香蒿呀，
零露湑兮②。	降下的露水清啊。
既见君子，	既已看见君子，
我心写兮③。	说出心里话啊。
燕笑语兮④，	赴宴欢言笑语啊，
是以有誉处兮⑤。	所以很快乐啊。
蓼彼萧斯，	长大的香蒿呀，
零露瀼瀼⑥。	降下的露水多啊。
既见君子，	既已看见君子，
为龙为光⑦。	受宠荣幸。
其德不爽⑧，	他的德行不差，
寿考不忘。	愿他长寿永存。
蓼彼萧斯，	长大的香蒿呀，
零露泥泥⑨。	落下的露水濡湿啊。
既见君子，	既已看见君子，
孔燕岂弟⑩。	欢宴和畅。
宜兄宜弟，	如若兄弟一样，
令德寿岂。	愿他德美寿长。

① 蓼（lù）：长而大的样子。萧：艾蒿，一种有香气的植物。②零：落。湑（xǔ）：叶子上沾着水珠。③写：舒畅。④燕：通“宴”，宴饮。⑤誉处：安乐愉悦。⑥瀼（ráng）瀼：露水很多。⑦为龙为光：为被天子恩宠而荣幸。⑧爽：差。⑨泥泥：露水很重。⑩ 孔燕：非常安详。岂弟（kǎi tì）：即“恺悌”，和乐平易。

蓼彼萧斯，　　长大的香蒿呀，
零露浓浓。　　落下的露水很浓啊。
既见君子，　　既已看见君子，
鞗革冲冲[①]。　　铜嚼缰绳下垂从容。
和鸾雍雍[②]，　　鸾铃声声和应，
万福攸同[③]。　　会聚万福大同。

湛露

——这是一首描写秋夜宴饮之诗。

湛湛露斯[④]，　　露水浓重呀，
匪阳不晞[⑤]。　　太阳不晒不干。
厌厌夜饮[⑥]，　　安然的夜间饮酒啊，
不醉无归。　　不醉不还。

湛湛露斯，　　浓重的露水呀，
在彼丰草。　　落在茂盛的草丛上。
厌厌夜饮，　　安然的夜间饮酒啊，
在宗载考[⑦]。　　在祭祀祖宗的礼宴上。

湛湛露斯，　　浓重的露水呀，

① 鞗（tiáo）革：马缰绳。冲冲：饰物下垂貌。② 和鸾：为铜铃，系在轼上的叫“和”，系在衡上的叫“銮”。③ 攸同：所聚。④ 湛湛：露清莹盛多。斯：语气词。⑤ 匪：通“非”。晞：干。⑥ 厌厌：和悦的样子。⑦ 宗：同族。考：成，指宴饮之礼。

在彼杞棘[1]。　落在枸杞酸枣树上。
显允君子[2]，　光明伟大的君子，
莫不令德[3]。　无不是品德高尚。

其桐其椅[4]，　那桐树和椅树，
其实离离[5]。　果多而下垂。
岂弟君子[6]，　平和的君子，
莫不令仪[7]。　无不显威仪尊贵。

彤弓

——这是一首体现周天子奖励诸侯的赏赐仪式之诗。

彤弓弨兮[8]，　朱弓将弦放松，
受言藏之[9]。　接受赏赐藏于庭堂中。
我有嘉宾[10]，　我有嘉宾，
中心贶之[11]。　心中喜爱。
钟鼓既设，　钟鼓已经设置，
一朝飨之[12]。　一朝设宴将他款待。

彤弓弨兮，　朱弓将弦放松，
受言载之[13]。　接受赏赐载在车中。

---

①杞棘：枸杞和酸枣，皆灌木，又皆身有刺而果实甘酸可食。②显允：光明磊落而诚信忠厚。③令：善美。④桐：桐有多种，古多指梧桐。椅：山桐子木，梓树中有美丽花纹者。⑤离离：下垂的样子。⑥岂弟（kǎi tì）：同“恺悌”，和乐平易的样子。⑦仪：仪容，风范。⑧彤弓：漆成红色的弓，天子用来赏赐有功诸侯。弨（chāo）：弓弦松弛貌。⑨言：语气助词。藏：珍藏于祖庙中。⑩嘉宾：有功诸侯。⑪中心：内心。贶（kuàng）：爱戴。⑫一朝：整个上午。飨（xiǎng）：用酒食款待宾客。⑬载：装在车上。

我有嘉宾，　　我有嘉宾，
中心喜之。　　心中喜爱。
钟鼓既设，　　钟鼓已经设置，
一朝右之[①]。　　一朝摆酒将他款待。

彤弓弨兮，　　朱弓将弦放松，
受言櫜之[②]。　　接受赏赐把弓藏于袋中。
我有嘉宾，　　我有嘉宾，
中心好之。　　心中喜爱。
钟鼓既设，　　钟鼓已经设置，
一朝酬之[③]。　　一朝置酒将他款待。

菁菁者莪

——这首诗表现学生见到老师的喜悦之情。

菁菁者莪[④]，　　茂盛的莪蒿，
在彼中阿[⑤]。　　长在那大山上。
既见君子，　　既已看见君子，
乐且有仪[⑥]。　　开心有了榜样。

菁菁者莪，　　茂盛的莪蒿，
在彼中沚[⑦]。　　长在那水中小洲里。
既见君子，　　既已看见君子，

---

①右：通“侑”，劝酒。②櫜（gāo）：装弓的袋，此处指装入弓袋。③酬：互相敬酒。④菁（jīng）菁：草木茂盛。莪：莪蒿，又名萝蒿，一种可吃的野草。⑤阿：山坳。⑥仪：法式，榜样。⑦沚：水中小洲。

我心则喜。　　我心中很欢喜。

菁菁者莪，　　茂盛的莪蒿，
在彼中陵。　　长在那土山中。
既见君子，　　既已看见君子，
锡我百朋①。　　赐我钱百朋。

泛泛杨舟，　　水中漂游着杨木，
载沉载浮。　　上下起伏漂荡。
既见君子，　　既已看见君子，
我心则休②。　　我心中欢喜无惆怅。

六月

——这是一首表现抵御外族入侵的爱国主义颂歌。

六月栖栖③，　　六月慌忙出兵，
戎车既饬④。　　把兵车修理整顿。
四牡骙骙⑤，　　四匹雄马健壮，
载是常服⑥。　　载穿战服的将士。
猃狁孔炽⑦，　　猃狁兵势强盛，
我是用急⑧。　　因此急忙用兵。
王于出征，　　周王命我出征，

---

① 锡：同“赐”。朋：古代货币单位。上古以贝壳为货币，相传五贝为一朋。② 休：喜。③ 栖栖：遑遑不安的样子。④ 饬（chì）：整顿，整理。⑤ 骙（kuí）骙：马很强壮的样子。⑥ 常服：军服。⑦ 孔：很。炽：势盛。⑧ 是用：是以，因此。

以匡王国①。　　以救国家危亡。

比物四骊②，　　调整战马强弱毛色，
闲之维则③。　　熟习战法规则。
维此六月，　　就是在这六月里，
既成我服。　　成就我的战服。
我服既成，　　我军装既已成，
于三十里④。　　每日卅里军急行。
王于出征，　　周王命令我出征，
以佐天子。　　辅佐天子把猃狁平定。

四牡修广，　　四匹雄马大而长，
其大有颙⑤。　　头大更能显雄壮。
薄伐玁狁，　　同仇敌忾伐猃狁，
以奏肤公⑥。　　用以立业建大功。
有严有翼⑦，　　威严而谨慎，
共武之服⑧。　　同尚武力对敌。
共武之服，　　同尚武力对敌，
以定王国。　　确保王国安定。

玁狁匪茹⑨，　　猃狁并不柔弱，
整居焦获⑩。　　整队住在焦获。
侵镐及方⑪，　　径直侵入镐方，

---

①匡：扶助。②比物：力气均齐。③闲：熟习。则：法则。④于：往。三十里：古代军行三十里为一舍。⑤颙（yóng）：大的样子。⑥奏：建立。肤公：大功。⑦严：威严。翼：恭敬。⑧武之服：打仗的事。⑨匪茹：不自量。⑩焦获：周之地名。⑪镐、方：周之地名。

至于泾阳。	深入直至泾阳。
织文鸟章[1]，	兵衣赤徽旗画隼鸟，
白旆央央[2]。	旗下飘带明又亮。
元戎十乘[3]，	我有大战车十辆，
以先启行。	率先冲到敌阵营。
戎车既安，	兵车未损，
如轾如轩[4]。	俯仰自如。
四牡既佶[5]，	四马齐整，
既佶且闲[6]。	整齐有序。
薄伐猃狁，	驱逐猃狁，
至于大原[7]。	直至大原。
文武吉甫，	文武兼备的吉甫，
万邦为宪[8]。	万邦效法羡慕。
吉甫燕喜，	天子宴请吉甫皆欢喜，
既多受祉[9]。	已受到了很多福赐。
来归自镐，	从镐京班师回归，
我行永久。	用时很久。
饮御诸友[10]，	准备饮食设宴款待诸友，
炰鳖脍鲤[11]。	烧肉切鲤烹蒸。
侯谁在矣[12]，	有谁人列席，

① 织文鸟章：指绘有隼鸟图案的旗帜。② 央央：鲜明的样子。③ 元戎：大的战车。④ 轾（zhì）轩：车身前俯后仰。⑤ 佶（jí）：健壮。⑥ 闲：熟娴，驯服的样子。⑦ 大原：即太原，地名，与今山西太原无关。⑧ 宪：榜样、典范。⑨ 祉（zhǐ）：福。⑩ 御：进献。⑪ 炰（páo）：蒸煮。脍鲤：切成细条的鲤鱼。⑫ 侯：语气助词。

张仲孝友①。　　原来是孝友张仲。

采芑

——这是一首赞美周宣王的大臣方叔南征讨伐荆蛮之诗。

薄言采芑②，　　言说采苦菜，
于彼新田③，　　在休耕二年的田，
于此菑亩④。　　在休耕一年的田。
方叔莅止⑤，　　方叔亲临，
其车三千，　　他有兵车三千，
师干之试⑥。　　兵众执盾操练。
方叔率止，　　方叔统率，
乘其四骐⑦，　　四匹黑青马驾的车是他的座乘，
四骐翼翼⑧。　　四马有序齐整。
路车有奭⑨，　　他乘的车饰色赤红，
簟茀鱼服⑩，　　竹席鱼皮遮蒙，
钩膺鞗革⑪。　　驾车的马皮带缰嚼饰以金铜。

薄言采芑，　　言说采苦菜，
于彼新田，　　在休耕二年的田，
于此中乡⑫。　　在休耕的田中。

---

①张仲：吉甫的朋友。②薄言：句首语气词。芑（qǐ）：一种野菜。③新田：指开垦两年的田。④菑（zī）亩：指开垦一年的田。⑤莅（lì）：临。止：语气助词。⑥干：捍敌。试：演习。⑦骐：青底黑纹的马。⑧翼翼：整齐严谨的样子。⑨路车：大车。奭（shì）：红色的涂饰。⑩簟茀（diàn fú）：遮挡战车后部的竹席子。鱼服：用鲛鱼皮做箭袋。⑪钩膺：带有铜制钩饰的马胸带。鞗（tiáo）革：皮革制成的马缰绳。⑫中乡：新田中。

方叔莅止，	方叔亲临，
其车三千，	他有兵车三千，
旂旐央央①。	书有鱼龙的旌旗鲜明。
方叔率止，	方叔统率，
约軝错衡②，	车毂缠皮端木涂以金色花纹，
八鸾玱玱③。	八个鸾铃锵锵作响。
服其命服④，	穿上王赐礼服，
朱芾斯皇⑤，	衣着浅红鲜亮，
有玱葱珩⑥。	有葱绿色的佩玉玱玱作响。

鴥彼飞隼⑦，	疾飞的那隼鸟，
其飞戾天⑧，	高飞直至云天，
亦集爰止⑨。	聚集休息有方。
方叔莅止，	方叔亲临，
其车三千，	他有兵车三千，
师干之试。	兵众执盾操练。
方叔率止，	方叔统率，
钲人伐鼓⑩，	钲人击鼓，
陈师鞠旅⑪。	誓师陈列军队。
显允方叔⑫，	声名显赫的方叔，
伐鼓渊渊⑬，	鼓声雷动，

① 旂旐（qí zhào）：画有龙和龟蛇图案的旗帜。② 约軝（qí）：用皮革约束车轴露出车轮的部分。错衡：用横木相连。③ 玱（qiāng）玱：象声词，金玉撞击声。④ 命服：此处指军装。⑤ 芾（fú）：皮制的蔽膝，类似围裙。⑥ 有玱：即“玱玱”。葱珩（héng）：翠绿色的佩玉。⑦ 鴥（yù）：鸟飞迅疾的样子。⑧ 戾：到达。⑨ 止：止息。⑩ 钲人：掌管击钲击鼓的官员。⑪ 陈：陈列。鞠：训告。⑫ 显允：声名赫赫。⑬ 渊渊：象声词，击鼓声。

振旀阗阗[1]。 口号齐鸣。

蠢尔蛮荆， 你们愚蠢的蛮荆，
大邦为仇。 与大国为仇。
方叔元老， 方叔是元老，
克壮其犹[2]。 能施展他的筹谋。
方叔率止， 方叔统率，
执讯获丑[3]。 俘敌讯问或割耳杀除。
戎车啴啴[4]， 很多兵车前来，
啴啴焞焞[5]， 众多势盛，
如霆如雷。 如雷霆万钧。
显允方叔， 声名显赫的方叔，
征伐猃狁， 讨伐猃狁威震四方，
蛮荆来威[6]。 蛮荆迫于威势前来降服。

车攻

——这首诗描写周宣王亲率队伍去东都会猎的场面。

我车既攻[7]， 我将车子牢固修整，
我马既同[8]。 把马调整行动相同。
四牡庞庞[9]， 四匹雄马高大英俊，
驾言徂东[10]。 驾车前往京东。

---

①振旅：整顿队伍，指收兵。阗（tián）阗：击鼓声。②克：能。壮：光大。犹：谋略。③执讯：捉住审讯。获丑：俘虏。④啴（tān）啴：此处形容兵车行走的声音。⑤焞（tūn）焞：车马众多的样子。⑥来：语气助词。威：威服。⑦攻：坚固。⑧同：指选择调配足力相当的健马驾车。⑨庞庞：马高大强壮貌。⑩言：句中语气词。徂（cú）：往。东：东都洛阳。

田车既好①，
田牡孔阜②。
东有甫草③，
驾言行狩。

猎车既已备好，
四匹马雄壮高大。
东有广大的草场，
驾车前去把猎打。

之子于苗④，
选徒嚣嚣⑤。
建旐设旄⑥，
搏兽于敖⑦。

周王打猎在夏季，
士卒报数声音高。
竖起龟蛇牛尾旗，
捕捉野兽在敖地。

驾彼四牡，
四牡奕奕⑧。
赤芾金舄⑨，
会同有绎⑩。

驾着那四匹雄马，
四马健壮迅疾。
赤色蔽膝金色鞋，
朝见天子诸侯有序。

决拾既佽⑪，
弓矢既调⑫。
射夫既同⑬，
助我举柴⑭。

安戴好护袖板指，
弓箭也已调正。
射箭的人相互协同，
帮我把积兽拣拾。

---

① 田车：猎车。② 孔：甚。阜：高大肥硕有气势。③ 甫草：甫田之草。一说古地名，在今河南省中牟县境内。④ 之子：那人，指天子。苗：夏猎。⑤ 选：通“算”，清点。嚣（áo）嚣：声音嘈杂。⑥ 旐（zhào）：绘有龟蛇图案的旗。旄：饰牦牛尾的旗。⑦ 敖：地名。⑧ 奕奕：马从容而迅捷貌。⑨ 赤芾（fú）：红色蔽膝。金舄（xì）：用铜装饰的鞋。或以为金色的木底鞋。⑩ 会同：会合诸侯，是诸侯朝见天子的专称，此处指诸侯参加天子的狩猎活动。有绎：连续不断而有次序的样子。⑪ 决：用象牙和兽骨制成的扳指，射箭拉弦所用。拾：皮制的护臂，射箭时缚在左臂上。佽（cì）：排列有序。⑫ 调：调正。⑬ 同：协同。⑭ 举：取。柴（zì）：堆积的禽兽。

四黄既驾[①]，	四匹黄马已驾车，
两骖不猗[②]。	两匹骖马不偏斜。
不失其驰[③]，	驾车人不失高明，
舍矢如破[④]。	一箭就穿透命中。
萧萧马鸣[⑤]，	马儿萧萧地鸣，
悠悠旆旌[⑥]。	旗悠悠地飘动。
徒御不惊[⑦]，	徒步拉车的兵士很机警，
大庖不盈[⑧]。	猎物堆满君王庖。
之子于征，	周王打猎归行，
有闻无声。	但见车马无声音。
允矣君子[⑨]，	周王真是君子，
展也大成[⑩]。	确实大功告成。

吉日

——这是一首描写周宣王田猎之诗。

吉日维戊[⑪]，	初五是吉祥之日，
既伯既祷[⑫]。	祭祀了马祖与军神。
田车既好[⑬]，	猎车已经准备好，

①四黄：四匹黄色的马。②两骖：四匹马驾车时两边的马叫骖。猗：偏差。③驰：驰驱之法。④舍矢：放箭。破：射中。⑤萧萧：马长鸣声。⑥悠悠：旆旗轻轻飘动貌。⑦徒御：徒步拉车的士卒。不惊：不喧哗。⑧大庖：大厨。不：通“丕”，甚也。⑨允：确实。⑩展：诚。⑪维：是。戊：指初五。古人以天干地支相配计日。以天干奇数为刚日，偶数为柔日。刚日宜外事，柔日宜内事。田猎为外事，故以刚之戊为吉日。⑫伯：马祖神。祷：向神祷告。⑬田车：猎车。

四牡孔阜①。
升彼大阜②，
从其群丑③。

四匹雄马强壮英俊。
登上那大坡，
追逐野兽群。

吉日庚午，
既差我马④。
兽之所同⑤，
麀鹿麌麌⑥。
漆沮之从⑦，
天子之所⑧。

初七是吉祥之日，
选择我的马车狩猎中。
野兽聚集，
母鹿成群。
在漆沮流域驱逐，
至天子之处。

瞻彼中原⑨，
其祁孔有⑩。
儦儦俟俟⑪，
或群或友⑫。
悉率左右⑬，
以燕天子⑭。

看那原野，
聚集着很多兽群。
有的奔跑有的走动，
三三两两相伴而行。
完全驱逐至左右两边，
以使天子观猎。

既张我弓，
既挟我矢。
发彼小豝⑮，

拉开我的弓弦，
挟紧我的羽箭。
射中那小母猪，

---

①孔：很。阜：强壮高大。②阜：山岗。③从：追逐。群丑：指群兽。④差：选择。⑤同：聚集。⑥麀（yōu）鹿：母鹿。麌（yǔ）麌：众多貌。⑦漆沮：古代二水名。⑧所：处所，此指会猎场所。⑨中原：原中，指原野。⑩祁：大。此处指大兽。有：多，指野兽多。⑪儦（biāo）儦：疾行貌。俟（sì）俟：缓行貌。⑫群：兽三只在一起为群。友：兽二只在一起为友。⑬悉：尽，全。率：驱逐。⑭燕：乐。⑮豝（bā）：母猪。

殪此大兕①。	射杀这大野牛。
以御宾客②，	以此款待宾客，
且以酌醴③。	并且用来下酒。

鸿雁

——这首诗反映社会动荡不安、人民流离失所的痛苦。

鸿雁于飞④，	大雁在飞翔，
肃肃其羽⑤。	振翅肃肃响。
之子于征⑥，	服役的人，
劬劳于野⑦。	在野地里劳作辛忙。
爰及矜人⑧，	可怜穷苦人，
哀此鳏寡⑨。	哀怜那些鳏寡多苦命。
鸿雁于飞，	大雁在飞翔，
集于中泽。	停在沼泽中。
之子于垣⑩，	筑墙的人，
百堵皆作⑪。	连做百丈墙。
虽则劬劳，	虽劳苦辛勤，
其究安宅⑫。	终究居住安定。
鸿雁于飞，	大雁在飞翔，

① 殪（yì）：射死。兕（sì）：大野牛。② 御：进献食物。③ 醴（lǐ）：甜酒。④ 鸿雁：水鸟名，即大雁；或谓大者叫鸿，小者叫雁。⑤ 肃肃：鸟飞时扇动翅膀的声音。⑥ 之子于征：这个人服役。⑦ 劬（qú）劳：勤劳辛苦。⑧ 爰：语气助词。矜人：可怜人。⑨ 鳏（guān）：老而无妻者。寡：老而无夫者。⑩ 于垣：筑墙。⑪ 堵：长、高各一丈的墙叫一堵。⑪ 究：终。宅：居住。

哀鸣嗷嗷①。　　嗷嗷地哀叫。
维此哲人②，　　只有通情达理的人，
谓我劬劳。　　说我很辛劳。
维彼愚人，　　只有那些愚蠢的人，
谓我宣骄③。　　说我骄奢示傲。

庭燎

——这是一首记述周宣王中兴的诗作。

夜如何其④？　　夜到了什么时辰？
夜未央⑤，　　夜色未尽，
庭燎之光⑥。　　庭院里有大烛的亮光。
君子至止，　　君子要到了，
鸾声将将⑦。　　鸾铃锵锵作响。

夜如何其？　　夜到了什么时辰？
夜未艾⑧，　　夜色未尽，
庭燎晣晣⑨。　　庭院里有大烛明亮。
君子至止，　　君子要到了，
鸾声哕哕⑩。　　鸾铃哕哕鸣响。

夜如何其？　　夜到了什么时辰？
夜乡晨⑪，　　夜色未尽，

---

① 嗷嗷：鸿雁的哀鸣声。② 哲人：才智极高的人。③ 宣骄：骄奢。④ 其：语尾助词。⑤ 央：尽。⑥ 庭燎：宫廷中照亮的火炬。立在地上的大烛，由苇薪制成。⑦ 鸾：铃。此为旂上的铃。将（qiāng）将：铃声。⑧ 艾：尽。⑨ 晣（zhé）晣：明亮。⑩ 哕（huì）哕：铃声。⑪ 夜乡晨：天将亮。

庭燎有辉。	庭院里有大烛闪光。
君子至止，	君子要到了，
言观其旂[1]。	他的旗子在眼前飘扬。

沔水

——这是一首表现作者忧国忧民、劝诫友人之诗。

沔彼流水[2]，	那荡漾的流水，
朝宗于海[3]。	像朝见帝王般流向大海。
鴥彼飞隼[4]，	那疾飞的隼鸟，
载飞载止[5]。	时飞时停。
嗟我兄弟，	感叹我的兄弟，
邦人诸友[6]，	诸侯国人，
莫肯念乱[7]，	当政者不肯止乱，
谁无父母？	谁没有父母至亲？

沔彼流水，	那荡漾的流水，
其流汤汤[8]。	流水浩荡。
鴥彼飞隼，	疾飞的隼鸟，
载飞载扬。	时飞时停。
念彼不迹[9]，	想那不循法度的人，
载起载行。	时起时行不得安身。

---

①旂（qí）：画有交龙、竿顶有铃的旗。②沔（miǎn）：流水满溢貌。③朝宗：归往。本意是指诸侯朝见天子，（《周礼·春官大宗伯》："春见曰朝，夏见曰宗。"），后来借指百川归海。④鴥（yù）：鸟疾飞貌。隼（sǔn）：一种猛禽。⑤载：句首语气助词。⑥邦人：国人。⑦念乱：止乱。⑧汤汤：义同"荡荡"，水大流急貌。⑨不迹：不循法度。

心之忧矣，
不可弭忘[1]。

我心忧愁，
难以轻忘。

鴥彼飞隼，
率彼中陵[2]。
民之讹言[3]，
宁莫之惩[4]。
我友敬矣[5]，
谗言其兴。

那疾飞的隼鸟，
沿着土山飞翔。
人们的谣言，
怎能不制止而宣扬。
警惕啊我的朋友，
谗言怎能相信听从。

鹤鸣

——这是一首借喻表达招贤纳士的政治主张之诗。

鹤鸣于九皋[6]，
声闻于野。
鱼潜在渊，
或在于渚[7]。
乐彼之园，
爰有树檀，
其下维萚[8]。
他山之石，
可以为错[9]。

鹤在深远的泽地叫鸣，
野外四处都是它的声音。
鱼儿在深渊潜伏，
有时在小渚浅游绕行。
喜欢那个园子，
园里种植檀树，
树下落叶随风飘。
它山之石，
可以用来把玉琢。

---

①弭（mǐ）：止，消除。②率：沿。中陵：陵中。③讹言：谣言。④宁莫之惩：怎么可以不惩凶。⑤敬：同“警”，警戒。⑥九皋：泽中水溢出称一折，九折指极远处。⑦渚：水中小洲，此处当指水滩。⑧萚（tuò）：枯落的枝叶。⑨错：砺石，可以打磨玉器。

鹤鸣于九皋，	鹤在深远的泽地叫鸣，
声闻于天。	声音响彻天空。
鱼在于渚，	鱼在小渚浅游绕行，
或潜在渊。	有时潜伏在深渊中。
乐彼之园，	喜欢那个园子，
爰有树檀，	园里种植檀树，
其下维榖[①]。	树下也有可恶的楮木。
他山之石，	它山之石，
可以攻玉。	可以用来把玉琢。

祈父

——这是一首周王朝的王都卫士抒发内心不满情绪的诗作。

祈父[②]！	司马！
予王之爪牙。	我是王的卫士。
胡转予于恤[③]，	为什么让我处于忧患的境地，
靡所止居[④]。	不能安居。

祈父！	司马！
予王之爪士。	我是王的卫士。
胡转予于恤，	为什么让我处于忧患的境地，
靡所厎止[⑤]。	不能停息。

① 榖（gǔ）：树木名，即楮树，其树皮可作为造纸原料。② 祈父：周代掌兵的官员，即大司马。③ 恤：忧愁。④ 靡所：没有处所。⑤ 厎（zhǐ）：终。

祈父！　司马！
亶不聪[①]。　确实不通情。
胡转予于恤，　为什么让我处于忧患的境地，
有母之尸饔[②]。　有母却不能养老送终。

白驹

——这是一首在田猎宴会上唱的雅歌。

皎皎白驹[③]，　光鲜洁白的驹马，
食我场苗[④]。　吃我场里的豆苗。
絷之维之[⑤]，　绊住马足缰绳系于树，
以永今朝[⑥]。　留他今日在这居住。
所谓伊人[⑦]，　所说的那个朋友，
于焉逍遥[⑧]。　可以在这自得逍遥。

皎皎白驹，　光鲜洁白的驹马，
食我场藿[⑨]。　食我场里的豆叶。
絷之维之，　绊住马足缰绳系于树，
以永今夕。　留他在这儿度过今夕。
所谓伊人，　所说的那个朋友，
于焉嘉客。　是这儿的嘉宾。

皎皎白驹，　光鲜洁白的驹马，

---

①亶（dǎn）：确实。聪：听觉灵敏。②尸：主。饔（yōng）：熟食。③皎皎：毛色洁白貌。④场：菜园。⑤絷（zhí）：用绳子绊住马足。维：拴马的缰绳，此处意为维系，用作动词。⑥永：长。此处用作动词。⑦伊人：那人，指白驹的主人。⑧于焉：在此。⑨藿（huò）：豆叶。

贲然来思[1]。 奔跑着来到。
尔公尔侯[2]， 应为侯为公，
逸豫无期[3]。 可无限期的逍遥。
慎尔优游[4]， 重新谨慎地考虑，
勉尔遁思[5]。 望你隐遁不要继续。

皎皎白驹， 光鲜洁白的驹马，
在彼空谷[6]。 在那幽深的山谷。
生刍一束[7]， 有青草一束，
其人如玉[8]。 那个朋友纯洁如白玉。
毋金玉尔音[9]， 别像金玉般珍惜你的音讯，
而有遐心[10]。 而对我有疏远的心。

黄鸟

——这首诗表现流浪者他乡受辱，渴望返回故乡的心情。

黄鸟黄鸟[11]， 黄雀呀黄雀，
无集于榖[12]， 不要在楮树上聚集，
无啄我粟。 不要啄食我的粟。
此邦之人， 这个国家的人，
不我肯榖[13]。 不肯把我养活。

---

①贲（bēn）然：马快跑的样子。②尔：你，即“伊人”。公、侯：古爵位名，此处皆作动词，为公为侯之意。③逸豫：安乐。无期：没有终期。④慎：慎重。优游：义同“逍遥”。⑤勉：抑止。遁：避世。⑥空谷：深谷。空，“穹”之假借。⑦生刍（chú）：青草。⑧其人：亦即“伊人”。如玉：品德美好如玉。⑨金玉：此处皆用作意动词，珍惜之意。⑩遐心：疏远之心。⑪黄鸟：黄雀。⑫榖（gǔ）：木名，即楮木。⑬榖（gǔ）：善。

言旋言归[1]，　　回转归去，
复我邦族[2]。　　回到我的家族。

黄鸟黄鸟，　　黄雀呀黄雀，
无集于桑，　　不要在桑树上聚集，
无啄我粱。　　不要把我的高粱啄食。
此邦之人，　　这个国家的人，
不可与明[3]。　　不可和他们讲信用。
言旋言归，　　回转归去，
复我诸兄。　　找我的同辈兄弟。

黄鸟黄鸟，　　黄雀呀黄雀，
无集于栩[4]，　　不要在栎树上聚集，
无啄我黍。　　不要把我的黍啄食。
此邦之人，　　这个国家的人，
不可与处。　　不可以和他们相处。
言旋言归，　　回转归去，
复我诸父。　　找我的长辈伯叔。

我行其野

——这是一首妻子疑丈夫心变借酒诉苦之诗。

我行其野，　　我在野地行走，

---

①言：语气助词，无实义。旋：转身。②复：回返。邦：国。族：家族。③明：通“盟”，讲信用。④栩（xǔ）：柞树。

蔽芾其樗[①]。 臭椿树的枝叶嫩幼。
昏姻之故， 因为婚姻的缘由，
言就尔居[②]。 来到你的住处。
尔不我畜[③]， 你不肯把我收养，
复我邦家[④]。 我回到我的家乡。

我行其野， 我在野地行走，
言采其蓫[⑤]。 采那羊蹄草。
昏姻之故， 因为婚姻的缘由，
言就尔宿[⑥]。 来到你的住宿。
尔不我畜， 你不肯把我收养，
言归斯复[⑦]。 我回到我的家乡。

我行其野， 我在野地行走，
言采其葍[⑧]。 采那臭葍草。
不思旧姻， 你不念旧的婚姻，
求尔新特[⑨]。 求那新的配偶。
成不以富[⑩]， 确实不因她富有，
亦祇以异[⑪]。 只因你喜新厌旧。

---

①蔽芾（fèi）：幼小的样子。樗（chū）：臭椿树。②言：语气助词，无实义。③畜：养育。④邦家：故乡。⑤蓫（zhú）：一种野菜，又名羊蹄菜，似萝卜，多食使人腹泻。⑥宿：居住。⑦思复：想归复。⑧葍（fú）：一种野草，花相连，根白色，可蒸食。⑨新特：新配偶。⑩成：通“诚”，的确。⑪祇（zhǐ）：恰恰。

斯干

——这是友人歌颂贵族的美好品性和生活之诗。

秩秩斯干[1]，	溪涧起伏蜿蜒，
幽幽南山[2]。	在深远的终南山中。
如竹苞矣[3]，	有茂密的竹子，
如松茂矣。	有茂盛的松树林。
兄及弟矣，	兄与弟，
式相好矣[4]，	相互亲密，
无相犹矣[5]。	没有相欺。
似续妣祖[6]，	继承先祖先妣，
筑室百堵[7]，	建筑很多房屋，
西南其户[8]。	门户向南向西。
爰居爰处[9]，	于是这里可作住处，
爰笑爰语。	于是这里笑语欢愉。
约之阁阁[10]，	阁阁捆束墙板之声，
椓之橐橐[11]。	夯土发出托托之音。
风雨攸除[12]，	免除风吹雨打，
鸟鼠攸去，	将鸟鼠驱除，

①秩秩：涧水清清流淌的样子。斯：语气助词。干：山间流水。②幽幽：深远的样子。南山：终南山，位于陕西西安市南。③如：犹言“有……，有……”。苞：竹木稠密丛生的样子。④式：语气助词，无实义。好：友好和睦。⑤犹：通“尤”，过失。⑥似续：通“嗣续”，犹言“继承”。妣祖：先妣、先祖，统指祖先。⑦堵：一面墙为一堵，一堵面积方丈。⑧户：门。⑨爰：于是。⑩约：用绳索捆扎。阁阁：捆扎筑板的声音；一说将筑板捆扎牢固的样子。⑪椓（zhuó）：用杵捣土，犹今之打夯。橐（tuó）橐：捣土的声音。⑫攸：语气助词。

君子攸芋[①]。	君子在此居住。
如跂斯翼[②]，	如踮脚般站立端正严肃，
如矢斯棘[③]，	如箭矢般棱角笔直，
如鸟斯革[④]，	如鸟翼般高扬广阔，
如翚斯飞[⑤]，	如锦鸡般展翅华丽，
君子攸跻[⑥]。	君子登上高大整齐的台基。
殖殖其庭[⑦]，	前庭平整，
有觉其楹[⑧]。	有高直的两楹。
哙哙其正[⑨]，	白天明亮，
哕哕其冥[⑩]，	夜里幽静，
君子攸宁。	君子入住很安宁。
下莞上簟[⑪]，	蒲席在下竹席在上，
乃安斯寝[⑫]。	于是安寝其上。
乃寝乃兴[⑬]，	于是入寝早起，
乃占我梦[⑭]。	寻卜我梦。
吉梦维何？	吉梦是何？
维熊维罴[⑮]，	是熊是罴，

① 芋：通“宇”，居住。② 跂（qì）：踮起脚跟站立。翼：鸟张翼状。③ 棘：急，矢行缓则枉，急则直，急有直的意义。④ 革：翅膀。此处指鸟飞则变为静止状态。⑤ 翚（huī）：野鸡。⑥ 跻（jī）：登。⑦ 殖殖：平正的样子。庭：庭院。⑧ 觉：高大而直立的样子。楹：柱子。⑨ 哙（kuài）哙：宽敞明亮的样子。正：白天。⑩ 哕（huì）哕：光明的样子。冥：夜里。⑪ 莞（guān）：蒲草，可用来编席，此指蒲席。簟（diàn）：竹席。⑫ 寝：睡觉。⑬ 兴：起床。⑭ 我：指殿寝的主人，此为诗人代主人的自称。⑮ 罴（pí）：一种野兽，似熊而大。

维虺维蛇[1]。	是小蛇还是大蛇。
大人占之[2]，	太卜占梦奉告，
维熊维罴，	是熊是罴，
男子之祥[3]。	是生男儿的吉兆。
维虺维蛇，	是小蛇大蛇，
女子之祥。	是生女儿的吉兆。
乃生男子[4]，	若生男儿，
载寝之床[5]，	睡在床上，
载衣之裳[6]，	裹上衣裳，
载弄之璋[7]。	玩弄玉璋。
其泣喤喤[8]，	他的哭声洪亮，
朱芾斯皇[9]，	穿上朱色蔽膝，
室家君王[10]。	成家为君为王。
乃生女子，	若生女儿，
载寝之地。	睡在地上。
载衣之裼[11]，	包上裼被，
载弄之瓦[12]。	玩弄纺锤。
无非无仪[13]，	不妄议不违理，

① 虺（huǐ）：一种毒蛇，颈细头大，身有花纹。② 大人：即太卜，周代掌占卜的官员。③ 祥：吉祥的征兆。古人认为熊罴是阳物，故为生男之兆；虺蛇为阴物，故为生女之兆。④ 乃：如果。⑤ 载寝之床：就睡在大床上。⑥ 衣：穿衣。裳：下裙，此指衣服。⑦ 璋：玉器。⑧ 喤喤：哭声宏亮的样子。⑨ 朱芾（fú）：用熟治的兽皮所做的红色蔽膝，为诸侯、天子所服。⑩ 室家：指周室，周家、周王朝。君王：指诸侯、天子。⑪ 裼（tì）：婴儿用的褓衣。⑫ 瓦：陶制的纺线锤。⑬ 非：错误。仪：通“议”。

唯酒食是议①，　　惟有酒食可商议，
无父母诒罹②。　　不给父母添忧愁。

无羊

——这是一首歌颂牛羊繁盛的诗歌。

谁谓尔无羊③？　　谁说你没有羊？
三百维群④。　　你的羊成群数百。
谁谓尔无牛？　　谁说你没有牛？
九十其犉⑤。　　你的牛众多体大膘肥。
尔羊来思⑥，　　你的羊来了，
其角濈濈⑦。　　角聚集成群。
尔牛来思，　　你的牛来了，
其耳湿湿⑧。　　反刍着把耳扇动。

或降于阿⑨，　　从坡岗往下行，
或饮于池，　　有的在池边把水饮，
或寝或讹⑩。　　有的睡觉有的行动。
尔牧来思⑪，　　你的牧人来了，
何蓑何笠⑫，　　披戴着蓑衣斗笠，
或负其糇⑬。　　有时背着那干粮。

---

①议：谋虑、操持。古人认为女人主内，只负责办理酒食之事，即所谓“主中馈”。②无父母诒罹：不给父母添忧愁。③尔：指放牧牛羊者。④三百：与下文“九十”均为虚指，形容牛羊众多。⑤犉（rún）：大牛，牛生七尺曰“犉”。⑥思：语助词。⑦濈（jí）濈：一作“戢戢”，群角聚集貌。⑧湿（chì）湿：耳动貌。⑨阿：丘陵。⑩讹（é）：同“吪”，动，醒。⑪牧：放牧。⑫何：同“荷”，负，戴。蓑：草制雨衣。⑬糇（hóu）：干粮。

三十维物①，	牛羊毛色三十种，
尔牲则具②。	祭祀选用皆齐备。
尔牧来思，	你的牧人来了，
以薪以蒸③，	带着有粗有细的柴薪，
以雌以雄④。	捕获的禽兽有雌有雄。
尔羊来思，	你的羊来了，
矜矜兢兢⑤，	紧挨紧跟，
不骞不崩⑥。	没有散乱丢损。
麾之以肱⑦，	用手臂指挥，
毕来既升⑧。	全部赶入圈中。
牧人乃梦，	于是牧人做了个梦，
众维鱼矣⑨，	梦见蝗虫变成鱼，
旐维旟矣⑩。	龟蛇旗变鹰隼旗。
大人占之⑪，	太卜占卜，
众维鱼矣，	梦见蝗虫变成鱼，
实维丰年。	征兆今年好收成。
旐维旟矣，	龟蛇旗变鹰隼旗，
室家溱溱⑫。	征兆家室多繁荣。

① 物：毛色。② 牲：牺牲，用以祭祀的牲畜。具：备。③ 以：取。薪：粗柴。蒸：细柴。④ 以雌以雄：带来雌鲁和雄鸟。⑤ 矜矜：小心翼翼。兢兢：谨慎紧随貌，指羊怕失群。⑥ 骞：损失，此指走失。崩：散乱。⑦ 麾：挥。肱：手臂。⑧ 毕：全。升：进入羊圈。⑨ 众：蝗虫。古人以为蝗虫可化为鱼，旱则为蝗，风调雨顺则化鱼。⑩ 旐（zhào）：画有龟蛇的旗，人口少的郊县所建。旟（yú）：画有鹰隼的旗。人口众多的州所建。⑪ 大人：太卜之类官。占：占梦，解说梦之吉凶。⑫ 溱（zhēn）溱：众盛貌。

节南山

——这是周朝大臣家父斥责执政者尹氏的诗。

节彼南山[①]，	那高俊的终南山，
维石岩岩[②]。	积石堆叠成山峦。
赫赫师尹[③]，	声明显赫的尹太师，
民具尔瞻[④]。	人民都在把你看。
忧心如惔[⑤]，	忧愁的心里如火烧，
不敢戏谈。	不敢戏谑笑谈。
国既卒斩[⑥]，	国运已到断绝的地步，
何用不监[⑦]！	为何无视不监管！
节彼南山，	那高俊的终南山，
有实其猗[⑧]。	有山坡广大不平。
赫赫师尹，	声明显赫的尹太师，
不平谓何！	行政为何不公平！
天方荐瘥[⑨]，	天要降大的瘟疫，
丧乱弘多。	死亡混乱多严重。
民言无嘉，	人民不愿讲好话，
憯莫惩嗟[⑩]！	还不曾警戒觉醒！
尹氏大师，	尹氏你是太师，
维周之氐[⑪]。	是周朝的根本。

① 节：高峻的样子。②岩岩：积石貌。③师尹：太师和尹氏。太师，西周掌军事大权的长官；尹氏，西周文职大臣尹吉甫的后代。④具：通“俱”。⑤惔（tán）：火烧。⑥卒：全。⑦何用：何以。⑧有实：实实，广大的样子。《诗经》中形容词、副词以“有”作词头者，相当于该词之重叠词。猗：指山坡。⑨荐：重。瘥：疫病。⑩ 憯（cǎn）：曾，乃。⑪ 氐：根本。

秉国之均[①]，	掌握着国家的命运，
四方是维。	四方靠你维持稳定。
天子是毗[②]，	天子理应得你的辅佐，
俾民不迷。	使人民不受迷惑。
不吊昊天[③]，	不善的上天，
不宜空我师[④]！	不宜让你居尊使大众受穷困！
弗躬弗亲，	政事你不亲临过问，
庶民弗信。	民众不与相信。
弗问弗仕，	你不咨询不调查，
勿罔君子。	不要欺骗贤能。
式夷式已[⑤]，	要把心放平正，
无小人殆[⑥]。	使小人之言无人听从。
琐琐姻亚[⑦]，	亲戚浅薄无才能，
则无朊仕[⑧]。	不要以高官厚禄委任。
昊天不傭[⑨]，	上天不公平，
降此鞠讻[⑩]！	降此大灾凶！
昊天不惠[⑪]，	上天不仁爱，
降此大戾[⑫]！	降此大祸灾！
君子如届[⑬]，	君子如果停止暴政，
俾民心阕[⑭]。	可使民怨平息。

① 均：此处指国家政权。② 毗：辅助。③ 吊：善。昊天：犹言上天。④ 空：穷困。师：众民。⑤ 式：语气助词。夷：平，平除。已：止。⑥ 无小人殆：不把小人来任用。⑦ 琐琐：小小。姻亚：统指襟带关系。姻，儿女亲家；亚，通"娅"，姐妹之夫的互称。⑧ 朊（wǔ）仕：厚任，高官厚禄。⑨ 傭：均。⑩ 鞠讻：极凶。⑪ 不惠：不恩惠。⑫ 戾：暴戾，灾难。⑬ 君子如届：君子如果到来并过问。⑭ 阕：息。

君子如夷，	君子若能为政公平，
恶怒是违。	可消除天怒民愤。
不吊昊天，	不善的上天，
乱靡有定。	祸乱没有平定。
式月斯生[1]，	每月都在发生，
俾民不宁。	使人民不得安宁。
忧心如酲，	忧心如醉，
谁秉国成[2]？	谁在掌握国政？
不自为政，	任用小人不自己亲为，
卒劳百姓[3]。	终是连累百姓。
驾彼四牡[4]，	驾车的那四匹雄马，
四牡项领[5]。	四匹雄马粗项颈。
我瞻四方，	我观天下四方，
蹙蹙靡所骋[6]。	局缩不展难驰骋。
方茂尔恶[7]，	你的罪恶正在加剧，
相尔矛矣[8]。	互相倾扎如矛。
既夷既怿[9]，	却又心平气和相互取悦，
如相酬矣。	如劝酒般互敬相好。
昊天不平，	上天不公平，

① 式月斯生：应月乃生。② 秉：掌握。③ 卒劳百姓：最终劳苦百姓。④ 牡：公马。⑤ 项领：肥大的脖颈。⑥ 蹙蹙：局促的样子。⑦ 茂：盛。恶：罪恶。⑧ 相尔：观察您。⑨ 怿：悦。

我王不宁。　　我王不得安宁。
不惩其心，　　你不去惩改你的邪心，
覆怨其正[①]。　　反而怨恨劝你的人。

家父作诵[②]，　　大夫作诗以讽陈，
以究王讻。　　追究王朝的元凶。
式讹尔心[③]，　　快快改变王的偏心，
以畜万邦[④]。　　使四方安定。

正月

——这是一首表达诗人忧国忧民、愤世嫉俗的政治讽喻诗。

正月繁霜[⑤]，　　繁霜降在四月里，
我心忧伤。　　忧伤充满我心底。
民之讹言[⑥]，　　谣言在民间流传，
亦孔之将[⑦]。　　很是猖獗。
念我独兮，　　念我孤独啊，
忧心京京[⑧]。　　忧愁不能停息。
哀我小心，　　哀怜我的小心，
癙忧以痒[⑨]。　　郁闷成病。

父母生我，　　父母把我生养，
胡俾我瘉[⑩]？　　为何让我痛苦忧伤？

---

① 覆：反而。正：规劝纠正。② 作诵：通“作讽”，作诗讽谏。③ 讹：改变。④ 畜：养。此处指安定。⑤ 正月：正阳之月，夏历四月。⑥ 讹言：谣言。⑦ 孔：很。将：大。⑧ 京京：忧愁深长。⑨ 癙（shǔ）：幽闷。痒：病。⑩ 俾：使。瘉：病，指痛苦。

不自我先，	不在生我之前，
不自我后。	不在养我之后。
好言自口，	口出好话，
莠言自口[1]。	也出坏言。
忧心愈愈，	忧心烦闷，
是以有侮。	更是有人欺凌。

忧心惸惸[2]，	忧心郁闷，
念我无禄[3]。	想我真是不幸。
民之无辜，	人们原本无罪，
并其臣仆。	却都沦落为奴仆。
哀我人斯，	可怜我们啊，
于何从禄？	从何处得到爵禄？
瞻乌爰止[4]，	看到乌鸦落停，
于谁之屋？	是谁家的屋顶？

瞻彼中林，	看那树林中，
侯薪侯蒸[5]。	只是粗细柴薪。
民今方殆，	人们正处在危难之境，
视天梦梦。	看天昏暗不清。
既克有定，	天若克乱平定，
靡人弗胜。	无人不能取胜。
有皇上帝，	有高高在上的君王，

① 莠言：坏话。② 惸（qióng）：忧郁不快。③ 无禄：没有福禄。④ 乌：此处指周家受命之征兆。此下二句言周朝天命将坠。⑤ 侯：维，语助词。薪、蒸：木柴。

伊谁云憎？	有谁敢言憎恨？
谓山盖卑①，	说山如何的低矮，
为冈为陵。	可它高大雄伟。
民之讹言，	民间的谣言，
宁莫之惩②。	却无法惩戒。
召彼故老，	召集那些元老前辈，
讯之占梦③。	向那些占梦者询问。
具曰予圣④，	都说自己精明，
谁知乌之雌雄！	乌鸦的雌雄有谁明白！
谓天盖高，	说天如何的高，
不敢不局⑤。	却不敢不弯腰。
谓地盖厚，	说地是怎样的厚，
不敢不蹐⑥。	却不敢不小心慢走。
维号斯言，	如此的喊叫，
有伦有脊⑦。	听起来有理有据。
哀今之人，	现在的人真是悲哀，
胡为虺蜴⑧？	为什么像虺蜴把人毒害？
瞻彼阪田⑨，	看那山坡上贫瘠的田地，
有菀其特⑩。	有壮苗独特。

①盖：通“盍”，何。②惩：警戒，制止。③讯：问。④具：通“俱”，都。⑤局：弯曲。⑥蹐：轻步走路。⑦伦、脊：条理，道理。毛传：“伦，道；脊，理也。”⑧虺蜴（huǐ yì）：毒蛇与蜥蜴，两者都为毒螫之虫，因以比喻肆意害人者。⑨阪（bǎn）田：山坡上的田。⑩有菀（wǎn）：茂盛。

天之扤我①，　　上天把我折磨，
如不我克。　　好像惟恐不能制服我。
彼求我则②，　　你便求我，
如不我得，　　惟恐求之不得，
执我仇仇③，　　得到我又对我摇摆飘忽，
亦不我力④。　　也不去差使我。

心之忧矣，　　心中忧愁痛苦，
如或结之。　　如绳结难除。
今兹之正，　　今天的施政者，
胡然厉矣？　　为什么这样暴虐险恶？
燎之方扬⑤，　　火正旺于四野，
宁或灭之⑥？　　难道有人能将它扑灭？
赫赫宗周⑦，　　显赫的西周，
褒姒灭之！　　褒姒将它亡灭！

终其永怀⑧，　　既经忧愁长久于心，
又窘阴雨。　　又遭阴雨所困。
其车既载，　　装载很多货物，
乃弃尔辅⑨。　　却把车厢板拆除。
载输尔载⑩，　　掉下你的载物，
将伯助予⑪。　　才请大哥帮助。

①扤（wù）：动摇。②则：语尾助词。③仇（qiú）仇：傲慢。④不我力：不用我。⑤燎：放火焚烧草木。扬：盛。⑥宁：岂。或：有人。⑦宗周：西周。⑧终：既。怀：忧伤。⑨辅：车两侧的挡板。⑩载输尔载：前一个"载"，虚词。后一个"载"，所载的货物。输：掉落。⑪将：请。伯：排行大的人，等于说老大哥。

无弃尔辅，	不把车厢板拆除，
员于尔辐[①]。	加粗你的车辐。
屡顾尔仆[②]，	一再顾看你的仆从，
不输尔载。	不要再掉下你的载物。
终逾绝险，	终能渡过危险的境界，
曾是不意[③]。	可你却不放在心上。
鱼在于沼，	鱼在池沼中，
亦匪克乐。	不能快乐高兴。
潜虽伏矣，	虽然潜水深伏，
亦孔之炤[④]。	但仍能看清。
忧心惨惨[⑤]，	忧虑难欢，
念国之为虐。	想国家的祸患。
彼有旨酒，	他喝着美酒，
又有嘉肴。	吃着佳肴。
洽比其邻，	与邻居相亲，
昏姻孔云[⑥]。	周旋在亲戚中。
念我独兮，	念我孤独啊，
忧心殷殷[⑦]。	心中忧愁伤痛。
佌佌彼有屋[⑧]，	猥亵小人他有屋，

① 员：《毛传》："益也。"指加固。② 仆：也叫伏兔，像伏兔一样附在车轴上固定车轴的东西。一说车夫。③ 曾：竟，乃。不意：不以为意。④ 炤：通"昭"，明显。⑤ 惨惨：忧愁不安。⑥ 云：亲近，周旋。⑦ 慇慇：忧愁的样子。⑧ 佌（cǐ）佌：低微。

蔌蔌方有谷[①]。	鄙陋小人他有谷。
民今之无禄，	人们今天不幸多灾，
天夭是椓[②]。	是天灾也是他们祸害。
哿矣富人[③]，	快乐的总是那些富人，
哀此惸独！	哀怜我孤独贫穷！

十月之交

——这是一首讽刺幽王无道，政治昏暗的诗。

十月之交[④]，	十月日月之交，
朔月辛卯[⑤]。	初一干支是辛卯。
日有食之，	这天日食了，
亦孔之丑。	很是凶恶不好。
彼月而微，	那月亮反而有微光，
此日而微。	这天太阳昏暗不亮。
今此下民，	当下的人们，
亦孔之哀。	很是痛苦哀伤。
日月告凶，	日月之蚀显示恶凶，
不用其行[⑥]。	不循常规运行。
四国无政[⑦]，	四方诸侯没有善政，
不用其良。	不用他们的贤良。
彼月而食，	那月儿被侵蚀，

①蔌（sù）蔌：鄙陋。②椓（zhuó）：打击。③哿（gě）：欢乐。④交：日月交会，指晦朔之间。⑤朔月：初一。⑥行：轨道，规律，法则。⑦四国：泛指天下。

则维其常①。	则还算平常。
此日而食，	这天出现了日蚀，
于何不臧②。	何事导致不吉祥。
烨烨震电③，	雷鸣电闪，
不宁不令④。	政事不善天下不宁。
百川沸腾⑤，	百川涌沸，
山冢崒崩⑥。	山顶碎崩。
高岸为谷，	高岸变为深谷，
深谷为陵。	深谷变成丘陵。
哀今之人，	哀怜现在的人们，
胡憯莫惩⑦？	怎么还不惩戒恶政？
皇父卿士⑧，	卿士之长是皇父，
番维司徒⑨，	番氏官居司徒，
家伯维宰⑩，	家伯为官冢宰，
仲允膳夫⑪，	仲允做了膳夫，
聚子内史⑫，	内史是聚子，
蹶维趣马⑬，	蹶氏身居趣马职，
楀维师氏⑭，	楀氏主持教育权，

① 则：犹。② 臧：善。③ 烨（yè）烨：雷电闪耀。震电：如打雷闪电。④ 宁、令：皆指安宁。⑤ 川：江河。⑥ 冢：山顶。崒：通“碎”，崩坏。⑦ 憯（cǎn）：乃。莫惩：不戒惩。⑧ 皇父：周幽王时的卿士。卿士：官名，总管王朝政事，为百官之长。⑨ 番：姓。司徒：六卿之一，掌管土地人口。⑩ 家伯：人名，周幽王的宠臣。宰：冢宰。六卿之一，“掌建六邦之典”。⑪ 仲允：人名。膳夫：掌管周王饮食的官。⑫ 聚（zōu）子：姓聚的人。内史：掌管周王的法令和对诸侯封赏策命的官。⑬ 蹶（guì）：姓。趣马：养马的官。⑭ 楀（jǔ）：姓。师氏：掌管贵族子弟教育的官。

艳妻煽方处①。	美艳皇后与他们将朝政把持。
抑此皇父②，	叹息这皇父，
岂曰不时③？	难道肯说自己不合时事？
胡为我作④，	为什么让我服劳役，
不即我谋？	不事先谈及？
彻我墙屋⑤，	拆掉我的屋墙，
田卒污莱⑥。	田里水不通草疯长。
曰予不戕⑦，	反而说我没残害你，
礼则然矣。	礼治就应该这样。
皇父孔圣，	皇父自以为很圣明，
作都于向⑧。	在向邑建设筑城。
择三有事⑨，	有事选派三卿，
亶侯多藏⑩。	专权敛藏财富奇珍。
不慭遗一老⑪，	不肯留下一个老臣，
俾守我王。	辅佐守卫我王。
择有车马，	选择有车马的富人，
以居徂向⑫。	迁居到采地向城。
黾勉从事⑬，	我做事勤恳勉力，
不敢告劳。	不敢说辛苦劳疲。

① 艳妻：指周幽王的宠妃褒姒。煽：炽热。② 抑：感叹词。③ 岂：难道。④ 我作：作我，役使我。⑤ 彻：拆毁。⑥ 污：积水。莱：荒芜。⑦ 戕（qiāng）：残害。⑧ 向：地名。⑨ 三有事：三有司，即三卿。⑩ 亶（dǎn）：确实。侯：语气助词。⑪ 慭（yìn）：愿意，肯。⑫ 徂：到，去。“以居徂向”即“徂向以居”。⑬ 黾（mǐn）勉：努力。

无罪无辜，	没有罪过没有错，
谗口嚣嚣①。	却遭到众口毁谤攻击。
下民之孽②，	天下民众的灾害，
匪降自天。	并非天降而生。
噂沓背憎③，	聚则相合背则相憎，
职竞由人④。	主要是争权夺利人为造成。
悠悠我里⑤，	我深深的忧虑，
亦孔之痗⑥。	因过分忧虑成疾。
四方有羡，	四方的人财富有余，
我独居忧。	我却独自忧虑。
民莫不逸，	人民没有不安逸，
我独不敢休。	我却独自不敢休息。
天命不彻⑦，	天命不合正道，
我不敢效我友自逸。	我不敢效仿我友自安逸。

雨无正

——这是一首讽刺周幽王昏暴、朝廷大臣自私误国的政治抒情诗。

浩浩昊天⑧，	皇天浩荡，
不骏其德⑨。	赐人恩惠不经常。
降丧饥馑，	降下死亡饥荒，

①嚣（áo）嚣：七嘴八舌的样子。②孽：灾害。③噂（zǔn）沓：聚在一起说话，形容议论纷纷。背憎：背后互相憎恨。④职：主。⑤里："悝"之假借，忧愁。⑥痗（mèi）：病。⑦天命不彻：天命不合正道。⑧浩浩：广大的样子。⑨骏：长。

斩伐四国[①]。	摧残邦国四方。
旻天疾威[②]，	皇天暴虐，
弗虑弗图。	不加以考量。
舍彼有罪，	有罪的放过，
既伏其辜[③]。	将其罪行隐藏。
若此无罪，	像这样放过有罪，
沦胥以铺[④]。	牵连无辜之人受害。

周宗既灭[⑤]，	周朝王道失灭，
靡所止戾[⑥]。	没有地方可去。
正大夫离居[⑦]，	正大夫纷纷离散而居，
莫知我勚[⑧]。	没有人知道我辛苦劳疲。
三事大夫[⑨]，	三公大夫，
莫肯夙夜。	不能早起晚睡为国忙。
邦君诸侯[⑩]，	各国诸侯，
莫肯朝夕[⑪]。	不能早起晚睡为国忙。
庶曰式臧[⑫]，	希望他们改恶为善，
覆出为恶[⑬]。	反而出来作恶多端。

如何昊天，	皇天啊怎么办，
辟言不信[⑭]。	合于法度的话不听信。

---

① 斩伐：犹言“残害”。四国：四方诸侯之国，犹言“天下四方”。② 疾威：暴虐。③ 既：尽。伏：隐匿、隐藏。辜：罪。④ 沦胥：沉没、陷入。⑤ 周宗：即“宗周”，指西周王朝。⑥ 靡所：没处。止戾（lì）：安定、定居。⑦ 正大夫：长官大夫，即上大夫。⑧ 勚（yì）：劳苦。⑨ 三事大夫：指三公，即太师、太傅、太保。⑩ 邦君：封国的君主。⑪ 莫肯朝夕：郑笺：“不肯晨夜朝暮省王也。”马瑞辰《毛诗传笺通释》：“谓朝朝于君而不夕见也。”⑫ 庶：庶几，表希望。臧：好，善。⑬ 覆：反而。⑭ 辟言：正言，合乎法度的话。

如彼行迈①，
则靡所臻②。
凡百君子，
各敬尔身③。
胡不相畏④？
不畏于天！

像那远行，
则没有止境。
那些众多的君子，
各自戒慎只为自身。
为什么互相不畏？
不怕天的报应！

戎成不退，
饥成不遂⑤。
曾我暬御⑥，
憯憯日瘁⑦。
凡百君子，
莫肯用讯⑧。
听言则答⑨，
谮言则退⑩。

战争形成不停，
饥荒生成不退。
只有我这个近臣，
忧伤的日益憔悴。
那些众多的君子，
不肯将真情谏规。
顺耳的话我采纳，
谏诤的话就斥退。

哀哉不能言，
匪舌是出⑪，
维躬是瘁⑫。
哿矣能言⑬，
巧言如流，
俾躬处休⑭。

哀怜我不能言说，
不是口舌拙劣，
只是自身憔悴。
开心的话能说，
如水流般的巧言，
可是自身处于美好的境界。

---

① 行迈：出走、远行。② 臻：至。③ 敬：谨慎。④ 胡：何。⑤ 饥成不遂：饥荒不退。⑥ 暬（xiè）御：侍御。国王左右亲近之臣。⑦ 憯（cǎn）憯：忧伤。瘁：病。⑧ 讯：谏诤。⑨ 听言：顺耳之言。答：应。⑩ 谮（zèn）言：谏诤的话。⑪ 出：通“绌”，绌劣。⑫ 瘁：病，或谓憔悴。⑬ 哿（gě）：欢乐。能言：指能说会道的人。⑭ 处休：处于安乐休。

维曰于仕[①]，	只说可以做官，
孔棘且殆[②]。	真是紧张危难。
云不可使，	如说坏事不可使，
得罪于天子。	得罪了天子。
亦云可使，	如说坏事可行，
怨及朋友。	会让朋友怨愤。
谓尔迁于王都[③]，	叫你搬回王的都城，
曰予未有室家。	却说我那里没有家室。
鼠思泣血[④]，	忧愁到哭泣泪崩，
无言不疾[⑤]。	我的话无一不遭嫉恨。
昔尔出居，	昔日你从住处迁出，
谁从作尔室[⑥]？	谁给你作好家室?

小旻

——这是一首讽刺周朝昏庸的君主不能采纳善谋的诗歌。

旻天疾威[⑦]，	上天淫威大发，
敷于下土[⑧]。	暴虐遍布天下。
谋犹回遹[⑨]，	谋策邪僻不正，
何日斯沮[⑩]？	何时才能停止啊?

① 维：句首助词。于仕：去做官。② 孔：很。棘：急，比喻艰难。殆：危险。③ 尔：指上言正大夫、三事大夫等人。④ 鼠：通“癙”，忧伤。⑤ 疾：通“嫉”，嫉恨。⑥ 作：营造。⑦ 旻（mín）：此指苍天。疾威：暴虐。⑧ 敷：布施。下土：人间。⑨ 谋犹：谋划、策谋。回遹（yù）：邪僻。⑩ 沮：阻止。

谋臧不从①，	好的谋策不采用，
不臧覆用②。	坏的谋策却采纳。
我视谋犹，	我观这些谋策，
亦孔之邛③！	是有很多弊病！
潝潝訿訿④，	没原则相互附和诋毁，
亦孔之哀。	让人甚感悲痛。
谋之其臧，	好的谋策，
则具是违⑤。	违反不用。
谋之不臧，	坏的谋策，
则具是依⑥。	全部依从。
我视谋犹，	我观这些谋策，
伊于胡底⑦！	何时才能停止采用！
我龟既厌⑧，	我的龟甲已经厌烦，
不我告犹⑨。	不再告我吉凶。
谋夫孔多，	谋士太多，
是用不集⑩。	因此没有所成。
发言盈庭，	朝廷上下都提建议，
谁敢执其咎⑪？	谁敢承担责任？
如匪行迈谋⑫，	如远行不能只问路人，
是用不得于道。	因此难得正确途径。

---

① 臧：善、好。从：听从、采用。② 覆：反而。③ 孔：很。邛（qióng）：毛病、错误。④ 潝（xī）潝：小人党同而相和的样子。訿（zǐ）訿：小人伐异而相毁的样子。⑤ 具：同“俱”，都。⑥ 依：依从。⑦ 于：往、到。胡：何。厎：止。⑧ 龟：指占卜用的灵龟。厌：厌恶。⑨ 不我告犹：不告诉我什么是吉凶。⑩ 集：成就。⑪ 咎：罪过。⑫ 匪行迈谋：即不进而谋 。

哀哉为犹，	悲哀啊政策的谋划，
匪先民是程[①]，	不去效法先民，
匪大犹是经[②]。	不将正确道理遵循。
维迩言是听[③]，	只将浅近的话来听，
维迩言是争[④]。	只将浅显的话争论。
如彼筑室于道谋，	如筑屋请教路人，
是用不溃于成[⑤]。	如此谋划很难达到成功。
国虽靡止[⑥]，	国家虽然不大，
或圣或否。	有人通事理有人则不。
民虽靡朊[⑦]，	人民虽然不多，
或哲或谋，	有的聪明有的善于谋划，
或肃或艾[⑧]。	有的恭敬严肃有的善于治理。
如彼泉流，	莫像那滔滔的泉水，
无沦胥以败[⑨]！	相随沦没失败！
不敢暴虎[⑩]，	不可空手打虎，
不敢冯河[⑪]。	不可徒步渡河。
人知其一，	人们只知危及一身，
莫知其他[⑫]。	不知祸及全国。
战战兢兢，	如此战战兢兢，

①匪：非。先民：古人，指古贤者。程：效法。②大犹：大道。经：遵循。③维：只有。迩言：近言，指谗佞近习的肤浅言论。④争：争辩、争论。⑤溃：达到。⑥靡止：（国土）狭小无所居。⑦朊：大，多。⑧艾：有治理国家才能的人。⑨无：通“勿”。沦胥：沉没。败：败亡。⑩暴虎：空手打虎。⑪冯（píng）河：徒步渡河。⑫其他：指种种丧国亡家的祸患。

如临深渊，　　如临深渊，
如履薄冰。　　如履薄冰。

小宛

——这是一首父母离世后劝告兄弟小心避祸的诗歌。

宛彼鸣鸠①，　　小斑鸠在鸣叫，
翰飞戾天②。　　望能高飞上云天。
我心忧伤，　　我心多忧伤，
念昔先人③。　　怀念自己的先人。
明发不寐④，　　一直醒着不能寐，
有怀二人⑤。　　怀念那父母二人。

人之齐圣⑥，　　人有敏捷和明智，
饮酒温克⑦。　　饮酒却含蓄自制。
彼昏不知，　　那愚昧无知之人，
壹醉日富⑧。　　酒醉且肆意饮食。
各敬尔仪⑨，　　彼此戒慎又威仪，
天命不又。　　天命离去无回时。

中原有菽⑩，　　田野中有豆叶，
庶民采之。　　庶民来采它。

---

①宛：小的样子。鸠：又名鹘鸼。似山鹊而小，短尾。一说斑鸠。②翰飞：高飞。戾：至。③先人：死去的祖先。④明发：天亮。⑤二人：父母。⑥齐圣：正直聪明的人。⑦温克：善于克制自己以保持温和、恭敬的仪态。⑧壹醉：每饮必醉。富：盛、甚。⑨仪：威仪。⑩中原：原中，田野之中。菽：豆。

螟蛉有子[①]，	螟虫的孩子，
蜾蠃负之[②]。	小黄蜂带走它。
教诲尔子[③]，	教诲你的孩子，
式穀似之[④]。	祖德要继承它。
题彼脊令[⑤]，	看那鹡鸰鸟，
载飞载鸣[⑥]。	边飞边鸣叫。
我日斯迈[⑦]，	我天天都远行，
而月斯征[⑧]。	兄弟月月要远行。
夙兴夜寐，	早起晚睡，
毋忝尔所生[⑨]。	不要辱没父母亲。
交交桑扈[⑩]，	那小青雀交交啼叫，
率场啄粟[⑪]。	沿着农场啄米粟。
哀我填寡[⑫]，	可怜我们这穷苦人，
宜岸宜狱[⑬]。	大概是要遭刑狱。
握粟出卜，	用粟去祭祀占卜，
自何能穀？	何时才能得到吉利？
温温恭人[⑭]，	温和恭敬的人，

① 螟蛉：螟蛾的幼虫。② 蜾蠃（guǒ luǒ）：一种黑色的细腰土蜂，常捕捉螟蛉入巢，以养育其幼虫，古人误以为是代螟蛾哺养幼虫，故称养子为螟蛉义子。负：背。③ 尔：你、你们，此指作者的兄弟。④ 式：句首语气词。穀：善。⑤ 题（dì）：通“睇”，看。脊令：鸟名，通作“鹡鸰”，形似小鸡，常在水边捕食昆虫。⑥ 载：则、且。⑦ 迈：远行，行役。⑧ 征：远行。⑨ 忝：辱没。尔所生：指父母。⑩ 交交：鸟鸣声。桑扈：鸟名，似鸽而小，青色，颈有花纹，俗名青雀。⑪ 率：循、沿着。场：打谷场。⑫ 填：通“瘨（diān）”，病。寡：贫。⑬ 岸：通“犴”，牢房。⑭ 温温：和柔的样子。恭人：谦逊谨慎的人。

如集于木。	如鸟谨慎地栖息在木。
惴惴小心[①]，	恐惧小心，
如临于谷。	如面临深谷。
战战兢兢，	战战兢兢，
如履薄冰。	如履薄冰。

小弁

——这首诗抒写了被父母抛弃后的主人公在流浪途中的孤独、失落、思考以及质问。

弁彼鸒斯[②]，	那快乐的乌鸦，
归飞提提[③]。	成群结对归还。
民莫不穀[④]，	人们都生活美好，
我独于罹[⑤]。	只有我深陷患难。
何辜于天[⑥]？	我如何得罪了苍天啊？
我罪伊何？	犯什么罪啊？
心之忧矣，	心中多忧伤，
云如之何[⑦]？	我该怎么办啊？

踧踧周道[⑧]，	平坦的大路，
鞫为茂草[⑨]。	被茂盛的草挡道。
我心忧伤，	我心忧伤，
惄焉如擣[⑩]。	如杵在心中捣。
假寐永叹[⑪]，	穿衣假寐长叹息，

①惴惴：恐惧而警戒的样子。②弁（pán）：通“昪”，快乐。鸒（yù）：乌鸦。③提（shí）提：群鸟安闲翻飞的样子。④穀：美好。⑤罹：忧愁。⑥辜：罪过。⑦云：句首语气词。⑧踧（dí）踧：平坦的状态。周道：大道、大路。⑨鞫：尽，皆。⑩惄（nì）：忧郁，伤痛。⑪假寐：不脱衣帽而卧。永叹：长叹。

维忧用老[1]。
心之忧矣，
疢如疾首[2]。

因忧愁而衰老。
心中多忧愁，
让人心痛多煎熬。

维桑与梓[3]，
必恭敬止[4]。
靡瞻匪父[5]，
靡依匪母[6]。
不属于毛[7]，
不罹于里[8]。
天之生我，
我辰安在[9]？

故里的桑树和梓树，
见它必恭敬。
无人不敬仰父亲，
无人不依恋母亲。
我既不牵连父亲，
也不能依靠母亲。
上天生我，
为何有此凄惨命运？

菀彼柳斯[10]，
鸣蜩嘒嘒[11]。
有漼者渊[12]，
萑苇淠淠[13]。
譬彼舟流，
不知所届[14]。
心之忧矣，
不遑假寐。

那繁茂的柳树啊，
蝉儿鸣叫不停。
不见底的深渊旁，
芦苇多么繁盛。
如随波逐流的船，
不知该去往何方。
心中忧伤无限呀，
和衣躺着都不愿。

---

① 用：犹“而”。② 疢（chèn）：病，指内心忧痛烦热。疾首：头疼。如：犹“而”。③ 桑梓：古代桑、梓多植于住宅附近，后代遂为故乡的代称，见之自然思乡怀亲。④ 止：语气词。⑤ 靡：不。瞻：尊敬、敬仰。匪：不是。⑥ 依：依恋，依靠。⑦ 不属于毛：古代裘衣毛在外。毛在外属阳，指父亲。⑧ 里：指母亲。⑨ 辰：时运。⑩ 菀：茂密的样子。⑪ 蜩（tiáo）：蝉。嘒嘒：蝉鸣的声音。⑫ 漼（cuǐ）：水深的样子。渊：深水潭。⑬ 萑（huán）苇：芦苇。淠（pèi）淠：茂盛的样子。⑭ 届：到、止。

鹿斯之奔，	鹿儿奔向群呀，
维足伎伎①。	四肢如飞跑。
雉之朝雊②，	野鸡早晨叫呀，
尚求其雌。	尚知找雌鸟。
譬彼坏木③，	好比那病树，
疾用无枝④。	不能长枝条。
心之忧矣，	心中忧伤无限呀，
宁莫之知⑤。	可是无人知晓。

相彼投兔⑥，	看到被掩捕的兔子，
尚或先之⑦。	尚且有人放了它。
行有死人⑧，	道路上有人死了，
尚或墐之⑨。	尚且有人埋葬他。
君子秉心⑩，	父亲之心，
维其忍之⑪。	是那样残忍啊。
心之忧矣，	心中忧伤无限呀，
涕既陨之⑫。	眼泪纷纷地落下。

君子信谗，	君子轻信谗言，
如或酬之⑬。	如有人以酒酬敬他。
君子不惠，	君子不懂爱护，

---

① 伎（qí）伎：鹿急跑的样子。② 雉（zhì）：野鸡。雊（gòu）：雉鸣。③ 坏木：有病的树。④ 疾：病。用：犹“而”。⑤ 宁：难道。⑥ 相：看。投兔：人网的兔子。⑦ 先：开、放。⑧ 行：路。⑨ 墐（jìn）：通“殣”，掩埋。⑩ 秉心：犹言居心、用心。⑪ 维：犹“何”。忍：残忍。⑫ 陨：落。⑬ 酬：劝酒。

不舒究之[1]。　　不是慢慢地考察他。
伐木掎矣[2]，　　伐木用绳让其缓慢倒啊，
析薪扡矣[3]。　　劈柴要顺纹砍啊。
舍彼有罪，　　舍弃那有罪馋人，
予之佗矣[4]！　　却独加罪于我啊！

莫高匪山，　　不高大的不是山，
莫浚匪泉[5]。　　不幽深的不是泉。
君子无易由言[6]，　　君子切莫轻易发言，
耳属于垣[7]。　　窃听者将耳贴近墙垣。
无逝我梁[8]，　　不要毁坏我的鱼梁，
无发我笱[9]。　　不要搞乱我的鱼篓。
我躬不阅[10]，　　我自身都不被接纳，
遑恤我后[11]！　　怎来得及顾及之后！

巧言

——这是一首抨击谗言可恶之诗。

悠悠昊天[12]，　　遥远的苍天，
曰父母且[13]。　　父亲母亲啊。
无罪无辜，　　没有犯错多么无辜，
乱如此幠[14]。　　怎遭如此大罪。

---

① 舒：缓慢。究：追究、考察。② 掎（jǐ）：牵引。此句说，伐木要用绳子牵引着，把它慢慢放倒。③ 析薪：劈柴。扡（chǐ）：顺着纹理劈开。④ 佗（tuó）：加。⑤ 浚：深。⑥ 无易：不要轻易。⑦ 属：连接。垣：墙。⑧ 逝：拆毁。梁：拦水捕鱼的堤坝，亦称鱼梁。⑨ 发：打开。笱（gǒu）：捕鱼用的竹笼。⑩ 阅：容纳。⑪ 恤：忧虑。⑫ 昊天：老天，苍天。⑬ 且：语尾助词。⑭ 幠（hū）：大。

昊天已威[1]，	天强施暴虐，
予慎无罪[2]。	我们确实无罪过。
昊天泰幠[3]，	上天太过傲慢，
予慎无辜。	我们确实很无辜。
乱之初生，	祸乱开始产生，
僭始既涵[4]。	君子接受谗言。
乱之又生，	祸乱进一步生发，
君子信谗。	君子深信谗言。
君子如怒[5]，	君子若用贤人言，
乱庶遄沮[6]。	祸乱很快被制止。
君子如祉[7]，	君子若用贤人言，
乱庶遄已。	祸乱立刻能止住。
君子屡盟[8]，	君子多次结盟，
乱是用长。	祸乱因此增长。
君子信盗[9]，	君子信任盗贼，
乱是用暴。	祸乱因此变猛。
盗言孔甘[10]，	盗贼言语甜美，
乱是用餤[11]。	祸乱因此增强。
匪其止共[12]，	谗人无法供其职责，
维王之邛[13]。	是王的过错所酿成。

①威：暴虐、威怒。②慎：确实。③泰：太。④僭（jiàn）：谗言。涵：容纳。⑤怒：怒责谗人。⑥庶：几乎。遄沮：迅速终止。⑦祉：福，此指任用贤人以致福。⑧盟：与谗人结盟。⑨盗：盗贼，借指谗人。⑩孔甘：很好听，很甜。⑪餤（tán）：原意为进食，引申为增多。⑫止共：尽职尽责。⑬邛：病。

奕奕寝庙[①]，	高大的宫室宗庙，
君子作之。	君子兴建它。
秩秩大猷[②]，	远大明智的政策，
圣人莫之[③]。	圣人计划它。
他人有心[④]，	那谗人别有居心，
予忖度之。	我推测它。
跃跃毚兔[⑤]，	狡兔跳跃隐其迹，
遇犬获之。	遇到猎狗捕获它。
荏染柔木[⑥]，	柔弱的善木，
君子树之。	君子种植它。
往来行言[⑦]，	路上的谣言，
心焉数之。	人人辨别它。
蛇蛇硕言[⑧]，	夸夸奇谈说大话，
出自口矣。	话由口出啊。
巧言如簧[⑨]，	巧言如吹笙簧，
颜之厚矣。	脸皮太厚啊。
彼何人斯，	那是什么人啊，
居河之麋[⑩]。	居住在水边。
无拳无勇[⑪]，	没有力量没有勇气，
职为乱阶[⑫]。	只会是祸乱的根源。

① 奕奕：高大貌。寝：宫室。庙：宗庙。② 秩秩大猷：多而有条理的典章制度。③ 莫：谋划。④ 他人有心：谗人有心破坏。⑤ 跃（tì）跃：跳跃的样子。毚（chán）：狡猾。⑥ 荏（rěn）染：柔弱貌。⑦ 行言：道听途说的话。⑧ 蛇（yí）蛇硕言：夸夸其谈的大话。⑨ 巧言如簧：说话像奏乐一样好听。⑩ 麋（méi）：通“湄”，水边。⑪ 拳：勇。⑫ 职：主要。乱阶：逐渐引出祸乱的一连串事件。

既微且尰[①]，　　腿生疮脚浮肿，
尔勇伊何？　　你的勇气在何方？
为犹将多[②]，　　阴谋诡计有太多，
尔居徒几何[③]？　　你到底有多少同伙？

何人斯

——这是女子对丈夫弃妻行为的指斥。

彼何人斯[④]？　　那是什么人啊？
其心孔艰[⑤]。　　他的心思幽深。
胡逝我梁[⑥]，　　为何经过我的鱼梁，
不入我门？　　却不踏入我的门？
伊谁云从[⑦]？　　是听从何人之言？
维暴之云[⑧]。　　只将暴公的话听信。

二人从行[⑨]，　　二人相互跟随，
谁为此祸？　　是谁酿成此祸？
胡逝我梁，　　为何经过我的鱼梁，
不入唁我[⑩]？　　却不来慰问我？
始者不如今[⑪]，　　往日不像现在，
云不我可[⑫]。　　说不赞同我。

彼何人斯，　　那是什么人啊，

---

①微：小腿生疮。尰（zhǒng）：通“肿”，脚肿。②犹：指诡计。③徒：党徒。④斯：语气助词。⑤孔：甚，很。艰：此指用心险恶难测。⑥梁：拦水捕鱼的坝堰。⑦伊谁云从：是听从什么人的话？⑧云：言论。⑨二人：主人公与“彼”人。⑩唁：慰问。⑪如：像。⑫可：嘉、好。

胡逝我陈①？	为何穿过院中路径？
我闻其声，	我听到他的声音，
不见其身。	却没见他的身影。
不愧于人？	对人你不感到惭愧吗？
不畏于天？	对天你不感到愧疚吗？
彼何人斯？	那是什么人啊？
其为飘风。	他的行为如暴风侵犯。
胡不自北？	为什么不在北方？
胡不自南？	为什么不在南方？
胡逝我梁？	为什么在我家鱼梁？
祇搅我心。	着实扰乱我心房。
尔之安行，	你缓慢徐行，
亦不遑舍②。	顾不上让车子停。
尔之亟行③，	你急速前行，
遑脂尔车④。	无暇给车加脂膏。
壹者之来⑤，	之前的事情，
云何其盱⑥！	多么让人忧伤！
尔还而入，	你归还而进门，
我心易也⑦。	让我拥有好心情。
还而不入，	归还却不入门，

①陈：堂下至门的路。②遑：空闲。舍：止息。③亟：急。④脂：通“支”，以轫木支车轮使止住。⑤壹者：犹云乃者。⑥盱（xū）：张目。或曰忧、病。⑦易：改变，此处指转悲为喜。

否难知也[①]。	让我很难知你心。
壹者之来，	上次你的到来，
俾我祇也[②]。	让我真的很伤心。
伯氏吹埙[③]，	你如大哥吹壎，
仲氏吹篪[④]。	我如二弟吹篪。
及尔如贯[⑤]，	你我如一绳串的两铜钱，
谅不我知[⑥]！	你对我却如此不知！
出此三物[⑦]，	摆出猪犬鸡，
以诅尔斯[⑧]！	期望神灵诅咒你！
为鬼为蜮，	你若是鬼为蜮，
则不可得。	尚还不可见得。
有靦面目[⑨]，	你人虽貌可见，
视人罔极[⑩]。	做人却没准则。
作此好歌[⑪]，	作这首歌，
以极反侧[⑫]。	来表现你的邪恶。

①否难知也：使我难知情。②俾：使。祇：病也。③伯氏：兄。埙（xūn）：古陶制吹奏乐器。④仲：弟。篪（chí）：古竹制乐器。⑤及：与。贯：为绳贯串之物。⑥谅：诚。知：交好、相契。⑦三物：猪、犬、鸡。⑧诅：盟诅。古时订盟，杀牲歃血，告誓神明，若有违背，令神明降祸。⑨靦（miǎn）：露面见人之状。此处指狡狯之貌。⑩视：示。罔极：没有准则，指其心多变难测。⑪好歌：善良、交好的歌。⑫极：尽。反侧：在床上翻来覆去睡不着。此处指为人反复无常，不正直。

巷伯

——这是一首被谗言所害之人发泄怨愤之诗。

萋兮斐兮[①]，	错杂的花纹啊，
成是贝锦[②]。	织成贝形花纹缎锦。
彼谮人者，	那诽谤的坏人啊，
亦已大甚！	坏得太过分！
哆兮侈兮[③]，	张大嘴啊张大嘴，
成是南箕[④]。	就像南方的箕星。
彼谮人者，	那诽谤的坏人啊，
谁适与谋？	谁愿意与他谋同？
缉缉翩翩[⑤]，	窃窃私语花言巧，
谋欲谮人。	谋划如何诽谤人。
慎尔言也，	小心谨慎谗人言，
谓尔不信。	确实不能让人信。
捷捷幡幡[⑥]，	三番五次说不停，
谋欲谮言。	谋划怎说诽谤言。
岂不尔受？	难道不肯接受你的话？
既其女迁[⑦]。	终将怨恨往你身上迁。

①萋、斐（fěi）：都是文采相错的样子。②贝锦：织有贝纹图案的锦缎。③哆（chǐ）：张大口。侈：大。④南箕：星宿名。⑤缉缉：附耳私语状。翩翩：往来迅速的样子。⑥捷捷：意义与“缉缉”相同。幡幡：与“翩翩”意思相同。⑦女：同“汝”。

骄人好好[①]，	谗人得意洋洋，
劳人草草[②]。	被谗者多忧心。
苍天苍天！	苍天啊苍天！
视彼骄人，	看看那骄傲的人，
矜此劳人！	可怜下这劳苦人！

彼谮人者，	那个讲谗言的人，
谁适与谋？	是谁与他共谋？
取彼谮人，	把那个谗言者，
投畀豺虎。	扔去喂豺虎。
豺虎不食，	豺虎都不吃，
投畀有北[③]。	扔到荒芜的漠北。
有北不受，	沙漠都不接受他，
投畀有昊[④]。	扔给上天去治罪。

杨园之道，	到杨园的道路，
猗于亩丘[⑤]。	接着亩田处。
寺人孟子[⑥]，	宦官孟子，
作为此诗。	作这首诗。
凡百君子，	诸位众君子，
敬而听之。	认真地采纳此诗。

① 骄人：进谗者。② 劳人：被谗者。草草：忧愁的样子。③ 畀（bì）：与，给。有北：北方苦寒之地。④ 有昊：苍天。⑤ 猗：在……之上。亩丘：丘名。⑥ 寺人：近侍，常指宦官。

谷风

——这是一首弃妇诗。

习习谷风[①]，	山谷大风呼呼吹，
维风及雨[②]。	风中夹杂着大雨。
将恐将惧[③]，	忧患不安的岁月，
维予与女[④]。	只有我与你相依。
将安将乐，	平定安乐的时日，
女转弃予[⑤]！	你却要将我遗弃！
习习谷风，	山谷大风呼呼吹，
维风及颓[⑥]。	有空中旋风一起。
将恐将惧，	忧患不安的岁月，
寘予于怀[⑦]。	你将我揽入怀里。
将安将乐，	平定安乐的时日，
弃予如遗[⑧]！	你却要将我忘记！
习习谷风，	山谷大风呼呼吹，
维山崔嵬[⑨]。	狂风肆虐那山顶。
无草不死，	没有小草不枯死，
无木不萎。	没有树木不萎损。
忘我大德，	忘记我的大恩情，
思我小怨。	回想我的小怨愤。

①习习：大风声。②维：只，仅。③将：方，正当。④女：同“汝”，你。⑤转：反而。⑥颓：自上而下的旋风。⑦寘予于怀：把我抱怀里。⑧遗：遗忘。⑨崔嵬（wéi）：山高峻的样子。

蓼莪

——这是一首上坟扫墓祭祀时的祭歌。

蓼蓼者莪①，	长大的抱娘蒿，
匪莪伊蒿②。	不是抱娘蒿是散生蒿。
哀哀父母，	悲痛哀伤的父母，
生我劬劳③。	生育我多么辛劳。
蓼蓼者莪，	长大的抱娘蒿，
匪莪伊蔚④。	不是抱娘蒿是散生蒿。
哀哀父母，	悲痛哀伤的父母，
生我劳瘁。	生育我劳累憔悴。
瓶之罄矣⑤，	盛酒的器皿已空，
维罍之耻⑥。	让酒罍感到可耻。
鲜民之生⑦，	人孤单地活着，
不如死之久矣！	不如长久地死去啊！
无父何怙⑧？	没有父亲依靠谁？
无母何恃？	没有母亲依赖谁？
出则衔恤⑨，	离家服役多忧愁，
入则靡至。	回家再无亲人至。
父兮生我，	父亲啊生了我，

① 蓼（lù）蓼：长又大的样子。莪（é）：一种草，即莪蒿。②匪：同“非”。伊：是。③劬（qú）劳：与下章“劳瘁”皆劳累之意。④蔚（wèi）：一种草，即牡蒿。⑤瓶：汲水器具。罄（qìng）：器皿中空。⑥罍（léi）：盛酒水器具。⑦鲜（xiǎn）：指寡、孤。民：人。⑧怙（hù）：依靠。⑨衔恤：含忧。

母兮鞠我①。	母亲啊养了我。
拊我畜我②，	抚爱我养育我，
长我育我，	养大我教育我，
顾我复我③，	照顾我庇护我，
出入腹我④。	进进出出抱着我。
欲报之德，	想报此恩情，
昊天罔极⑤！	为何上天没准则！
南山烈烈⑥，	终南山多高峻，
飘风发发⑦。	暴风狂吹冷且寒。
民莫不穀⑧，	人们无不养父母，
我独何害！	为何我独受此灾害！
南山律律⑨，	终南山多高耸，
飘风弗弗⑩。	大风急促尘飞扬。
民莫不穀，	人们无不在养父母，
我独不卒⑪！	为何我独不能终养！

①鞠：养。②拊：抚育，抚养。畜：培育。③顾：顾念。复：返回，指不忍离去。④腹：指怀抱。⑤昊（hào）天罔极：犹云父母之恩广大无边，不知如何报答。⑥烈烈：艰难，形容难于攀登。⑦飘风：狂风。发发：风疾的样子。⑧穀：善，指养。⑨律律：同“烈烈”。⑩弗弗：同“发发”。⑪卒：终，指养老送终。

大东

——这首诗写的是西周中晚期东方各国及各部族受西周惨重盘剥的情形，是一首怨刺之诗。

有饛簋飧①，	泡饭将食器装满，
有捄棘匕②。	有棘木制的汤匙。
周道如砥③，	大道平如磨刀石，
其直如矢。	笔直的好比箭矢。
君子所履④，	君子所行走的路，
小人所视。	小人只能远远看。
眷言顾之⑤，	回头留恋看着它，
潸焉出涕⑥。	眼泪潸然流下来。
小东大东⑦，	东方大小诸侯国，
杼柚其空⑧。	布帛都被搜刮空。
纠纠葛屦⑨，	纠缠交错的葛履，
可以履霜⑩。	竟然还来踩霜。
佻佻公子⑪，	西周的贵族公子，
行彼周行⑫。	从容走在大路上。
既往既来，	来来往往不停歇，
使我心疚。	看了使我心忧伤。

---

① 饛（méng）：食物满器貌。簋（guǐ）：古代一种圆口、圈足、有盖、有座的食器，青铜制或陶制，供统治阶级的人使用。飧（sūn）：晚饭。②捄（qiú）：曲而长貌。棘匕：酸枣木做的勺匙。③周道：大路。砥：磨刀石，用以形容道路平坦。④君子：统治阶级的人，与下句的"小人"相对。小人指被统治的民众。⑤眷（juàn）言：眷恋回顾貌。⑥潸（shān）：流泪貌。⑦小东大东：西周时代以镐京为中心，统称东方各诸侯国为东国，以远近分，近者为小东，远者为大东。⑧杼柚（zhù zhóu）：杼，织机之梭；柚，织机之大轴；合称指织布机。⑨纠纠：缠结貌。葛屦：葛布鞋。⑩ 履：踏。⑪ 佻佻：轻狂貌。⑫ 周行：大道路。

有洌氿泉[1]，	寒冷的泉水侧流出，
无浸获薪[2]。	不要浸割好的柴薪。
契契寤叹[3]，	久不能寐忧伤叹息，
哀我惮人[4]。	可怜我们那辛劳人。
薪是获薪，	劈砍得到的柴薪，
尚可载也。	尚可装车免水浸。
哀我惮人，	可怜我们那辛劳人，
亦可息也。	也该停止来休息。
东人之子，	东方诸侯的子弟，
职劳不来[5]。	劳役繁苦无人理。
西人之子[6]，	西边京师的子弟，
粲粲衣服。	服饰鲜明又华丽。
舟人之子[7]，	周人的那些子弟，
熊罴是裘[8]。	打猎获裘制华衣。
私人之子[9]，	下层人的那孩子，
百僚是试[10]。	都成为各种奴隶。
或以其酒，	东人或许以为是美酒，
不以其浆[11]。	西人认为是薄酿。
鞙鞙佩璲[12]，	东人佩戴美玉，

---

①氿（guǐ）泉：泉流受阻溢而自旁侧流出的泉水，狭而长。②获薪：砍下的薪柴。③契契：忧结貌。寤叹：不寐而叹。④惮：疲劳成病。⑤职劳：从事劳役。来：慰勉。⑥西人：周人。⑦舟人：有舟之人，此处指西人中的富人。⑧熊罴是裘：用熊皮、马熊皮为料制的皮袍。⑨私人：家奴。⑩百僚：犹云百隶、百仆。⑪浆：薄酒。⑫鞙（juān）鞙：形容玉圆（或长）之貌。璲（suì）：随身佩带的宝玉。

不以其长[①]。	西人看作杂玉样。
维天有汉[②]，	银河只应天上有，
监亦有光[③]。	不像镜子照到光。
跂彼织女[④]，	那倾斜的织女星，
终日七襄[⑤]。	一日换七个地方。
虽则七襄，	虽然换七个地方，
不成报章[⑥]。	没织成美丽纹章。
睆彼牵牛[⑦]，	那明亮的牵牛星，
不以服箱[⑧]。	无法用来拉车辆。
东有启明[⑨]，	东方有那启明星，
西有长庚。	西方长庚星闪亮。
有捄天毕[⑩]，	弯而长的天毕星，
载施之行[⑪]。	不能设置在路上。
维南有箕[⑫]，	南方有箕星，
不可以簸扬。	不能去扬米去糠。
维北有斗[⑬]，	北方有北斗星，
不可以挹酒浆[⑭]。	不能拿去舀酒浆。
维南有箕，	南方的箕星，
载翕其舌[⑮]。	长长舌头宽又广。

①以：因。②汉：银河。③监：照。④跂：同“歧”，分叉状。织女：三星组成的星座名，呈三角形。⑤七襄：七次移易位置。⑥不成报章：织不成布帛。⑦睆（huǎn）：明亮貌。牵牛：三颗星组成的星座名，又名河鼓星，俗名牛郎星。⑧服箱：驾车运载。⑨启明：启明星。⑩天毕：毕星，八星组成的星座，状如捕兔的毕网。⑪施：张。⑫箕：俗称簸箕星，四星联成的星座，形如簸箕，距离较远的两星之间是箕口。⑬斗：北斗星。⑭挹：舀。⑮翕：吸。

维北有斗，	北方的北斗星，
西柄之揭[①]。	柄儿高举在西方。

四月

——这是一首被放逐的官吏在途中所作的忧愤之诗。

四月维夏[②]，	四月就已是夏季，
六月徂暑[③]。	六月就到了盛暑。
先祖匪人[④]，	祖先也不是外人，
胡宁忍予[⑤]？	为何让我在外受苦？
秋日凄凄，	秋日寒风凉凉，
百卉俱腓[⑥]。	各种草木都枯萎。
乱离瘼矣[⑦]，	丧乱离散人心痛，
爰其适归[⑧]？	何处才让人往归？
冬日烈烈[⑨]，	冬日寒冷刺骨，
飘风发发[⑩]。	大风狂暴骤疾。
民莫不穀[⑪]，	人们没有不幸福，
我独何害[⑫]？	为何独独把我逼？
山有嘉卉，	山上没有枯的草木，

① 西柄之揭：南斗星座呈斗形有柄，天体运行，其柄常在西方。② 四月：指夏历（即今农历）四月。下句“六月”同。③ 徂（cú）：往。④ 匪人：不是他人。⑤ 胡宁：为什么。忍予：忍心让我（受苦）。⑥ 卉（huì）：草的总名。腓（féi）：（草木）枯萎或病。⑦ 瘼（mò）：病、痛苦。⑧ 爰：何。适：往、去。归：归宿。⑨ 烈烈：即“冽冽”，严寒的样子。⑩ 飘风：疾风。发发：状狂风呼啸的象声词。⑪ 穀（gǔ）：善、好。⑫ 何：承受。

侯栗侯梅①。	是梅树和栗树。
废为残贼②，	将别人摧残损害，
莫知其尤③！	却不知自己的过错！
相彼泉水④，	看那泉水，
载清载浊⑤。	时而清时而浊。
我日构祸⑥，	我每天受祸害，
曷云能穀⑦？	何时才有好生活？
滔滔江汉⑧，	滔滔不绝的长江汉水，
南国之纪⑨。	制约着南方各水流。
尽瘁以仕⑩，	鞠躬尽瘁去供职，
宁莫我有⑪。	上级信赖不曾有。
匪鹑匪鸢⑫，	那老雕和老鹰，
翰飞戾天⑬。	高飞直达青天。
匪鳣匪鲔⑭，	那鲤鱼和鲟鱼，
潜逃于渊。	沉潜逃到深渊。
山有蕨薇⑮，	山上有蕨菜和薇菜，
隰有杞桋⑯。	湿地有杞木和桋材。

①侯：有。②废：大。残贼：残害。③尤：错，罪过。④相：看。⑤载清载浊：有时清有时浊。⑥构："遘"的假借字，遇。⑦曷：何。⑧江汉：长江、汉水。⑨南国：指南方各河流。纪：众川之纲纪。⑩尽瘁：尽心尽力以致憔悴。仕：任职。⑪有：通"友"，友爱，相亲。⑫鹑（tuán）：雕。鸢（yuān）：老鹰。⑬翰飞：高飞。戾（lì）：至。⑭鳣（zhān）：鲟一类的鱼。鲔（wěi）：鲟鱼。⑮蕨薇：两种野菜。⑯杞：树名。桋（yí）：赤楝（sù）。

君子作歌，　　　　君子作这首诗，
维以告哀。　　　　述说自己的悲哀。

北山

——这是一首表现“士”这一阶层的怨刺诗。

陟彼北山，　　　　登上那北山，
言采其杞①。　　　将枸杞采取。
偕偕士子②，　　　强壮的士子，
朝夕从事。　　　　一天都做事。
王事靡盬③，　　　王事无休止，
忧我父母。　　　　担忧我父母。

溥天之下④，　　　普天之下，
莫非王土。　　　　无不是周王的领土。
率土之滨⑤，　　　沿内陆到海边，
莫非王臣。　　　　无不是周王的子民。
大夫不均，　　　　大夫分配有不均，
我从事独贤⑥。　　独我事多很艰辛。

四牡彭彭⑦，　　　四匹战马不休歇，
王事傍傍⑧。　　　王事繁多不能停。

①言：语助词。杞：枸杞，落叶灌木，果实入药，有滋补功用。②偕偕：健壮貌。士：周王朝或诸侯国的低级官员。周时官员分卿、大夫、士三等，士的职级最低，士子是这些低级官员的通名。③靡盬：没有止息。④溥：大。⑤率土之滨：四海之内。古人以为中国大陆四周环海，自四面海滨之内的土地是中国领土。⑥贤：贤劳，艰辛。⑦牡：公马。彭彭：形容马奔走不息。⑧傍傍：不得止。

嘉我未老，	我还年未老，
鲜我方将[①]。	说我身体很强壮。
旅力方刚[②]，	筋力巨大又刚强，
经营四方[③]。	正好可奔走四方。
或燕燕居息[④]，	有人安逸居家休息，
或尽瘁事国[⑤]。	有人憔悴为国繁忙。
或息偃在床[⑥]，	有人休憩躺卧在床，
或不已于行[⑦]。	有人奔波常在路上。
或不知叫号[⑧]，	有人不知奴役征召，
或惨惨劬劳[⑨]。	有人忧虑很是辛劳。
或栖迟偃仰[⑩]，	有人娱乐游息躺仰，
或王事鞅掌[⑪]。	有人劳苦王事操忙。
或湛乐饮酒[⑫]，	有人沉溺于饮酒，
或惨惨畏咎[⑬]。	有人谨慎畏引咎。
或出入风议[⑭]，	有人出入把话说，
或靡事不为[⑮]。	有人苦事都得做。

① 鲜：称赞。② 旅力：体力。③ 经营：规划治理，此处指操劳办事。④ 燕燕：安闲自得貌。⑤ 尽瘁：尽心竭力。⑥ 息偃：躺着休息。⑦ 不已：不止。⑧ 叫号：叫呼号召。⑨ 惨惨：忧虑不安貌。劬劳：辛勤劳苦。⑩ 栖迟：休息游乐。⑪ 鞅掌：事多繁忙。⑫ 湛（dān）：沉湎。⑬ 畏咎：怕出差错获罪招祸。⑭ 风议：放言高论。⑮ 靡事不为：无事不作。

无将大车

——这是一首不受重用者感时伤乱之诗。

无将大车[①]，	不要用手推货车，
祇自尘兮。	只会沾上灰尘。
无思百忧，	不要想太多忧愁事，
祇自疧兮[②]。	只会让人心烦闷。
无将大车，	不要用手推货车，
维尘冥冥[③]。	尘土扬起灰蒙蒙。
无思百忧，	不要想太多忧愁，
不出于颎[④]。	只会让人有心病。
无将大车，	不要用手推货车，
维尘雝兮[⑤]。	尘土飞扬将路挡。
无思百忧，	不要想太多忧愁事，
祇自重兮[⑥]。	只会让人病加重。

小明

——这首诗表现一位久役不归的官吏抒发思乡之情，并勉励友人恪尽职守。

明明上天，	光明的上天，
照临下土。	照察着下土。
我征徂西[⑦]，	我去西边行役，

①将：扶进，此指推车。大车：平地载运之车。②疧（qí）：病痛。③冥冥：昏暗，此处形容尘土迷蒙的样子。④颎（jiǒng）：通“耿”，心绪不宁，心事重重。⑤雝（yōng）：通“壅”，引申为遮蔽。⑥重：加重。⑦征：行，此指行役。徂：往，前往。

至于艽野[①]。	到达荒芜野处。
二月初吉[②]，	二月上旬的吉日，
载离寒暑[③]。	让人经历寒和暑。
心之忧矣，	心中忧愁烦乱啊，
其毒大苦[④]。	行役的毒害太苦。
念彼共人[⑤]，	回想起谦逊的人，
涕零如雨。	眼泪涕零如下雨。
岂不怀归？	难道不想把家还？
畏此罪罟[⑥]。	害怕被罪名网罗。
昔我往矣，	从前我离开时，
日月方除[⑦]。	岁月迎新辞旧。
曷云其还[⑧]？	何时才是归期？
岁聿云莫[⑨]。	又是一年岁暮。
念我独兮，	念我多孤单啊，
我事孔庶[⑩]。	王事繁多难数。
心之忧矣，	心里多忧伤啊，
惮我不暇[⑪]。	劳累无暇他顾。
念彼共人，	回想起谦逊的人，
睠睠怀顾[⑫]。	深深思念以回顾。
岂不怀归？	难道不想把家还？
畏此谴怒。	怕被谴责和恼怒。

① 艽（qiú）野：荒远的边地。② 二月：指周正二月，即夏正之十二月。初吉：上旬的吉日。③ 离：经历。④ 毒：痛苦，磨难。⑤ 共：此指恭谨尽心。⑥ 罪罟（gǔ）：指法网。⑦ 除：除旧，指旧岁辞去、新年将到。⑧ 曷：何，何时。其：将。还：回去。⑨ 聿云：二字为均语气助词。莫：岁暮即年终。⑩ 孔庶：很多。⑪ 惮：劳苦。不暇：不得闲暇。⑫ 睠睠：思念眷恋，依依不舍貌。

昔我往矣，	从前我离开时，
日月方奥①。	天气变暖恢复。
曷云其还？	何时才是归期？
政事愈蹙②。	王事更加急促。
岁聿云莫，	又到一年岁暮，
采萧获菽③。	采艾蒿获豆熟。
心之忧矣，	心里多忧伤啊，
自诒伊戚④。	自己忍受孤独。
念彼共人，	想起谦逊的人，
兴言出宿⑤。	外出只能露宿。
岂不怀归？	谁不想把家还？
畏此反覆⑥。	害怕罪名反覆。

嗟尔君子！	唉君子啊！
无恒安处⑦。	没有安稳的住处。
靖共尔位⑧，	认真对待自己职位，
正直是与⑨。	应与正直的人相处。
神之听之，	神您听听啊，
式穀以女⑩。	请赐予我福禄。

嗟尔君子！	唉君子啊！

①奥：通“燠”，温暖。②蹙：急促，紧迫。③萧：艾蒿。菽：豆类。④戚：忧伤，痛苦。⑤兴言：语首助词。出宿：不能安睡。一说到外面去过夜。⑥反覆：指不测之祸。⑦恒：常。安处：安居，安逸享乐。⑧靖：安定。共：通“恭”，奉，履行。位：职位，职责。⑨与：亲近，友好。⑩穀（gǔ）：善，此指福。以：与。女：通“汝”。

无恒安息。	没有安稳的住处。
靖共尔位，	认真对待自己职位，
好是正直。	喜欢靠近人的正直。
神之听之，	神您听听啊，
介尔景福①。	让我拥有大福气。

鼓钟

——这是一首聆听音乐、怀念君子之诗。

鼓钟将将②，	敲钟锵锵响，
淮水汤汤③，	淮河水荡漾，
忧心且伤。	担心又忧伤。
淑人君子④，	美好的君子，
怀允不忘⑤。	思念不能忘。
鼓钟喈喈⑥，	敲钟响喈喈，
淮水湝湝⑦，	淮水流湝湝，
忧心且悲。	担心又伤悲。
淑人君子，	美好的君子，
其德不回⑧。	德行不歪邪。
鼓钟伐鼛⑨，	敲钟和大鼓，
淮有三洲⑩，	声音遍布淮河三洲，

① 介：给予。景福：犹言大福。② 鼓：敲击。将将：同“锵锵”，象声词。③ 汤（shāng）汤：大水涌流貌。④ 淑：善。⑤ 怀：思念。允：确实。⑥ 喈（jiē）喈：钟声。⑦ 湝（jiē）湝：水流声。⑧ 回：邪。⑨ 伐：敲击。鼛（gāo）：一种大鼓。⑩ 三洲：淮河上的三个小岛。

忧心且妯[1]。	担心又愁忧。
淑人君子，	美好的君子，
其德不犹[2]。	他德行丝毫缺点也没有。
鼓钟钦钦[3]，	敲钟响钦钦，
鼓瑟鼓琴，	鼓瑟又鼓琴，
笙磬同音。	笙磬是同音。
以雅以南[4]，	奏二《雅》及二《南》，
以籥不僭[5]。	吹奏乐器不混乱。

楚茨

——这是一首祭祖祀神的乐歌。

楚楚者茨[6]，	繁密丛生的蒺藜，
言抽其棘[7]。	拔除它身上的刺。
自昔何为？	自古为何这么做？
我蓺黍稷[8]。	我自种黍又种稷。
我黍与与[9]，	我种的黍很繁盛，
我稷翼翼[10]。	我种的稷很繁密。
我仓既盈，	我的粮仓已装满，
我庾维亿[11]。	我的谷囤已满溢。
以为酒食，	用它去做美酒食，

① 妯（chōu）：因悲伤而动容、心绪不宁。② 犹：读作“瘉（yù）”，《郑笺》：“犹当作瘉。瘉，病也。”指过错，缺点。③ 钦钦：象声词。④ 以：为，作，指演奏、表演。《雅》：《诗经》中有《雅》。《南》：《诗经》中有《周南》《召南》。⑤ 籥（yuè）：乐器名，似笛。不僭：按部就班，和谐合拍。⑥ 楚楚：植物丛生貌。茨：蒺藜，草本植物，有刺。⑦ 抽：除去，拔除。棘：刺，指蒺藜。⑧ 蓺：种植。⑨ 与与：茂盛貌。⑩ 翼翼：繁盛茂密的样子。⑪ 庾（yǔ）：露天粮囤，以草席围成圆形。亿：形容多。

以享以祀①，	将其献神以祭祀，
以妥以侑②，	请尸安坐来饮酒，
以介景福③。	希望赐予长福祉。
济济跄跄④，	人们行走多恭敬，
絜尔牛羊⑤，	拿着干净的牛羊，
以往烝尝⑥。	去秋冬祭让祖先尝。
或剥或亨⑦，	有人剥皮有人煮汤，
或肆或将⑧。	有人陈列有人捧进。
祝祭于祊⑨，	司仪站在祭坛旁，
祀事孔明⑩。	祭祀礼节很美完。
先祖是皇⑪，	先祖神灵已来到，
神保是飨⑫。	尸者美食以安享。
孝孙有庆⑬，	主人幸而得福祥，
报以介福⑭，	回报你以大福寿，
万寿无疆！	赐你能万寿无疆！
执爨踖踖⑮，	庖人恭敬又敏捷，
为俎孔硕⑯，	盛肉礼器大又好，

① 享：上供，祭献。② 妥：安坐。侑：劝进酒食。③ 以介景福：用来助我得大福祉。④ 济济：形容人多。跄（qiāng）跄：步趋有节貌。⑤ 絜（jié）：同“洁”，洗清。⑥ 烝：冬祭名。尝：秋祭名。⑦ 剥：宰割支解。亨：同“烹”，烧煮。⑧ 肆：陈列，指将祭肉盛于鼎俎中。将：捧着献上。⑨ 祝：太祝，司祭礼的人。祊（bēng）：设祭的地方，在宗庙门内。⑩ 孔：很。明：指祭礼洁净。⑪ 先祖是皇：先祖神道最堂皇。⑫ 神保：祭时用人作尸之美称。飨：享受祭祀。⑬ 孝孙：祭祀祖先时的主祭之人。庆：福。⑭ 介福：大福。⑮ 爨（cuàn）：烧菜煮饭。踖（jí）踖：恭谨敏捷貌。⑯ 俎：祭祀时盛牲的礼器。硕：大。

或燔或炙①。	有人烧肉有人烤。
君妇莫莫②，	夫人谨慎又恭敬，
为豆孔庶③。	菜肴品种多又妙。
为宾为客，	席上宾客真不少，
献酬交错④。	敬酒自饮交错貌。
礼仪卒度⑤，	礼节完全合法度，
笑语卒获⑥。	言笑晏晏恰到好。
神保是格⑦，	作尸神灵要来到，
报以介福，	回报你以大福寿，
万寿攸酢⑧！	赐以万寿来答报！

我孔熯矣⑨，	我已恭敬无比，
式礼莫愆⑩。	但愿礼仪无差失。
工祝致告⑪：	官祝转致神告示：
徂赉孝孙⑫。	神将赐福给孝孙。
苾芬孝祀⑬，	祭品芬芳祖神享，
神嗜饮食。	先神喜爱这美食。
卜尔百福⑭，	赐予孝孙各种福，
如几如式⑮。	祭祀合法度程式。
既齐既稷⑯，	既是敏捷又整齐，

①燔：烧肉。炙：烤肉。②君妇：主妇。莫莫：恭谨。③豆：食器，形状为高脚盘。庶：众，多，此指豆内食品繁多。④献：主人劝宾客饮酒。酬：宾客向主人回敬。⑤卒：尽，完全。度：法度。⑥获：得时，恰到好处。⑦格：至，来到。⑧酢：回敬酒。⑨熯（nǎn）：敬惧。⑩式：发语词。愆（qiān）：过失，差错。⑪工祝：祝官，主持祭祀司仪的人。致告：代神致词，以告祭者。⑫赉（lài）：赐予。⑬苾（bì）：浓香。孝祀：犹享祀，指神享受祭祀。⑭卜：给予。赐予。⑮几：期。式：法，制度。⑯齐：庄敬。稷：疾，敏捷。

既匡既敕①。　　既是匡正又谨饬。
永锡尔极②，　　赐你最好的福气，
时万时亿③！　　福禄能够达万亿！

礼仪既备，　　礼仪已经完成，
钟鼓既戒④，　　钟鼓已经备好，
孝孙徂位⑤，　　主人已经到位，
工祝致告：　　官祝转致神告：
神具醉止⑥。　　神都将酒吃好。
皇尸载起⑦，　　作尸人起来了，
鼓钟送尸，　　敲钟将尸送走，
神保聿归⑧。　　作尸人请走好。
诸宰君妇⑨，　　诸位膳夫主夫，
废彻不迟⑩。　　将祭品都撤掉。
诸父兄弟⑪，　　诸位长辈兄弟，
备言燕私⑫。　　私宴已经备好。

乐具入奏⑬，　　祭祀乐器都来了，
以绥后禄⑭。　　安逸享受福禄好。
尔肴既将⑮，　　摆好美味的佳肴，
莫怨具庆。　　无人抱怨都说好。

---

①匡：正，端正。敕：严整。②锡：赐。极：至，指最大的福气。③时：是。④戒：备。⑤徂位：指孝孙回到原位。⑥具：俱，皆。止：语气词。⑦皇尸：代表神祇受祭的人。⑧聿：乃。⑨宰：掌膳食之人。⑩彻：通“撤”，撤去。⑪诸父：伯父、叔父等长辈。兄弟：同姓之叔伯兄弟。⑫备：尽，完全。燕私：祭祀之后在后殿宴饮同姓亲属。⑬入奏：进入后殿演奏。祭在宗庙前殿，祭后到后面的寝殿举行家族私宴。⑭绥：安，此指安享。后禄：祭后的口福。⑮将：美好。

既醉既饱，　　既要喝醉又吃饱，
小大稽首[①]。　　长幼叩首来祝好。
神嗜饮食，　　神灵爱好吃酒肉，
使君寿考[②]。　　使君长寿永不老。
孔惠孔时[③]，　　祭祀及时又顺利，
维其尽之[④]。　　只有你尽力做好。
子子孙孙，　　你的子孙和后代，
勿替引之[⑤]！　　不要废止延续好！

信南山

——这是一首周王祭祖祈福的乐歌。

信彼南山[⑥]，　　那延伸的终南山，
维禹甸之[⑦]。　　治理四周田地。
畇畇原隰[⑧]，　　高地洼地平坦整齐，
曾孙田之[⑨]。　　曾孙把它治理。
我疆我理[⑩]，　　田地大小界线都划定，
南东其亩[⑪]。　　田亩由南到东治理。

上天同云[⑫]，　　冬天的天空密布阴云，

---

① 小大：指尊卑长幼的各种人。稽首：跪拜礼，双膝跪下，叩头至地。一种最恭敬的礼节。② 寿考：长寿。③ 惠：顺利。时：善，好。④ 尽之：尽其礼仪，指主人完全遵守祭祀礼节。⑤ 替：废，改变。引之：长行此祭祀祖先之礼仪。⑥ 信：延伸。⑦ 禹：大禹。甸：治理。⑧ 畇（yún）：平整田地。原隰：高原和洼地，泛指全部田地。⑨ 曾孙：后代子孙。田：垦治田地。⑩ 疆：田界，此处用作动词，划田界。理：田中的沟陇，此处亦用作动词。疆指划定大的田界，理则细分其地亩。⑪ 南东：用作动词，指将田陇开辟成南北向或东西向。⑫ 上天：冬季的天空。同云：天空布满阴云，浑然一色。

雨雪雰雰[①]。	落雪纷纷。
益之以霡霂[②]。	加上春天小雨飘淋。
既优既渥[③]，	已是水足湿润，
既沾既足[④]，	既已温润水足，
生我百谷。	可以生长我的百谷。
疆埸翼翼[⑤]，	大小田界齐整，
黍稷彧彧[⑥]。	黍稷长得茂盛。
曾孙之穑[⑦]，	曾孙收获它，
以为酒食。	以作酒食之用。
畀我尸宾[⑧]，	给神尸宾客奉献，
寿考万年。	神赐寿考万年长。
中田有庐[⑨]，	公田中有房屋，
疆埸有瓜。	地边种有瓜。
是剥是菹[⑩]，	削皮后腌瓜，
献之皇祖[⑪]。	给皇祖奉献。
曾孙寿考，	曾孙因此益寿延年，
受天之祜[⑫]。	受天赐福禄无限。
祭以清酒，	祭祀用清酒，
从以骍牡[⑬]，	随后献上赤黄色公牛，

①雨雪：下雪，“雨”作动词，降落。雰雰：纷纷。②益：加上。霡霂（mài mù）：小雨。③优：充足。渥：湿润。④沾：浸湿。⑤埸（yì）：田界。翼翼：整齐貌。⑥彧（yù）彧：茂盛貌。⑦穑：收获庄稼。⑧畀（bì）：给予。⑨庐：通“芦”，萝卜。一说草庐、房屋。⑩菹（zū）：腌菜。⑪皇祖：先祖之美称。⑫祜（hù）：福。⑬骍（xīn）：赤色。牡：雄性兽，此指公牛。

享于祖考。 让先祖先考享受。
执其鸾刀[①]， 拿着有鸾铃的刀，
以启其毛， 割开它的皮毛，
取其血膋[②]。 取出鲜血和油膏。

是烝是享， 用此冬祭上供，
苾苾芬芬[③]。 气味芬芳香馨。
祀事孔明， 祭祀礼仪完美，
先祖是皇。 先祖受祭享用。
报以介福， 祭报得以大福，
万寿无疆！ 延年益寿无穷尽！

甫田

——这首诗是周王在祭祀四方之神、土地神、农神时所唱的乐歌。

倬彼甫田[④]， 如此广阔的田野，
岁取十千[⑤]。 每年产粮万万千。
我取其陈， 拿出那些陈年谷，
食我农人。 使我农人把肚填。
自古有年[⑥]。 自古以来皆是丰年。
今适南亩[⑦]， 今到南亩去巡田，
或耘或耔[⑧]， 人们或锄草或培苗，
黍稷薿薿[⑨]。 黍稷茂盛成片片。

---

①鸾刀：带铃的刀。②膋（liáo）：脂膏，此指牛油。③苾（bì）：浓香。④倬：广阔。甫：大。⑤十千：言其多。⑥有年：丰收年。⑦适：去，至。⑧耘：锄草。耔（zǐ）：培土。⑨黍稷：谷类作物。薿（nǐ）薿：茂盛的样子。

攸介攸止[①]，	庄稼成长啊长熟啦，
烝我髦士[②]。	田官来向我进献。
以我齐明[③]，	谷物装满盆与钵，
与我牺羊[④]，	毛色纯一牛和羊，
以社以方[⑤]。	祭我社神与四方。
我田既臧[⑥]，	田地庄稼长势喜，
农夫之庆。	农夫聚集同欢庆。
琴瑟击鼓，	弹琴鸣瑟又击鼓，
以御田祖[⑦]，	迎接祭祀田之祖，
以祈甘雨[⑧]，	祈求祷告降甘露，
以介我稷黍，	浇灌滋润这稷黍，
以谷我士女[⑨]。	养育爱护众男女。
曾孙来止[⑩]，	曾孙来到啊，
以其妇子，	农人带上妻与子，
馌彼南亩[⑪]。	送些食物到南亩。
田畯至喜[⑫]，	田官到了尝一尝，
攘其左右，	拿起左右的饭菜，
尝其旨否[⑬]。	试试滋味美与否。
禾易长亩[⑭]，	茂盛禾苗满田长，

①介：长大。止：停止，指结实。②烝：进呈。髦士：英俊人士。③齐（zī）明：即粢盛，祭祀用的谷物。④牺：祭祀用的纯毛牲口。⑤以：用作。社：祭土地神。方：祭四方神。⑥臧：好，此指丰收。⑦御（yà）：同“迓”，迎接。田祖：田神。⑧祈：祈祷求告。⑨谷：养活。士女：贵族男女。⑩曾孙：周王自称，相对神灵和祖先而言。止：语气助词。⑪馌（yè）：送饭。⑫田畯：农官。⑬旨：美味。⑭易：禾盛貌。

终善且有①。	年成又好又丰厚。
曾孙不怒，	曾孙不显威与怒，
农夫克敏②。	农夫干活都勤快。
曾孙之稼，	曾孙的庄稼啊，
如茨如梁③。	堆积就如屋盖和房梁。
曾孙之庾④，	曾孙的粮食啊，
如坻如京⑤。	聚集就如沙丘和山冈。
乃求千斯仓，	但求有千座仓，
乃求万斯箱⑥。	但求有万只箱。
黍稷稻粱，	黍米稷粮水稻高粱，
农夫之庆。	农夫欢庆喜洋洋。
报以介福⑦，	神祇报吾王以大福，
万寿无疆！	赐其得万岁无疆！

大田

——这首诗描写周王督察秋季收获，祈求今后能收到更大的福祉。

大田多稼⑧，	广阔的农田庄稼多，
既种既戒⑨，	选种子来备家伙。
既备乃事⑩。	这些事儿都完妥。
以我覃耜⑪，	用我那锋利的犁耙，

① 有：富足。② 克：能。敏：勤快。③ 茨：茅屋顶。④ 庾：粮仓。⑤ 坻（chí）：水中高地。京：高丘。⑥ 箱：车箱。⑦ 介福：大福。⑧ 大田：面积广阔的农田。稼：种庄稼。⑨ 既：已经。种：指选种籽。戒：同“械”，此指修理农业器械。⑩ 乃事：这些事。⑪ 覃（yǎn）：“剡”，锋利。耜（sì）：古代一种似锹的农具。

俶载南亩[①]。	在南亩开始干活。
播厥百谷[②]，	播撒谷子诸多种，
既庭且硕[③]，	秧苗长得挺又硕，
曾孙是若[④]。	曾孙顺意好快活。
既方既皂[⑤]，	谷粒生壳又结穗，
既坚既好，	庄稼坚实长势好，
不稂不莠[⑥]。	没有空壳与杂草。
去其螟螣[⑦]，	消灭螟虫和螣虫，
及其蟊贼[⑧]，	蟊虫也都要除掉，
无害我田稚[⑨]。	不许损害我幼禾。
田祖有神[⑩]，	亏有农神的庇佑，
秉畀炎火[⑪]。	拿了害虫用火烧。
有渰萋萋[⑫]，	阴雨密布天凄清，
兴雨祈祈[⑬]。	下起细雨雨绵绵。
雨我公田[⑭]，	雨水浇灌我公田，
遂及我私[⑮]。	遂及流入我私田。
彼有不获稚[⑯]，	那有未收的嫩谷，
此有不敛穧[⑰]；	这有漏收的禾把；
彼有遗秉[⑱]，	那有遗落的谷束，

① 俶（chù）载：开始从事。② 厥：其。③ 庭：挺拔。硕：大。④ 曾孙是若：顺了曾孙的愿望。曾孙，周王对他的祖先和其他的神，都自称曾孙。若，顺。⑤ 方：指谷粒已生嫩壳，但还没有合满。皂（zào）：指谷壳已经结成，但还未坚实。⑥ 稂（láng）：指穗粒空瘪的禾。莠（yǒu）：田间似禾的杂草，也称狗尾巴草。⑦ 螟（míng）：吃禾心的害虫。螣（tè）：吃禾叶的青虫。⑧ 蟊（máo）：吃禾根的虫。贼：吃禾节的虫。⑨ 稚：幼禾。⑩ 田祖：农神。⑪ 秉：执持。畀：给与。炎火：大火。⑫ 有渰（yǎn）：即"渰渰"，阴云密布的样子。⑬ 祈祈：众多貌。⑭ 公田：公家的田。⑮ 私：私田。⑯ 稚：低小的穗。⑰ 穧（jì）：聚禾成把。⑱ 秉：把，捆扎成束的禾把。

此有滞穗[①]，	这有散落的稻穗，
伊寡妇之利[②]。	这都是寡妇们能获的利。
曾孙来止，	曾孙来啦，
以其妇子，	农夫叫来他的妻儿，
馌彼南亩[③]，	送饭食到那南亩，
田畯至喜[④]。	田畯到了尝一尝。
来方禋祀[⑤]，	曾孙来祭神，
以其骍黑[⑥]，	摆上黄牛和黑猪，
与其黍稷，	呈上小米和高粱，
以享以祀，	献上祭品行礼仪，
以介景福[⑦]。	祈求众神赐大福。

瞻彼洛矣

——这是一首歌颂大周天子检阅军队的诗歌。

瞻彼洛矣，	看那洛水啊，
维水泱泱[⑧]。	一片茫茫。
君子至止[⑨]，	吾王到来啊，
福禄如茨[⑩]。	福禄广无疆。
韎韐有奭[⑪]，	身系蔽膝红彤彤，

①滞：遗留。②伊寡妇之利：这都是寡妇得的利。③馌（yè）：送饭。南亩：泛指农田。④田畯（jùn）：周代农官，掌管监督农奴的农事工作。⑤禋（yīn）祀：升烟以祭天，古代祭天的典礼，也泛指祭祀。⑥骍（xīng）：指赤色牛。黑：指黑色的猪羊。⑦介：祈求。景福：大福。⑧泱泱：水势盛大的样子。⑨君子至止：君子到了这里。⑩茨：屋盖，形容其多。⑪韎韐（mèi gé）：用茜草染成绛色的革制品，如今之蔽膝。奭（shì）：赤色貌。

以作六师①。　　振奋六军势头强。

瞻彼洛矣，　　看那洛水啊，
维水泱泱。　　一片茫茫。
君子至止，　　吾王来到啊，
鞞琫有珌②。　　刀鞘饰美玉。
君子万年，　　恭祝吾王万寿，
保其家室。　　永保家室安康。

瞻彼洛矣，　　看那洛水啊，
维水泱泱。　　一片茫茫。
君子至止，　　吾王来到啊，
福禄既同③。　　福禄聚无双。
君子万年，　　恭祝吾王万寿，
保其家邦。　　永保家国无恙。

裳裳者华

——这是一首相悦者歌颂赞美之诗。

裳裳者华④，　　明艳的花儿，
其叶湑兮⑤。　　叶子繁茂。
我觏之子⑥，　　我见诸贤，
我心写兮⑦。　　我心舒畅啊。

---

①以作六师：总领六军练兵忙。②鞞（bǐ）：刀鞘。琫（běng）：刀鞘口周围的玉饰。珌（bì）：刀鞘末端的玉饰。③同：聚集。④裳裳：犹“堂堂”，旺盛鲜艳的样子。华：花。⑤湑（xǔ）：茂盛的样子。⑥觏（gòu）：遇见。⑦写：通“泻”，心情舒畅。

我心写兮，
是以有誉处兮①。

我心舒畅啊，
那是安乐的地方啊。

裳裳者华，
芸其黄矣②。
我觏之子，
维其有章矣③。
维其有章矣，
是以有庆矣。

明艳的花儿，
缤纷金黄。
我见诸贤，
多么有才。
多有才华啊，
是值得庆贺的荣光。

裳裳者华，
或黄或白。
我觏之子，
乘其四骆④。
乘其四骆，
六辔沃若⑤。

明艳的花儿，
黄白交错。
我见诸贤，
驾马轩昂。
驾马轩昂啊，
那马缰柔滑得溜光。

左之左之，
君子宜之。
右之右之，
君子有之。
维其有之，
是以似之⑥。

左边的左相，
贤者胜任这个位置。
右边的右相，
贤者发挥他的才干。
正因为擅用这些，
祖业才能有继。

---

①誉：安乐。②芸：黄盛。③章：文章，指文采，礼乐。④骆：黑鬃白马。⑤沃若：光滑柔软的样子。
⑥似：通“嗣”，继承祖宗功业。

桑扈

——这是周王会宴诸侯时助兴的一首乐歌。

交交桑扈①，　　桑扈交交的鸣叫，
有莺其羽②。　　双翅的羽毛多俊俏。
君子乐胥③，　　诸贤齐欢乐吧，
受天之祜④。　　秉受上天的福荫。

交交桑扈，　　桑扈交交的鸣叫，
有莺其领。　　脖颈之毛闪亮亮。
君子乐胥，　　诸贤齐欢乐吧，
万邦之屏⑤。　　作为各国的屏障。

之屏之翰⑥，　　是屏障来是骨干，
百辟为宪⑦。　　诸侯将众位作典范。
不戢不难⑧，　　克制自己守礼节，
受福不那⑨。　　才能够秉受福气多。

兕觥其觩⑩，　　牛角杯儿弯又弯，
旨酒思柔⑪。　　美酒温和又绵柔。
彼交匪敖⑫，　　不侥幸也不骄傲，
万福来求。　　千万福气自来聚。

---

①交交：鸟鸣声。桑扈：鸟名，即青雀。②莺：指文采。③君子：此指群臣。胥：语助词。④祜：福禄。⑤万邦：各诸侯国。屏：屏障。⑥之：是。翰：指屏障。⑦百辟：各国诸侯。宪：法度。⑧不：语助词，下同。戢：克制，指和平。难：行有节度，指恭敬。⑨那：多。⑩兕觥（sì gōng）：牛角酒杯。觩（qiú）：弯曲的样子。⑪旨酒：美酒。思：语助词。柔：指酒性温和。⑫交：通“傲”，侮慢。匪敖：不傲慢。

鸳鸯

——这是一首祝贺新婚之诗。

鸳鸯于飞①，	鸳鸯双飞于天，
毕之罗之②。	用大网小网的捉。
君子万年，	敬祝君子万寿，
福禄宜之③。	福禄都来。
鸳鸯在梁④，	鸳鸯栖息在梁，
戢其左翼⑤。	收着左翼酣眠。
君子万年，	敬祝君子万寿，
宜其遐福⑥。	福禄长久。
乘马在厩⑦，	四马拴在马厩，
摧之秣之⑧。	铡草撒谷喂饱。
君子万年，	敬祝君子万寿，
福禄艾之⑨。	福禄来助。
乘马在厩，	四马拴在马厩，
秣之摧之。	撒谷铡草喂饱。
君子万年，	敬祝君子万寿，
福禄绥之⑩。	福禄偕老。

① 鸳鸯：水鸟名。古人以此鸟雌雄双居，永不分离，故称之为“匹鸟”。②毕：长柄的小网，此处用作动词。罗：大网，此处用作动词。③宜：《说文解字》：“宜，所安也。”引申为享。④梁：筑在河湖池中拦鱼的水坝。⑤戢：收敛。⑥遐：远。⑦乘（shèng）：四匹马拉的车子。乘马引申为拉车的马。厩：马棚。⑧摧（cuò）：铡草喂马。秣（mò）：用粮食喂马。⑨艾：养护。⑩ 绥：安抚。

頍弁

——这是一首反映周代贵族沉湎于享乐宴饮作乐之歌。

有頍者弁①，	尖尖有角的皮帽子，
实维伊何②？	是为什么戴着？
尔酒既旨，	您的酒如此醇美，
尔肴既嘉③。	您的菜肴很有滋味。
岂伊异人？	难道接待外人？
兄弟匪他。	兄弟并不是别人。
茑与女萝④，	茑和女萝，
施于松柏。	攀援着松柏。
未见君子，	未见到吾王，
忧心奕奕⑤；	恍恍心神不安；
既见君子，	今得见吾王，
庶几说怿⑥。	将将心中喜悦。
有頍者弁，	尖尖有角的皮帽子，
实维何期⑦？	是为什么戴着？
尔酒既旨，	您的酒如此甘醇，
尔肴既时⑧。	您的菜肴如此美味。
岂伊异人？	难道接待外人？
兄弟具来。	兄弟齐聚一堂。
茑与女萝，	茑和女萝，

① 頍（kuǐ）：古代发饰，用以固定帽子。弁（biàn）：皮帽。②实维伊何：这是为什么？③肴：荤菜。④茑（niǎo）、女萝：都是善于攀缘的蔓生植物。⑤奕奕：心神不安貌。⑥说怿（yuè yì）：欢欣喜悦。⑦期：语助词。⑧时：善也，物得其时则善。

施于松上。	攀援着松枝。
未见君子，	未见到吾王，
忧心怲怲[①]；	恍恍心中忧愁；
既见君子，	今得见吾王，
庶几有臧[②]。	将将能够得赏。

有頍者弁，	尖尖有角的皮帽子，
实维在首。	正适合今儿戴着。
尔酒既旨，	您的酒如此甘醇，
尔肴既阜。	您的菜肴如此丰盛。
岂伊异人？	难道接待外人？
兄弟甥舅。	都是兄弟甥舅。
如彼雨雪[③]，	人生就如下场雪，
先集维霰[④]。	雪珠雪片终消融。
死丧无日[⑤]，	哪知何日死去，
无几相见[⑥]。	再没几日得相见。
乐酒今夕，	今夕何妨畅饮，
君子维宴。	君子宴中尽欢颜。

车舝

——这是一首新婚嫁娶之诗。

间关车之舝兮[⑦]，	车轮格格响，

---

①怲（bǐng）怲：忧愁貌。②臧：善。③雨（yù）雪：下雪。④霰（xiàn）：雪珠。⑤无日：不知哪一天。⑥无几：没有多久。⑦间关：车行时车轴铁头发出的声响。舝（xiá）：车轴头的铁键。

思娈季女逝兮①。	美丽少女要出嫁了。
匪饥匪渴②，	不要着急若饥渴，
德音来括③。	美德善名来会和。
虽无好友，	虽无好友同相伴，
式燕且喜④。	众人宴饮也欢乐。
依彼平林⑤，	葱郁啊平原之林，
有集维鷮⑥。	野雉儿聚集群居。
辰彼硕女⑦，	那好姑娘身材高，
令德来教。	带来美德增荣光。
式燕且誉⑧，	宴会热闹又欢乐，
好尔无射⑨。	祝愿恩爱无分离。
虽无旨酒，	虽然没有甘醇酒，
式饮庶几⑩；	希望您也喝几杯；
虽无嘉肴，	虽然没有上好菜，
式食庶几。	希望您也尝尝味。
虽无德与女，	我虽无德与您配，
式歌且舞。	望您歌舞尽欢乐。
陟彼高冈，	登上那高高山岗，
析其柞薪；	砍下柞木为柴薪；

① 娈：妩媚可爱。季女：少女。逝：往，指出嫁。② 匪：不。③ 括：犹“佸”，会合。④ 式：发语词。燕：通“宴”，宴饮。⑤ 依：茂盛的样子。⑥ 鷮（jiāo）：长尾野鸡。⑦ 辰彼硕女：适时而嫁的那大姑娘。⑧ 誉：通“豫”，安乐。⑨ 无射（yì）：不厌烦。⑩ 庶几：犹言“一些”。

析其柞薪，
其叶湑兮①。
鲜我觏尔②，
我心写兮③。

砍下柞木为柴薪，
柞树叶儿满枝梢。
高兴今天见到您，
我心愉悦百忧消。

高山仰止，
景行行止④。
四牡骓骓⑤，
六辔如琴。
觏尔新昏，
以慰我心。

仰望那巍峨高山，
行走在宽阔大路。
迎亲四马行不止，
缰绳整齐如琴丝。
看着你今儿新婚，
宽慰我心多欢喜。

青蝇

——这是一首谴责馋人害国、劝告君子勿信谗言之诗。

营营青蝇⑥，
止于樊⑦。
岂弟君子⑧，
无信谗言⑨。

嗡嗡青蝇飞，
停那竹枝篱笆上。
平易近人的君子，
切不要听信谗言。

营营青蝇，
止于棘⑩。
谗人罔极⑪，

嗡嗡青蝇飞，
停那枣枝篱笆上。
馋人多变无准则，

---

① 湑（xǔ）：茂盛。② 觏（gòu）：遇见。③ 写：通“泻”，宣泄，指欢悦、舒畅。④ 景行：大路。⑤ 骓（fēi）骓：马行不止貌。⑥ 营营：象声词，拟苍蝇飞舞声。⑦ 止：停下。樊：篱笆。⑧ 岂弟（kǎi tì）：同“恺悌”，平和有礼。⑨ 谗言：挑拨离间的坏话。⑩ 棘：酸枣树。⑪ 罔极：没有标准。

交乱四国①。　　搅乱各国不安宁。

营营青蝇，　　嗡嗡青蝇飞，
止于榛②。　　停那榛枝篱笆上。
谗人罔极，　　馋人多变无准则，
构我二人③。　　离间你我相猜忌。

宾之初筵

——这是一首讽刺贵族宴饮无度、失礼败德之诗。

宾之初筵④，　　宾客来到就筵席，
左右秩秩⑤。　　宾主有序各谦让。
笾豆有楚⑥，　　杯盘器具全摆好，
殽核维旅⑦。　　蔬食干果都备齐。
酒既和旨⑧，　　酒水醇和又甜美，
饮酒孔偕⑨。　　觥筹交错多高兴。
钟鼓既设，　　鸣钟乐鼓全驾上，
举酬逸逸⑩。　　众人饮酒不停歇。
大侯既抗⑪，　　皮制箭靶竖起来，
弓矢斯张。　　张弓搭箭准备好。
射夫既同⑫，　　射手齐聚演武场，

---

①乱：搅乱、破坏。②榛：榛树，一种灌木。③构：播弄、陷害。④初筵：宾客初入席时。⑤左右：席位东西，主人在东，客人在西。秩秩：有序之貌。⑥笾：竹制，盛瓜果干脯等。豆：木制或陶制，也有铜制的，盛鱼肉齑酱等，供宴会祭祀用。有楚：即“楚楚”，陈列之貌。⑦殽核：肉食和果品。旅：陈放。⑧和旨：醇和甜美。⑨孔：很。偕：通“嘉”。⑩酬（chóu）：同“酬”，主人劝酒。逸逸：往来有秩序。⑪大侯：射箭用的大靶子，用虎、熊、豹三种皮制成。抗：高挂。⑫射夫：射手。

献尔发功①。	表演技艺甚精绝。
发彼有的②，	发发命中箭靶心，
以祈尔爵③。	希望您来把酒饮。
籥舞笙鼓④，	龠舞起来笙鼓奏，
乐既和奏。	乐曲调和声音好。
烝衎烈祖⑤，	奏乐娱乐我祖先，
以洽百礼⑥。	正好配合诸礼仪。
百礼既至，	祭祀礼节都已全，
有壬有林⑦。	多么盛大隆重啊。
锡尔纯嘏⑧，	众神赐予大福气，
子孙其湛⑨。	子子孙孙都欢心。
其湛曰乐，	人人欢心又喜悦，
各奏尔能⑩。	各自敬献其所能。
宾载手仇⑪，	宾客之中选对手，
室人入又⑫。	主人也来试一把。
酌彼康爵⑬，	斟满这大杯美酒，
以奏尔时⑭。	祝你命中喝一杯。
宾之初筵，	宾客来到就筵席，
温温其恭。	温和谦逊又儒雅。

---

① 发功：发箭射击的功夫。② 的：侯的中心，即靶心，也常指靶子。③ 祈：求。尔爵：求射中而让别人饮罚酒之意。④ 籥（yuè）舞：执籥而舞。⑤ 烝：进。衎（kàn）：娱乐。⑥ 洽：使和洽，指配合。⑦ 有壬：即“壬壬”，礼大之貌。有林：即“林林”，礼多之貌。⑧ 锡：赐。纯嘏（gǔ）：大福。⑨ 湛（dān）：和乐。⑩ 奏：进献。⑪ 手仇：指对手。⑫ 室人：主人。入又：又入，指主人亦随宾客入射以耦宾，即耦射。⑬ 康爵：大爵。⑭ 尔时：射中的宾客。

其未醉止[①]，	还未喝醉的时候，
威仪反反[②]；	仪表举止多庄重；
曰既醉止[③]，	等到醉了的时候，
威仪幡幡[④]。	样子行为多粗鄙。
舍其坐迁[⑤]，	离开坐席有走动，
屡舞仙仙[⑥]。	手足摆动舞翩跹。
其未醉止，	还未喝醉的时候，
威仪抑抑[⑦]；	仪表举止多谨慎；
曰既醉止，	等到醉了的时候，
威仪怭怭[⑧]。	样子行为多随便。
是曰既醉，	说是已经醉了酒，
不知其秩[⑨]。	哪管什么秩序严。
宾既醉止，	宾客已经大醉了，
载号载呶[⑩]。	又是号叫又是闹。
乱我笾豆，	打翻了杯盘碗盏，
屡舞僛僛[⑪]。	还跳舞歪歪斜斜。
是曰既醉，	说是已经醉了酒，
不知其邮[⑫]。	哪知道失礼丢脸。
侧弁之俄[⑬]，	头上侧戴着皮帽，
屡舞傞傞[⑭]。	还醉舞不停盘旋。
既醉而出，	既然喝醉就回去，

① 止：语气助词。② 反反：谨慎凝重。③ 曰既醉止：说是既醉了。④ 幡幡：形容轻浮无威仪之貌。⑤ 舍：放弃。坐迁：迁动当坐之礼。⑥ 仙（qiān）仙：飞舞貌。⑦ 抑抑：慎密，指庄重。⑧ 怭（bì）怭：不庄重，轻浮。⑨ 秩：常规。⑩ 号：大声乱叫。呶（náo）：喧哗不止。⑪ 僛（qī）僛：身体歪斜倾倒之貌。⑫ 邮：通“尤”，过失。⑬ 弁：皮帽。俄：倾斜不正。⑭ 傞（suō）傞：醉舞不止貌。

并受其福。	众人也都享福气。
醉而不出，	醉了又不肯回去，
是谓伐德①。	那就叫作缺德佬。
饮酒孔嘉，	宴会饮酒本是好，
维其令仪②。	却是要有好仪貌。
凡此饮酒，	所有这些饮酒者，
或醉或否。	有人清醒有醉倒。
既立之监③，	既要设立监酒官，
或佐之史④。	还要加上记事史。
彼醉不臧⑤，	喝醉酒了本坏事，
不醉反耻。	反说不醉是可耻。
式勿从谓⑥，	切记不要跟劝酒，
无俾大怠⑦。	没有礼貌太怠慢。
匪言勿言⑧，	不是答问勿多言，
匪由勿语⑨。	不合礼法勿多语。
由醉之言，	那些醉话不可信，
俾出童羖⑩。	说什公羊没有角。
三爵不识⑪，	三杯之后且不识，
矧敢多又⑫。	哪敢还要喝更多。

① 伐德：败德。② 令仪：美好的仪表礼节。③ 监：酒监，宴会上监督礼仪的官。④ 史：酒史，记录饮酒时言行的官员。燕饮之礼必设监，不一定设史。⑤ 臧：好。⑥ 式：发语词。勿从谓：不要从而为之。⑦ 俾：使。大怠：太轻慢失礼。⑧ 匪言：指不该问话。⑨ 匪由：指不合法道的话。⑩ 童羖（gǔ）：没角的公山羊。⑪ 三爵：《礼记·玉藻》："君子之饮酒也，受一爵而色洒如也，二爵而言言斯，礼已三爵而油油，以退。"孔颖达疏引《春秋传》："臣侍君宴，过三爵，非礼也。"⑫ 矧（shěn）：何况。又：通"侑"，劝酒。

鱼藻

——这是一首赞颂武王饮酒的平和安乐，有颂古讽今之意。

鱼在在藻，　　鱼儿在水草中游，
有颁其首①。　　有着大大的头。
王在在镐②，　　吾王在镐京城住，
岂乐饮酒③。　　乐陶陶饮美酒。

鱼在在藻，　　鱼儿在水草中游，
有莘其尾④。　　有着长长的尾。
王在在镐，　　吾王在镐京城住，
饮酒乐岂。　　饮美酒好快活。

鱼在在藻，　　鱼儿在水草中游，
依于其蒲⑤。　　依着蒲草安闲。
王在在镐，　　吾王在镐京城住，
有那其居⑥。　　享那安逸乐处。

采菽

——这首诗描绘了春秋时代诸侯朝见天子时的历史画卷。

采菽采菽⑦，　　采大豆呀采大豆，
筐之筥之⑧。　　方筐圆筐装起来。

---

①颁（fén）：头大的样子。②镐：镐京。③岂（kǎi）乐：欢乐。④莘（shēn）：尾巴长的样子。⑤蒲：多年生草本植物，叶长而尖，多长在河滩上。⑥那：安闲的样子。⑦菽（shū）：大豆。⑧筥（jǔ）：亦筐也，方者为筐，圆者为筥。

君子来朝，　　侯爵远道来朝见，
何锡予之？　　要把什么赐予呢？
虽无予之，　　虽没什么可厚赐，
路车乘马[①]。　　也有车舆驾马赏。
又何予之？　　还有什么可赏赐？
玄衮及黼[②]。　　龙纹斧纹好衣裳。

觱沸槛泉[③]，　　奔腾喷涌泉水旁，
言采其芹。　　采掐香芹人儿忙。
君子来朝，　　侯爵远道来朝见，
言观其旂。　　看那龙旗在飘荡。
其旂淠淠[④]，　　旗帜在风中高扬，
鸾声嘒嘒[⑤]。　　车上铃铛叮当响。
载骖载驷，　　驾车三马或四马，
君子所届[⑥]。　　诸侯乘着它来到。

赤芾在股[⑦]，　　赤红蔽膝垂大腿，
邪幅在下[⑧]。　　绑腿缠在小腿上。
彼交匪纾[⑨]，　　不急躁也不散漫，
天子所予。　　这是天子的赏赐。
乐只君子[⑩]，　　侯爵多么得快乐，
天子命之。　　天子策命来封赏。

① 路车：即辂车，古时天子或诸侯所乘。② 玄衮（gǔn）：浅黑画卷龙袍。黼（fǔ）：绣在礼服上的黑白相间的斧形花纹。③ 觱（bì）沸：泉水涌出的样子。槛泉：正向上涌出之泉。④ 淠（pèi）淠：旗帜飘动。⑤ 鸾：一种铃。嘒（huì）嘒：铃声有节奏。⑥ 届：到。⑦ 芾（fú）：蔽膝。⑧ 邪幅：绑腿，古代缠裹足背至膝的布。⑨ 纾：怠慢。⑩ 只：语助词。

乐只君子，	侯爵多么得快乐，
福禄申之[①]。	福禄还要与之偕。
维柞之枝，	看那柞树枝条啊，
其叶蓬蓬。	叶子葱郁又茂盛。
乐只君子，	侯爵多么得快乐，
殿天子之邦[②]。	安抚天子的邦国。
乐只君子，	侯爵多么得快乐，
万福攸同。	千恩万福都安享。
平平左右[③]，	贤能的左右臣子，
亦是率从。	也都来遵循服从。
泛泛杨舟，	杨木船儿水中飘，
绋𫄨维之[④]。	麻绳竹索拴住它。
乐只君子，	侯爵多么得快乐，
天子葵之[⑤]。	天子度量来赏赐。
乐只君子，	侯爵多么得快乐，
福禄膍之[⑥]。	又多福来又厚禄。
优哉游哉[⑦]，	闲暇自得多悠哉，
亦是戾矣[⑧]。	安定生活享乐极。

① 申：重复。② 殿：镇抚。③ 平平：闲雅。④ 绋（fú）：粗大的绳索。𫄨（lí）：系，拴。⑤ 葵：通“揆”，度量。⑥ 膍（pí）：厚赐。⑦ 优哉游哉：悠闲自得的样子。⑧ 戾（lì）：安定。

角弓

——这是一首正面劝诫君主之诗。

骍骍角弓[①]，	角弓绷紧弦调好，
翩其反矣[②]。	卸弦自向反面弯。
兄弟昏姻[③]，	手足兄弟和外亲，
无胥远矣[④]。	切勿疏远忘恩义。
尔之远矣，	你若疏远自家人，
民胥然矣[⑤]。	人民都会学你样。
尔之教矣，	你若如此教百姓，
民胥效矣。	人民都会来效仿。
此令兄弟[⑥]，	那些亲密的兄弟，
绰绰有裕[⑦]。	宽裕舒缓气量大。
不令兄弟，	那些不好的兄弟，
交相为瘉[⑧]。	互相嫌弃都有错。
民之无良，	如今民风不纯良，
相怨一方。	只怨对方不思己。
受爵不让，	接受爵位不谦让，
至于已斯亡[⑨]。	利益关己诸事忘。

①骍（xīn）骍：弦和弓调和的样子。②翩其：自然地。反矣：弹弓弦，弓弦自然会回弹。③昏姻：姻亲关系。④胥：相。⑤胥：皆。⑥令：善。⑦绰绰：宽裕舒缓的样子。⑧瘉（yù）：病，此指残害。⑨至于：直到。

老马反为驹，	老马反当壮马使，
不顾其后。	后果如何可不管。
如食宜饫①，	好像吃饭定吃饱，
如酌孔取②。	好像饮酒须斟满。
毋教猱升木③，	猴子不用教爬树，
如涂涂附④。	泥浆涂墙紧紧附。
君子有徽猷⑤，	君子只要有美德，
小人与属⑥。	人民自当来归属。
雨雪瀌瀌⑦，	大雪纷纷漫天飘，
见晛曰消⑧。	太阳出来就消融。
莫肯下遗⑨，	小人对下不谦逊，
式居娄骄⑩。	傲慢骄傲神气足。
雨雪浮浮⑪，	大雪纷纷随风扬，
见晛曰流。	太阳出来化水流。
如蛮如髦⑫，	小人粗野像蛮髦，
我是用忧。	为此我是太烦忧。

① 饫（yù）：饱。② 孔：恰如其分。③ 猱（náo）：猿类，善攀援。④ 如涂涂附：在污泥上面涂一层污泥。⑤ 徽：美。猷：道。⑥ 与：从，属，依附。⑦ 瀌（biāo）瀌：下雪很盛的样子。⑧ 晛（xiàn）：日气。⑨ 莫肯下遗：不肯谦下。⑩ 式：用，因也。居：通“倨”，傲慢。娄：收敛。⑪ 浮浮：与“瀌瀌”义同。⑫ 髦：古代对西南少数民族的称呼。

菀柳

——这是一首揭露王者暴虐无常，诸侯皆不敢朝见的诗歌。

有菀者柳①，	茂盛的柳树啊，
不尚息焉②。	岂不希望人们树下休息。
上帝甚蹈③，	吾王喜怒无常啊，
无自暱焉④。	不要去自找苦吃。
俾予靖之⑤，	当初请我谋国事，
后予极焉⑥。	如今放逐至他乡。
有菀者柳，	茂盛的柳树啊，
不尚愒焉⑦。	岂不希望人们树下歇息。
上帝甚蹈，	吾王喜怒无常啊，
无自瘵焉⑧。	不要去自找没趣。
俾予靖之，	当初请我谋国事，
后予迈焉⑨。	如今流放至异乡。
有鸟高飞，	鸟儿振翅高飞啊，
亦傅于天⑩。	也是高到那苍天。
彼人之心，	那人心思难捉摸，
于何其臻？	哪里是它的边界？
曷予靖之，	为何请我谋国事，
居以凶矜⑪？	却置我于凶险场？

① 菀（yù）：树木茂盛。②尚：庶几。③蹈：动，变化无常。④暱（nì）：亲近。⑤靖：安定。⑥极：同“殛”，诛杀，此处指流放。⑦愒（qì）：休息。⑧瘵（zhài）：接近。⑨迈：行，指放逐。⑩傅：至。⑪ 居以凶矜：他必置我于凶险之境。

都人士

——这首诗反映沦为异族铁蹄之下的遗民之声。

彼都人士，	那京城里的士子，
狐裘黄黄。	穿的狐皮袍子黄。
其容不改，	他的容貌没变样，
出言有章。	说的话文采飞扬。
行归于周，	行为忠信有礼节，
万民所望。	真为万民所敬仰。
彼都人士，	那京城里的士子，
臺笠缁撮[①]。	带着草笠或黑帽。
彼君子女，	那贵族的好姑娘，
绸直如发[②]。	头发乌黑又整齐。
我不见兮，	如今这些都不见，
我心不说[③]。	心中不快多烦恼。
彼都人士，	那京城里的士子，
充耳琇实[④]。	冠边耳饰美又好。
彼君子女，	那贵族的好姑娘，
谓之尹吉[⑤]。	或是尹氏或吉氏。
我不见兮，	如今这些都不见，
我心苑结[⑥]。	心中郁结实难忘。

① 缁撮：缁布冠。②绸：密，致密。③说（yuè）：同“悦”。④琇（xiù）：一种宝石。⑤尹吉：当时的两个大姓。⑥苑：郁结。

彼都人士，	那京城里的士子，
垂带而厉①。	冠带下垂随风荡。
彼君子女，	那贵族的好姑娘，
卷发如虿②。	两鬓卷发蝎尾翘。
我不见兮，	如今这些都不见，
言从之迈。	只想跟着一起走。

匪伊垂之，	不是故意把带垂，
带则有余。	带子本来就有长。
匪伊卷之，	不是故意卷鬓发，
发则有旟③。	鬓发天生往上扬。
我不见兮，	如今这些都不见，
云何盱矣④！	你说怎能不忧伤！

采绿

——这是一首描写了妇人对外出逾期不归的丈夫的思念。

终朝采绿⑤，	整个早晨采荩草，
不盈一匊⑥。	采了一捧都不到。
予发曲局，	我的长发弯又卷，
薄言归沐。	快快回去梳洗好。

终朝采蓝，	整个早晨采蓝草，

①厉：带之垂者。②虿（chài）：蝎类的一种。长尾曰虿，短尾曰蝎。③旟（yú）：上扬。④盱（xū）：忧愁。⑤绿：草名，即荩草。⑥匊（jū）：同“掬”，两手合捧。

不盈一襜①。	采了一兜都不到。
五日为期，	约好五天就回来，
六日不詹②。	如今六天尚不还。

之子于狩，	丈夫想要打猎去，
言韔其弓③。	我就把那弓装好。
之子于钓，	丈夫想要钓鱼去，
言纶之绳。	我就把那绳缠好。

其钓维何？	丈夫钓的什么鱼？
维鲂及鲊。	既有鲂鱼又有鲢。
维鲂及鲊，	既有鲂鱼又有鲢，
薄言观者④。	鱼儿多多心欢喜。

黍苗

——这是徒役赞美召穆公营治谢邑之功的诗歌。

芃芃黍苗⑤，	蓬勃茁壮的黍苗，
阴雨膏之。	全靠好雨润泽。
悠悠南行，	南行多么的遥远，
召伯劳之。	召伯慰劳我们。

我任我辇⑥，	我们挑担又拉车，

① 襜（chān）：围裙。② 詹：至也。③ 韔（chàng）：弓袋，此处用作动词。④ 观：多。⑤ 芃（péng）芃：草木繁盛的样子。⑥ 辇：推车。

我车我牛。　　驾着车牵着牛。
我行既集①，　　谢城建设已完工，
盖云归哉②！　　何不快快踏归程！

我徒我御，　　我们走路又驾车，
我师我旅。　　带着师旅的人。
我行既集，　　谢城建设已完工，
盖云归处！　　何不快快回家去！

肃肃谢功③，　　建得很快的谢城，
召伯营之。　　召伯苦心经营。
烈烈征师④，　　威武雄壮的军队，
召伯成之。　　召伯组织成就。

原隰既平⑤，　　高地低地已治理，
泉流既清。　　泉水清澈见底。
召伯有成，　　召伯获得大成功，
王心则宁。　　吾王心里安宁。

隰桑

——这是一首女子期待见到心上人的爱情诗。

隰桑有阿⑥，　　洼地桑树多婀娜，

① 集：完成。② 盖：同“盍”，何不。③ 肃肃：严正的样子。功：工程。④ 烈烈：威武的样子。⑤ 原：高平之地。隰：低湿之地。⑥ 隰：低湿的地方。阿：美。

其叶有难[①]。	郁郁葱葱叶子多。
既见君子[②]，	如果得见那君子，
其乐如何！	我的心中多快乐！
隰桑有阿，	洼地桑树多婀娜，
其叶有沃[③]。	肥厚柔润叶子多。
既见君子，	如果得见那君子，
云何不乐！	我心怎可说不乐！
隰桑有阿，	洼地桑树多婀娜，
其叶有幽[④]。	乌黑黝黝叶子多。
既见君子，	如果得见那君子，
德音孔胶[⑤]。	情话绵绵不会变。
心乎爱矣，	我心真的爱着你，
遐不谓矣[⑥]？	为何总不告诉你？
中心藏之，	心底藏着这深情，
何日忘之？	什么时候会忘记？

白华

——这是贵族的弃妇所写的一首怨诗。

白华菅兮[⑦]，	菅草开白白的花，

①难（nuó）：盛。②君子：指所爱者。③沃：柔美。④幽：青黑色。⑤胶：牢固。⑥遐：何。谓：告诉。⑦菅（jiān）：多年生草本植物。

白茅束兮。	白茅紧紧捆扎它。
之子之远，	这人他疏远了我，
俾我独兮。	让我独自一个人。
英英白云，	天上云朵白又白，
露彼菅茅。	降甘露润泽菅茅。
天步艰难①，	恨命运如此不幸，
之子不犹②。	这人可不如这般。
滮池北流③，	滮池之水向北流，
浸彼稻田。	浸润稻田绿油油。
啸歌伤怀，	号哭而歌多伤心，
念彼硕人。	想起那个壮硕人。
樵彼桑薪，	砍伐桑树为柴薪，
卬烘于煁④。	我烧炉灶来取暖。
维彼硕人，	那个壮硕的人啊，
实劳我心。	实在是让我心劳。
鼓钟于宫，	宫廷里面钟鼓鸣，
声闻于外。	在外可闻声远行。
念子懆懆⑤，	想起你来我忧愁，
视我迈迈⑥。	你却对我满愤恨。

①天步：天运，命运。②不犹：不如。③滮（biāo）：水名，在今陕西。④卬：我。煁（shén）：越冬烘火之行灶。⑤懆（cǎo）懆：愁苦不安。⑥迈迈：不高兴。

有鹙在梁[①]，　　秃鹙水坝上歇脚，
有鹤在林。　　白鹤树林里栖息。
维彼硕人，　　那个壮硕的人啊，
实劳我心。　　实在是让我心劳。

鸳鸯在梁，　　鸳鸯在坝上戏水，
戢其左翼。　　嘴巴插在左羽毛。
之子无良，　　这个人啊没良心，
二三其德。　　三心二意总变样。

有扁斯石，　　这块石头如此扁，
履之卑兮。　　踩着它啊低卑贱。
之子之远，　　这人他疏远了我，
俾我疧兮[②]。　　让我因此生忧病。

绵蛮

——这是一首表现行役者途中艰辛之诗。

绵蛮黄鸟[③]，　　黄鸟喳喳叫，
止于丘阿[④]。　　停在山坳上。
道之云远，　　道路如此远，
我劳如何。　　奔波多辛劳。

---

①鹙（qiū）：水鸟名，头与颈无毛，似鹤。梁：鱼梁，拦鱼的水坝。②疧（qí）：因忧愁而得病。③绵蛮：《毛传》："绵蛮，小鸟貌。"④丘阿：山坡凹陷处

饮之食之，	让他有喝又有吃，
教之诲之。	教导他还告诫他。
命彼后车①，	告诉那后面的车，
谓之载之。	叫那御夫带上他。

绵蛮黄鸟，	黄鸟喳喳叫，
止于丘隅。	停在山腰上。
岂敢惮行，	哪敢怕远路，
畏不能趋②。	只怕走不快。
饮之食之。	让他有喝又有吃，
教之诲之。	教导他还告诫他。
命彼后车，	告诉那后面的车，
谓之载之。	叫那御夫带上他。

绵蛮黄鸟，	黄鸟喳喳叫，
止于丘侧。	停在山坡旁。
岂敢惮行，	哪敢怕远路，
畏不能极③。	只怕走不到。
饮之食之，	让他有喝又有吃，
教之诲之。	教导他还告诫他。
命彼后车，	告诉那后面的车，
谓之载之。	叫那御夫带上他。

① 后车：诸侯出行时的从车，又叫副车。② 趋：快走。③ 极：至。

瓠叶

——这是一首庶人宴请朋友之诗。

幡幡瓠叶①，	瓠叶风中飘啊飘，
采之亨之②。	采摘了来烹煮。
君子有酒，	君子有好酒，
酌言尝之。	斟满请您尝。
有兔斯首③，	这有兔子好几只，
炮之燔之④。	抓来焆熟烤熟。
君子有酒，	君子有好酒，
酌言献之。	斟满敬客人。
有兔斯首，	这有兔子好几只，
燔之炙之⑤。	抓来烤熟熏熟。
君子有酒，	君子有好酒，
酌言酢之⑥。	斟满来回敬。
有兔斯首，	这有兔子好几只，
燔之炮之。	抓来烤熟煨熟。
君子有酒，	君子有好酒，
酌言酬之。	斟满都干杯。

① 幡（fān）幡：反复翻动的样子。瓠（hù）：葫芦科植物的总称。②亨：同“烹”。③斯首：白头。④炮（páo）：将带毛的动物裹上泥放在火上烧。燔（fán）：用火烤熟。⑤炙：将肉类在火上熏烤使熟。⑥酢（zuò）：回敬酒。

渐渐之石

——这是一首描述出征在外的将士们行军十分艰辛的诗。

渐渐之石①，	峻峭的山石啊，
维其高矣②。	那么高那么险。
山川悠远，	山遥远河绵长，
维其劳矣。	行军之路迢迢。
武人东征③，	武士出征往东。
不皇朝矣④。	等不及天亮了。
渐渐之石，	峻峭的山石啊，
维其卒矣⑤。	那么高那么陡。
山川悠远，	山遥远河绵长，
曷其没矣⑥？	何时能走到头？
武人东征，	武士出征往东，
不皇出矣⑦。	无暇脱离险境。
有豕白蹢，	有猪长着白蹄，
烝涉波矣⑧。	跳进水里渡河。
月离于毕⑨，	月亮靠近毕星，
俾滂沱矣⑩。	使那大雨滂沱。
武人东征，	武士出征向东，

①渐（chán）渐：山石高峻。②高：通“辽”，广阔。③武人：指将士。④不皇朝：无暇日。⑤卒：山高峻而危险。⑥曷其没矣：什么时候可以结束。⑦不皇出：只知不断深入，无暇顾及出来。⑧有豕白蹢（dí），烝涉波矣：天象。夜半汉中有黑气相连，俗称黑猪渡河，这是要下雨的气候。⑨月离于毕：天象。月儿投入毕星，有雨的征兆。⑩滂沱：下大雨的样子。

不皇他矣[①]。 无暇顾及其他。

苕之华

——这首诗表现周代灾荒时，人民处于深重的苦难之中。

苕之华[②]， 凌霄花，
芸其黄矣[③]。 黄又黄。
心之忧矣， 心中忧，
维其伤矣[④]！ 多悲伤！

苕之华， 凌霄花，
其叶青青。 叶儿多。
知我如此， 知我今如此，
不如无生！ 不如初不生！

牂羊坟首[⑤]， 母羊头儿大，
三星在罶[⑥]。 鱼篓映星光。
人可以食， 人人都吃饭，
鲜可以饱[⑦]！ 很少能吃饱！

何草不黄

——这首诗描写人民因为征战不息而感到怨恨。

何草不黄， 哪种草儿不枯黄，

---

①不皇他：无暇顾及其他。②苕（tiáo）：植物名，又叫凌霄。③芸（yún）其：芸然，一片黄色的样子。④维其：何其。⑤牂（zāng）羊：母羊。坟：大。⑥罶（liǔ）：捕鱼的竹器。⑦鲜（xiǎn）：少。

何日不行[①]。	哪天能够不奔忙。
何人不将[②]，	哪个人可不出征，
经营四方。	四方往来尽奔波。
何草不玄[③]，	哪种草儿不腐烂，
何人不矜[④]。	哪个人没有妻子。
哀我征夫，	可怜我们出征人，
独为匪民。	独独不被当人待。
匪兕匪虎[⑤]，	不是野牛不是虎，
率彼旷野[⑥]。	循着旷野常出没。
哀我征夫，	可怜我们出征人，
朝夕不暇。	整天整夜无闲暇。
有芃者狐[⑦]，	狐狸毛发乱蓬松，
率彼幽草。	循着深草常出没。
有栈之车[⑧]，	高高役车征夫驾，
行彼周道[⑨]。	行驶在那大道上。

①行：出行。此指行军，出征。②将：出征。③玄：发黑腐烂。④矜（guān）：通“鳏”，老而无妻者。征夫离家，等于无妻。⑤兕（sì）：野牛。⑥率：沿着。⑦芃（péng）：兽毛蓬松。⑧栈车：役车。⑨周道：大道。

大 雅

《大雅》是《雅》的组成部分，为西周王室贵族的作品，主要歌颂周王室祖先及至武王、宣王等之功绩，有些诗篇也反映了厉王、幽王暴虐昏乱及其统治危机。《大雅》大多产生于西周前期，小部分产生于西周末年，共存诗 31 篇。

文王

——这是一首在大型宴会上歌颂周文王所唱的叙事雅歌。

文王在上①，	文王的神灵在上，
於昭于天②。	光芒在天空照耀。
周虽旧邦③，	周朝虽然是旧邦，
其命维新④。	接受天命新气象。
有周不显⑤，	周朝前途大光明，
帝命不时⑥。	上帝之命太美好。
文王陟降⑦，	文王神灵有升降，
在帝左右⑧。	在上帝左右两旁。
亹亹文王⑨，	勤勉努力周文王，
令闻不已⑩。	好的名声时时扬。
陈锡哉周⑪，	屡次恩赐兴周朝，
侯文王孙子⑫。	子孙后代为侯王。
文王孙子，	文王的子子孙孙，

①文王：周文王。②於（wū）：赞叹。昭：光明显耀。③旧邦：周在氏族社会本是姬姓部落，后与姜姓联合为部落联盟，在西北发展。周立国从尧舜时代的后稷算起。④命：天命，即天帝的意旨。⑤有周：周王朝。不（pī）：同“丕”，大。⑥时：善美。⑦陟降：上行曰陟，下行曰降。⑧左右：犹言身旁。⑨亹（wěi）亹：勤勉不倦貌。⑩令闻：美好的名声。不已：无尽。⑪陈锡：重赐，原赐。⑫侯：使之为侯。作动词用。孙子：子孙。

本支百世[①]。	本宗支系世代昌。
凡周之士[②]，	凡是周朝的官员，
不显亦世[③]。	世代都显大荣光。
世之不显，	世代尽享大荣光，
厥犹翼翼[④]。	谋划起来尽忠心。
思皇多士[⑤]，	这么多贤人才俊，
生此王国。	生在伟大的周邦。
王国克生[⑥]，	周邦能生贤能者，
维周之桢[⑦]。	都是周朝的栋梁。
济济多士[⑧]，	人才济济聚一堂，
文王以宁。	文王得有国安宁。
穆穆文王[⑨]，	美好端庄周文王，
于缉熙敬止[⑩]。	品德光明执政谨。
假哉天命[⑪]，	天命如此伟大啊，
有商孙子[⑫]。	商朝子孙来归降。
商之孙子，	商朝的子子孙孙，
其丽不亿[⑬]。	数量众多成千亿。
上帝既命，	上帝既已降天命，
侯于周服[⑭]。	乃来臣服于周朝。

① 本支：以树木的本枝比喻子孙繁衍。② 士：这里指统治周朝享受世禄的公侯卿士百官。③ 亦世：累世。④ 厥：其。犹：谋划。翼翼：恭谨勤勉貌。⑤ 思：语首助词。皇：美、盛。⑥ 克：能。⑦ 桢：支柱、骨干。⑧ 济济：盛多。⑨ 穆穆：美好。⑩ 缉熙：光明。敬止：敬之，严肃试敬。⑪ 假：大。⑫ 有：得有。⑬ 其丽不亿：其数极多。⑭ 周服：服周。信服。

侯服于周，	商人臣服于周朝，
天命靡常[①]。	可见天命并非常。
殷士肤敏[②]，	殷人壮美又敏捷，
祼将于京[③]。	举行灌祭去京师。
厥作祼将，	举行灌祭的时候，
常服黼冔[④]。	还是穿着商礼服。
王之荩臣[⑤]，	成王进用的臣子，
无念尔祖[⑥]。	永远牢记祖宗德。

无念尔祖，	永远牢记祖宗德，
聿修厥德[⑦]。	循旧修养其德行。
永言配命[⑧]，	长长久久顺天命，
自求多福。	自己求得多福气。
殷之未丧师[⑨]，	殷商未丧民心时，
克配上帝[⑩]。	能够配得上天命。
宜鉴于殷，	应以殷商为借鉴，
骏命不易[⑪]。	国运永昌不容易。

命之不易，	国运维持不容易，
无遏尔躬[⑫]。	不要断送在你身。

① 靡常：无常。② 殷士肤敏：殷臣美好敏捷。③ 祼（guàn）：古代一种祭礼，把酒洒在地上以祭神。④ 常服：祭事规定的服装。黼（fǔ）：绣有白黑相间的斧形花纹衣服。冔（xǔ）：礼帽。⑤ 荩（jìn）臣：忠臣。⑥ 无念：念。⑦ 聿（yù）：发语助词。⑧ 永言：久长。配命：与天命相合。⑨ 丧师：指丧失民心。⑩ 克配上帝：可以与上帝之意相称。⑪ 骏命：大命，也即天命。⑫ 遏：止、绝。尔躬：你身。

宣昭义问①，　　宣扬昭示好声誉，
有虞殷自天②。　　殷商之鉴来自天。
上天之载③，　　上天安排的事情，
无声无臭④。　　无声无味无踪迹。
仪刑文王⑤，　　能够效法周文王，
万邦作孚⑥。　　百万邦国就敬仰。

大明

——这是一首用来在大型宴会上演唱的雅歌。

明明在下⑦，　　明明之德在下，
赫赫在上⑧。　　赫赫神灵在上。
天难忱斯⑨，　　天意难以相信，
不易维王⑩。　　做帝王不容易。
天位殷适⑪，　　天位本属殷纣，
使不挟四方⑫。　　又让失去四方。

挚仲氏任⑬，　　挚国仲氏太任，
自彼殷商⑭。　　来自那殷商。
来嫁于周，　　嫁到周邦来啊，
曰嫔于京⑮。　　嫁到这京城。

---

①宣昭：宣明传布。义问：美好的名声。②有虞殷自天：殷的喜悲从天命。③载：事。④臭（xiù）：味。⑤仪刑：效法。⑥孚：信服。⑦明明：光彩夺目的样子，此处指明显的恩德。在下：指人间。⑧赫赫：明亮显著的样子，此处指煊赫的神灵。在上：指天上。⑨忱：信任。斯：句末助词。⑩不易维王：不易做的是治天下王。⑪适：通“嫡”，嫡子。⑫挟：控制、占有。四方：天下。⑬挚仲氏任：挚国的次女姓任，叫太任。⑭自：来自。⑮嫔：妇，指做媳妇。京：周朝都城。

乃及王季[①]，　　嫁给了那王季，
维德之行[②]。　　德行之名扬。

大任有身[③]，　　太任有了身孕，
生此文王[④]。　　生下周文王。
维此文王，　　就是这个文王，
小心翼翼[⑤]。　　小心又谨慎。
昭事上帝[⑥]，　　明白奉事上帝，
聿怀多福[⑦]。　　获得多福气。
厥德不回[⑧]，　　他的德行不坏，
以受方国[⑨]。　　方国来归附。

天监在下[⑩]，　　上天监视下方，
有命既集。　　天命已到来。
文王初载[⑪]，　　文王即位初年，
天作之合[⑫]。　　天赐好姻缘。
在洽之阳[⑬]，　　姑娘在洽水北，
在渭之涘[⑭]。　　渭水的旁边。

文王嘉止[⑮]，　　文王举行婚礼，
大邦有子[⑯]。　　大国有好女。

---

①乃：就。②维德之行：犹曰“维德是行”，只做有德行的事情。③大：同“太”。有身：有孕。④文王：姬昌，殷纣时为西伯（西方诸侯），又称西伯昌，为周武王姬发之父，父子共举灭纣大业。⑤翼翼：恭敬谨慎的样子。⑥昭：勤勉。事：侍奉。⑦怀：徕，招来。⑧厥：犹“其”，他、他的。回：违背。⑨受：承受、享有。方：大。⑩监：明察。在下：指文王的德业。⑪初载：初始。⑫作：成。合：婚配。⑬洽（hé）：水名，源出陕西郃阳县北。阳：河北面。⑭渭：渭水，经陕西。涘（sì）：水边。⑮嘉：嘉礼，指婚礼。⑯子：未嫁的女子。

大邦有子，	大国有好姑娘，
伣天之妹[①]。	好比天上人。
文定厥祥[②]，	订婚真是吉祥，
亲迎于渭。	亲迎渭水旁。
造舟为梁[③]，	联船作为浮桥，
不显其光[④]。	显耀大辉煌。
有命自天，	诰命从天而降，
命此文王，	命令这个文王，
于周于京。	兴周与都城。
缵女维莘[⑤]，	好姑娘莘国人，
长子维行[⑥]，	长女嫁来周，
笃生武王[⑦]。	生下了周武王。
保右命尔[⑧]，	天降命保佑他，
燮伐大商[⑨]。	讨伐袭殷商。
殷商之旅，	殷商的军队啊，
其会如林[⑩]。	旗帜密林样。
矢于牧野[⑪]：	牧野处立誓言：
“维予侯兴[⑫]，	“我周要兴起，
上帝临女[⑬]，	上帝监视着你，

① 伣（qiàn）：如，好比。天之妹：天上的美女。② 文：占卜的文辞。③ 梁：桥。此指连船为浮桥，以便渡渭水迎亲。④ 不：通“丕”，大。光：荣光，荣耀。⑤ 缵：“嫧”的假借字，好。莘：国名。⑥ 长子：指伯邑考。行：出嫁。⑦ 笃：发语词。⑧ 保右：即“保佑”。命：命令。⑨ 燮：协同，协和。⑩ 会：通“旝”，军旗。⑪ 矢：发誓。这里可理解为誓师。⑫ 侯：乃、才。兴：兴盛、胜利。⑬ 临：监临。女：同“汝”，指周武王率领的将士。

无贰尔心[1]！” 不要有二心！”

牧野洋洋， 牧野之地广大，
檀车煌煌[2]， 檀木战车亮，
驷騵彭彭[3]。 四匹骠马强壮。
维师尚父[4]， 那太师姜太公，
时维鹰扬[5]。 就像鹰飞扬。
凉彼武王[6]， 辅佐那周武王，
肆伐大商[7]， 出兵伐殷商，
会朝清明[8]。 一朝天下清朗。

绵

——这是一首周人追述先祖振兴周族事迹之诗。

绵绵瓜瓞[9]。 大瓜小瓜藤儿长。
民之初生， 周族人早期的生活，
自土沮漆[10]。 从杜水来到漆水。
古公亶父， 文王祖父古公亶父，
陶复陶穴[11]， 挖窑洞又掏地穴，
未有家室。 没有宫室没有房子。

---

①无：同“勿”。贰：同“二”。②檀车：用檀木造的兵车。③驷騵（yuán）：四匹赤毛白腹的驾辕骏马。彭彭：强壮有力的样子。④师尚父：太师吕望，即姜太公。⑤鹰扬：如雄鹰飞扬，言其奋发勇猛。⑥凉：辅佐。⑦肆：疾。⑧会朝：会合朝天。⑨绵绵：长而不断绝。瓞（dié）：小瓜。⑩土：通“杜”，水名。沮漆：古二水名，均在今陕西省境内。⑪陶复陶穴：挖土为室，旁穿为复，指在地上挖洞；直穿为穴，地下挖洞。

古公亶父，	古公亶父那时候，
来朝走马，	从早上就快马奔忙，
率西水浒[①]，	沿着西边的水岸，
至于岐下。	到了岐山的山脚下。
爰及姜女，	他的妻子是太姜，
聿来胥宇[②]。	来此地勘察建房处。
周原朊朊[③]，	周原广阔又肥美，
堇荼如饴[④]。	堇菜荼菜像饴糖。
爰始爰谋，	于是就是来谋划，
爰契我龟[⑤]：	钻刻龟甲来占卜：
曰止曰时[⑥]，	卦象说是可居住，
筑室于兹。	筑房此地很吉祥。
乃慰乃止[⑦]，	于是安心住在此，
乃左乃右，	周遭左右都开荒，
乃疆乃理[⑧]，	划定疆界整治地，
乃宣乃亩[⑨]。	开垦松土开垄行。
自西徂东[⑩]，	从那西边到东边，
周爰执事[⑪]。	都在辛苦劳作忙。
乃召司空[⑫]，	召来掌管工程官，

①率：沿着。②聿（yù）：发语词。胥：视察。宇：住地。③朊（wǔ）朊：肥美。④堇（jǐn）：堇葵。荼（tú）：苦菜。饴：麦芽糖。⑤契：指刻龟甲占卜。⑥曰：语助词。时：居住。⑦慰：慰劳。⑧疆：划分疆界。理：治理土地。⑨宣：疏通沟渠。亩：整治田垄。⑩徂：往，去。⑪周：遍。⑫司空：管土地的官。

乃召司徒[1]，	召来调配劳力官，
俾立室家。	让他们领工建房。
其绳则直，	他的墨绳直又长，
缩版以载[2]，	树起直板来筑墙，
作庙翼翼[3]。	建成庙堂极庄严。
捄之陾陾[4]，	铲土噌噌投进筐，
度之薨薨[5]，	掘土轰轰投入板，
筑之登登，	捣土登登使墙坚，
削屡冯冯[6]。	刮土冯冯使墙平。
百堵皆兴，	百堵墙面都动工，
鼛鼓弗胜[7]。	鼓鸣不及劳动声。
乃立皋门[8]，	建起周都的城门，
皋门有伉[9]。	城门高大又雄壮。
乃立应门[10]，	建起宫殿的正门，
应门将将[11]。	正门庄严又堂皇。
乃立冢土[12]，	建起祭祀的土坛，
戎丑攸行[13]。	大家都来列成行。
肆不殄厥愠[14]，	他的怒气不消绝，

①司徒：管徒役的官。②缩：捆绑。③翼翼：整齐。④捄（jiū）：盛土于筐。陾（réng）陾：众多貌。⑤度：填土于筑板内。薨（hōng）薨：人众多。⑥屡：通“偻”，土墙隆起的部分。冯（píng）冯：削平墙面的声音。⑦鼛（gāo）：大鼓。弗胜：指鼓声盖不过人声。⑧皋门：王都的郭门。⑨伉：高大貌。⑩应门：王宫的正门。⑪将将：庄严雄伟的样子。⑫冢土：即大社，祭祀社神的地方。⑬戎：大。丑：众。行：去。⑭肆：于是。殄（tiǎn）：断绝。

亦不陨厥问。　他的名声不损伤。
柞棫拔矣[①]，　柞树棫树都拔掉，
行道兑矣[②]。　大道畅通无阻挡。
混夷駾矣[③]，　昆夷之人都逃跑，
维其喙矣[④]。　气短病困样子丑。

虞芮质厥成[⑤]，　虞国芮国相结好，
文王蹶厥生[⑥]。　文王感化其本性。
予曰有疏附[⑦]，　我有亲近归附臣，
予曰有先后[⑧]。　我有前后谋事臣。
予曰有奔奏[⑨]，　我有奔走效力臣，
予曰有御侮。　我有抵御外侮臣。

棫朴

——这是一篇赞美周王之诗。

芃芃棫朴[⑩]，　繁茂的棫树朴树，
薪之槱之[⑪]。　砍下用来烧火祭神。
济济辟王[⑫]，　周文王庄严恭敬，
左右趣之[⑬]。　左右诸臣们跟着他。

---

①柞：树名。棫（yù）：白桵，与柞皆丛生灌木。②兑：通畅。③混夷：西戎名。駾（tuì）：突逃。④喙（huì）：疲劳困倦。⑤虞：古国名。芮：古国名。成：平。⑥蹶（guì）：感动。生：通“性”，善良之本性。⑦疏附：指能使疏者亲之臣。⑧先后：指君王前后辅佐之臣。⑨奔奏：指四方奔走宣扬君德之臣。⑩芃（péng）芃：植物茂盛貌。棫（yù）：白桵。朴：丛生之木。⑪槱（yǒu）：聚积木柴以备燃烧。⑫济济：庄敬貌。辟王：君王。⑬趣（qū）：趋向，归向。

济济辟王，
左右奉璋[1]。
奉璋峨峨[2]，
髦士攸宜[3]。

周文王庄严恭敬，
左右诸臣手捧玉璋。
手捧玉璋真端庄，
英俊之士最是适合。

淠彼泾舟[4]，
烝徒楫之[5]。
周王于迈[6]，
六师及之[7]。

船在泾水中行使，
众多船夫都来划船。
周文王要去征伐，
率领六军和他一起。

倬彼云汉[8]，
为章于天[9]。
周王寿考[10]，
遐不作人[11]？

银河啊浩瀚无边，
是天上的美丽花纹。
周文王长寿百年，
为何不多培养人才？

追琢其章[12]，
金玉其相[13]。
勉勉我王[14]，
纲纪四方[15]。

雕琢他外部华彩，
金玉他内在的品质。
我周王勤勉不懈，
治理四方广阔疆土。

---

①奉：通“捧”。璋：祭祀时盛酒的玉器。②峨峨：庄严的样子。③髦士：俊士，优秀之士。宜：适合。④淠（pì）：船行貌。泾：泾河。⑤烝徒：众人。楫之：举桨划船。⑥于迈：于征，出征。⑦师：军队，二千五百人为一师。⑧倬（zhuō）：广大。云汉：银河。⑨章：文章，文采。⑩寿考：长寿。⑪遐：通“何”。作人：培育、造就人。⑫追琢：雕琢。⑬相：内质，质地。⑭勉勉：勤勉不已。⑮纲纪：治理，管理。

旱麓

——这是一首在大型宴会上唱的雅歌，赞颂君子祭神得福。

瞻彼旱麓[①]，	遥望那旱山山脚，
榛楛济济[②]。	榛树楛树众多。
岂弟君子[③]，	周文王和易近人，
干禄岂弟[④]。	平易求得福禄。
瑟彼玉瓒[⑤]，	洁净鲜明的玉瓒，
黄流在中[⑥]。	酒从勺中流出。
岂弟君子，	周文王和易近人，
福禄攸降[⑦]。	天下降下福禄。
鸢飞戾天[⑧]，	老鹰高飞至于天，
鱼跃于渊。	鱼儿深渊跳跃。
岂弟君子，	周文王和易近人，
遐不作人[⑨]？	何不多培养人？
清酒既载，	清酒已经摆设好，
骍牡既备[⑩]。	骍牡已经备好。
以享以祀，	用来供奉用来祭，
以介景福[⑪]。	用来求得大福。

① 旱麓：旱山山脚。旱，山名，据考证在今陕西省南郑县附近。②榛楛（hù）：两种灌木名。济济：众多的样子。③岂弟（kǎi tì）：即“恺悌”，和乐平易。君子：指周文王。④干：求。⑤瑟：光色鲜明的样子。玉瓒：圭瓒，天子祭祀时用的酒器。⑥黄流：酿秬黍为酒，以郁金草为色，故称黄流，用于祭祀。⑦福禄攸降：福禄来得丰降。⑧鸢（yuān）：鸟名，即老鹰。戾（lì）：到，至。⑨遐：通“胡”，何。作：培养。⑩ 骍牡：红色的公牛。⑪ 介：求。景：大。

瑟彼柞棫[①]，柞树棫树特别多，
民所燎矣[②]。砍下烧火祭神。
岂弟君子，周文王和易近人，
神所劳矣[③]。神灵之所保佑。

莫莫葛藟[④]，葛藤茂密又葱郁，
施于条枚[⑤]。缠绕在树枝干。
岂弟君子，周文王和易近人，
求福不回[⑥]。求福不违祖道。

思齐

——这是一首在大型宴会上唱的雅歌。

思齐大任[⑦]，端庄肃静的太任，
文王之母。是文王的母亲啊。
思媚周姜[⑧]，德行美好的周姜，
京室之妇[⑨]。是王室的主妇啊。
大姒嗣徽音[⑩]，太姒继承了美德，
则百斯男[⑪]。生了很多男儿啊。

---

① 瑟：茂密的样子。② 燎：焚烧，此指燔柴祭天。③ 劳：慰劳，或释为保佑。④ 莫莫：茂盛的样子。葛藟（lěi）：葛藤。⑤ 施（yì）：伸展绵延。条枚：树枝和树干。⑥ 回：奸回，邪僻。⑦ 思：发语词，无义。齐（zhāi）：端庄貌。大任：即太任，王季之妻，文王之母。⑧ 媚：爱慕。周姜：即太姜。古公亶父之妻，王季之母，文王之祖母。⑨ 京室：王室。⑩ 大姒：即太姒，文王之妻。嗣：继承。徽音：美誉。⑪ 百斯男：众多男儿。

惠于宗公[①]，	孝顺宗庙的祖先，
神罔时怨[②]，	祖先没不满情绪，
神罔时恫[③]。	祖先没有伤心事。
刑于寡妻[④]，	以礼法要求妻子，
至于兄弟，	也如此要求兄弟，
以御于家邦[⑤]。	如此治理家和邦。
雍雍在宫[⑥]，	和和睦睦在家里，
肃肃在庙[⑦]。	恭恭敬敬在宗庙。
不显亦临[⑧]，	不显赫的人要荫庇，
无射亦保[⑨]。	无才的要爱护。
肆戎疾不殄[⑩]，	如此西戎祸害才断绝，
烈假不瑕[⑪]。	瘟疫不发生。
不闻亦式[⑫]，	好的建议要听取，
不谏亦入[⑬]。	好的忠告要采纳。
肆成人有德，	如此成人才有德，
小子有造[⑭]。	儿童都是可造材。
古之人无斁[⑮]，	文王育人无厌烦，
誉髦斯士[⑯]。	有才之士美名扬。

①惠：孝敬，顺从。宗公：宗庙里的先公，即祖先。②神：此处指祖先之神。罔：无。③恫（tōng）：哀痛。④刑：同“型”，典型，典范。寡妻：嫡妻。⑤御：治理。⑥雍（yōng）雍：和洽貌。⑦肃肃：恭敬貌。庙：宗庙。⑧不显：不明，幽隐之处。临：临视。⑨无射亦保：无射才的人也保用。⑩肆：所以。戎疾：大病。殄：残害，灭绝。⑪烈假：指害人的疾病。瑕：过。⑫式：采纳。⑬入：接受，采纳。⑭小子：年轻人。造：造就，培育。⑮古之人：指文王。无斁（yì）：无厌，无倦。⑯誉：赞誉。髦：俊，优秀。

皇矣

——这是一首歌颂文王的功业和德行的诗歌。

皇矣上帝[1]，	伟大光明的上帝，
临下有赫[2]。	照耀下界真明亮。
监观四方，	监视观看四方事，
求民之莫[3]。	体察民间的疾苦。
维此二国[4]，	想到夏朝和商朝，
其政不获[5]。	其治理不得人心。
维彼四国[6]，	想起四方的诸侯，
爰究爰度[7]。	于是考量又估计。
上帝耆之[8]，	上帝有意降命周，
憎其式廓[9]。	整其疆土广其廓。
乃眷西顾[10]，	于是关心西方国，
此维与宅[11]。	来到此地同居住。
作之屏之[12]，	砍伐树木除去草，
其菑其翳[13]。	还有那些枯朽木。
修之平之[14]，	修剪枝条齐整草，
其灌其栵[15]。	灌木新树齐齐长。
启之辟之[16]，	开垦土地拓宽道，

①皇：伟大、辉煌。②临：监视、监察。下：人间。赫：显著。③莫：通"瘼"，灾祸、疾苦。④二国：指夏、殷。⑤政：政令。不获：即不得民心。⑥四国：天下四方之国。⑦爰：于是，就。究：研究。度（duó）：思量、图谋。⑧耆（qí）：意向。⑨式：语助词。廓：大。⑩眷：思慕、宠爱。西顾：回头向西看。⑪此：指岐周之地。宅：安居、居住。⑫作：通"斫"，砍伐树木。屏（bǐng）：摒弃。⑬菑（zī）：指直立而死的树木。翳：指倒下的枯树。⑭修：修剪。平：铲平。⑮灌：丛生的树木。栵（lì）：被砍掉之后再次复生的枝杈。⑯启：开辟。辟：开辟。

其柽其椐①。	包括柽柳和椐树。
攘之剔之②，	剔除不好挑选好，
其檿其柘③。	留下山桑和黄桑。
帝迁明德④，	上帝迁就贤明君，
串夷载路⑤。	昆夷可就失败了。
天立厥配⑥，	天立太王以相配，
受命既固⑦。	接受天命得巩固。
帝省其山⑧，	上帝视察岐山周，
柞棫斯拔⑨，	柞树棫树都拔掉，
松柏斯兑⑩。	松树柏树郁苍苍。
帝作邦作对⑪，	上帝建周以相配，
自大伯王季⑫。	从太伯王季开创。
维此王季，	这个王季品德佳，
因心则友⑬。	热心友爱对人好。
则友其兄⑭，	对其兄弟都友爱，
则笃其庆⑮，	对其亲人都厚待，
载锡之光⑯。	于是赐予光荣位。
受禄无丧，	享受福禄永不失，
奄有四方⑰。	统一天下有四方。

① 柽（chēng）：木名，即河柳。椐（jū）：木名，俗名灵寿木。② 攘：排除。剔：剔除。③ 檿（yǎn）：木名，俗名山桑。柘（zhè）：木名，俗名黄桑。④ 帝：上帝。明德：明德之人。⑤ 串夷：昆夷，为西戎的一种。载：则。路：贫瘠。⑥ 厥：其。配：配偶。⑦ 既：而。固：坚固、稳固。⑧ 省（xǐng）：察看。山：指岐山。⑨ 柞（zuò）、棫（yù）：两种树名。斯：乃。拔：拔除。⑩ 兑（duì）：直立。⑪ 作：兴建。邦：国。作对：作配，指立君。⑫ 大伯：即太伯，太王长子。王季：即太王三子季历，太王死后即王位，称为王季。⑬ 因心：此处指王季依顺太王之心。友：友爱兄弟。⑭ 友其兄：友爱他兄长。⑮ 笃：厚待。庆：吉庆，福庆。⑯ 载：则。锡：同“赐”。光：荣光。⑰ 奄：全，广。

维此王季，
帝度其心，
貊其德音①。
其德克明，
克明克类②，
克长克君③。
王此大邦④，
克顺克比⑤。
比于文王⑥，
其德靡悔⑦。
既受帝祉，
施于孙子⑧。

这个王季品德佳，
上帝使其心有度，
还要使其美名扬。
他德明辨是非事，
能够辨明坏与好，
能为师长为君王。
在此大国作君主，
百姓和顺又服从。
到了文王的时候，
其德高尚不招怨。
既蒙受上帝福荫，
延续到子子孙孙。

帝谓文王：
无然畔援⑨，
无然歆羡⑩，
诞先登于岸⑪。
密人不恭⑫，
敢距大邦，
侵阮徂共⑬。

上帝告诫周文王：
切不要专横跋扈，
切不要羡慕嫉妒，
先登上有利地位。
密须之人不恭敬，
胆敢抗拒大邦国，
侵犯阮国和共国。

---

①貊（mò）：静。②克：能。明：明察是非。类：分辨善恶。③长：族长。君：国君。④王（wàng）：称王。⑤顺：使民顺从。比：使民依附。⑥比于：及至。⑦靡悔：没有悔恨。⑧施（yì）：延续。⑨无然畔援：不要跋扈。⑩歆羡：犹言“觊觎”，非分的妄想。⑪诞：发语词。先登于岸：以渡河先登上岸，喻占据有利形势。⑫密：古国名。⑬阮（ruǎn）：当时的周之属国，在今甘肃泾川一带。徂：往，至。共（gōng）：周之属国，在今甘肃泾川北。

王赫斯怒[1]，	周文王勃然大怒，
爰整其旅[2]，	于是整肃其军队，
以按徂旅[3]。	以阻止他侵犯莒。
以笃于周祜[4]，	巩固周室的福气，
以对于天下[5]。	安定天下万民心。
依其在京[6]，	周京力量真强盛，
侵自阮疆。	从阮边疆息兵回。
陟我高冈[7]，	登上那高高山岗，
无矢我陵[8]，	别想陈兵我山陵，
我陵我阿[9]；	我的山岭我山阿；
无饮我泉，	别想饮用我泉水，
我泉我池。	我的清泉我的池。
度其鲜原[10]，	规划小山和平原，
居岐之阳[11]，	住在岐山的南麓，
在渭之将[12]。	住在渭水的旁边。
万邦之方[13]，	真是万国的榜样，
下民之王。	真是百姓的君王。
帝谓文王：	上帝告诫周文王：
予怀明德，	我偏爱好德行的，
不大声以色[14]，	切不要疾言厉色，

① 赫：勃然大怒的样子。斯：而。② 旅：军队。③ 按：遏止。徂旅：前来侵犯阮国、共国的密国军队。④ 笃：巩固。祜（hù）：福。⑤ 对：安定。⑥ 依：凭借。京：周京。⑦ 陟：登。⑧ 矢：陈设。此处指陈兵。⑨ 阿：山冈。⑩ 鲜（xiǎn）原：与大山不相连的，小山。⑪ 阳：山的南边。⑫ 将：旁边。⑬ 方：准则，榜样。⑭ 大：注重、看重。以：与。

不长夏以革①；	切不要刑罚鞭责；
不识不知，	好像不知又不觉，
顺帝之则②。	顺从上帝的法则。
帝谓文王：	上帝告诫周文王：
询尔仇方③，	要和邻国做商量，
同尔弟兄④；	联合同姓诸侯国；
以尔钩援⑤，	用你兵器钩与援，
与尔临冲⑥，	还有战车临与冲，
以伐崇墉⑦。	讨伐崇国攻破墙。

临冲闲闲⑧，	临车冲车实力强，
崇墉言言⑨。	崇国城墙高又高。
执讯连连⑩，	俘获俘虏不间断，
攸馘安安⑪。	杀敌割耳也从容。
是类是祃⑫，	战前战后向天祭，
是致是附⑬，	招降安抚敌之民，
四方以无侮。	四方不敢来侵犯。
临冲茀茀⑭，	临车冲车势力壮，
崇墉仡仡⑮。	崇国城墙坚又强。
是伐是肆⑯，	讨伐攻击敌军阵，

---

①长：挟，依仗。夏：夏楚，刑具，木棍。革：鞭革，指皮鞭。②顺：顺应。则：法则。③仇方：盟国。④兄弟：指兄弟国。⑤钩援：古代攻城的兵器。⑥临、冲：两种军车名。临车用以居高临下地攻城，冲车则从墙下直冲城墙。⑦崇：古国名，在今陕西户县一带。墉：城墙。⑧闲闲：整齐的样子。⑨言言：高大的样子。⑩讯：西周时对俘虏的称呼。连连：接连不断的状态。⑪馘（guó）：将士将所杀之敌的左耳割下来。安安：安闲从容的样子。⑫类：出征时祭祀天神以求胜利。祃（mà）：师祭，到所征之地举行的祭祀。⑬致：送还。附：安抚。⑭茀（fú）茀：强盛的样子。⑮仡（yì）仡：高耸的样子。⑯肆：杀戮。

是绝是忽①，	斩绝消灭敌军队，
四方以无拂②。	四方不敢再违抗。

灵台

——这是周文王在修建灵台池沼落成后的庆功宴上唱的诗。

经始灵台③，	开始规划造灵台，
经之营之。	精心设计和营造。
庶民攻之④，	百姓努力建造它，
不日成之。	不到几天就建成。
经始勿亟⑤，	已经着手不要急，
庶民子来⑥。	百姓如子尽全力。
王在灵囿⑦，	王在灵圃里游玩，
麀鹿攸伏⑧。	母鹿伏在草丛中。
麀鹿濯濯⑨，	母鹿丰润又美丽，
白鸟翯翯⑩。	白鸟洁白又轻盈。
王在灵沼⑪，	王在灵泽里游玩，
於牣鱼跃⑫。	满池鱼儿在跳跃。
虡业维枞⑬，	木架横板有崇牙，
贲鼓维镛⑭。	贲鼓镛挂在上面。

---

①忽：灭绝。②拂：违抗。③经始：开始计划营建。灵台：古台名，故址在今陕西西安西北。④攻：建造。⑤亟：同“急”。⑥子来：像儿子似的一起赶来。⑦灵囿：古代帝王畜养禽兽的园林名。⑧麀（yōu）鹿：母鹿。⑨濯濯：肥美貌。⑩翯（hè）翯：羽毛白净样。⑪灵沼：池沼名。⑫於：叹美声。牣（rèn）：满。⑬虡（jù）：悬钟的木架。业：装在虡上的横板。枞（cōng）：崇牙，即虡上的载钉，用以悬钟。⑭贲：大。

於论鼓钟[1]，	钟声鼓声多协调，
於乐辟廱[2]。	住在辟廱多快乐。

於论鼓钟，	钟声鼓声多协调，
於乐辟廱。	住在辟廱多快乐。
鼍鼓逢逢[3]。	鼍鼓声音咚咚响，
矇瞍奏公[4]。	瞽师奏乐庆落成。

下武

——这是一首赞美周武王等继承先王文德的诗歌。

下武维周[5]，	周氏后代继祖业，
世有哲王[6]。	世代都有圣哲王。
三后在天[7]，	三王先灵在天上，
王配于京[8]。	武王配天在镐京。

王配于京，	武王配天在镐京，
世德作求[9]。	德行能够比三王。
永言配命[10]，	永远顺应天之命，
成王之孚[11]。	成就君王的威望。

①论：通“抡”，敲击。②辟廱：水环丘如璧曰辟廱。③鼍（tuó）：即扬子鳄，一种爬行动物，其皮制鼓甚佳。逢逢：鼓声。④矇瞍（sǒu）：古代对盲人的两种称呼。当时乐官乐工常由盲人担任。公：通“功”，奏功，成功。⑤下武：在后继承。⑥哲王：贤明智慧的君主。⑦三后：指周的三位先祖太王、王季、文王。⑧王：此指武王。配：指上应天命。⑨求：通“逑”，匹配。⑩言：语助词。命：天命。⑪孚：使人信服。

成王之孚，　　成就君王的威望，
下土之式[①]。　　天下百姓的榜样。
永言孝思[②]，　　永遵祖训尽孝道，
孝思维则[③]。　　孝顺守道是法则。

媚兹一人[④]，　　百姓爱戴周成王，
应侯顺德[⑤]。　　遵从祖训顺良德。
永言孝思，　　永遵祖训尽孝道，
昭哉嗣服[⑥]。　　昭示后人周成王。

昭兹来许[⑦]，　　昭示后人周成王，
绳其祖武[⑧]。　　继续祖先的事业。
於万斯年[⑨]，　　千万年的时间里，
受天之祜[⑩]。　　享有天赐的福气。

受天之祜，　　享有天赐的福气，
四方来贺。　　四方诸侯来道贺。
於万斯年，　　千万年的时间里，
不遐有佐[⑪]。　　远方各国为屏障。

---

①下土：下界土地，也就是人间。式：榜样，范式。②孝思：孝顺先人之思，此系以孝代指所有的美德，举一以概之。③则：法则。此谓以先王为法则。④媚：爱戴。一人：指周天子。⑤应侯顺德：应当顺从祖德。⑥昭：诏示。嗣服：继承先祖之业。⑦来许：后进。⑧绳：承。祖武，指祖先的德业。⑨斯：语助词。⑩祜（hù）：福。⑪遐：远。佐：助。

文王有声

——这是一首在大型宴会上唱的雅歌，主要歌颂君王功德。

文王有声，	文王有好名声，
遹骏有声①。	声名大鼎鼎。
遹求厥宁，	谋求百姓安宁，
遹观厥成。	示人功业成。
文王烝哉②！	文王真伟大啊！
文王受命，	文王接受天命，
有此武功。	有如此武功。
既伐于崇③，	举兵讨伐崇国，
作邑于丰④。	迁都到丰邑。
文王烝哉！	文王真伟大啊！
筑城伊淢⑤，	筑城墙挖护城河，
作丰伊匹。	建造丰邑与之配。
匪棘其欲⑥，	不是急急于私欲，
遹追来孝。	只是想着孝先祖。
王后烝哉⑦！	文王真伟大啊！
王公伊濯⑧，	文王功业真显耀，
维丰之垣。	就如丰邑的城墙。

①遹（yù）：语气助词。②烝（zhēng）：美。这里是称赞之词。③崇：古崇国。④丰：故地在今陕西西安沣水西岸。⑤淢（xù）：即护城河。⑥棘：此处为“急”义。⑦王后：第三、四章之“王后”同指周文王。⑧公：同“功”。濯：本义是洗涤，此处指“光大”义。

四方攸同，	四方同心来归顺，
王后维翰[①]。	都是周王的栋梁。
王后烝哉！	文王真伟大啊！
丰水东注，	丰水向东流去，
维禹之绩。	是大禹之功。
四方攸同，	四方同心归顺，
皇王维辟[②]。	武王是楷模。
皇王烝哉！	武王真伟大啊！
镐京辟廱[③]，	镐京里建离宫，
自西自东，	从西到东，
自南自北，	从南到北，
无思不服[④]。	没有不服从的。
皇王烝哉！	武王真伟大啊！
考卜维王，	武王卜卦问居处，
宅是镐京[⑤]。	决意定居在镐京。
维龟正之，	迁都之计龟兆定，
武王成之。	武王之手成就它。
武王烝哉！	武王真伟大啊！
丰水有芑[⑥]，	丰水边上有芹菜，

① 翰：主干。② 辟：法则。③ 镐：周武王建立的西周国都，故地在今陕西西安沣水以东的昆明池北岸。辟廱（bì yōng）：西周王朝所建天子行礼奏乐的离宫。④ 无思不服：无不服。⑤ 宅：用作动词，定居。⑥ 芑（qǐ）：芑草。

武王岂不仕[1]？　　武王难道没有事？
诒厥孙谋[2]，　　传授顺天好计谋，
以燕翼子。　　安定庇护子成王。
武王烝哉！　　武王真伟大啊！

生民

——这是一首周人叙述其民族始祖后稷事迹的祭祀长诗。

厥初生民[3]，　　最初生育周人的，
时维姜嫄[4]。　　是有邰之女姜嫄。
生民如何？　　生育的周人如何？
克禋克祀[5]，　　懂祭天诸种仪式，
以弗无子[6]。　　祈求除去无子灾。
履帝武敏歆[7]，　　踩到上帝足迹心中欢，
攸介攸止[8]。　　神灵保佑神降福。
载震载夙[9]，　　十月怀胎行为端，
载生载育，　　生下孩子抚养大，
时维后稷。　　就是周始祖后稷。

诞弥厥月[10]，　　生时已足十个月，
先生如达[11]。　　头胎生产很顺利。

---

①仕：指建功立业。②诒：传授。③初：起初。④姜嫄（yuán）：传说中有邰氏之女，周始祖后稷之母。⑤禋（yīn）：祭天的一种礼仪，先烧柴升烟，再加牲体及玉帛于柴上焚烧。⑥弗：除灾求福。⑦履：践踏。帝：上帝。武：足迹。敏：大脚趾。歆：欢欣。⑧攸：语助词。介：通“祄”，神保佑。止：通“祉”，神降福。⑨载震载夙（sù）：或震或夙，指十月怀胎。⑩诞：到了。弥：满。⑪先生：头生，第一胎。达：顺当。

不坼不副[1]，	产时没有伤口裂，
无菑无害[2]，	产妇无病也无灾，
以赫厥灵。	显出神异和灵气。
上帝不宁[3]，	上帝并不很安宁，
不康禋祀[4]，	心中不安祭神灵，
居然生子。	居然生下个儿子。

诞寘之隘巷[5]，	把他弃置在小巷，
牛羊腓字之[6]。	牛羊庇护养育他。
诞寘之平林[7]，	把他弃置在树林，
会伐平林[8]。	恰巧碰上伐树林。
诞寘之寒冰，	把他弃置在寒冰，
鸟覆翼之[9]。	鸟儿展翅覆盖他。
鸟乃去矣，	鸟儿飞走的时候，
后稷呱矣[10]。	后稷呱呱地哭泣。
实覃实讦[11]，	哭声又长又大声，
厥声载路[12]。	声音充满了路上。

诞实匍匐[13]，	后稷能在地上爬，
克岐克嶷[14]，	就懂人意有知识，
以就口食[15]。	能够找到可吃的。
蓺之荏菽[16]，	稍长能够种大豆，

① 坼（chè）：裂开。副：（胎盘）破裂。② 菑（zāi）：同“灾”。③ 宁：安宁。④ 康：安，宁。⑤ 寘（zhì）：置。⑥ 腓（féi）：庇护。字：哺育，爱护。⑦ 平林：森林。⑧ 会：恰好遇上。⑨ 鸟覆翼之：大鸟张翼覆盖他。⑩ 呱：小儿哭声。⑪ 覃（tán）：长。讦（xū）：大。⑫ 载：充满。⑬ 匍匐：伏地爬行。⑭ 岐：知意。嶷：识。⑮ 就：趋往。⑯ 蓺（yì）：同“艺”，种植。荏菽：大豆。

荏菽旆旆①。	大豆茂盛长得好。
禾役穟穟②。	种的禾穗很丰硕。
麻麦幪幪③，	种的麻麦很茂密，
瓜瓞唪唪④。	种的瓜儿果实多。
诞后稷之穑⑤，	后稷庄稼种得好，
有相之道⑥。	懂得种植好方法。
茀厥丰草⑦，	拔掉粗壮的杂草，
种之黄茂⑧。	播种下好的种子。
实方实苞⑨，	谷种露白和吐芽，
实种实褎⑩，	生出短苗渐长高，
实发实秀⑪，	禾茎拔节初生穗，
实坚实好⑫，	谷粒饱满成色好，
实颖实栗⑬。	禾穗下垂沉甸甸。
即有邰家室⑭。	去到有邰立家室。
诞降嘉种⑮：	后稷赐民好种子：
维秬维秠⑯，	秬黍秠黍都可种，
维穈维芑⑰。	穈子高粱是好粮。
恒之秬秠⑱，	遍地长满秬和秠，

① 旆（pèi）旆：茂盛的样子。② 禾役：禾之行列。穟（suì）穟：禾穗丰硬下垂的样子。③ 幪（měng）幪：茂密的样子。④ 瓞（dié）：小瓜。唪（běng）唪：果实累累的样子。⑤ 穑：耕种。⑥ 有相之道：有相地之宜的能力。⑦ 茀：拔除。⑧ 种之黄茂：种的植物黄又好。⑨ 方：萌芽始出地面。苞：含苞。⑩ 褎（yòu）：禾苗渐渐长高。⑪ 发：发茎。秀：秀穗。⑫ 坚：谷粒灌浆饱满。⑬ 颖：禾穗末稍下垂。栗：结实。⑭ 邰：姜嫄嫡的国名，在今陕西武功县。⑮ 降：赐。⑯ 秬（jù）：黑黍。秠（pī）：黍的一种。⑰ 穈（mén）：赤苗，红米。芑（qǐ）：白苗，白米。⑱ 恒：遍种。

是获是亩[1]；	收割黍米堆在田；
恒之穈芑，	遍地长满穈和芑，
是任是负[2]，	挑着担子背箩筐，
以归肇祀[3]。	以此归来始祭祀。
诞我祀如何？	我这祭祀怎么样？
或舂或揄[4]，	有的舂米有的舀，
或簸或蹂[5]。	有的簸糠有的搓。
释之叟叟[6]，	淘米声音嗖嗖响，
烝之浮浮[7]。	蒸饭热气腾腾冒。
载谋载惟[8]，	同出主意同谋划，
取萧祭脂[9]。	祭祀要烧艾和脂。
取羝以軷[10]，	拿来公羊剥掉皮，
载燔载烈[11]。	火里架上来烤熟。
以兴嗣岁[12]。	期待来年仍兴旺。
卬盛于豆[13]，	我把祭品装在豆，
于豆于登[14]，	装满豆装满瓦登，
其香始升。	它的香气开始升。
上帝居歆[15]，	上帝降临受歆享，
胡臭亶时[16]。	香气扑鼻确实好。

①亩：按亩来计算产量。②任：挑起，抱起。负：背起。③肇：开始。祀：祭祀。④揄（yóu）：舀，从臼中取出舂好之米。⑤簸：扬米去糠。蹂：以手搓余剩的谷皮。⑥释：淘米。叟叟：淘米的声音。⑦烝：同“蒸”。浮浮：热气上升貌。⑧惟：计谋。⑨萧：香蒿。脂：牛油。⑩羝（dī）：公羊。軷：古代出行前祭祀路神。⑪燔：将肉放在火里烧炙。烈：将肉贯穿起来架在火上烤。⑫嗣岁：来年。⑬卬：我。豆：古代一种高脚容器。⑭登：瓦制容器。⑮居歆：指前来享受。⑯臭：香气。亶：诚然，确实。时：善，好。

后稷肇祀，　　后稷开创祭祀礼，
庶无罪悔，　　庶无降罪和悔恨，
以迄于今。　　从那时候到如今。

行苇

——这首诗描写了宴会和比射的盛大场面。

敦彼行苇①，　　从生路边的芦苇，
牛羊勿践履。　　牛羊不要践踏它。
方苞方体②，　　正长花苞正成形，
维叶泥泥③。　　叶子润泽又茂盛。
戚戚兄弟④，　　兄弟亲亲热热啊，
莫远具尔⑤。　　不要疏远都亲近。
或肆之筵⑥，　　摆了筵席陈酒菜，
或授之几⑦。　　搬上几案表尊敬。

肆筵设席，　　摆上酒菜设好席，
授几有缉御⑧。　　搬几案侍者不断。
或献或酢⑨，　　主人敬酒客回敬，
洗爵奠斝⑩。　　洗杯献酒来回敬。
醓醢以荐⑪，　　肉酱肉糜都献上，

①敦（tuán）彼：草丛生之貌。行：道路边。②方苞：始含苞。体：成形。③泥泥：叶润泽貌。④戚戚：亲善。⑤远：疏远。尔："迩"，近。⑥肆：陈设。筵：竹席。⑦几：矮脚的桌案。⑧缉御：相继有人侍候。缉，继续。⑨献：主人对客敬酒。酢：客人拿酒回敬。⑩洗爵：周时礼制，主人敬酒，取几上之杯先洗一下，再斟酒献客，客人回敬主人，也是如此操作。奠斝（jiǎ）：周时礼制，主人敬的酒客人饮毕，则置杯于几上；客人回敬主人，主人饮毕也须这样做。⑪醓（tǎn）：多汁的肉酱。醢（hǎi）：肉酱。荐：进献。

或燔或炙。	有的烧肉有的烤。
嘉肴脾臄[①]，	牛舌百叶味都好，
或歌或咢[②]。	唱歌击鼓来助兴。
敦弓既坚[③]，	雕弓质地很坚韧，
四鍭既钧[④]；	利镞重量很均衡；
舍矢既均[⑤]，	发出箭矢已中靶，
序宾以贤[⑥]。	排列座次以才干。
敦弓既句[⑦]，	雕弓拉开已张满，
既挟四鍭。	利镞待发已在弦。
四鍭如树[⑧]，	利镞中靶如树立，
序宾以不侮[⑨]。	排列座次不怠慢。
曾孙维主[⑩]，	周王真是好主人，
酒醴维醽[⑪]；	美酒丰醴味道醇；
酌以大斗[⑫]，	斟满美酒用大杯，
以祈黄耇[⑬]。	祝福长者年寿长。
黄耇台背[⑭]，	老人就如鲐鱼样，
以引以翼[⑮]。	侍者引路又搀扶。
寿考维祺[⑯]，	百岁长寿多吉祥，

①脾：通“膍”，牛胃，俗称牛百叶。臄（jué）：牛舌。②咢（è）：只打鼓不伴唱。③敦弓：雕弓。④鍭（hóu）：一种箭，金属箭头，鸟羽箭尾。钧：均匀，指箭首尾轻重适宜。⑤舍矢：放箭。均：射中。⑥序宾：安排宾客在宴席上的座位次序。贤：此指射技的高低。⑦敦弓既句：雕弓既是都引满。⑧树：指箭射在靶子上像树立着一样。⑨侮：轻侮，怠慢。⑩曾孙：此指宴会的主人。⑪醴（lǐ）：甜酒。醽（rú）：酒味醇厚。⑫斗：古酒器。⑬黄耇（gǒu）：年高长寿。⑭台背：或谓背有老斑如鲐鱼，或谓背驼，总之都是老态龙钟的样子。⑮引：牵引，此指搀扶。翼：扶持帮助。⑯寿考：长寿。祺：吉祥。

以介景福①。　　神明赐予你大福。

既醉

——这首诗反映周王朝贵族们对幸福生活的向往和追求。

既醉以酒，　　醺醉因你的美酒，
既饱以德。　　腹饱因你的美德。
君子万年，　　祝福你长寿万年，
介尔景福②。　　神明赐予你大福。

既醉以酒，　　醺醉因你的美酒，
尔肴既将③。　　你的菜肴多精美。
君子万年，　　祝福你长寿万年，
介尔昭明④。　　神明赐予你光明。

昭明有融⑤，　　光明长远又盛大，
高朗令终⑥。　　好名声才有善终。
令终有俶⑦。　　善终定有好开端，
公尸嘉告⑧。　　尸祝有致福之辞。

其告维何？　　祝辞说了些什么？
笾豆静嘉⑨。　　祭器干净又美好。

---

①介：乞求。景福：大福。②介尔景福：上天赐你大福。③将：精美。④昭明：光明。⑤有融：融融，盛长之貌。⑥令终：好的结果。⑦俶（chù）：始。⑧公尸：古代祭祀时以人装扮成祖先接受祭祀，这人就称“尸”，祖先为君主诸侯，则称“公尸”。嘉告：好话，指祭祀时祝官代表尸为主祭者致嘏辞（赐福之辞）。⑨笾（biān）豆：两种古代食器、礼器。静嘉：洁美又得宜。

朋友攸摄①，
摄以威仪。

群臣宾客来助祭，
祭祀仪式很隆重。

威仪孔时②，
君子有孝子。
孝子不匮③，
永锡尔类④。

祭祀仪式确实好，
君子又都是孝子。
孝子之心永不竭，
神灵赐予你法则。

其类维何？
室家之壶⑤。
君子万年，
永锡祚胤⑥。

法则又是些什么？
齐家治室的方法。
祝福你长寿万年，
神灵赐予子孙福。

其胤维何？
天被尔禄⑦。
君子万年，
景命有仆⑧。

后代子孙怎么样？
上天赐予你福禄。
祝福你长寿万年，
天命赐你多妻儿。

其仆维何？
釐尔女士⑨。
釐尔女士，
从以孙子⑩。

妻妾儿女怎么样？
天赐才女做新娘。
天赐才女做新娘，
子子孙孙世代长。

---

① 攸摄：所助，所辅。② 孔时：很适时。③ 匮（kuì）：穷乏。④ 锡：同“赐”。类：法子，法程。⑤ 壶（kǔn）：宫中之道，引申为广。⑥ 祚（zuò）：福。胤（yìn）：后嗣。⑦ 被：加，给。⑧ 景命：大命，天命。仆：附。⑨ 釐（lí）：赐。⑩ 从以：随之以。

凫鹥

——这是周王绎祭公尸时所唱的诗歌。

凫鹥在泾①，	野鸭鸥鸟在河里，
公尸来燕来宁②。	神主赴宴慰我心。
尔酒既清，	您的美酒那样清，
尔肴既馨。	您的佳肴那么香。
公尸燕饮，	神主赏光来宴饮，
福禄来成。	福禄偕同来临门。
凫鹥在沙，	野鸭鸥鸟在水边，
公尸来燕来宜③。	神主赴宴顺我意。
尔酒既多，	您的美酒那样多，
尔肴既嘉。	您的佳肴那么好。
公尸燕饮，	神主赏光来宴饮，
福禄来为④。	福禄偕同来增光。
凫鹥在渚⑤，	野鸭鸥鸟在水洲，
公尸来燕来处⑥。	神主赴宴乐我心。
尔酒既湑⑦，	您的美酒那样冽，
尔肴伊脯⑧。	您的佳肴有肉脯。
公尸燕饮，	神主赏光来宴饮，
福禄来下。	福禄偕同一起降。

①凫（fú）：野鸭。鹥（yī）：鸥鸟。泾：泾水。②燕：宴。③宜：相宜。④为：相助。⑤渚（zhǔ）：河流湖泊中的沙洲。⑥处：安处。⑦湑：过滤。⑧脯：干肉。

凫鹥在潨①，　　野鸭鸥鸟在水涯，
公尸来燕来宗②。　　神主赴宴我尊敬。
既燕于宗③，　　宴席设在宗庙内，
福禄攸降。　　神明喜把福禄降。
公尸燕饮，　　神主赏光来宴饮，
福禄来崇④。　　福禄偕同长绵绵。

凫鹥在亹⑤，　　野鸭鸥鸟在峡门，
公尸来止熏熏⑥。　　神主来到心欢喜。
旨酒欣欣⑦，　　好酒醇厚香气浓，
燔炙芬芬。　　烧的烤的味诱人。
公尸燕饮，　　神主赏光来宴饮，
无有后艰。　　今后没有不幸事。

假乐

——这是周臣为周天子歌功颂德的诗歌。

假乐君子⑧，　　周王让人赞美和爱戴，
显显令德⑨。　　美好品德很显耀。
宜民宜人，　　能够恰当安民用贤臣，
受禄于天。　　秉受天赐的福禄。
保右命之⑩，　　天命保佑庇护他，

① 潨（zhōng）：水流会合之处。② 宗：尊敬。③ 宗：宗庙，祭祀祖先的庙。④ 崇：增加。⑤ 亹（mén）：对峙如门的山峡口。⑥ 熏熏：同“醺醺”，香味四传。一解为和悦的样子。⑦ 旨：甘美。⑧ 假：通“嘉”，美好。君子：指成王。⑨ 令德：美德。⑩ 右：通“佑”。

自天申之。	从天降福反复之。
干禄百福[①]，	千百福禄从天降，
子孙千亿。	子子孙孙千亿计。
穆穆皇皇[②]，	个个肃穆又磊落，
宜君宜王。	宜做君来宜做王。
不愆不忘[③]，	没有过失不忘本，
率由旧章[④]。	一切遵循旧典章。
威仪抑抑[⑤]，	仪表风度很庄美，
德音秩秩[⑥]。	政教法令很清明。
无怨无恶，	没有埋怨没有恶，
率由群匹[⑦]。	听从群臣的讽谏。
受福无疆，	秉受福禄无穷尽，
四方之纲。	树立四方的纲纪。
之纲之纪，	作为纲纪和榜样，
燕及朋友[⑧]。	宴请朋友真欢庆。
百辟卿士[⑨]，	诸侯还有文武臣，
媚于天子[⑩]。	齐齐爱戴周天子。
不解于位[⑪]，	勤勉不懈其职位，
民之攸塈[⑫]。	万民归附民心安。

①干：求。②穆穆：肃敬。皇皇：光明。③愆（qiān）：过失。④率：循。由：从。⑤抑抑：庄美的样子。⑥秩秩：有条不紊的样子。⑦群匹：众臣。⑧燕：通“宴”。⑨百辟（bì）：众诸侯。⑩媚：爱。⑪解：通“懈”，怠慢。⑫塈（jì）：安宁。

公刘

——这是一首记述公刘由邰地迁往豳地，并对其歌功颂德之诗。

笃公刘①，	忠实厚道的公刘，
匪居匪康②。	不敢安居享安乐。
乃埸乃疆③，	划分疆界和田地，
乃积乃仓④。	收获粮食忙装仓。
乃裹糇粮⑤，	揉面捏团成干粮，
于橐于囊⑥。	装进小袋和大囊。
思辑用光⑦。	和睦团结有荣光。
弓矢斯张⑧，	弯弓箭矢已备好，
干戈戚扬⑨，	盾牌斧头都举起，
爰方启行。	这才开始动身行。
笃公刘，	忠实厚道的公刘，
于胥斯原⑩。	于此视察这原野。
既庶既繁⑪，	众多百姓来相随，
既顺乃宣⑫，	民心归顺多舒畅，
而无永叹。	不再长吁和短叹。
陟则在巘⑬，	登上小山四处望，
复降在原。	又往下来到原野。
何以舟之⑭？	公刘佩戴着什么？

①笃：诚实、忠厚。②匪：不。居：安。康：宁。③乃：于是。埸（yì）：田界。④积：露天堆粮之处。仓：仓库。⑤糇粮：干粮。⑥于橐（tuó）于囊：指装入口袋。小曰橐，大曰囊。⑦思辑：和睦团结。用光：以为荣光。⑧斯：发语词。张：张罗、准备。⑨干：盾牌。戚：斧。扬：大斧。⑩胥：视察。斯原：这里的原野。⑪庶、繁：人口众多。⑫顺：民心归顺。宣：舒畅。⑬陟：攀登。巘（yǎn）：小山。⑭舟：佩带。

维玉及瑶，	那是琼瑶和美玉，
鞞琫容刀①。	佩刀刀鞘玉装饰。
笃公刘，	忠实厚道的公刘，
逝彼百泉②，	去到泉水奔涌处，
瞻彼溥原③；	遥望宽广的平原；
乃陟南冈，	登上南边的高岗，
乃觏于京④。	能够看见那京城。
京师之野⑤，	京师的郊野啊，
于时处处⑥，	于是就定居在此，
于时庐旅⑦，	于是就寄居此地，
于时言言，	于是群居多谈笑，
于时语语。	于是聚居人语响。
笃公刘，	忠实厚道的公刘，
于京斯依。	就在京师定居了。
跄跄济济⑧，	群臣言行有威仪，
俾筵俾几⑨。	铺设筵席摆案几。
既登乃依，	宾客都已经坐定，
乃造其曹⑩。	就开始告祭猪神。
执豕于牢⑪，	捉住猪圈里的猪，

① 鞞（bǐng）：刀鞘。琫（běng）：刀鞘口上的装饰物。② 逝：往。③ 溥（pǔ）：广阔。④ 觏（gòu）：察看。京：京丘。⑤ 京师：众人居住之高山，后世将国都称作“京师”。⑥ 于时：于是。处处：居住。⑦ 庐旅：即“旅旅”，寄居。此处指宫室馆舍。⑧ 跄跄：形容走路有节奏。济济：从容端庄。⑨ 俾：使。筵：铺在地上坐的席子。几：放在席子上的小桌。⑩ 造：通“祰”，指告祭。曹：通“褿”，祭猪神。⑪ 牢：猪圈。

酌之用匏①。	为宾客斟酒用杓。
食之饮之，	吃饭啊又喝酒，
君之宗之②。	以公刘为君和族长。
笃公刘，	忠实厚道的公刘，
既溥既长，	土地宽广又辽阔，
既景乃冈③。	已看边境登山岗。
相其阴阳④，	视察山的南和北，
观其流泉。	查看其中流水向。
其军三单⑤，	部署军队为三组，
度其隰原⑥，	测量低平的地方，
彻田为粮⑦。	开垦荒地种粮食。
度其夕阳⑧，	丈量山的西面地，
豳居允荒⑨。	豳地确实是宽广。
笃公刘，	忠实厚道的公刘，
于豳斯馆。	在豳地营造宫室。
涉渭为乱⑩，	横流而渡过渭水，
取厉取锻⑪。	凿取捶物和磨石。
止基乃理⑫，	既定基址治理好，
爰众爰有⑬。	人口众多很富有。

①酌之：指斟酒。匏（páo）：葫芦，此处指剖成的瓢。②君之：当君长。宗之：当族长。③景：通"影"，根据日影来丈量。冈：山冈。④相：视察。阴阳，指山之南北。南曰阳，北曰阴。⑤三单（shàn）：轮流值班。⑥度：测量。隰（xí）原：低平之地。⑦彻：开发，治理。⑧夕阳：山的西面。⑨允荒：确实广大。⑩渭：渭水。乱：横渡。⑪厉：通"砺"，磨刀石。锻：打铁，此处指打铁用的石锤。⑫止：居。基：定。乃理：治理田野。⑬爰众爰有：人多且富有。

夹其皇涧①，	住在皇涧的两岸，
溯其过涧②。	住处就面向过涧。
止旅乃密③，	居住此地人很多，
芮鞫之即④。	水边河曲都去住。

泂酌

——这首诗描述了一幅宴会上人们大碗喝酒的场景。

泂酌彼行潦⑤，	远远舀取路积水，
挹彼注兹⑥，	舀水灌满盛水缸，
可以饙饎⑦。	可以蒸饭和热酒。
岂弟君子⑧，	德行高尚的君子，
民之父母。	就是百姓的父母。
泂酌彼行潦，	远远舀取路积水，
挹彼注兹，	舀水灌满盛水缸，
可以濯罍⑨。	可以洗涤喝酒壶。
岂弟君子，	德行高尚的君子，
民之攸归⑩。	就是百姓的归属。
泂酌彼行潦，	远远舀取路积水，
挹彼注兹，	舀水灌满盛水缸，

---

① 皇涧：豳地水名。② 过涧：水名。③ 止旅乃密：指前来定居的人口日渐稠密。④ 芮（ruì）：水涯。鞫：水曲。⑤ 泂（jiǒng）：远。行潦（lǎo）：路边的积水。⑥ 挹（yì）：舀出。注：灌入。⑦ 饙（fēn）：蒸饭。饎（chì）：酒食。⑧ 岂弟（kǎi tì）：即“恺悌”，本义为和乐平易，在此特训为恩德深长广大之意。⑨ 罍（léi）：古酒器，似壶而大。⑩ 攸：所。归：归附。

可以濯溉[1]。 可以洗涤盛酒器。
岂弟君子， 德行高尚的君子，
民之攸塈[2]。 就是百姓的归附。

卷阿

——这是一首记述周成王出游，并对其歌功颂德之诗。

有卷者阿[3]， 蜿蜒曲折的山丘，
飘风自南[4]。 旋风从南边来。
岂弟君子[5]， 平易和气的君子，
来游来歌， 来此游玩载歌行，
以矢其音[6]。 大家各陈上好诗篇。

伴奂尔游矣[7]， 纵驰尽情你且游，
优游尔休矣[8]。 优游快乐你且歇。
岂弟君子， 平易和气的君子，
俾尔弥尔性[9]， 使你终尽你生命，
似先公酋矣[10]。 继承先君的成就。

尔土宇昄章[11]， 你的封疆和版图，
亦孔之厚矣[12]。 也是真广大辽阔。
岂弟君子， 平易和气的君子，

①溉：通“概”，一种盛酒漆器。②塈（xì）：休息。③卷（quán）：卷曲。阿：大土山。④飘风：旋风。⑤岂弟（kǎi tì）：即“恺悌”，和气、平易近人。⑥矢：陈述。⑦伴奂：无拘无束之貌。⑧优游：悠然自得。⑨俾：使。尔：指周天子。弥：终，尽。性：寿命。⑩似：同“嗣”，继承。酋：或作“猷”，谋划。⑪昄（bǎn）章：版图。⑫孔：很。

俾尔弥尔性，	使你终尽你生命，
百神尔主矣[①]。	百神都是你的主。
尔受命长矣，	你秉受的天命长，
茀禄尔康矣[②]。	福禄俱全你安康。
岂弟君子，	平易和气的君子，
俾尔弥尔性，	使你终尽你生命，
纯嘏尔常矣[③]。	大福是你常有的。
有冯有翼[④]，	既辅佐来又帮助，
有孝有德，	有孝心也有德行，
以引以翼[⑤]。	他们是引导和护翼。
岂弟君子，	平易和气的君子，
四方为则[⑥]。	是四方榜样和准则。
颙颙卬卬[⑦]，	群臣庄重又恭敬，
如圭如璋[⑧]，	品德如圭璋般纯洁，
令闻令望[⑨]。	好的名声大威望。
岂弟君子，	平易和气的君子，
四方为纲。	是四方纲纪和垂范。
凤凰于飞，	凤凰飞在青天上，

① 尔：你。② 茀：小福。③ 纯嘏（gǔ）：大福。④ 冯（píng）：依靠。翼：庇护。⑤ 引：引导。⑥ 则：标准。⑦ 颙（yóng）颙：庄重恭敬。卬（áng）卬：器宇轩昂的样子。⑧ 圭：古代玉制礼器，长条形，上端尖。璋：也是古代玉制礼器，长条形，上端作斜锐角。⑨ 令：美好。闻：声誉。

翙翙其羽①，	白鸟群飞紧相随，
亦集爰止②。	还要聚集凤栖处。
蔼蔼王多吉士③，	周王身边多贤士，
维君子使，	任君支配和趋使，
媚于天子④。	爱戴尊敬周天子。
凤凰于飞，	凤凰飞在青天上，
翙翙其羽，	白鸟群飞紧相随，
亦傅于天⑤。	飞在天上也群至。
蔼蔼王多吉人，	周王身边多贤士，
维君子命，	任君命令和吩咐，
媚于庶人。	爱护关心百姓们。
凤凰鸣矣，	凤凰天空中鸣叫，
于彼高冈。	在那高高山岗上。
梧桐生矣，	梧桐茂盛地生长，
于彼朝阳⑥。	在朝阳照到地方。
菶菶萋萋⑦，	枝叶繁茂郁郁葱，
雝雝喈喈⑧。	凤凰鸣叫声音协。
君子之车，	君子的车辆马匹，
既庶且多⑨。	车饰又多又华丽。

① 翙（huì）翙：鸟展翅振动发出的声音。② 爰：而。③ 蔼蔼：众多。吉士：贤良之士。④ 媚：爱戴。⑤ 傅：至。⑥ 朝阳：指山的东面。⑦ 菶（běng）菶：草木茂盛。⑧ 雝（yōng）雝喈（jiē）喈：鸟鸣声。⑨ 庶：众。

君子之马，	君子的车辆马匹，
既闲且驰[①]。	驾驶又快又熟练。
矢诗不多[②]，	群臣陈诗真是多，
维以遂歌。	用它唱歌答周王。

民劳

——这是召穆公劝谏周厉王体恤民力、改弦更张之诗。

民亦劳止[③]，	人民真劳苦啊，
汔可小康[④]。	要求可以休息会。
惠此中国[⑤]，	惠及王畿之地，
以绥四方[⑥]。	安抚四方诸侯。
无纵诡随[⑦]，	勿听信诡诈话，
以谨无良[⑧]。	提防不好的人。
式遏寇虐[⑨]，	制止掠夺残害，
憯不畏明[⑩]。	僭越不敬法律。
柔远能迩[⑪]，	爱民不分远近，
以定我王。	以让吾王心中安。

民亦劳止，	人民真劳苦啊，
汔可小休。	要求可以得休息。
惠此中国，	惠及王畿之地，

①闲：娴熟。②不：通“丕”，大。③止：语气助词。④汔（qì）：求得。康：安康，安居。⑤惠：爱。中国：周王朝直接统治的地区，也就是“王畿”，相对于四方诸侯国而言。⑥绥：安。⑦纵：放纵。诡随：诡诈欺骗。⑧谨：指谨慎提防。⑨式：发语词。寇虐：残害掠夺。⑩憯（cǎn）：曾，乃。⑪柔：爱抚。能：亲善。

以为民逑[①]。	以使人民安居。
无纵诡随，	勿听信诡诈话，
以谨惛怓[②]。	警惕争权夺利。
式遏寇虐，	制止掠夺残害，
无俾民忧。	勿使民心中忧。
无弃尔劳[③]，	勿丢弃你的功劳，
以为王休[④]。	以成就王美名。
民亦劳止，	人民真劳苦啊，
汔可小息。	要求可以松口气。
惠此京师，	惠及京师之地，
以绥四国。	安抚四方邦国。
无纵诡随，	勿听信诡诈话，
以谨罔极[⑤]。	警惕行为不端。
式遏寇虐，	制止掠夺残害，
无俾作慝[⑥]。	勿使人作恶事。
敬慎威仪，	严肃谨慎有威仪，
以近有德。	以亲近有德者。
民亦劳止，	人民真劳苦啊，
汔可小愒[⑦]。	要求可以歇一歇。
惠此中国，	惠及王畿之地，
俾民忧泄。	让百姓可消忧。

①逑：聚合。②惛怓（hūn náo）：喧嚷争吵。③尔：指在位者。劳：劳绩，功劳。④休：美，此指利益。⑤罔极：没有准则，没有法纪。⑥慝（tè）：恶。⑦愒（qì）：休息。

无纵诡随，　　勿听信诡诈话，
以谨丑厉[①]。　　小心警惕恶人。
式遏寇虐，　　制止掠夺残害，
无俾正败[②]。　　勿使政局颓败。
戎虽小子[③]，　　你虽是个年轻人，
而式弘大[④]。　　但作用却很大。

民亦劳止，　　人民真劳苦啊，
汔可小安。　　要求可以得安逸。
惠此中国，　　惠及王畿之地，
国无有残。　　国家没有残害。
无纵诡随，　　勿听信诡诈话，
以谨缱绻[⑤]。　　警惕结党营私。
式遏寇虐，　　制止掠夺残害，
无俾正反[⑥]。　　勿使政权颠覆。
王欲玉女[⑦]，　　君王贪爱财色，
是用大谏[⑧]。　　因此才深切谏言。

板

——这是臣子劝谏周厉王之作。

上帝板板[⑨]，　　上帝乖戾太反常，
下民卒瘅[⑩]。　　下面人民尽疲病。

---

① 丑厉：恶人。② 无俾正败：无使正道败坏。③ 戎：你，指在位者。小子：年轻人。④ 式：作用。⑤ 缱绻（qiǎn quǎn）：固结不解，指统治者内部纠纷。⑥ 正反：政治颠倒。⑦ 玉女（rǔ）：成就你。⑧ 是用：是以，因此。⑨ 板板：反，指违背常道。⑩ 卒瘅（dàn）：劳累多病。

出话不然①，
为犹不远②。
靡圣管管③，
不实于亶④。
犹之未远，
是用大谏⑤！

说的话儿没道理，
谋略规划目光浅。
眼中无圣多自大，
言行不一没诚信。
执政没有长远计，
因此深切上谏言！

天之方难，
无然宪宪⑥。
天之方蹶⑦，
无然泄泄⑧。
辞之辑矣⑨，
民之洽矣⑩。
辞之怿矣⑪，
民之莫矣⑫。

上天正在降灾难，
切勿如此仍欢悦。
上天正在降骚乱，
切勿多嘴没边界。
政教和缓又协调，
百姓和协又团结。
政教败坏又颓唐，
百姓疾苦又受难。

我虽异事，
及尔同僚⑬。
我即尔谋，
听我嚣嚣⑭。
我言维服⑮，
勿以为笑。

我们虽然不同职，
也和你算是同僚。
我去和你商国事，
听我言来你傲慢。
我谏言来为治国，
切勿以为是玩笑。

---

① 不然：不对，不合理。② 犹：谋划。③ 靡圣：不把圣贤放在眼里。管管：任意放纵。④ 亶（dǎn）：诚信。⑤ 大谏：郑重劝戒。⑥ 无然：不要这样。宪宪：欢欣喜悦的样子。⑦ 蹶：动乱。⑧ 泄泄：妄加议论。⑨ 辞：指政令。辑：调和。⑩ 洽：融洽，和睦。⑪ 怿：通“殬”，败坏。⑫ 莫：通“瘼”，疾苦。⑬ 及：与。同僚：同事。⑭ 嚣（áo）嚣：同“敖敖”，不接受意见的样子。⑮ 维：是。

先民有言：　　　　古人有话如此说：
“询于刍荛①。”　　　　“有事还要问樵夫。”

天之方虐，　　　　上天正在降暴虐，
无然谑谑②。　　　　切勿如此仍嬉笑。
老夫灌灌③，　　　　我如此恳切忠诚，
小子跻跻④。　　　　你如此骄纵傲慢。
匪我言耄⑤，　　　　不是我脑昏糊涂，
尔用忧谑。　　　　是你戏谑太轻狂。
多将熇熇⑥，　　　　多行此事难收拾，
不可救药。　　　　终将至于不可救。

天之方懠⑦，　　　　上天正在降愤怒，
无为夸毗⑧。　　　　不要谄媚顺他人。
威仪卒迷⑨，　　　　君臣礼节都乱套，
善人载尸⑩。　　　　好人闭口不说话。
民之方殿屎⑪，　　　　人民痛苦正呻吟，
则莫我敢葵⑫。　　　　却是不敢猜疑我。
丧乱蔑资⑬，　　　　国家经乱资财空，
曾莫惠我师⑭。　　　　无力施惠于百姓。

---

①询：征求、请教。刍荛（ráo）：割草打柴的人。②谑谑：嬉笑的样子。③灌灌：诚恳的样子。④跻（jiǎo）跻：傲慢的样子。⑤匪：非，不要。耄：八十九十曰耄，此指昏聩。⑥熇（hè）熇：火势炽烈的样子，此指一发而不可收拾。⑦懠（qí）：愤怒。⑧夸毗：卑躬屈膝、谄媚曲从。⑨威仪：指君臣间的礼节。卒：尽。迷：混乱。⑩尸：祭祀时由人扮成的神尸，终祭不言。⑪殿屎（xī）：呻吟也。⑫葵：通“揆”，猜测。⑬蔑：无。资：财产。⑭惠：施恩。师：此指民众。

天之牖民①，	上天诱导众人民，
如埙如篪②，	就如埙篪般和谐，
如璋如圭③，	就如圭璋般合宜，
如取如携。	就如取携般顺利。
携无曰益④，	提携扶植没阻碍，
牖民孔易。	引导人民很容易。
民之多辟⑤，	如今百姓多邪僻，
无自立辟⑥。	不要妄自立法则。
价人维藩⑦，	好人就像国之篱，
大师维垣⑧，	百姓就像国之墙，
大邦维屏⑨，	大国就像国之屏，
大宗维翰⑩。	同族就像国之梁。
怀德维宁，	君有美德国安宁，
宗子维城⑪。	宗子就像国之城。
无俾城坏，	勿让城墙变得坏，
无独斯畏。	切勿孤立太可怕。
敬天之怒，	敬畏上天的愤怒，
无敢戏豫⑫。	不敢嬉戏当玩笑。
敬天之渝⑬，	敬畏上天的灾变，

① 牖：通“诱”，诱导。② 埙（xūn）：陶制吹奏乐器。篪（chí）：古竹制管乐器。③ 如璋如圭：半圭曰璋，合璋叫圭，指相配合。④ 益：通“隘”，阻碍。⑤ 辟：通“僻”，邪僻。⑥ 立辟：制定法律。⑦ 价人：武人。维：是。藩：篱笆。⑧ 大师：大众。垣：墙。⑨ 大邦：指诸侯大国。屏：屏障。⑩ 大宗：指与周王同姓的宗族。翰：骨干，栋梁。⑪ 宗子：周王的嫡子。⑫ 戏豫：游戏娱乐。⑬ 渝：改变。

无敢驰驱①。　　不敢任性太放纵。
昊天曰明②，　　青天光明如此亮，
及尔出王③。　　和你一起同出入。
昊天曰旦，　　青天光明如此亮，
及尔游衍④。　　和你一起共游荡。

荡

——这是一首借商纣王喻周厉王的劝谏诗。

荡荡上帝⑤，　　任意骄纵的上帝，
下民之辟⑥。　　他是下民的君主。
疾威上帝⑦，　　暴虐贪心的上帝，
其命多辟⑧。　　他的政令多乖僻。
天生烝民⑨，　　上天生下了众人，
其命匪谌⑩。　　他的政令不可信。
靡不有初，　　万事都有个开头，
鲜克有终⑪。　　善始善终却很少。

文王曰咨⑫，　　文王长吁又短叹，
咨汝殷商⑬！　　感叹你这殷商王！
曾是强御⑭，　　乃是凶暴的臣子，
曾是掊克⑮。　　乃搜刮人民的人。

① 驰驱：指任意放纵。② 昊天：上天。明：光明。③ 王：往。④ 游衍：游荡。⑤ 荡荡：放荡不守法制的样子。⑥ 辟（bì）：君王。⑦ 疾威：暴虐。⑧ 辟：邪僻。⑨ 烝：众。⑩ 谌（chén）：诚信。⑪ 鲜（xiǎn）：少。克：能。⑫ 咨：感叹声。⑬ 女（rǔ）：汝。⑭ 曾：乃。强御：强横凶暴。⑮ 掊（póu）克：聚敛，搜括。

曾是在位，	乃是统治的君王，
曾是在服①。	乃是有职权的官。
天降滔德②，	上天降下不法臣，
女兴是力③。	汝等助长王嚣张。
文王曰咨，	文王长吁又短叹，
咨女殷商！	感叹你这殷商王！
而秉义类④，	你任用善良的人，
强御多怼⑤。	凶暴奸臣多怨恨。
流言以对，	向君王来进谗言，
寇攘式内⑥。	在朝上强横窃据。
侯作侯祝⑦，	诅咒加害忠良臣，
靡届靡究⑧。	没有终止没尽头。
文王曰咨，	文王长吁又短叹，
咨女殷商！	感叹你这殷商王！
女炰烋于中国⑨，	你咆哮跋扈于国内，
敛怨以为德。	群聚恶人以为忠良。
不明尔德，	不辨善恶是你的品行，
时无背无侧⑩。	所以不知背叛不知反。
尔德不明，	你的品行是不辨善恶，
以无陪无卿⑪。	所有没有辅佐和卿相。

①在服：在职。②滔：放纵不法。③兴：助长。力：勤，努力。④而：尔，你。秉：执持。义类：善类，此指强族。⑤怼（duì）：怨恨。⑥寇攘：像盗寇一样掠取。式内：在朝廷内。⑦侯：于是。作、祝：诅咒。⑧届、究：穷，尽。⑨炰烋（páo xiāo）：同“咆哮”。⑩无背无侧：不知有人背叛、反侧。⑪无陪无卿：无陪臣无卿相。

文王曰咨，	文王长吁又短叹，
咨女殷商！	感叹你这殷商王！
天不湎尔以酒[①]，	上天未让你沉湎于酒色，
不义从式[②]。	未让你放纵恣肆。
既愆尔止[③]，	你的言行有过失，
靡明靡晦。	没有白天和黑夜。
式号式呼[④]，	有时哭嚎有时呼，
俾昼作夜。	把那白天做黑夜。
文王曰咨，	文王长吁又短叹，
咨女殷商！	感叹你这殷商王！
如蜩如螗[⑤]，	又像蝉来又像螗，
如沸如羹。	又如沸水又如汤。
小大近丧[⑥]，	大事小事都失败，
人尚乎由行[⑦]。	你还是老样子做。
内奰于中国[⑧]，	怒气内生于国中，
覃及鬼方[⑨]。	还蔓延到了远方。
文王曰咨，	文王长吁又短叹，
咨女殷商！	感叹你这殷商王！
匪上帝不时[⑩]，	不是上帝不善良，
殷不用旧。	是你不用旧典章。
虽无老成人，	廷中虽然无老臣，

---

① 湎（miǎn）：沉湎，沉迷。② 不义从式：不放纵你们。③ 愆：过错。止：容止。④ 式：语助词。⑤ 蜩（tiáo）：蝉。螗：一种蝉。⑥ 丧：败亡。⑦ 由行：学老样。⑧ 奰（bì）：愤怒。⑨ 覃：延及。鬼方：指远方。⑩ 时：善。

尚有典刑[①]。　　尚有旧法可遵循。
曾是莫听，　　可是这些你不听，
大命以倾。　　国家命运要倾亡。

文王曰咨，　　文王长吁又短叹，
咨女殷商！　　感叹你这殷商王！
人亦有言：　　人有这么几句话：
“颠沛之揭[②]，　　“被拔之树树根露，
枝叶未有害，　　枝叶虽然没有败，
本实先拨[③]。”　　树根已经先损坏。”
殷鉴不远，　　殷商之鉴尚不远，
在夏后之世[④]。　　就在夏桀后之世。

抑

——这是卫武公规劝、讽谏周平王之诗。

抑抑威仪[⑤]，　　容止礼节很缜密，
维德之隅[⑥]。　　德性品行很端正。
人亦有言：　　人有这么几句话：
“靡哲不愚。”　　“没有哲人不若愚。”
庶人之愚，　　一般人的愚笨呐，
亦职维疾[⑦]。　　主要本身的问题。
哲人之愚，　　贤哲之人的愚笨，

① 典刑：指旧的典章法规。② 颠沛：跌仆，此指树木倒下。揭：举，此指树根翻出。③ 本：根。拨：败。④ 后：君主。⑤ 抑抑：慎密。⑥ 隅：屋角，借指品行方正。⑦ 职：主。

亦维斯戾[①]。	那是为了避祸啊。
无竞维人[②]，	因有贤人国才强，
四方其训之[③]。	四方诸侯都顺从。
有觉德行[④]，	君子德行若正直，
四国顺之。	四方邦国都顺从。
訏谟定命[⑤]，	大的计划早决定，
远犹辰告[⑥]。	长远方针早相告。
敬慎威仪，	仪容威严要敬慎，
维民之则。	这是人民的准则。
其在于今，	如今天下的形势，
兴迷乱于政。	国政混乱又不清。
颠覆厥德，	你的德行已败坏，
荒湛于酒[⑦]。	沉湎迷乱于酒色。
女虽湛乐从[⑧]，	你只知吃喝玩乐，
弗念厥绍[⑨]。	不念祖宗的基业。
罔敷求先王[⑩]，	不广求先王之道，
克共明刑[⑪]。	怎能执行明法典。
肆皇天弗尚[⑫]，	故今上天不保佑，
如彼泉流，	就像泉水东流去，

①戾：罪。②无：发语词。竞：强盛。维人：由于（贤）人。③训：顺从。④觉：正直。⑤訏（xū）谟：大谋。命：政令。⑥犹：谋略。辰：按时。⑦荒湛：沉迷。⑧女：汝。从：通“纵”，放纵。⑨绍：继承。⑩罔：不。敷求：指广求先王之道。⑪克：能。共：执行，推行。刑：法。⑫肆：于是。尚：佑助。

无沦胥以亡[①]。	君臣百姓一起亡。
夙兴夜寐，	早起晚睡多努力，
洒扫庭内，	庭院室内多洒扫，
维民之章[②]。	这是人民的表率。
修尔车马，	修整你的车和马，
弓矢戎兵[③]，	还有弓矢和戎兵，
用戒戎作[④]，	用来防范战事起，
用逿蛮方[⑤]。	用来制服异族人。
质尔人民[⑥]，	使你的人民安定，
谨尔侯度[⑦]，	谨守国家的法度，
用戒不虞[⑧]。	用来警戒不测事。
慎尔出话，	你说话时要谨慎，
敬尔威仪，	你的威仪要慎重，
无不柔嘉。	为人处世要柔善。
白圭之玷，	白玉上面有污点，
尚可磨也；	尚且可以打磨掉；
斯言之玷，	说话言语有毛病，
不可为也！	就不可挽回了啊！
无易由言[⑨]，	不要随便乱说话，
无曰“苟矣，	不要说“随便啊，

---

①沦胥：沉没。②章：模范，准则。③戎兵：武器。④用：以。戎作：代戎事。⑤逿（tì）：治服。蛮方：边远地区的民族部落。⑥质：告诫。⑦谨：谨慎。度：法度。⑧不虞：不测。⑨易：轻易，轻率。由言：发言。

莫扪朕舌[①]”，	不要控制我说话”，
言不可逝矣[②]。	话既出口不可追。
无言不雠[③]，	言语不会没回应，
无德不报。	施德不会没福报。
惠于朋友，	施恩惠于朋友，
庶民小子。	还有民众和年轻人。
子孙绳绳[④]，	子子孙孙要谨慎，
万民靡不承[⑤]。	万民没人不服从。

视尔友君子[⑥]，	看你招待贵族们，
辑柔尔颜[⑦]，	和颜悦色行事谨，
不遐有愆[⑧]。	没有一点儿过错。
相在尔室[⑨]，	看你独在屋内时，
尚不愧于屋漏[⑩]。	尚且无愧于神明。
无曰“不显，	不要说“不亮，
莫予云觏[⑪]”。	没人能把我看见”。
神之格思[⑫]，	神明来到的时候，
不可度思[⑬]，	难以揣度和猜测，
矧可射思[⑭]。	况且怎能厌倦神。

辟尔为德[⑮]，	让你德行多修炼，
俾臧俾嘉。	使它高尚又美好。

①扪：按住。朕：我，秦时始作为皇帝专用的自称。②逝：追。③雠：通“酬”，应验，回应。④绳绳：谨慎的样子。⑤承：接受。⑥友：结交。⑦辑：和。⑧不遐有愆：没有一点过错。⑨相：察看。⑩屋漏：屋顶漏则见天光，暗中之事全现，喻神明监察。⑪觏（gòu）：遇见，此指看见。⑫格：至。思：语助词。⑬度（duó）：推测，估计。⑭矧（shěn）：况且。射：厌。⑮辟：修明，一说训法。

淑慎尔止①，	让你行为更良好，
不愆于仪。	威仪不会有过失。
不僭不贼②，	不犯错也不害人，
鲜不为则③。	少有不成为榜样。
投我以桃，	若是送我一筐桃，
报之以李。	我会回报一筐李。
彼童而角④，	无角羊儿哪有角，
实虹小子⑤。	实是惑乱你周王。
荏染柔木⑥，	又坚又韧的木料，
言缗之丝⑦。	可安琴瑟作琴弦。
温温恭人，	温和恭敬的好人，
维德之基。	品性良德为根本。
其维哲人，	圣明贤德的人啊，
告之话言⑧，	告诉你古老良言，
顺德之行。	要顺德性去做事。
其维愚人，	愚蠢糊涂的人啊，
覆谓我僭。	反而说我不可信，
民各有心。	人的心各有不同。
於乎小子⑨，	哎呀你这年轻人，
未知臧否⑩！	不知晓好的坏的！

---

①淑：美好。止：举止行为。②僭（jiàn）：超越本分。贼：残害。③鲜（xiǎn）：少。则：法则。④童：雏，幼小。此指没角的小羊羔。⑤虹：同“讧”，溃乱。⑥荏染：柔弱。⑦言：语气助词。缗（mín）：给乐器安上弦。⑧话言：即诂言，老古话。⑨於乎：叹词。⑩臧否（pǐ）：好恶。

匪手携之[1]，	不但要手把手教，
言示之事[2]。	也要指点你办事。
匪面命之[3]，	不但要当面教导，
言提其耳。	还要时常提醒你。
借曰未知[4]，	假如说你并不懂，
亦既抱子。	但你也已有儿子。
民之靡盈[5]，	人虽并非处处好，
谁夙知而莫成[6]？	谁知早慧或晚成？

昊天孔昭，	昊昊青天最清楚，
我生靡乐。	我的生活不快乐。
视尔梦梦[7]，	看见你那糊涂样，
我心惨惨。	我的心中真烦闷。
诲尔谆谆，	循循善诱教导你，
听我藐藐[8]。	对我却是极轻蔑。
匪用为教，	不把我言视教导，
覆用为虐[9]。	反而视作开玩笑。
借曰未知，	假如说你并不懂，
亦聿既耄[10]！	你的年纪已大了！

於乎小子，	哎呀你这年轻人，
告尔旧止，	告诉你那旧典章，
听用我谋，	听取了我的劝告，

①匪：非但。②示：指示。③面命：当面开导。④借曰：假如说。⑤盈：完满。⑥莫：同“暮”，晚。⑦梦梦：昏而不明。⑧藐藐：轻视的样子。⑨虐：“谑”的假借，戏谑。⑩聿：语气助词。耄：年老。

庶无大悔[①]。	几乎不会生大悔。
天方艰难，	上天正把灾难降，
曰丧厥国[②]。	恐怕国家要灭亡。
取譬不远，	就拿近的打比方，
昊天不忒[③]。	昊天不会有偏差。
回遹其德[④]，	你的德行太邪僻，
俾民大棘[⑤]！	使那人民惨遭殃！

桑柔

——这是一首反复劝谏君王要安民保民的长诗。

菀彼桑柔[⑥]，	桑叶柔嫩又浓密，
其下侯旬[⑦]，	桑树下面遍绿荫，
捋采其刘[⑧]。	采啊摘啊树叶疏。
瘼此下民[⑨]，	害惨荼毒了百姓，
不殄心忧[⑩]，	我心忧虑不断绝，
仓兄填兮[⑪]。	失意凄凉久惆怅。
倬彼昊天[⑫]，	光明的昊昊青天，
宁不我矜[⑬]！	为何不怜惜我啊！
四牡骙骙[⑭]，	驾车四马真强壮，

① 庶：庶几。② 曰：语气助词。③ 忒（tè）：偏差。④ 回遹（yù）：邪僻。⑤ 棘：通“急”，危难。⑥ 菀（wǎn）：茂盛的样子。⑦ 旬：树荫遍布。⑧ 刘：剥落稀疏，句意谓桑叶被采后，稀疏无叶。⑨ 瘼：病、害。⑩ 殄（tiǎn）：断绝。⑪ 仓兄（chuàng huǎng）：悲伤失意的样子。填：久。⑫ 倬：明察。⑬ 宁：何。不我矜：“不矜我”的倒文。⑭ 骙骙：形容马奔跑不息。

旟旐有翩[①]。　　旌旗翩翩上下飞。
乱生不夷[②]，　　惑乱四生不太平，
靡国不泯[③]。　　没有一国能避免。
民靡有黎[④]，　　百姓四散无众数，
具祸以烬[⑤]。　　都因灾祸化灰烬。
於乎有哀，　　长叹一声心中哀，
国步斯频[⑥]！　　国运面临此危急！

国步蔑资[⑦]，　　国库没有了资产，
天不我将[⑧]。　　老天也不再帮我。
靡所止疑[⑨]，　　没有地方可安身，
云徂何往[⑩]？　　说要离开何处去？
君子实维[⑪]，　　贵族们都要想想，
秉心无竞[⑫]。　　存心秉性莫争夺。
谁生厉阶[⑬]？　　是谁引发了祸端？
至今为梗[⑭]。　　至今还想要作梗。

忧心慇慇[⑮]，　　我心忧虑隐隐痛，
念我土宇[⑯]。　　想到我那家与国。
我生不辰，　　我生真不是时候，
逢天僤怒[⑰]。　　正好碰上天大怒。

① 旟旐：画有鹰隼、龟蛇的旗。有翩：翩翩，翻飞的样子。② 夷：平。③ 泯：乱。④ 民靡有黎：没有黎民。⑤ 具：通“俱”。⑥ 频：危急。⑦ 蔑：无。资：财。⑧ 将：扶助。“不我将”为“不将我”之倒文。⑨ 靡所止疑：没有居处终疑难。⑩ 云：发语词。徂：往。⑪ 实维：是作。⑫ 秉心：存心。竞：争。⑬ 厉阶：祸端。⑭ 梗：灾害。⑮ 慇（yīn）慇：心痛的样子。⑯ 土宇：土地、房屋。⑰ 僤（dàn）怒：重怒。

自西徂东，	从西边又到东边，
靡所定处。	没有一个安定处。
多我觏痻①，	遭遇很多病与灾，
孔棘我圉②。	边疆形势又危急。
为谋为毖③，	为国谋划要谨慎，
乱况斯削④。	祸乱局面要减少。
告尔忧恤⑤，	告诉你要为国忧，
诲尔序爵⑥。	教诲你要定官爵。
谁能执热⑦，	谁能感到身体热，
逝不以濯⑧？	不去沐浴降降温？
其何能淑⑨，	如何能够做得好，
载胥及溺⑩。	都要溺亡丧性命。
如彼遡风⑪，	就像顶着风儿跑，
亦孔之僾⑫。	呼吸肯定不舒畅。
民有肃心⑬，	人民都有进取心，
荓云不逮⑭。	却使他们做不到。
好是稼穑⑮，	就好比那干农活，
力民代食⑯。	百姓出力官吃饱。
稼穑维宝，	干农活算是好事，

① 觏：遇。痻（mín）：灾难。② 棘：通“急”。圉（yǔ）：边疆。③ 毖：谨慎。④ 斯：乃。削：减少。⑤ 尔：指周厉王及当时执政大臣。⑥ 序：次序。爵：官爵。⑦ 执热：救热。⑧ 逝：发语词。濯：洗。⑨ 淑：善。⑩ 载：乃。胥：互相。⑪ 遡：逆。⑫ 僾：呼吸不畅的样子。⑬ 肃：进取。⑭ 荓（pīng）：使。不逮：不及。⑮ 稼穑：种植和收割。泛指农业劳动。⑯ 力民：使人民出力劳动。代食：指官吏靠劳动者奉养。

代食维好。　　代耕之民最善良。

天降丧乱，　　上天降下这灾祸，
灭我立王①。　　要灭我们拥新王。
降此蟊贼②，　　降下这些吃苗虫，
稼穑卒痒③。　　庄稼全都要病倒。
哀恫中国④，　　为我国家感哀痛，
具赘卒荒⑤。　　田地大片都已荒。
靡有旅力⑥，　　没有民心和劳力，
以念穹苍⑦。　　如何感动那上苍。

维此惠君⑧，　　只有惠民好君王，
民人所瞻。　　百姓人人都敬仰。
秉心宣犹⑨，　　存心秉性都光明，
考慎其相⑩。　　慎重考察任官员。
维彼不顺，　　不顺民心的君王，
自独俾臧⑪。　　只管自己把福享，
自有肺肠，　　与那百姓存二心，
俾民卒狂。　　使得人民都发狂。

瞻彼中林，　　看那茂密的树林，
甡甡其鹿⑫。　　鹿儿众多都成群。

① 立王：意谓在位之王。② 蟊贼：蟊为食苗根的害虫，贼为吃苗节的害虫。乏指农作物的病虫害。③ 卒：完全。痒：病。④ 恫（tōng）：哀痛。⑤ 具：都。赘：通“缀”，接连。荒：灾荒。⑥ 旅力：体力。⑦ 念：感动。⑧ 惠君：惠，顺。顺理的君主，称惠君。⑨ 宣犹：好谋划。⑩ 考慎：慎重考察。相：辅佐大臣。⑪ 臧：善。⑫ 甡（shēn）甡：众多的样子。

朋友已谮[①]，	朋友反而相互欺，
不胥以穀[②]。	不能够相与为善。
人亦有言：	人有句这样的话：
“进退维谷[③]。”	“进退两难真苦闷。”
维此圣人，	只有明哲圣贤人，
瞻言百里；	目光长远望百里；
维彼愚人，	只有愚蠢糊涂人，
覆狂以喜[④]。	反以狂妄为欢喜。
匪言不能[⑤]，	不是无口不能言，
胡斯畏忌[⑥]？	为何顾忌心惶惶？
维此良人，	只有善良的好人，
弗求弗迪[⑦]；	不去争夺不专营；
维彼忍心，	只有那狠心的人，
是顾是复。	左右顾望常反复。
民之贪乱，	百姓作乱的原因，
宁为荼毒[⑧]。	乃是因为被荼毒。
大风有隧[⑨]，	天上大风呼呼响，
有空大谷。	峡谷深邃空荡荡。
维此良人，	只有善良的好人，

①谮：中伤。②胥：相。穀：善。③进退维谷：谓进退皆穷。④覆：反而。⑤匪言不能：即“匪不能言”。⑥胡：何。斯：这样。⑦迪：钻营。⑧宁：乃。荼毒：荼指苦草，毒指毒虫毒蛇之类，此指毒害。⑨有隧：隧隧，形容大风疾速吹动。

作为式穀；	做好事来得赞扬；
维彼不顺，	只有不合常理人，
征以中垢①。	日日宫中迷淫乱。
大风有隧，	天上大风呼呼响，
贪人败类②。	贪图之人是败类。
听言则对③，	听到好话就应接，
诵言如醉④。	一听谏言就装醉。
匪用其良，	不用忠臣和良臣，
覆俾我悖⑤。	反而使我受悖逆。
嗟尔朋友，	哎呀你这朋友啊，
予岂不知而作⑥。	我岂不知你所为。
如彼飞虫⑦，	就像那天上飞鸟，
时亦弋获。	有时也被人捕获。
既之阴女⑧，	我来忠告救助你，
反予来赫⑨。	反而对我来恐吓。
民之罔极⑩，	百姓之心不中正，
职凉善背⑪。	想法刻薄易叛乱。
为民不利，	做事不利于人民，
如云不克⑫。	倒说这样还不够。

①征以中垢：做事不正又混浊。②贪人：贪财枉法的小人。③听言：顺从心意的话。④诵言：忠告的言语。⑤悖：违理。⑥而：你。⑦飞虫：指飞鸟。古人用“虫”泛指一切动物。⑧既：已经。阴：通“荫”，庇护。⑨赫：威赫。⑩罔极：无法则。⑪职：主。凉：通“谅”，信。背：背叛。⑫云：句中助词。克：胜。

民之回遹[①]，
职竞用力[②]。

人民变得性邪僻，
想要变革用暴力。

民之未戾[③]，
职盗为寇。
凉曰不可[④]，
覆背善詈。
虽曰匪予[⑤]，
既作尔歌[⑥]。

百姓生活不好过，
想要做贼变匪寇。
诚恳告诫勿如此，
背后就在咒骂我。
你说恶事非你为，
还是写此歌儿唱。

云汉

——这首诗表现周宣王为旱灾忧心如焚的心情。

倬彼云汉[⑦]，
昭回于天[⑧]。
王曰於乎[⑨]，
何辜今之人[⑩]！
天降丧乱，
饥馑荐臻[⑪]。
靡神不举[⑫]，
靡爱斯牲[⑬]。
圭壁既卒[⑭]，

广阔浩大的银河，
光芒在天上闪耀。
周王叹息一声啊，
有什么罪啊今人！
上天降下这祸乱，
饥饿灾荒相接连。
并未有神没祭祀，
并未吝惜这祭品。
祭神圭璧已用尽，

---

①回遹：邪僻。②用力：指用暴力。③戾：善。④凉曰不可：说你不可这样做。⑤匪予：恶事非自己所为。⑥既：还是。⑦倬（zhuō）：大。云汉：银河。⑧昭：光。回：转。⑨於（wū）乎：即“呜呼”，叹词。⑩辜：罪。⑪荐：重，再。臻：至。⑫靡：无，不。举：祭祀。⑬爱：吝惜，舍不得。牲：祭祀用的牲口。⑭圭、璧：祭神用的玉器。

宁莫我听[1]！	为何不听我祷告！
旱既大甚[2]，	旱灾已经很严重，
蕴隆虫虫[3]。	热气熏蒸如火笼。
不殄禋祀[4]，	不断祭祀把神请，
自郊徂宫[5]。	从那祭天到庙祭。
上下奠瘗[6]，	上祭天神下祭地，
靡神不宗[7]。	没有神灵不尊敬。
后稷不克，	后稷不能救黎民，
上帝不临。	在上天帝不降临。
耗斁下土[8]，	破坏殆尽天下土，
宁丁我躬[9]！	难道正当我蒙祸！
旱既大甚，	旱灾已经很严重，
则不可推。	到了不可以消除。
兢兢业业，	人民小心又恐惧，
如霆如雷。	像怕闪电和打雷。
周余黎民[10]，	周朝尚存的百姓，
靡有孑遗[11]。	也将没有能剩余。
昊天上帝，	昊昊青天啊上帝，
则不我遗[12]。	不肯赐予我食物。
胡不相畏？	祖先能不同害怕？

①宁：乃。莫我听：即莫听我。②大：同“太”。③蕴隆：暑气郁盛。虫虫：热气熏蒸的样子。④殄（tiǎn）：断绝。禋（yīn）祀：祭天神的典礼。⑤宫：指宗庙。⑥奠：祭天。瘗（yì）：指把祭品埋在地下以祭地神。⑦宗：尊敬。⑧斁（dù）：败坏。⑨丁：当，遭逢。⑩黎民：百姓。⑪孑遗：遗留，剩余。⑫遗（wèi）：赠。

先祖于摧[1]。	子孙断绝祭祀无。

旱既大甚，	旱灾已经很严重，
则不可沮。	没有办法能制止。
赫赫炎炎，	烈日晃眼热气炎，
云我无所[2]。	使我无处可躲避。
大命近止[3]，	生命已近死亡限，
靡瞻靡顾。	神灵还是不瞻顾。
群公先正[4]，	前代诸侯和贤臣，
则不我助。	也都不来帮助我。
父母先祖，	父母先祖的神灵，
胡宁忍予[5]！	怎么忍心看我苦！

旱既大甚，	旱灾已经很严重，
涤涤山川[6]。	山无草木川无水。
旱魃为虐[7]，	旱魃为虐无忌惮，
如惔如焚[8]。	就是大火遍处烧。
我心惮暑[9]，	我心害怕这暑热，
忧心如熏[10]。	忧心就像被火熏。
群公先正，	前代诸侯和贤臣，
则不我闻[11]。	也都不来过问我。
昊天上帝，	昊昊青天啊上帝，

① 于摧：将灭。② 云：遮蔽。③ 大命：寿命。④ 群公：先世诸侯之神。先正：先世卿士之神。⑤ 忍：忍心。⑥ 涤涤：光秃的样子。⑦ 旱魃（bá）：古代传说中指能造成旱灾的鬼怪。⑧ 惔（tán）：火烧。⑨ 惮：畏。⑩ 熏：灼。⑪ 闻：恤问。

宁俾我遯[1]！	难道让我脱身逃！

旱既大甚，	旱灾已经很严重，
黾勉畏去[2]。	勉励不敢离君位。
胡宁瘨我以旱[3]？	为何降旱来害我？
憯不知其故[4]。	不知其中的缘故。
祈年孔夙[5]，	祈年祭祀也很早，
方社不莫[6]。	祭祀方社也不晚。
昊天上帝，	昊昊青天啊上帝，
则不我虞[7]。	不肯降临帮助我。
敬恭明神，	我向来是敬神明，
宜无悔怒。	应该没有触怒神。

旱既大甚，	旱灾已经很严重，
散无友纪[8]。	人人散漫无法纪。
鞫哉庶正[9]，	官长无技也穷困，
疚哉冢宰[10]。	宰相无方也忧虑。
趣马师氏[11]，	管马管教育的官，
膳夫左右[12]；	管御食的和群臣；
靡人不周，	没有一人不来助，
无不能止。	虽无效果也不止。

①遯（dùn）：通“困”，受困。②黾（mǐn）勉：勉力为之，尽力事神，急于祷告祈求。③瘨（diān）：病。④憯（cǎn）：曾。⑤祈年：指“孟春祈谷于上帝，孟冬祈来年于天宗”之祭礼。孔夙（sù）：很早。⑥方：祭四方之神。社：祭土神。莫（mù）：古“暮”字，晚。⑦虞：帮助。⑧友：通“有”。纪：纪纲，法度。⑨鞫（jū）：穷困。庶正：众官之长。⑩疚：忧苦。冢宰：周代官名，相当于后世的宰相。⑪趣马：官名，职责是掌管国王马匹。师氏：官名，主管教导国王和贵族的子弟。⑫膳夫：主管国王、后妃饮食的官。

瞻卬昊天①，　　仰望那昊昊青天，
云如何里②！　　我为何如此忧愁！

瞻卬昊天，　　仰望那昊昊青天，
有嘒其星③。　　群星闪耀光微茫。
大夫君子，　　大夫和那贵族们，
昭假无赢④。　　祈神降临无私情。
大命近止，　　生命已近死亡限，
无弃尔成⑤。　　勿放弃你的努力。
何求为我，　　祈雨哪是为自己，
以戾庶正⑥。　　是为安定众官民。
瞻卬昊天，　　仰望那昊昊青天，
曷惠其宁⑦！　　何时惠泽民安宁！

嵩高

——这是申伯回封地，尹吉甫为其所作的送别诗。

嵩高维岳⑧，　　嵩山是中岳之山，
骏极于天⑨。　　高高的耸入云天。
维岳降神⑩，　　巍峨之山降神灵，
生甫及申⑪。　　生了吕侯和申伯。
维申及甫，　　申伯和那吕侯啊，

---

①卬（yǎng）：通“仰”。②里：通“悝”，忧伤。③嘒（huì）：微光。④昭假：祭祀。无赢：即无爽，无差错。⑤成：功。⑥戾：定。⑦曷：何，何时。惠：赐。⑧嵩（sōng）：山高而大。维：是。岳：特别高大的山。⑨骏：通“峻”，高大。极：至。⑩维：发语词。⑪甫：国名，此指甫侯。申：国名，此指申伯。

维周之翰①。	都是周朝的栋梁。
四国于蕃②，	四方邦国的屏障，
四方于宣③。	四方天下的垣墙。

亹亹申伯④，	勤勉不懈的申伯，
王缵之事⑤。	王使他来承祖业。
于邑于谢⑥，	新建邑城在谢地，
南国是式⑦。	周南诸侯有榜样。
王命召伯⑧，	周王命令召伯虎，
定申伯之宅⑨。	确定申伯的住所。
登是南邦⑩，	建成南方的邦国，
世执其功⑪。	世代执守其功业。

王命申伯，	周王下令给申伯，
式是南邦。	要在南方做榜样。
因是谢人⑫，	依靠那里的百姓，
以作尔庸⑬。	来建造你的城墙。
王命召伯，	周王命令召伯虎，
彻申伯土田⑭。	治理申伯新封地。
王命傅御⑮，	命令太傅和侍御，
迁其私人⑯。	帮助迁移其家臣。

---

①翰：屏障。②于：犹“为”。蕃：即“藩”，藩篱，屏障。③宣：城垣。④亹（wěi）亹：勤勉貌。⑤王缵之事：王使申伯办他事。⑥前一“于”字：为，建。谢：地名。⑦式：法。⑧召伯：召虎，亦称召穆公，周宣王大臣。⑨定：确定。⑩登：成为。⑪执：守持。功：事业。⑫因：依靠。⑬庸：通“墉”，城墙。⑭彻：治理。⑮傅御：诸侯之臣，治事之官，为家臣之长。⑯私人：傅御之家臣。

申伯之功，	申伯建邑都已成，
召伯是营。	仰仗召伯的经营。
有俶其城[①]，	它的城墙高又大，
寝庙既成[②]，	前庙后寝已建成，
既成藐藐[③]。	建成宫宇真华美。
王锡申伯[④]，	周王赏赐这申伯，
四牡蹻蹻[⑤]，	驾车四马身矫健，
钩膺濯濯[⑥]。	套马带饰有光泽。

王遣申伯[⑦]，	王让申伯赴谢城，
路车乘马[⑧]。	乘着路车驾四马。
“我图尔居[⑨]，	“我细思量你居所，
莫如南土；	没比南土更好处；
锡尔介圭[⑩]，	赏赐给你大玉圭，
以作尔宝。	给你作为稀世宝。
往近王舅[⑪]，	去吧王的舅舅啊，
南土是保[⑫]。”	安定在南方土地。”

申伯信迈[⑬]，	申伯真的要启程，
王饯于郿[⑭]。	周王饯行于郿地。
申伯还南，	申伯要到南方去，

---

①俶（chù）：修缮。②寝庙：周代宗庙的建筑有庙和寝两部分，合称寝庙。③藐藐：美貌。④锡（cì）：同“赐”。⑤牡：公马。蹻（jiǎo）蹻：强壮勇武貌。⑥钩膺：马颈腹上的带饰。濯濯：光泽鲜明貌。⑦遣：遣送。⑧路车：诸侯乘坐的一种大型马车。⑨图：图谋，谋虑。⑩介：大。圭：古代玉制的礼器，诸侯执此以朝见周王。⑪近（jì）：语助词，相当于“哉”。⑫保：安保。⑬信：确实。迈：走。⑭饯：备酒食送行。郿（méi）：古地名，在今陕西眉县。

谢于诚归①。	决意去往谢城住。
王命召伯，	周王命令召伯虎，
彻申伯土疆；	治理申伯的疆域；
以峙其粻②，	一路准备好粮食，
式遄其行③。	保障行路的顺利。
申伯番番④，	申伯回城真轩昂，
既入于谢，	进入谢城阵势壮，
徒御啴啴⑤。	步兵车夫人众多。
周邦咸喜，	全城人民都欢喜，
戎有良翰⑥。	你们如今有栋梁。
不显申伯⑦，	显耀高贵的申伯，
王之元舅⑧，	是周王的大舅舅，
文武是宪⑨。	文德武功是榜样。
申伯之德，	申伯他的德性啊，
柔惠且直⑩。	和顺亲民且正直。
揉此万邦⑪，	安定千万的邦国，
闻于四国。	声名远扬于四方。
吉甫作诵⑫，	吉甫作了这篇颂，
其诗孔硕⑬，	他的诗篇意深长，

①谢于诚归：即“诚归于谢”。②峙：储备。粻（zhāng）：米粮。③遄（chuán）：加速。④番番：勇武貌。⑤徒：徒行之士兵。御：御车之士兵。啴（tān）啴：和乐貌。⑥戎：汝，你。⑦不：通“丕”，太。显：显赫。⑧元舅：长舅。⑨宪：法式，模范。⑩柔惠：温顺恭谨。⑪揉：安顺。⑫吉甫：尹吉甫，周宣王大臣。诵：同“颂”，颂赞之诗。⑬其：是，此。孔硕：指篇幅很长。

其风肆好[①]，
以赠申伯。

诗歌曲调真美妙，
以赠申伯增荣光。

烝民

——这是仲山甫被派去齐地，尹吉甫为其所作的赠别诗。

天生烝民[②]，
有物有则。
民之秉彝[③]，
好是懿德。
天监有周，
昭假于下[④]。
保兹天子，
生仲山甫[⑤]。

上天生了众民，
有物就有法则。
人的禀赋常理，
都喜爱好品德。
上天观察周朝，
祈祷降神于下。
为庇护这天子，
生下了仲山甫。

仲山甫之德，
柔嘉维则。
令仪令色，
小心翼翼。
古训是式[⑥]，
威仪是力。
天子是若[⑦]，
明命使赋。

仲山甫他的德性，
和顺善良是准则。
好的仪容和态度，
办事小心又谨慎。
古之训诫为榜样，
礼节也勉励而为。
天子之言能遵从，
颁布政令行政策。

①肆好：极好。②烝：众。③秉彝：常理，常性。④假：至。⑤仲山甫：人名，为宣王卿士。⑥式：用，效法。⑦若：选择。

王命仲山甫，	周王命令仲山甫，
式是百辟[①]。	要作诸侯的榜样。
缵戎祖考[②]，	继承祖先的事业，
王躬是保。	辅佐周王做保障。
出纳王命[③]，	接受传达周王令，
王之喉舌。	作为周王的喉舌。
赋政于外，	颁布政令于朝外，
四方爰发[④]。	四方诸侯都执行。
肃肃王命，	王的命令很严肃，
仲山甫将之[⑤]。	仲山甫负责执行。
邦国若否[⑥]，	国内政事有好坏，
仲山甫明之。	仲山甫心中清楚。
既明且哲，	他既聪慧又贤哲，
以保其身。	保全声名与性命。
夙夜匪解[⑦]，	早晚从来不懈怠，
以事一人。	全心全意侍奉王。
人亦有言：	人有句话这么讲：
“柔则茹之[⑧]，	“柔软的就吃掉，
刚则吐之。”	坚硬的就吐掉。”
维仲山甫，	只有这位仲山甫，
柔亦不茹，	软的东西他不吃，

① 辟：诸侯。② 缵：继承。戎：你。③ 出纳：指受命与传令。④ 爰发：乃行。⑤ 将：执行。⑥ 若否：好坏。⑦ 解：通“懈”。⑧ 茹：吃。

刚亦不吐。	硬的东西他不吐。
不侮矜寡，	不欺辱矜寡之人，
不畏强御[①]。	不害怕强横之人。
人亦有言：	人有句话这么讲：
“德輶如毛[②]，	“德性虽轻如鸿毛，
民鲜克举之。”	很少有人能举起。”
我仪图之[③]，	我细思考和揣度，
维仲山甫举之，	只有山甫能举起，
爱莫助之。	别人无力帮助他。
衮职有阙[④]，	龙袍若是有破损，
维仲山甫补之。	只有山甫能补好。
仲山甫出祖[⑤]，	山甫远行祭路神，
四牡业业[⑥]。	驾车四马真健硕。
征夫捷捷，	随行之人真勤快，
每怀靡及[⑦]。	心念任务尚未完。
四牡彭彭，	驾车四马不停蹄，
八鸾锵锵[⑧]。	车上八铃锵锵响。
王命仲山甫，	周王命令仲山甫，
城彼东方。	东方齐国筑城墙。
四牡骙骙[⑨]，	驾车四马真壮硕，

① 强御：强悍。② 輶（yóu）：轻。③ 仪图：揣度。④ 衮（gǔn）：绣龙图案的王服。⑤ 祖：祭路神。⑥ 业业：马高大的样子。⑦ 每怀靡及：每人怀有私心，顾不上。⑧ 鸾：鸾铃。⑨ 骙（kuí）骙：强壮。

八鸾喈喈。　　车上八铃声和谐。
仲山甫徂齐，　　仲山甫到齐国去，
式遄其归[①]。　　祝他早日归家乡。
吉甫作诵，　　吉甫作了这首诗，
穆如清风[②]。　　和美就如清风扬。
仲山甫永怀[③]，　　山甫心中长思虑，
以慰其心。　　以歌相慰心舒畅。

韩奕

——这首诗叙述韩侯事迹，并赞誉其功绩。

奕奕梁山[④]，　　巍峨高大的梁山，
维禹甸之[⑤]，　　大禹治水到此地，
有倬其道[⑥]。　　其道宽大又广阔。
韩侯受命[⑦]，　　韩侯入朝受王命，
王亲命之[⑧]：　　周王亲口告诫他：
“缵戎祖考[⑨]，　　“继承你祖的事业，
无废朕命[⑩]。　　勿忘了我的命令。
夙夜匪解[⑪]，　　日夜都不要懈怠，
虔共尔位[⑫]。　　在你职位要恭敬。
朕命不易，　　我的册命不轻发，
榦不庭方[⑬]，　　望你征伐不朝臣，

① 遄（chuán）：速。② 穆如清风：柔和地像清风一样。③ 永：长。怀：思。④ 奕奕：高大的样子。梁山：在今陕西韩城县西北。⑤ 维：发语词。甸：治理。⑥ 倬：宽大。⑦ 韩侯：姬姓，周王近宗贵族，诸侯国韩国国君。受命：接受册命。⑧ 王：指周宣王。⑨ 缵（zuǎn）：继承。戎：你。祖考：先祖。⑩ 朕：周王自称。⑪ 夙夜：早晚。匪解：即非懈，不懈怠的意思。⑫ 虔共：敬诚恭敬。⑬ 榦：纠正。不庭方：不来朝觐的方国诸侯。

以佐戎辟[①]。”	以此辅佐你君王。”
四牡奕奕[②]，	驾车四马真有神，
孔修且张[③]。	身长体大气轩昂。
韩侯入觐[④]，	韩侯入京来朝见，
以其介圭[⑤]，	手捧着他的大圭，
入觐于王。	入朝觐见周天子。
王锡韩侯[⑥]，	周王赏赐这韩侯，
淑旂绥章[⑦]，	华美精致蛟龙旗，
簟茀错衡[⑧]，	错金缕彩蔽车席，
玄衮赤舄[⑨]，	黑色龙袍与红靴，
钩膺镂钖[⑩]，	驾马带饰与额饰，
鞹鞃浅幭[⑪]，	车轼上面的虎皮，
鞗革金厄[⑫]。	马笼头上的金环。
韩侯出祖[⑬]，	韩侯远行祭路神，
出宿于屠[⑭]。	路上借宿在屠地。
显父饯之[⑮]，	显父设宴为饯行，
清酒百壶。	醇香清酒有百壶。
其肴维何？	席上荤菜有什么？

①辟：君。②牡：公马。③孔修（xiū）：很长。④入觐（jìn）：入朝朝见天子。⑤介圭：玉器，周王册封诸侯时赐予的镇国宝器，诸侯入觐时须手执介圭。⑥锡：同“赐”，赏赐。⑦淑旂（qí）：色彩鲜艳，绘有蛟龙图案的旗子。绥（suí）章：指旗上图案花纹优美。⑧簟茀（diàn fú）：竹编的车篷。错衡：饰有交错花纹的车前横木。⑨玄衮：黑色龙袍，周朝王公贵族的礼服。赤舄（xì）：红鞋。⑩钩膺：束在马腰部的革制装饰品。镂钖（yáng）：马额上的金属制装饰品。⑪鞹鞃（kuò hóng）：包皮革的车轼横木。浅幭（miè）：用浅毛皮裹的车上覆盖物。⑫鞗（tiáo）革：马辔头。厄：通“轭”，在辕。⑬出祖：出行之前祭路神。⑭屠：地名。⑮显父：周宣王的卿士。父，是对男子的美称。

炰鳖鲜鱼[①]。　　烹煮大鳖和鲜鱼。
其蔌维何[②]？　　席上素菜有什么？
维笋及蒲[③]。　　鲜嫩竹笋和嫩蒲。
其赠维何？　　显父馈赠了什么？
乘马路车[④]。　　四马驾驶的路车。
笾豆有且[⑤]，　　笾豆多来食丰盛，
侯氏燕胥[⑥]。　　韩侯宴饮真安乐。

韩侯取妻[⑦]，　　韩侯将要娶妻子，
汾王之甥[⑧]，　　她是厉王外甥女，
蹶父之子[⑨]。　　卿士蹶父的女儿。
韩侯迎止[⑩]，　　韩侯驾马去迎亲，
于蹶之里。　　到蹶在的地方去。
百两彭彭[⑪]，　　迎亲车儿百辆多，
八鸾锵锵[⑫]，　　车上八铃锵锵响，
不显其光[⑬]。　　大显荣耀真辉煌。
诸娣从之[⑭]，　　陪嫁诸女紧跟随，
祁祁如云[⑮]。　　人数众多如彩云。
韩侯顾之[⑯]，　　韩侯举行三顾礼，
烂其盈门[⑰]。　　灿烂光辉喜盈门。

① 炰（páo）鳖：烹煮鳖肉。② 蔌：蔬菜。③ 笋（sǔn）：竹笋。④ 乘（shèng）马：一乘车四匹马。路车：即辂车，贵族用大车。⑤ 笾（biān）豆：饮食用具，笾是盛果脯的高脚竹器，豆是盛食物的高脚、盘状陶器。⑥ 燕：通“宴”。胥：皆。⑦ 取妻：同“娶妻”。⑧ 汾王：郑笺：“厉王流于彘（地名，今山西霍县东北），彘在汾水之上，故时人因以号之。”⑨ 蹶父：周朝的卿大夫。⑩ 迎止：迎亲。⑪ 百两：百辆。彭彭：盛多。⑫ 鸾：通“銮”，挂在马嚼子两端的铃。⑬ 不（pī）：通“丕”，大。⑭ 诸娣从之：诸位娣女跟从她。⑮ 祁祁：盛多之貌。⑯ 顾：当时嫁娶的礼。⑰ 烂：光彩。

蹶父孔武[①]，	蹶父仪容真威武，
靡国不到[②]；	没有侯国不曾到；
为韩姞相攸[③]，	他替女儿谋归属，
莫如韩乐。	莫如韩地更好了。
孔乐韩土，	韩侯之地多快乐，
川泽讦讦[④]，	山川水泽都宽阔，
鲂鲊甫甫[⑤]，	鳊鱼鲢鱼都肥美，
麀鹿噳噳[⑥]，	公鹿母鹿相群居，
有熊有罴，	既有狗熊又有罴，
有猫有虎。	既有山猫又有虎。
庆既令居[⑦]，	欢庆有了好居所，
韩姞燕誉[⑧]。	韩姞心中真喜乐。

溥彼韩城[⑨]，	韩城广大又开阔，
燕师所完[⑩]。	燕国人民所建成。
以先祖受命，	因为先祖受王命，
因时百蛮[⑪]。	节制这些北方蛮。
王锡韩侯，	周王赏赐这韩侯，
其追其貊[⑫]。	追貊两族归你管。
奄受北国[⑬]，	包括北方众邦国，
因以其伯[⑭]。	都以你为其方伯。

①孔武：很勇武。孔，甚。②靡：没有。③韩姞：即蹶父之女，姞姓，嫁韩侯为妻，故称韩姞。相攸：指相女婿。④讦（xū）讦：广大貌。⑤甫甫：大貌。⑥麀（yōu）：母鹿。噳（yǔ）噳：鹿群聚的场面。⑦令居：美好的居所。⑧燕誉：安乐高兴。⑨溥（pǔ）：广大。韩城：韩国都城。⑩燕师：燕国人。⑪时：掌管、统辖。蛮：古时对异族土著部落统称蛮、夷。⑫追、貊（mò）：北方两个少数民族。⑬奄：完全。⑭伯：诸侯之长。

实墉实壑[①]，修筑城墙和城壕，
实亩实藉[②]。管理土地和赋税。
献其貔皮[③]，献上那些白狐皮，
赤豹黄罴。还有赤豹和黄罴。

江汉

——这是一首宣扬周王朝明君的武功文治之诗。

江汉浮浮，长江汉水水滔滔，
武夫滔滔[④]。征淮武夫势头强。
匪安匪游[⑤]，非求安来非出游，
淮夷来求[⑥]。是把淮夷来讨伐。
既出我车，既然我车已经出，
既设我旟[⑦]。既然我旗已经扬。
匪安匪舒，非求安来非快活，
淮夷来铺[⑧]。是伐淮夷把兵陈。

江汉汤汤[⑨]，长江汉水水汤汤，
武夫洸洸[⑩]。征夷武夫真威武。
经营四方，征伐四方的叛逆，
告成于王。捷报传来告周王。
四方既平，四方叛乱已平定，

①实：乃。墉：城墙，用作动词。壑：壕沟，用作动词。②亩：田亩，此作动词，指划分田亩。籍：征收赋税。③貔（pí）：猛兽名。④滔滔：水广大。⑤匪：同“非”。⑥来：语助词，含有“是”的意义。求：讨伐。⑦旟：画有鸟隼的旗。⑧铺：止，驻扎。⑨汤（shāng）汤：水势大的样子。⑩洸（guāng）洸：威武的样子。

王国庶定[①]。	周王疆土得安定。
时靡有争，	时下没有了纷乱，
王心载宁[②]。	周王心里就安宁。
江汉之浒[③]，	长江汉水的水边，
王命召虎：	周王命令召虎曰：
“式辟四方[④]，	“开辟四方的疆土，
彻我疆土[⑤]。	治理我朝的疆域。
匪疚匪棘[⑥]，	没有灾祸没危急，
王国来极[⑦]。	管理方国有定则。
于疆于理[⑧]，	划分边界和土地，
至于南海。”	一直到达南海滨。”
王命召虎，	周王册命了召虎，
来旬来宣[⑨]：	宗庙之中来宣告：
“文武受命，	“文王武王受天命，
召公维翰[⑩]。	召公是国家的栋梁。
无曰予小子[⑪]，	不要说我还年轻，
召公是似[⑫]。	召公的事业要继承。
肇敏戎公[⑬]，	动作迅速立大功，
用锡尔祉[⑭]。	赏赐给你多福禄。

①庶：幸好。②载：则。③浒（hǔ）：水边。④式：发语词。辟：开辟。⑤彻：开发。⑥疚：病，害。棘："急"的假借。⑦极：准则。⑧于：意义虚泛的助词，其词义取决于后面所带之词。⑨旬："巡"的假借。⑩召公：召虎的太祖，谥康公。维：是。翰：桢干。⑪予小子：宣王自称。⑫似："嗣"的假借，继承。⑬肇敏：勉力。戎：你。公：功业。⑭锡：赐。祉：福禄。

釐尔圭瓒[1]，	赏赐给你玉柄勺，
秬鬯一卣[2]。	还有一壶黑黍酒。
告于文人[3]，	祭祀告诉你祖先，
锡山土田。	赏赐给你山土田。
于周受命[4]，	你在周朝受册命，
自召祖命[5]。”	仪式与召祖相同。”
虎拜稽首[6]：	召虎拜谢又磕头：
“天子万年！”	“恭祝天子寿万年！”

虎拜稽首：	召虎拜谢又磕头：
“对扬王休[7]，	“报答颂扬王厚赐，
作召公考。	特意作此召公簋。
天子万寿！	恭祝天子寿万年！
明明天子[8]，	勤勉不懈周天子，
令闻不已[9]。	好的名声千古传。
矢其文德[10]，	施行周王的仁德，
洽此四国。”	协调四方众诸侯。”

常武

——这首诗赞美周宣王率兵平定叛乱，取得重大胜利。

赫赫明明[11]，	声威显赫见识明，

① 釐（lài）：“赉”的假借，赏赐。圭瓒（zàn）：用玉做柄的酒勺。② 秬（jù）：黑黍。鬯（chàng）：古时祭祀用的香酒，用郁金草合黑黍酿式。卣（yǒu）：带柄的酒壶。③ 文人：有文德的人。④ 于周受命：你在周朝受王命。⑤ 召祖：召氏之祖，指召康公。⑥ 稽首：古时礼节，跪下拱手磕头，手、头都触地。⑦ 对扬：颂扬。休：美德。⑧ 明明：勉勉。⑨ 令闻：美好的声誉。⑩ 矢：施行。⑪ 赫赫：威严的样子。明明：明智的样子。

王命卿士[1]，
南仲大祖[2]，
大师皇父[3]：
“整我六师[4]，
以修我戎[5]。
既敬既戒[6]，
惠此南国[7]。”

周王命令众卿士，
太庙之中封南仲，
册封皇父作太师：
“整饬周王的六军，
修缮周王的兵戎。
既要警戒又严整，
此征是为惠南国。”

王谓尹氏[8]，
命程伯休父[9]：
“左右陈行[10]，
戒我师旅。
率彼淮浦[11]，
省此徐土[12]。
不留不处[13]，
三事就绪[14]。”

周王告诉尹氏曰，
命令程伯为司马：
“兵将左右列成行，
告诫周王的部旅。
沿着淮水的河岸，
巡视徐国的土地。
不要久留勿居处，
选定三卿任其职。”

赫赫业业[15]，
有严天子[16]。
王舒保作[17]，
匪绍匪游[18]。

声威显赫有威仪，
天子仪容真威严。
王师徐缓从容进，
不延缓来不游荡。

---

① 卿士：周朝廷执政大臣。② 南仲：人名，宣王主事大臣。大祖：太祖。③ 大师：职掌军政的大臣。皇父：人名，周宣王太师。④ 整：治。六师：六军。周制，王建六军。一军一万二千五百人。⑤ 修我戎：整顿我的军备。⑥ 敬：警惕。⑦ 惠：爱。⑧ 尹氏：此指尹吉甫。⑨ 程伯休父：人名，宣王时大司马。⑩ 陈行：列队。⑪ 率：率领。⑫ 省：察视。徐土：指徐国。⑬ 不：二“不”字皆语助词，无义。留：同“刘”，杀。处：安。⑭ 三事：三卿。绪：业。⑮ 业业：前行的样子。⑯ 有严：严严，威严的样子。⑰ 舒：舒徐。保：安。作：起。⑱ 绍：舒缓。游：优游。

徐方绎骚[①]，	徐国之地正骚乱，
震惊徐方，	王师之威震徐邦，
如雷如霆[②]，	声势如雷如闪电，
徐方震惊。	徐邦上下皆震惊。
王奋厥武[③]，	周王奋起真勇武，
如震如怒。	就如天震如怒号。
进厥虎臣[④]，	冲锋兵车勇突进，
阚如虓虎[⑤]。	咆哮之声如猛虎。
铺敦淮濆[⑥]，	布军整顿淮水岸，
仍执丑虏[⑦]。	捉住敌方的俘虏。
截彼淮浦[⑧]，	截军就在淮水边，
王师之所[⑨]。	王师于此扎营府。
王旅啴啴[⑩]，	周王军队真浩大，
如飞如翰[⑪]。	就如鸟儿飞急速。
如江如汉，	好比长江和汉水，
如山之苞[⑫]，	好比青山长绵延，
如川之流，	好比河川的流淌，
绵绵翼翼[⑬]，	连绵不断势浩大，
不测不克，	不可测度不可胜，

① 绎骚：骚动。② 霆：打雷。③ 奋厥武：奋发用武。④ 虎臣：猛如虎的武士。⑤ 阚（hǎn）如：虎怒的样子。虓（xiāo）：虎啸。⑥ 铺：大。敦：屯聚。此处指陈列。濆（fén）：大堤。⑦ 仍：就。丑虏：对敌军的蔑称。⑧ 截：断绝。⑨ 所：处。⑩ 啴（tān）啴：人多势众的样子。⑪ 翰：指鸷鸟。⑫ 苞：指根基。⑬ 翼翼：壮盛的样子。

濯征徐国①。 大军讨伐这徐国。

王犹允塞②， 周王谋划确实精，
徐方既来。 徐国之地来归降。
徐方既同， 徐国之地既一统，
天子之功。 都是天子的功劳。
四方既平， 四方邦国已平定，
徐方来庭③。 徐国觐见来我朝。
徐方不回④， 徐国从此不敢叛，
王曰还归。 周王命令班师回。

瞻卬

——这首诗尖锐地讽刺周幽王荒淫误国、褒姒乱国，表现了诗人忧国忧民的情怀和嫉恶如仇的愤慨。

瞻卬昊天⑤， 抬头仰望那青天，
则不我惠⑥。 对我不施肯恩泽。
孔填不宁⑦， 天下长久不安宁，
降此大厉⑧。 降下如此大灾祸。
邦靡有定， 邦国无处有安定，
士民其瘵⑨。 士卒人民都病倒。
蟊贼蟊疾⑩， 庄稼地里生害虫，
靡有夷届⑪。 没有终了没尽头。

---

①濯：大。②犹：谋略。允：诚。塞：实，指谋略不落空。③来庭：来王庭，指朝觐。④回：违。⑤瞻卬（yǎng）：通“瞻仰”。⑥惠：爱。⑦填（chén）：通“陈”，长久。⑧厉：祸患。⑨士民：士人与平民。瘵（zhài）：病。⑩蟊（máo）：伤害禾稼的虫子。贼、疾：害。⑪夷：语气助词。届：至，极。

罪罟不收[①]，	酷刑繁多无止境，
靡有夷瘳[②]。	没有伤好的时候。
人有土田，	别人有那好田地，
女反有之。	你倒是去侵占它。
人有民人，	别人有那众家奴，
女覆夺之[③]。	你倒是去抢夺他。
此宜无罪，	这些人儿本无罪，
女反收之。	你倒是去拘捕他。
彼宜有罪，	那些人本是罪犯，
女覆说之[④]。	你倒是去包庇他。
哲夫成城[⑤]，	有识男子能立国，
哲妇倾城。	有才女子能覆国。
懿厥哲妇[⑥]，	哎呀那位精明妇，
为枭为鸱[⑦]。	她如恶枭如鸱鸟。
妇有长舌，	这位妇人爱多嘴，
维厉之阶[⑧]。	她是祸患的根源。
乱匪降自天，	混乱并非从天降，
生自妇人。	而是生自妇人口。
匪教匪诲[⑨]，	既非教化非教诲，
时维妇寺[⑩]。	只是妇人内侍言。

① 罪罟：（gǔ）刑罪之法网。② 瘳（chōu）：病愈。③ 覆：反而。④ 说（tuō）：通“脱”，解脱。⑤ 哲：智。⑥ 懿：通“噫”，叹词。⑦ 枭（xiāo）：传说长大后食母的恶鸟。鸱（chī）：猫头鹰的一种。⑧ 阶：阶梯，此处作“因由”解。⑨ 匪：不可。教诲：教导。⑩ 时：是。维：为。寺：内侍，指宦官。

鞫人忮忒①，	说些诬陷害人话，
譖始竟背②。	谗言始终相矛盾。
岂曰不极③，	难道她还不凶狠，
伊胡为慝④？	为何还要宠溺她？
如贾三倍⑤，	就如商人倍得利，
君子是识⑥。	贵族仍然掌政事。
妇无公事⑦，	妇人与国事无关，
休其蚕织。	却不养蚕和桑织。
天何以刺⑧？	上天为何责罚我？
何神不富⑨？	神明为何不赐福？
舍尔介狄⑩，	放纵披甲的夷狄，
维予胥忌⑪。	只是怨恨顾忌我。
不吊不祥⑫，	天灾人祸不抚恤，
威仪不类⑬。	礼节丧失皆败坏。
人之云亡⑭，	贤人良民都逃走，
邦国殄瘁⑮。	邦国陷入艰难境。
天之降罔⑯，	上天降下罪责来，
维其优矣⑰。	真是多得数不清。
人之云亡，	贤人良民都逃走，

① 鞫（jū）人：奸人。忮（zhì）忒：害人。② 譖（zèn）：进谗言。竟：终。背：违背，自相矛盾。③ 极：狠。④ 伊：语助词。慝（tè）：恶，错。⑤ 贾（gǔ）：经商。三倍：三倍的利润。⑥ 君子：指在朝执政者。识：见识。⑦ 公事：政事。⑧ 刺：指责，责备。⑨ 富：福祐。⑩ 介：大。狄：坏人。⑪ 胥：相。忌：怨恨。⑫ 吊：慰问，抚恤。⑬ 类：善。⑭ 亡：散去。⑮ 殄（tiǎn）瘁：病困，困穷。⑯ 罔：罗网。⑰ 优：多。

心之忧矣。　　心里真是忧虑啊。
天之降罔，　　上天降下罪责来，
维其几矣[①]。　　真是到了危急时。
人之云亡，　　贤人良民都逃走，
心之悲矣！　　心里真是悲哀啊！

觱沸槛泉[②]，　　泉水翻腾往上涌，
维其深矣。　　内里一定极源深。
心之忧矣，　　心里真是忧虑啊，
宁自今矣？　　难道从今就如此？
不自我先，　　既不从我之前起，
不自我后。　　也不从我之后时。
藐藐昊天[③]，　　高远浩荡的青天，
无不可巩[④]。　　没有不能掌控的。
无忝皇祖[⑤]，　　不要辱没了先祖，
式救尔后[⑥]。　　要挽救你的子孙。

召旻

——这首诗痛斥周幽王昏庸无道，致使民不聊生，抒发了诗人对国家前途的担忧和自己身世的恐惧。

旻天疾威[⑦]，　　上天发怒显神威，
天笃降丧[⑧]。　　天降灾荒使丧亡。
瘨我饥馑[⑨]，　　灾害让我受饥馑，

① 几：危险。② 觱（bì）沸：泉水上涌的样子。槛泉：喷涌而出的泉水。③ 藐藐：高远貌。④ 巩：固，指约束控制。⑤ 忝（tiǎn）：辱。⑥ 后：后代子孙。⑦ 旻（mín）天：此泛指天。疾威：暴虐。⑧ 天笃降丧：天降灾荒使人丧。⑨ 瘨（diān）：灾病。

民卒流亡。	百姓四散尽流亡。
我居圉卒荒①。	国内边疆都荒凉。
天降罪罟②，	上天降下了罪王，
蟊贼内讧。	贼人内部互争斗。
昏椓靡共③，	昏昧谗毁不尽职，
溃溃回遹④，	混乱邪僻四处行，
实靖夷我邦⑤。	实在是谋害我邦。
皋皋訿訿⑥，	样子欺诳喜毁谤，
曾不知其玷。	曾不自知有污点。
兢兢业业，	贤人勤勉又尽心，
孔填不宁⑦，	心中实在不安宁，
我位孔贬⑧。	我的职位太低下。
如彼岁旱，	就像整年都干旱，
草不溃茂⑨，	草木不绿不丰茂，
如彼栖苴⑩。	像那枯草地上倒。
我相此邦⑪，	我看这个国家啊，
无不溃止⑫。	定是崩溃灭亡样。
维昔之富不如时⑬，	从前富裕不似今，

① 居圉（yǔ）：居住之处。② 罪罟（gǔ）：罪网。③ 昏椓（zhuó）：《郑笺》："昏、椓皆奄人也。" 靡共：不供职。共，通 "供"。④ 溃溃：昏乱。回遹：邪僻。⑤ 靖夷：想毁灭。⑥ 皋皋：欺诳。訿（zǐ）訿：懒惰。⑦ 孔：很。填（chén）：长久。⑧ 贬：指职位低。⑨ 溃：遂。⑩ 苴（chá）：水中草。⑪ 相：察看。⑫ 止：语气词。⑬ 时：是，此，指今时。

维今之疚不如兹①。	如今之病莫如此。
彼疏斯粺②，	那吃高粱这吃米，
胡不自替③？	为何不自己废弃？
职兄斯引④。	此种情况时间长。
池之竭矣，	那池水的枯竭啊，
不云自频⑤？	难道不是从水沿？
泉之竭矣，	那泉水的枯竭啊，
不云自中？	难道不是从中间？
溥斯害矣⑥，	这灾害如此普遍，
职兄斯弘⑦，	此种情况破坏大，
不烖我躬⑧？	难道我不受牵连？
昔先王受命⑨，	昔日先王受天命，
有如召公⑩。	有贤臣者如召公。
日辟国百里，	一日开辟国百里，
今也日蹙国百里⑪。	今也一日丧国百里。
於乎哀哉⑫！	哎呀多么得可叹！
维今之人，	今日在朝内的人，
不尚有旧？	是否还有先朝臣？

①疚：贫病。②疏：程瑶田《九谷考》以为即稷，高粱。粺（bài）：精米。③替：废，退。④职：主。兄（kuàng）："况"的假借。引：延长。⑤频：滨。⑥溥（pǔ）：普遍。⑦弘：大。⑧不烖我躬：灾害怎不向我来。⑨先王：指武王、成王。⑩召公：周武王、成王时的大臣。⑪蹙（cù）：收缩。⑫於乎：同"呜呼"。

·颂·

“颂”是一种宗庙祭祀的乐歌。主要是周王和诸侯用于祭祀或其他重大典礼的乐歌，演奏时配合乐器，采用皇家乐调，而且带有扮演、舞蹈的艺术样式。内容多是宣扬天命，赞颂祖先功德的作品。“颂”诗分为《周颂》《鲁颂》《商颂》，共40篇。

周　颂

《周颂》是周王朝用于宗庙祭祀的乐歌。《周颂》大部分产生于西周初年，武王、成王、康王时期，也有迟至昭王时期的作品。共存诗31篇，产生地基本是西周的都城镐京。

清庙

——这是一首诸侯群臣告祭周文王、致政周成王的乐歌。

於穆清庙[①]，　　啊，深沉的清庙，
肃雍显相[②]。　　助祭严肃雍容又高贵。
济济多士[③]，　　整齐的众人，
秉文之德[④]。　　秉持文王的美德。
对越在天[⑤]，　　遥对天上的英灵，
骏奔走在庙[⑥]。　　急速奔走在清庙。
不显不承[⑦]，　　光耀啊，承继啊，
无射于人斯[⑧]。　　永远不厌烦。

维天之命

——这是周成王称颂周文王之德的祭文。

维天之命[⑨]，　　只有天命，

①於（wū）：赞叹词，犹如今天的"啊"。穆：庄严、壮美。清庙：祭文王的宗庙。②肃雍（yōng）：庄重而和顺的样子。显：高贵显赫。相：助祭的人，此指助祭的公卿诸侯。③济济：众多。多士：指祭祀时承担各种职事的官吏。④秉：秉承，操持。文之德：周文王的德行。⑤对越：犹"对扬"，对是报答，扬是颂扬。在天：指周文王的在天之灵。⑥骏：敏捷、迅速。⑦不（pī）：通"丕"，大。承：继承。⑧射（yì）：借为"斁"，厌弃。斯：语气词。⑨维：语助词。

於穆不已[①]。啊，庄严肃穆不停息。
於乎不显[②]，啊，显赫光明，
文王之德之纯！文王德行多纯正！
假以溢我[③]，美德让我慎静，
我其收之。我来继承它。
骏惠我文王[④]，遵照我文王，
曾孙笃之[⑤]。子子孙孙要笃行。

维清

——这是祭礼结束时的送神之作。

维清缉熙[⑥]，清明又光明啊，
文王之典[⑦]。文王的典章。
肇禋[⑧]，开始祭天，
迄用有成[⑨]。直到功业有所成。
为周之祯[⑩]。是周的祥祯。

烈文

——这是周成王即位后祭祀祖先时戒勉助祭诸侯的诗。

烈文辟公[⑪]，有功有德的诸侯公，
锡兹祉福[⑫]。赐予这福泽。
惠我无疆，给我无穷恩惠，

① 於（wū）：叹词，表示赞美。穆：庄严粹美。② 不（pī）：借为“丕”，大。③ 假以溢我：借文王之美德来丰富我。④ 骏惠：顺。⑤ 曾孙：孙以下后代均称曾孙。笃：厚。⑥ 维：语助词。⑦ 典：法。⑧ 肇：开始。禋（yīn）：祭天。⑨ 迄：至。⑩ 祯：吉祥。⑪ 烈文：功烈文德。辟公：君公。文王起初不称王。⑫ 锡：同“赐”。兹：此。祉（zhǐ）：福。

子孙保之。
无封靡于尔邦①，
维王其崇之②。
念兹戎功③，
继序其皇之④。
无竞维人⑤，
四方其训之⑥。
不显维德⑦，
百辟其刑之⑧。
於乎，前王不忘⑨！

子孙长保福祥。
不在你邦国犯大错，
我王尊重你。
感念这大功，
继承功业光大它。
强盛只有得贤人，
四方诸侯才依顺。
光显那美德，
诸侯当效法。
啊，先王美德永不忘！

天作

——这是周天子祭祀岐山而追怀先祖功业的诗。

天作高山⑩，
大王荒之⑪。
彼作矣⑫，
文王康之⑬。
彼徂矣⑭，
岐有夷之行⑮，
子孙保之！

上天生岐山，
太王治理扩大它。
上天生万物，
文王安定它。
万民来归顺，
岐有平坦的道路，
子孙永远守护它！

---

①封：通“丰”，大。靡：累，罪恶。②崇：尊重。③戎：大。④序：弘扬。皇：美。⑤无竞维人：最强的只有得贤人。⑥方其训之：四方来归顺。⑦不（pī）：通“丕”，大。⑧百辟：众诸侯。刑：通“型”，效法。⑨前王：指周文王、周武王。⑩高山：指岐山。⑪大王：即太王古公亶父，周文王的祖父。荒：扩大，治理。⑫彼：指大王。作：治理。⑬康：安。⑭彼：指文王。徂：往。⑮夷：平坦易通。行：道路。

昊天有成命

——这是祭祀成王的诗。

昊天有成命①，　　上天有明令，
二后受之②。　　文、武二君接受它。
成王不敢康③，　　成王不敢享安乐，
夙夜基命宥密④。　　日夜谋划安邦国。
於缉熙⑤，　　啊，光明啊，
单厥心⑥，　　诚厚的心肠，
肆其靖之⑦。　　巩固国家安定它。

我将

——这首诗表现武王出征前祭祀上天和文王，并祈求保佑的情景。

我将我享⑧，　　我奉上大祭，
维羊维牛，　　是肥羊肥牛，
维天其右之⑨。　　祈求上天护佑。
仪式刑文王之典⑩，　　效法文王的典章，
日靖四方⑪。　　每天安定四方。
伊嘏文王⑫，　　伟大的文王，
既右飨之⑬。　　享受祭祀来护佑。

①昊天：苍天。成命：既定的天命。②二后：二王，指周文王与周武王。③康：安乐，安宁。④夙夜：日夜，朝夕。基命：王者始承的天命。宥（yòu）密：宽仁宁静。⑤於（wū）：叹词，有赞美之意。缉熙：光明。⑥单：忠厚。厥：其，指成王。⑦靖：安定。⑧享：献祭品。⑨右：通“佑”，保佑。⑩仪式刑：则用法。典：典章，法则。⑪靖：平定。⑫伊：语助词。嘏：大，伟大。⑬右：佑助。飨（xiǎng）：享用祭品。

我其夙夜，　　我日夜勤勉，
畏天之威，　　敬畏上天的威严，
于时保之①。　　如此保护国家。

时迈

——这是武王灭商后，巡守邦国而告祭上天及山川的乐歌。

时迈其邦②，　　巡视各邦，
昊天其子之③，　　上天待周像亲子，
实右序有周④。　　护佑帮助我周邦。
薄言震之⑤，　　武力震四邦，
莫不震叠⑥。　　四邦皆恐慌。
怀柔百神⑦，　　安抚取悦众神，
及河乔岳⑧。　　遍及大河高山。
允王维后⑨！　　确实是天下的君王！
明昭有周⑩，　　光明显赫我大周，
式序在位⑪。　　众人各称其位。
载戢干戈⑫，　　干戈收起来，
载櫜弓矢⑬。　　弓箭装袋里。
我求懿德⑭，　　我祈求美德，

---

①于时：于是。②时：按时。迈：巡视。邦：国。③昊天：苍天，皇天。子之：以之为子，谓使之为王也。④实：语助词。一说指“实在，的确”。右：同“佑”，保佑。序：顺，顺应。有周：即周王朝。⑤薄言：发语词，有急迫之意。震：威严。之：指各诸侯邦国。⑥震叠：震惊慑服。⑦怀柔：安抚。百神：泛指天地山川之众神。此句谓祭祀百神。⑧及：指祭及。河：此指河神。乔岳：此指山神。⑨允：诚然，的确。王：周武王。维：犹“为”。后：君。⑩明昭：即“昭明”，显著，此为发扬光大的意思。⑪式：发语词。序在位：合理安排在位的诸侯。⑫载：犹“则”，于是，乃。戢：聚拢。干，盾。干戈：泛指兵器。⑬櫜（gāo）：古代盛衣甲或弓箭的皮囊。此处用为动词。⑭我：周人自谓。懿：美。懿德：美德，指文治教化。

肆于时夏[①]。 施行遍及国家。
允王保之[②]。 一定永远保护它。

执竞

——这是昭王时代的祭歌。

执竞武王[③]， 征服强邦的武王，
无竞维烈[④]。 克商功业无人比。
不显成康[⑤]， 安定国家功显耀，
上帝是皇[⑥]。 上帝赞赏他。
自彼成康， 从那国家安定，
奄有四方[⑦]， 覆盖天下四邦，
斤斤其明[⑧]。 英明善察。
钟鼓喤喤[⑨]， 敲钟击鼓皇皇响，
磬筦将将[⑩]， 击磬吹管声锵锵，
降福穰穰[⑪]。 降下众多福泽。
降福简简[⑫]， 降下盛大福泽，
威仪反反[⑬]。 仪容威严慎重。
既醉既饱， 神灵醉又饱，
福禄来反。 赐福禄给周邦。

---

①肆：于是。时：犹“是”，这、此。夏：中国。指周王朝统治的天下。②保：指保持天命、保持先祖的功业。③执：执持。竞：自强。④竞：自强。维：是。烈：功绩。⑤不（pī）：通“丕”，大。成：周成王。康：周康王，成王子。⑥上帝：指上天。皇：美。⑦奄：覆盖，此处指统治。⑧斤斤：明察。⑨喤（huáng）喤：声音洪亮和谐。⑩磬：一种石制打击乐器。筦：同“管”，管乐器。将将：声音盛多。⑪穰（ráng）穰：众多。⑫简简：盛大。⑬威仪：祭祀时的礼节仪式。反反：谨重。

思文

——这首诗表现了祭祀后稷的场面。

思文后稷①，	想起后稷的文德，
克配彼天②。	能匹配上天。
立我烝民③，	养育我众民，
莫匪尔极④。	没有人不受恩惠。
贻我来牟⑤，	留下麦子给我们，
帝命率育⑥。	天命用它来养人。
无此疆尔界，	不分彼此疆界，
陈常于时夏⑦。	推及农政遍华夏。

臣工

——这是周王耕种藉田并劝诫农官的农事诗。

嗟嗟臣工⑧，	群臣百官，
敬尔在公⑨。	谨慎做公务。
王釐尔成⑩，	周王教你们耕种，
来咨来茹⑪。	你们商量细研究。
嗟嗟保介⑫，	保护田界的人，
维莫之春⑬。	正是暮春时节。

---

① 文：文德，即治理国家、发展经济的功德。后稷：周人始祖，姓姬氏，名弃，号后稷。②克：能够。配：配享，即一同受祭祀。③立：通“粒”，米食。此处用如动词，养育。烝民：众民。④极：无量功德。⑤贻：赐予。来：小麦。牟：大麦。⑥帝命率育：上天命令与民种育相连。⑦陈：遍布。常：此指农政。时：此。夏：中国。⑧ 嗟嗟：重言以加重语气。臣工：群臣百官。⑨ 敬尔：尔敬。在公：为公家工作。⑩ 釐：通“赉（lài）”，赐。成：指收成。⑪ 咨：询问、商量。茹：度。⑫ 保介：田官。⑬ 莫（mù）：古“暮”字，莫之春即暮春，是麦将成熟之时。

亦有何求[①]？ 有什么要求？
如何新畬[②]？ 新田旧田怎么种？
於皇来牟[③]， 啊，麦子长得好，
将受厥明[④]。 会得到好收成。
明昭上帝[⑤]， 光明显赫的上帝，
迄用康年[⑥]。 给我们丰年。
命我众人[⑦]， 命令农人，
庤乃钱镈[⑧]， 准备好锹锄，
奄观铚艾[⑨]。 一起看收麦。

噫嘻

——这是一首反映周代社会生活的农事诗。

噫嘻成王[⑩]， 啊，成王，
既昭假尔[⑪]。 既然诚意传到你那里。
率时农夫[⑫]， 率领这些农夫，
播厥百谷。 播种那百谷。
骏发尔私[⑬]， 快快开发私田，
终三十里[⑭]。 三十里地全耕耘。
亦服尔耕[⑮]， 从事你们的耕作，

① 又：有。求：需求。② 新畬（yú）：新田，熟田。③ 於（wū）：叹词，相当于“啊”。皇：美盛。来牟：麦子。④ 厥：其，指代将熟之麦。明：收成。⑤ 明昭：明明，明智而洞察。⑥ 迄用：至今。康年：丰年。⑦ 众人：庶民们，指农人。⑧ 庤（zhì）：储备。钱（jiǎn）：农具名，掘土用。镈（bó）：农具名，除草用。⑨ 奄观：尽观，即视察之意。铚（zhì ）：农具名，一种短小的镰刀。艾：割。⑩ 噫嘻：感叹声，兼有神圣的意味。成王：周成王。⑪ 昭：招请。假，通“格”，义为至。尔：您，指所请之神。⑫ 时：通“是”，此。⑬ 骏发：快开发。⑭ 终：井田制的土地单位之一。每终占地一千平方里，纵横各长约三十一点六里，取整数称三十里。⑮ 服：配合，服从。

十千维耦①。　　万人耦耕齐努力。

振鹭

——这是周天子设宴招待来镐京助祭的诸侯的乐歌。

振鹭于飞②，　　白鹭成群飞起，
于彼西雍③。　　在那西边水泽。
我客戾止④，　　我有贵客到来，
亦有斯容。　　也穿高洁白衣。
在彼无恶⑤，　　在那不被怨恨，
在此无斁⑥。　　在这不被厌弃。
庶几夙夜⑦，　　望他日夜勤奋，
以永终誉⑧。　　永远有这美誉。

丰年

——这是周代先民为丰收而作的赞歌。

丰年多黍多稌⑨。　　丰年多小米多稻。
亦有高廪⑩，　　粮仓堆得高，
万亿及秭⑪。　　万亿十亿计。
为酒为醴⑫，　　酿成酒和甜酒，
烝畀祖妣⑬，　　献给先祖先妣，

---

①耦：两人各持一耜并肩共耕。②振：群飞的样子。③雍（yōng）：水泽。④戾（lì）：到。止：语助词。⑤恶：恶感。⑥斁（yì）：厌弃。⑦庶几：差不多，此表希望。⑧永：长。终誉：恒久的荣誉。⑨黍：黍子，去皮后叫黏黄米。稌（tú）：稻。⑩廪：粮仓。⑪亿：周代以十万为亿。秭（zǐ）：数词，十亿。⑫醴（lǐ）：甜酒。⑬烝：进献。畀（bì）：给予。祖妣：先祖和先妣。

以洽百礼①，	配合各种礼仪，
降福孔皆②。	降下福泽遍及。

有瞽

——这是周天子合乐于庙宇所唱的乐歌。

有瞽有瞽③，	盲乐师盲乐师，
在周之庭。	在周朝庙庭。
设业设虡④，	摆上木板木架，
崇牙树羽⑤。	羽毛装饰木钉。
应田县鼓⑥，	悬挂小鼓大鼓，
鞉磬柷圉⑦。	鞉磬柷圉备齐。
既备乃奏⑧，	准备齐全开演，
萧管备举⑨。	萧管一起吹奏。
喤喤厥声⑩，	乐声喤喤多洪亮，
肃雍和鸣⑪，	肃穆和缓齐吹响，
先祖是听。	祖先神灵都来听。
我客戾止⑫，	我有贵客到来，
永观厥成⑬。	一直看到曲终。

①洽：配合。百礼：各种礼仪。②孔：很。皆：普遍。③瞽（gǔ）：盲人。这里指周代的盲人乐师。④业：悬挂乐器的横木上的大板，为锯齿状。虡（jù）：悬挂乐器的直木架，上有业。⑤崇牙：业上用以挂乐器的木钉。树羽：用五彩羽毛做崇牙的装饰。⑥应：小鼓。田：大鼓。县（xuán）："悬"的本字。⑦鞉（táo）：摇鼓。磬（qìng）：玉石制的板状打击乐器。柷（zhù）：木制的打击乐器，状如漆桶。音乐开始时击柷。圉（yǔ）：打击乐器，状如伏虎，背上有锯齿。以木尺刮之发声，用以止乐。⑧备：安排就绪。⑨箫管：竹制吹奏乐器。⑩喤（huáng）喤：乐声大而和谐。⑪肃雍（yōng）：肃穆舒缓。⑫戾（lì）：到达。⑬永：长。成：一曲奏完。

潜

——这是记述周天子以各种嘉鱼献祭于宗庙盛况的乐歌。

猗与漆沮①，
潜有多鱼②：
有鳣有鲔③，
鲦鲿鰋鲤④。
以享以祀，
以介景福⑤。

啊，漆水和沮水，
水中柴堆好多鱼：
有鳣鱼鲔鱼，
还有鲦鲿鰋鲤。
献给祖宗来祭祀，
求得福气无穷。

雍

——这是周天子在宗庙祭祀后撤去祭品礼器时的乐歌。

有来雍雍⑥，
至止肃肃⑦。
相维辟公⑧，
天子穆穆⑨。
於荐广牡⑩，
相予肆祀⑪。
假哉皇考⑫！
绥予孝子⑬。
宣哲维人⑭，

来时和睦，
到这里严肃。
助祭是各诸侯，
天子庄严肃穆。
啊，献一头大牛，
助我摆好祭品。
伟大啊先父！
安慰我这孝子心。
明哲的贤臣，

---

①猗与：赞美之词。漆沮：两条河流名，均在今陕西省。②潜：放在水中供鱼栖止的柴堆。③鳣（zhān）：大鲤鱼。鲔（wěi）：鲟鱼。④鲦（tiáo）：白条鱼。鲿（cháng）：黄颊鱼。鰋（yǎn）：鲇鱼。⑤介：求。景：大。⑥雍（yōng）雍：和睦。⑦肃肃：恭敬。⑧相：助祭。辟公：诸侯。⑨穆穆：庄重盛美。⑩於（wū）：赞叹声。荐：进献。广：大。牡：雄性牲口。⑪相：助。予：周天子自称。肆：陈列。⑫假哉：美啊。皇考：对已故父亲的美称。⑬绥：安。⑭宣哲：明智。

文武维后[1]。　　文武兼备的主君。
燕及皇天[2]，　　安定周邦和上天，
克昌厥后[3]。　　能昌盛后人。
绥我眉寿[4]，　　赐予我长寿，
介以繁祉[5]。　　助我多福多祉。
既右烈考[6]，　　既劝光明的先父享用，
亦右文母[7]。　　也请有文德的先母品尝。

载见

——这是在祭祀仪式现场所诵唱的乐歌。

载见辟王[8]，　　开始见到周王，
曰求厥章[9]。　　请求车服典章。
龙旂阳阳[10]，　　龙旗多美丽，
和铃央央[11]。　　车铃叮当响。
鞗革有鸧[12]，　　马缰有金饰，
休有烈光[13]。　　华丽又闪亮。
率见昭考[14]，　　相率拜祭武王，
以孝以享[15]。　　献上祭品请神享。
以介眉寿，　　请赐我长寿，
永言保之[16]，　　永远保佑，

---

①后：君主。②燕：安。③克：能。厥：其。④绥：安定。眉寿：长寿。⑤介：用。繁祉：多福。⑥右：保佑。烈考：先父。⑦文母：有文德的先亲。⑧载：始。辟王：君王。⑨曰：发语词。章：法度。⑩旂（qí）：画有蛟龙的旗，旗竿头系铃。阳阳：鲜明。⑪和：挂在车轼（扶手横木）前的铃。铃：挂在旂上的铃。央央：铃声和谐。⑫鞗（tiáo）革：马缰绳。有鸧（qiāng）：鸧鸧，金饰貌。⑬休：美。⑭昭考：此处指周武王。⑮孝、享：均献祭义。⑯言：语助词。

思皇多祜①。　　君王多福。
烈文辟公②，　　光明的诸侯，
绥以多福，　　赐予你多福，
俾缉熙于纯嘏③。　　保佑你前途无量。

有客

——这是古代王公贵族接待宾客之诗。

有客有客④，　　有客来有客来，
亦白其马⑤。　　驾着白马。
有萋有且⑥，　　许多人跟从，
敦琢其旅⑦。　　品德个个好。
有客宿宿⑧，　　客人住一夜，
有客信信⑨。　　客人住几夜。
言授之絷⑩，　　给他拿绳索，
以絷其马。　　用绳拴住马。
薄言追之⑪，　　临走去送他，
左右绥之⑫。　　大臣慰劳他。
既有淫威⑬，　　既然受厚待，
降福孔夷⑭。　　天降大福给他。

① 思：发语词。皇：指周成王。祜（hù）：福。② 烈文：辉煌而有文德。③ 俾：使。缉熙：光明。纯嘏（gǔ）：大福。④ 客：指宋微子。⑤ 亦白其马：他用白马驾车乘。⑥ 有萋有且（jū）：即“萋萋且且”，此指随从众多。⑦ 敦琢：意为雕琢，引申为选择。旅：通“侣”，指伴随微子的宋大夫。⑧ 宿：一宿曰宿。⑨ 信：再宿曰信。或谓宿宿为再宿，信信为再信，亦可通。⑩ 絷（zhí）：拴马索。⑪ 薄言：语助词。追：饯行送别。⑫ 绥：安定。⑬ 淫：盛，大。威：德。⑭ 孔：很。夷：大。

武

——这是歌颂武王克商的乐舞。

於皇武王①，　　啊，伟大的武王，
无竞维烈②。　　功业无人能比。
允文文王③，　　诚信有德的文王，
克开厥后④。　　能为后人创基业。
嗣武受之⑤，　　后嗣武王继承它，
胜殷遏刘⑥，　　攻克殷商止杀戮，
耆定尔功⑦。　　使功业稳固。

闵予小子⑧

——这是歌颂成王即位之初之事。

闵予小子，　　可怜我年纪小，
遭家不造⑨，　　遭遇家中不幸，
嬛嬛在疚⑩。　　孤独无依让人愁。
於乎皇考⑪，　　啊，我的先父，
永世克孝⑫！　　能终身尽孝！
念兹皇祖⑬，　　想起我的先祖，
陟降庭止⑭。　　公平任用贤能。
维予小子，　　只我年纪小，

①於（wū）：叹词。皇：光耀。②竞：争，比。烈：功业。③允：信然。文（第一个“文”）：文德。④克：能。厥：其。⑤嗣：后嗣。武：指周武王。⑥遏：制止。刘：杀戮。⑦耆（zhī）：致，做到。尔：指武王。⑧闵：怜悯。予小子：成王自称。⑨不造：不善，指遭凶丧。⑩嬛（qióng）嬛：孤独无依靠。疚：忧伤。⑪於（wū）乎：同“呜呼”，表感叹。皇考：指武王。⑫克：能。⑬皇祖：指祖父。⑭陟降：升降。庭：通“廷”。止：语气词。

夙夜敬止。
於乎皇王①，
继序思不忘②！

日夜勤勉谨慎。
啊，我的先王，
继承功业永不忘！

访落

——这首诗反映成王即位之初谨慎惶恐的心境。

访予落止③，
率时昭考④。
於乎悠哉⑤，
朕未有艾⑥。
将予就之⑦，
继犹判涣⑧。
维予小子，
未堪家多难。
绍庭上下⑨，
陟降厥家⑩。
休矣皇考⑪，
以保明其身⑫。

开始商量国事，
跟随伟大的先王。
啊，深远啊，
我的阅历太少。
大臣助我依先法，
共同谋划大事。
只是我年纪小，
家国多难难承担。
继承先王之法，
任用贤人安国家。
美好啊，我的先父，
保佑激励我自身。

---

①皇王：兼指文王、武王。②继序：继承大业。③访：谋，商讨。落：始。止：语气词。④率：遵循。时：是，这。昭考：指武王。⑤悠：远。⑥艾：阅历，此处指成王年幼无知。⑦就：因，遵从。⑧判涣：分散。⑨绍：继。⑩陟降：提升和贬谪。厥：其。⑪休：美。皇考：指先祖。⑫保：保佑。明：勉励。

敬之

——这是一首周成王自我规诫、告诫群臣的诗。

敬之敬之①，	警醒慎重，
天维显思②，	天道显明，
命不易哉③！	天命不易改变啊！
无曰高高在上，	不要说天高在上，
陟降厥士④，	提拔贬黜士人，
日监在兹⑤。	每天在这监视。
维予小子⑥，	只是我年纪小，
不聪敬止⑦。	不够聪明谨慎。
日就月将⑧，	日积月累，
学有缉熙于光明⑨。	学问渐大到光明。
佛时仔肩⑩，	众人助我担责任，
示我显德行⑪。	显明的德行指引我。

小毖

——这首诗是成王亲政后对以往过错的深刻反思。

予其惩而毖后患⑫，	我当警醒慎防后患，
莫予荓蜂⑬，	不再乱动蜂群，
自求辛螫⑭。	惹来蜂蛰刺疼。

①敬：警戒。②显：明白。思：语气助词。③命：天命。易：变更。④陟降：升降。士:《说文》："士，事也。"⑤日：每天。监：察，监视。兹：此。⑥小子：年轻人，周成王自称。⑦聪：聪明。⑧日就月将：每日有成就，每月有奉行。⑨缉熙：积累光亮，喻掌握知识渐广渐深。⑩佛（bì）：通"弼"，辅助。时：是。仔肩：责任。⑪显：显明。⑫惩：警戒。毖：谨慎。⑬荓蜂：抚乱群蜂。⑭螫（shì）：毒虫刺人。

肇允彼桃虫①，开始以为是鹪鹩，
拼飞维鸟②。飞起才知是大鸟。
未堪家多难③，家国多难难承担，
予又集于蓼④。又陷进苦辣的蓼草丛。

载芟

——这是一首反映周代农政思想之诗。

载芟载柞⑤，开始除草除树木，
其耕泽泽⑥。耕地翻动土湿润。
千耦其耘⑦，千对耦除草耕耘，
徂隰徂畛⑧。开垦湿地到田埂。
侯主侯伯⑨，国君和长子，
侯亚侯旅⑩，长子兄弟和他们的众子孙，
侯彊侯以⑪。强壮的国民和雇佣的短工。
有嗿其馌⑫，送来饭食一片吃饭声，
思媚其妇⑬，美貌的送饭妇女，
有依其士⑭。强壮的耕作男人。
有略其耜⑮，有锋利的铜铧犁，
俶载南亩⑯。开始耕种田地。

---

①肇：开始。允：诚，信。桃虫：鸟名，即鹪鹩。②拼：翻飞。③多难：指武庚、管叔、蔡叔之乱。④蓼（liǎo）：草名，生于水边，味辛辣苦涩。⑤芟（shān）：割除杂草。柞（zé）：砍除树木。⑥泽泽：土解之貌。⑦千：指数量多。耦：二人并耕。耘：除田间杂草。⑧徂（cú）：往。隰（xí）：低湿地。畛（zhěn）：以前开垦的田界。⑨侯：语助词，犹“维”。主：家长，古代一国或一家之长均称主。伯：长子。⑩亚：叔、仲诸子。旅：幼小子弟辈。⑪彊：强壮者。侯以：其他帮忙者。⑫嗿（tǎn）：众人饮食声。馌（yè）：送饭。⑬思：语助词。媚：讨好。⑭依：取悦。⑮略：锋利。耜（sì）：古代农具名，用于耕作翻土。⑯俶（chù）载：始耕作。南亩：向阳的田地。

播厥百谷，	播下百谷，
实函斯活①。	种子饱满有活力。
驿驿其达②，	连续不断地破土，
有厌其杰③。	长出的禾苗壮气足。
厌厌其苗，	整齐茂盛的禾苗，
绵绵其麃④。	密集的穗梢。
载获济济，	众多人开始收割，
有实其积，	露天粮仓都堆积，
万亿及秭⑤。	多到万万亿亿。
为酒为醴⑥，	酿成甘美的好酒，
烝畀祖妣⑦，	供奉先祖考妣，
以洽百礼⑧。	迎合孝道礼仪。
有飶其香⑨，	饭菜丰盛喷香，
邦家之光。	彰显国家富强。
有椒其馨⑩，	酒醴缭绕着芳香，
胡考之宁⑪。	使老人安宁健康。
匪且有且⑫，	并非此时此事，
匪今斯今，	并非只今日如斯，
振古如兹⑬。	自古以来都如此。

①实：种子。函：含。②驿驿：苗生貌。达：出土。③厌：美好。杰：壮苗。④麃（biāo）：谷物的末梢。⑤亿：十万。秭（zǐ）：亿亿。⑥醴（lǐ）：甜酒。⑦烝：进献。畀（bì）：给予。祖妣：先祖、先妣。⑧洽：合。⑨有飶（bì）：芬芳。⑩椒：香气缭绕。⑪胡考：长寿，指老人。⑫匪：非。且：此。⑬振古：终古。

良耜

——这是记述周代生产祭祀情形的农事诗。

畟畟良耜[①]，	入土深耕的好铧犁，
俶载南亩[②]。	开始耕耘向阳的田地。
播厥百谷，	播种多种谷物，
实函斯活[③]。	种子饱满充满活力。
或来瞻女[④]，	妻女前来看望你，
载筐及莒[⑤]，	拿着方筐和圆筥，
其饟伊黍[⑥]。	送的午饭是熟小米。
其笠伊纠[⑦]，	他的斗笠编得真结实，
其镈斯赵[⑧]。	他的锄头很锋利。
以薅荼蓼[⑨]，	能将田草都除去，
荼蓼朽止[⑩]。	荼草蓼草全死去。
黍稷茂止，	黍谷高粱茁壮成长，
获之挃挃[⑪]。	收割起来一片声响。
积之栗栗[⑫]，	收获很多的谷物，
其崇如墉[⑬]，	堆积如城墙一样高，
其比如栉[⑭]。	密集如梳篦置田郊。
以开百室[⑮]，	打开百座粮仓，

①畟（cè）畟：形容耒耜（古代一种像犁的农具）的锋刃快速入土。②俶（chù）：开始。南亩：古时将东西向的耕地叫东亩，南北向的叫南亩。③实：百谷的种子。函：含，指种子播下之后孕育发芽。斯：乃。④瞻：看望。女：读同“汝”，指耕地者。⑤筐：方筐。莒（jǔ）：圆筐。⑥饟（xiǎng）：所送的饭食。⑦纠：用草绳编织而成，形容结实。⑧镈（bó）：古代锄田去草的农具。赵（tiǎo）：锋利好使。⑨薅（hāo）：去掉田中杂草。荼蓼：两种野草名。⑩朽止：朽死。⑪挃（zhì）挃：形容收割庄稼的摩擦声。⑫栗栗：形容收割的庄稼堆积之多。⑬崇：高。墉（yōng）：高高的城墙。⑭比：排列，此言其广度。栉（zhì）：梳齿。⑮百室：指众多的粮仓。

百室盈止，　　百仓储满已停当，
妇子宁止。　　妻女歇息心安详。
杀时犉牡①，　　杀大公牛来祭祀，
有捄其角②。　　有牛角弯曲。
以似以续③，　　继承这一传统，
续古之人。　　使这古法得以传承。

丝衣

——这是一首在祭祀现场诵唱的歌。

丝衣其紑④，　　丝衣祭服洁白干净，
载弁俅俅⑤。　　皮弁礼帽庄重恭顺。
自堂徂基⑥，　　查巡庙堂台阶，
自羊徂牛。　　检验牛羊祭品。
鼐鼎及鼒⑦，　　祭品陈满大鼎小鼎，
兕觥其觩⑧。　　犀角酒杯弯曲列陈。
旨酒思柔⑨，　　美酒飘香，
不吴不敖⑩，　　不傲慢不喧闹，
胡考之休⑪！　　祈得长寿美好！

---

①犉（chún）：黄毛黑唇的牛。②捄（qiú）：形容牛角弯曲。③似（sì）：通“嗣”，继续。④丝衣：丝织祭服。紑（fóu）：洁白鲜明貌。⑤载：借为“戴”。弁：帽。俅（qiú）俅：冠饰美丽的样子。⑥徂：往，到。基：房屋等建筑地基。⑦鼐（nài）：大鼎。鼒（zī）：小鼎。⑧兕觥（sì gōng）：盛酒器。觩（qiú）：形容兕觥弯曲的样子。⑨旨酒：美酒。柔：指文德好。⑩吴：大声说话，喧哗。敖：通“傲”，傲慢。⑪胡考：即寿考，长寿之意。休：福。

酌

——这是武王战胜殷商，建立丰功伟业的赞歌。

於铄王师①，　　状美啊武王的军队，
遵养时晦②。　　率师伐纣天下平定。
时纯熙矣③，　　一朝光明，
是用大介④。　　天下太平。
我龙受之⑤，　　我光荣的宠受天命，
蹻蹻王之造⑥。　　勇武是武王造就。
载用有嗣⑦，　　武王人才鼎盛，
实维尔公允师⑧。　　你的功业确可师承。

桓

——这是武王伐纣前讲习武事，祭祀上天和军神的乐歌。

绥万邦⑨，　　安定天下，
娄丰年⑩，　　连年丰收，
天命匪解⑪。　　天佑大周。
桓桓武王⑫，　　武王威仪，
保有厥士⑬，　　安邦定国，
于以四方，　　四方惠及，
克定厥家⑭。　　奠定国基。

---

①於（wū）：赞美。铄（shuò）：美，辉煌。王师：王朝的军队。②遵养时晦：遵循时势计韬晦。③纯：大。熙：光明。④是用：是以，因此。大介：大甲兵。⑤龙：借为“宠”。荣，荣幸。⑥蹻（jiǎo）蹻：勇武之貌。造：造就，成就。⑦载：乃。用：以。有嗣：有司，官之通称。⑧实：是。公：功业。允师：确实值得效法。⑨绥：安定。万邦：指天下各诸侯国。⑩娄（lǚ）：同“屡”，经常。⑪匪解：不懈怠。⑫桓桓：威武。⑬保：拥有。士：指功业。⑭克：能。家：周室，周王宗室。

於昭于天①，　　与日同辉，
皇以间之②。　　顺应天意。

赉③

——这是武王克商凯旋后，归祀文王庙的乐歌。

文王既勤止④，　　文王创业艰辛，
我应受之⑤。　　我应当继承。
敷时绎思⑥，　　施政不断，
我徂维求定⑦。　　我去伐纣求安定。
时周之命⑧，　　受之天命，
於绎思⑨！　　啊，勤勉始终！

般⑩

——这是周王巡守、封禅，并祭祀山川的颂诗。

於皇时周⑪，　　美丽的周朝，
陟其高山⑫，　　登上它的高山，
嶞山乔岳⑬，　　山高而狭长，
允犹翕河⑭。　　允水犹水在黄河汇合。
敷天之下⑮，　　普天之下的众神，
裒时之对⑯，　　来此祭祀聚集，
时周之命⑰。　　这是周朝的使命。

①於（wū）：叹词。昭：光明，显耀。②间：代替。③赉（lài）：赐予。④既：尽。止：语气助词。⑤我：周武王自称。⑥敷：布陈、传布（恩泽）。时：是。绎：连续不断，此指继承。思：语气助词。⑦徂：往。⑧时：是。⑨於（wū）：叹词。⑩般：乐。⑪皇：伟大。时：是。⑫陟（zhì）：登高。⑬嶞（duò）：低矮狭长的山。乔：高。岳：高大的山。⑭允：通“沇”，水名。犹：通“湭”，水名。翕：合。河：黄河。⑮敷：普。⑯裒（póu）：聚集。对：配，此处指配祭。⑰时：是。

鲁 颂

《鲁颂》被誉为“庙堂文学”，是春秋时期鲁国的颂歌，分有宗庙的祭歌及臣下对国君的歌颂溢美两部分。共存诗4篇，产生地基本为春秋时期鲁国都城曲阜。

駉

——这首诗通过写牧马的盛况来歌颂鲁国的富强。

駉駉牡马[①]，	雄马肥美又壮硕，
在坰之野[②]。	在远方的田野上。
薄言駉者[③]，	肥壮的是什么马，
有驈有皇[④]，	白黑驈和黄白马，
有骊有黄[⑤]，	纯黑骊马和黄赤，
以车彭彭[⑥]。	用来驾车真强壮。
思无疆，	跑得远来无穷尽，
思马斯臧[⑦]。	这些马儿真是好。

駉駉牡马，	雄马肥美又壮硕，
在坰之野。	在远方的田野上。
薄言駉者，	肥壮的是什么马，
有骓有駓[⑧]，	有骓马来有駓马，
有骍有骐[⑨]，	赤黄骍马和黑青，

① 駉（jiōng）駉：马健壮貌。②坰（jiōng）：郊外。③薄言：语助词。④驈（yù）：黑身白胯的马。皇：黄白杂色的马。⑤骊（lí）：纯黑色的马。黄：黄赤色的马。⑥以车：用马驾车。彭彭：强壮有力的样子。⑦思：语助词。臧：好。⑧骓（zhuī）：苍白杂色的马。⑨骍（xīn）：赤黄色的马。骐：青黑色相间的马。

以车伾伾①。	用来驾车真有力。
思无期，	飞跑起来无界限，
思马斯才。	这些马儿真有才。
駉駉牡马，	雄马肥美又壮硕，
在坰之野。	在远方的田野上。
薄言駉者，	肥壮的是什么马，
有驒有骆②，	黑白色的驒和骆，
有骝有雒③，	赤黑骝马和雒马，
以车绎绎④。	用来驾车跑得快。
思无斁⑤，	跑起来啊无停歇，
思马斯作。	这些马儿真欢腾。
駉駉牡马，	雄马肥美又壮硕，
在坰之野。	在远方的田野上。
薄言駉者，	肥壮的是什么马，
有骃有騢⑥，	黑白骃马赤白騢，
有驔有鱼⑦，	还有驔马和鱼马，
以车祛祛⑧。	用来驾车真强健。
思无邪，	跑起来啊没邪思，
思马斯徂。	这些马儿真能跑。

① 伾（pī）伾：有力的样子。② 驒（tuó）：青色而有鳞状斑纹的马。骆：黑身白鬃的马。③ 骝（liú）：赤身黑鬣的马。雒（luò）：黑身白鬣的马。④ 绎绎：跑得很快的样子。⑤ 斁（yì）：厌倦。⑥ 骃（yīn）：浅黑间杂白色的马。騢（xiá）：赤白杂色的马。⑦ 驔（diàn）：黑身黄脊的马。鱼：两眼长两圈白毛的马。⑧ 祛（qū）祛：强健的样子。

有駜

——这是一首颂扬鲁僖公和群臣宴饮的诗。

有駜有駜①，　肥美啊又强健啊，
駜彼乘黄②。　强壮的驾车黄马。
夙夜在公③，　日日夜夜在公家，
在公明明④。　在公家兢兢业业。
振振鹭⑤，　集群飞啊鹭鸶鸟，
鹭于下。　鹭鸶振翅向下飞。
鼓咽咽⑥，　鼓声咚咚有节奏，
醉言舞。　醉意熏熏地起舞。
于胥乐兮⑦！　啊哈人人都快乐！

有駜有駜，　肥美啊又强健啊，
駜彼乘牡⑧。　强壮的驾车雄马。
夙夜在公，　日日夜夜在公家，
在公饮酒。　在公家喝酒快活。
振振鹭，　集群飞啊鹭鸶鸟，
鹭于飞。　鹭鸶振翅在飞翔。
鼓咽咽，　鼓声咚咚有节奏，
醉言归。　醉意熏熏回家去。
于胥乐兮！　啊哈人人都快乐！

①駜（bì）：马肥壮貌。②乘（shèng）黄：四匹黄马。古者一车四马曰乘。③公：公家。④明明：通“勉勉”，努力貌。⑤振振：群飞貌。鹭：白鹭鸟。⑥咽咽：不停的鼓声。⑦于：通“吁”，感叹词。胥乐：都快乐。⑧牡：公马。

有駜有駜，
駜彼乘駽①。
夙夜在公，
在公载燕②。
自今以始，
岁其有③。
君子有穀④，
诒孙子⑤。
于胥乐兮！

肥美啊又强健啊，
强壮的驾车駽马。
日日夜夜在公家，
在公家宴饮娱乐。
愿从今年开始啊，
年年都有好丰收。
君子僖公有善政，
留给后代的子孙。
啊哈多么得快乐！

泮水

——这是一首臣子对国君的歌颂之诗。

思乐泮水⑥，
薄采其芹⑦。
鲁侯戾止⑧，
言观其旂⑨。
其旂茷茷⑩，
鸾声哕哕⑪。
无小无大，
从公于迈⑫。

泮水之滨多欢乐，
人在水边采水芹。
鲁侯已经到达了，
看见他的龙纹旗。
他的龙旗风中扬，
车上鸾铃响叮当。
无论大小的官员，
跟从鲁公向前行。

---

①駽（xuān）：青黑色的马。②燕：通“宴”。③岁其有：指年年丰收。④穀：善。⑤诒：留。⑥泮水：泮宫（诸侯国的学宫）前的半月形水池。⑦芹：水中的一种植物，即水芹菜。⑧戾：临。止：语尾助词。⑨言：我。旂（qí）：绘有龙形图案的旗帜。⑩茷（pèi）茷：飘扬貌。⑪鸾：古代的车铃。哕（huì）哕：铃和鸣声。⑫公：僖公。迈：行走。

思乐泮水，	泮水之滨多欢乐，
薄采其藻[①]。	人在水边采水藻。
鲁侯戾止，	鲁侯已经到达了，
其马蹻蹻[②]。	他的马儿真勇骁。
其马蹻蹻，	他的马儿真勇骁，
其音昭昭[③]。	车上铃声真响亮。
载色载笑[④]，	脸色和善带笑意，
匪怒伊教[⑤]。	鲁公不怒施身教。

思乐泮水，	泮水之滨多欢乐，
薄采其茆[⑥]。	人在水边采水茆。
鲁侯戾止，	鲁侯已经到达了，
在泮饮酒。	在泮水之滨饮酒。
既饮旨酒[⑦]，	既喝了这杯美酒，
永锡难老[⑧]。	永远赐予他不老。
顺彼长道[⑨]，	跟着鲁公行远路，
屈此群丑[⑩]。	征服这群淮蛮夷。

穆穆鲁侯[⑪]，	恭敬庄严的鲁侯，
敬明其德[⑫]。	他的德行真磊落。
敬慎威仪，	他的仪容真谨慎，
维民之则。	确是人民的榜样。

---

① 藻：水中植物名。② 蹻（jiǎo）蹻：马强壮貌。③ 昭昭：指声音洪亮。④ 色：指容颜和蔼。⑤ 伊：语助词，无义。⑥ 茆（mǎo）：即今言莼菜。⑦ 旨酒：美酒。⑧ 锡：同“赐”。⑨ 道：指礼仪制度等。⑩ 丑：对敌人的蔑称，指淮夷。⑪ 穆穆：举止庄重貌。⑫ 敬：恭敬。

允文允武，
昭假烈祖①。
靡有不孝②，
自求伊祜③。

有文德来有武功，
昭明上至众先祖。
事事没有不效古，
自己求得这福禄。

明明鲁侯④，
克明其德。
既作泮宫，
淮夷攸服⑤。
矫矫虎臣⑥，
在泮献馘⑦。
淑问如皋陶⑧，
在泮献囚。

勤勤勉勉的鲁侯，
他的德行真光明。
既已修筑好泮宫，
淮夷所以都服从。
龙虎之臣真勇武，
泮宫之中献敌耳。
善于审问如皋陶，
泮宫之中献敌囚。

济济多士，
克广德心。
桓桓于征⑨，
狄彼东南⑩。
烝烝皇皇⑪，
不吴不扬⑫。
不告于讻⑬，

人才济济多贤人，
鲁侯善德真宽广。
威武六军要出征，
治理东南的淮夷。
气势宏大又威风，
不喧哗也不高声。
不争夺也不争功，

①昭：明。假：通“格”，至也。烈祖：有功业的祖先。②孝：同“效”，效法。③祜（hù）：福。④明明：同“勉勉”。⑤淮夷：淮水流域不受周王室控制的民族。攸：乃。⑥矫矫：勇武貌。⑦馘（guó）：古代为计算杀敌人数以论功行赏而割下的敌尸左耳。⑧淑：善。皋陶：舜时善于断狱的法官。⑨桓桓：威武貌。⑩狄：扫除。⑪烝烝皇皇：众多盛大貌。⑫吴：喧哗。扬：高声。⑬讻：讼，指因争功而产生的互诉。

在泮献功。　要到泮宫献功绩。

角弓其觩①，　角弓弯曲又坚硬，
束矢其搜②。　众矢齐发声嗖嗖。
戎车孔博③，　兵车百千数量多，
徒御无斁④。　步兵车兵无倦容。
既克淮夷，　既已攻克淮夷狄，
孔淑不逆⑤。　俯首顺从不违逆。
式固尔犹⑥，　因为坚持你计谋，
淮夷卒获⑦。　淮夷才最终征服。

翩彼飞鸮⑧，　翩翩飞翔猫头鹰，
集于泮林。　聚集在哪泮边林。
食我桑黮，　食用我的桑树果，
怀我好音⑨。　给我鸣唱好声音。
憬彼淮夷⑩，　那淮夷也得觉悟，
来献其琛⑪。　献来他的珍和宝。
元龟象齿⑫，　既有大龟有象牙，
大赂南金⑬。　还有大玉和南金。

---

① 角弓：两端镶有兽角的弓。觩（qiú）：弯曲貌。② 束矢：五十支一捆的箭。搜：形容发箭声。③ 孔：很。博：宽大。④ 徒：徒步行走，指步兵。御：驾驭马车，指战车上的武士。斁（yì）：厌倦。⑤ 淑：顺。逆：违。⑥ 式：语助词。无义。固：坚定。犹：计谋。⑦ 淮夷卒获：淮夷终究得服从。⑧ 鸮（xiāo）：鸟名，即猫头鹰，古人认为是恶鸟。⑨ 怀：馈，送。⑩ 憬（jǐng）：觉悟。⑪ 琛（chēn）：珍宝。⑫ 元龟：大龟。象齿：象牙。⑬ 南金：产自南方的黄金。

閟宫

——这是鲁臣为歌颂鲁僖公的功绩和祭祀祖先而作。

閟宫有侐①，
实实枚枚②。
赫赫姜嫄③，
其德不回④。
上帝是依⑤，
无灾无害。
弥月不迟⑥，
是生后稷⑦。
降之百福⑧：
黍稷重穋⑨，
稙稚菽麦⑩。
奄有下国⑪，
俾民稼穑⑫。
有稷有黍，
有稻有秬⑬。
奄有下土，
缵禹之绪⑭。

姜嫄閟宫真清净，
屋垣广大静无人。
显赫光辉的姜嫄，
品德无丝毫偏僻。
上帝依附她身上，
无灾无害孕后代。
十月怀胎无拖延，
由是生下了后稷。
上帝降下百多福：
黍米高粱穜穋硕，
麦子菽豆稙稚丰。
后稷掌管普天下，
教民耕田和播种。
黍米高粱长得好，
水稻禾秬也丰茂。
后稷统领天下人，
继承大禹的功业。

后稷之孙，

后稷他的子孙辈，

①閟（bì）宫：神秘的宫殿，指祭祀后稷母亲姜嫄的庙。侐（xù）：清静貌。②实实：广大貌。枚枚：细密貌。③姜嫄：周始祖后稷之母。④回：邪僻。⑤依：依靠。⑥弥月：满月，指怀胎十月。⑦后稷：周之始祖，名弃。⑧百：言其多。⑨重穋（lù）：两种谷物，先种后熟曰“重”，后种先熟曰“穋”。⑩稙稺（zhí zhì）：两种谷物，早种者曰“稙”，晚种者曰“稺”。菽：豆类作物。⑪奄有：全有。⑫俾：使。稼穑：指务农。⑬秬（jù）：黑谷子。⑭缵（zuǎn）：继承。绪：业绩。

实维大王[①]。	正是文王的祖父。
居岐之阳[②]，	住在岐山的南边，
实始翦商[③]。	从他开始伐殷商。
至于文武[④]，	到了文王和武王，
缵大王之绪。	继承太王的事业。
致天之届[⑤]，	奉行天道伐商纣，
于牧之野[⑥]。	两方交战在牧野。
无贰无虞[⑦]，	一心忠诚勿忧虑，
上帝临女[⑧]。	上帝于天注视你。
敦商之旅[⑨]，	聚集伐商的军队，
克咸厥功[⑩]。	完成大业立大功。
王曰叔父[⑪]，	成王他说叔父啊，
建尔元子[⑫]，	册立你的长子啊，
俾侯于鲁。	使他在鲁国做诸侯。
大启尔宇[⑬]，	开辟拓展你领土，
为周室辅。	辅佐周室作屏障。
乃命鲁公，	于是周王命鲁公，
俾侯于东，	在那东方建侯国，
锡之山川[⑭]，	赏赐给他山与川，
土田附庸[⑮]。	小国土地为附庸。

① 大王：太王，周之远祖古公亶父。② 岐：山名，在今陕西。阳：山南水北。③ 翦：灭。④ 文武：周文王、周武王。⑤ 届：诛讨。⑥ 牧：地名，在今河南淇县西南。⑦ 贰：二心。虞：疑虑。⑧ 临：监临。⑨ 敦：治服。旅：军队。⑩ 咸：都，共同。⑪ 叔父：指周公旦，周公为武王之弟，成王叔父。王，指成王，武王之子。⑫ 元子：长子。⑬ 启：开辟。⑭ 锡：同“赐”。⑮ 附庸：指诸侯国的附属小国。

周公之孙，	他是周公的后代，
庄公之子①。	他是庄公的儿子。
龙旂承祀②，	继承祭祀用龙旗，
六辔耳耳③，	驾马六缰色彩缤，
春秋匪解④，	春秋四时不懈怠，
享祀不忒⑤。	献祭歆享无差错。
皇皇后帝，	光明伟大的上帝，
皇祖后稷，	伟大的先祖后稷，
享以骍牺⑥，	赤色牲口敬献上，
是飨是宜⑦，	飨宜两祭都如此，
降福孔多。	上天降福多又多。
周公皇祖⑧，	周公啊伟大先祖，
亦其福女。	也要赐福气与你。
秋而载尝⑨，	秋天开始行尝祭，
夏而楅衡⑩，	夏天设栏备祭品，
白牡骍刚⑪。	白色红色的公牛。
牺尊将将，	卧牛酒杯锵锵响，
毛炰胾羹⑫，	还有乳猪和肉汤，
笾豆大房⑬。	笾豆大房都满装。
万舞洋洋⑭，	《万舞》盛大喜洋洋，

---

①庄公之子：指鲁僖公。②承祀：主持祭祀。③辔：御马的嚼子和缰绳。④解：通“懈”。⑤享：祭献。忒：差错。⑥骍（xīn）：赤色。牺：纯色牺牲。⑦飨：享用祭品。⑧周公皇祖：即皇祖周公。⑨尝：秋季祭祀之名。⑩楅（bì）衡：防止牛抵触用的横木，此指修理牛棚。⑪骍刚：红色公牛。⑫毛炰（páo）：带毛涂泥燔烧熟的肉。胾（zì）：切块的肉。⑬笾（biān）：竹制的献祭容器。豆：木制的献祭容器。大房：大的盛肉容器。⑭万舞：舞名，常用于祭祀活动。洋洋：盛大貌。

孝孙有庆。
俾尔炽而昌，
俾尔寿而臧[1]。
保彼东方，
鲁邦是常[2]。
不亏不崩，
不震不腾。
三寿作朋[3]，
如冈如陵。

主祭之孙有吉祥。
使你兴旺又昌盛，
使你福寿且安康。
保你东方的土地，
鲁国江山得长久。
不亏损来不崩溃，
不震摇来不动荡。
长命百岁得三寿，
就如高岗与山陵。

公车千乘，
朱英绿縢[4]，
二矛重弓[5]。
公徒三万[6]，
贝胄朱綅[7]，
烝徒增增[8]。
戎狄是膺[9]，
荆舒是惩[10]，
则莫我敢承[11]。
俾尔昌而炽，
俾尔寿而富，

鲁侯兵车千万辆，
朱红缨带绿丝弓，
二矛二弓身上带。
鲁公兵卒有三万，
头盔镶贝系红线，
大军密集向前冲。
西戎北狄被痛击，
荆楚舒国被严惩，
没有谁敢抵挡我。
使你昌盛又兴旺，
使你福寿且富贵，

① 臧：善。② 常：长。③ 三寿作朋：古代常用的祝寿语。④ 朱英：矛上用以装饰的红缨。绿縢：将两张弓捆扎在一起的绿绳。⑤ 二矛：古代每辆兵车上有两支矛，一长一短，用于不同距离的交锋。重弓：古代每辆兵车上有两张弓，一张常用，一张备用。⑥ 徒：步兵。⑦ 贝：贝壳，用于装饰头盔。胄：头盔。綅（qīn）：线，用于编缀固定贝壳。⑧ 烝：众。增增：多貌。⑨ 戎狄：指西方和北方在周王室控制以外的两个民族。膺：击。⑩ 荆：楚国的别名。舒：国名，在今安徽庐江。⑪ 承：抵抗。

黄发台背[1]，	鬓发发黄背有纹，
寿胥与试[2]。	长寿与你相比齐。
俾尔昌而大，	使你昌盛又壮大，
俾尔耆而艾[3]。	使你长寿且长命。
万有千岁[4]，	愿你能有万千岁，
眉寿无有害[5]。	福寿安康无病痛。
泰山岩岩[6]，	泰山如此的高峻，
鲁邦所詹[7]。	为鲁国人所瞻望。
奄有龟蒙[8]，	拥有龟山和蒙山，
遂荒大东[9]，	边界扩展到极东，
至于海邦，	声威远播到海邦，
淮夷来同[10]。	淮夷也都来朝觐。
莫不率从，	无不相率来服从，
鲁侯之功。	这都是鲁侯之功。
保有凫绎[11]，	保有凫绎两座山，
遂荒徐宅[12]。	边界扩展到徐国。
至于海邦，	声威远播到海邦，
淮夷蛮貊[13]。	还有淮夷和蛮貊。

①黄发台背：皆高寿的象征。人老则白发变黄，故曰黄发。台，同“鲐”，鲐鱼背有黑纹，老人背有老人斑，如鲐鱼之纹，故云。②寿胥与试：老来相与进言事。③耆：指年老。艾：指年轻。④有：通“又”。⑤眉寿：指高寿。⑥岩岩：山高貌。⑦詹：仰望。⑧龟、蒙：二山名。⑨荒：扩大，推广。大东：指最东的地方。⑩淮夷：淮水流域不受周王室控制的民族。同：会盟。⑪保：安。凫、绎：二山名，凫山在今山东邹县西南，绎山在今山东邹县东南。⑫徐：国名。宅：居处。⑬蛮貊（mò）：泛指北方一些周王室控制外的民族。

及彼南夷①，	势力远达到南夷，
莫不率从。	无不相率来服从。
莫敢不诺②，	无人胆敢不归顺，
鲁侯是若③。	鲁侯命运都听从。
天锡公纯嘏④，	上天赐予公大福，
眉寿保鲁。	能够长寿保鲁国。
居常与许⑤，	收复常地与许田，
复周公之宇。	回复周公的疆土。
鲁侯燕喜⑥，	鲁侯设下这喜宴，
令妻寿母⑦。	妻子贤德母长寿。
宜大夫庶士⑧，	大夫庶士皆欢庆，
邦国是有。	邦国能够得长久。
既多受祉⑨，	既多蒙受天降福，
黄发儿齿⑩。	使他黄发生稚齿。
徂徕之松⑪，	徂徕山上的青松，
新甫之柏⑫，	新甫岭上的苍柏，
是断是度⑬，	砍下来啊劈开来，
是寻是尺。	有几寻来有几尺。
松桷有舄⑭，	松木屋桷真粗大，

① 南夷：泛指南方一些周王室控制外的民族。② 诺：应诺。③ 若：顺从。④ 公：鲁公。纯：大。嘏：福。⑤ 常、许：鲁国二地名。⑥ 燕：通“宴”。⑦ 令：善。⑧ 宜：适宜。⑨ 祉：福。⑩ 儿齿：高寿的象征。老人牙落后又生新牙，谓之儿齿。⑪ 徂徕：山名，在今山东泰安东南。⑫ 新甫：山名，在今山东新甫县西北。⑬ 是断是度：是砍下是剖开。⑭ 桷（jué）：方椽。舄（xì）：大貌。

路寝孔硕[1]，	宫殿正厅真开阔，
新庙奕奕[2]。	新庙相联颇华丽。
奚斯所作[3]，	奚斯作了这首歌，
孔曼且硕[4]，	篇幅长来气度大，
万民是若[5]。	万民称赞作得好。

① 路寝：指庙堂后面的寝殿。孔：很。② 新庙：指闷宫。奕奕：美好貌。③ 奚斯：鲁大夫。④ 曼：广。⑤ 若：顺治。

商 颂

《商颂》实为“宋颂”，春秋时期的宋国正考父为歌颂宋襄公所做。共存诗5首，产生地为春秋时期的宋国首都（今河南商丘）。

那

——这是一首祭祀商王成汤的乐歌。

猗与那与[①]，	多华美啊多繁盛，
置我鞉鼓[②]。	架起我的鞉鼓来。
奏鼓简简[③]，	击打大鼓咚咚响，
衎我烈祖[④]。	以此娱乐我先祖。
汤孙奏假[⑤]，	商汤子孙敬神明，
绥我思成[⑥]。	祈求赠我好地方。
鞉鼓渊渊[⑦]，	摇动鼓儿波隆隆，
嘒嘒管声[⑧]。	呜呜嘒嘒竹管响。
既和且平，	曲调和谐又平顺，
依我磬声[⑨]。	依从我的击磬声。
於赫汤孙[⑩]，	多么显赫汤子孙，
穆穆厥声[⑪]。	美好动听的乐音。
庸鼓有斁[⑫]，	大钟大鼓多盛大，

①猗（ē）：盛大貌。与：同“欤”，叹词。那：指武功繁多。②置：竖立。鞉（táo）鼓：一种立鼓。③简简：象声词，鼓声。④衎（kàn）：欢乐。烈祖：有功业的祖先。⑤汤孙：商汤之孙。奏假：奏报。⑥绥：赠予。思：语助词。成：平，指汤取得太平。⑦渊渊：象声词，鼓声。⑧嘒（huì）嘒：象声词，吹管的乐声。管：一种竹制吹奏乐器。⑨磬：一种玉制打击乐器。⑩於（wū）：叹词。赫：显赫。⑪穆穆：和美庄肃。⑫庸：同“镛”，大钟。有斁（yì）：乐声盛大貌。

万舞有奕[①]。	万舞场面神熠熠。
我有嘉客，	我有助祭众嘉宾，
亦不夷怿[②]。	人人喜悦笑盈盈。
自古在昔，	从远古起那从前，
先民有作[③]。	先民就是如此作。
温恭朝夕，	温良恭敬早和晚，
执事有恪[④]，	操办祭祀心中敬。
顾予烝尝[⑤]，	光顾我的秋冬祭，
汤孙之将[⑥]。	汤之子孙奉先祖。

烈祖

——这首诗记述祭祀烈祖的盛况。

嗟嗟烈祖[⑦]！	哎呀光荣的先祖！
有秩斯祜[⑧]，	齐天般大的福气，
申锡无疆[⑨]，	多重赏赐无边际，
及尔斯所[⑩]。	遍及你宋国土地。
既载清酤[⑪]，	既已陈设好清酒，
赉我思成[⑫]。	祈求赏我好地方。
亦有和羹，	还有美味的羹汤，
既戒既平[⑬]。	既已调味味平和。

① 万舞：舞名。有奕：即“奕奕”，舞蹈场面盛大之貌。② 亦不夷怿（yì）：意为不亦夷怿，即不是很快乐吗？③ 作：指行止。④ 执事：行事。有恪（kè）：即“恪恪”，恭敬诚笃貌。⑤ 顾：顾念。烝尝：冬祭为烝，秋祭为尝。⑥ 将：佑助。⑦ 烈祖：功业显赫的祖先，此指商朝开国的君王成汤。⑧ 有秩斯祜：形容福之大貌。⑨ 申：再三。锡：同“赐”。⑩ 及尔斯所：直到你所在处所。⑪ 清酤：清酒。⑫ 赉（lài）：赐予。思：语助词。⑬ 戒：齐备。

鬷假无言①，	祭祀祷告默无声，
时靡有争。	秩序井然无纷争。
绥我眉寿②，	请求赠予我长寿，
黄耇无疆③。	黄发老人寿无疆。
约軝错衡④，	车毂横木有彩绘，
八鸾鸧鸧⑤。	车上八鸾声叮当。
以假以享⑥，	迎接神明祭祀神，
我受命溥将⑦。	我受天命大又广。
自天降康，	从天降下来康乐，
丰年穰穰。	丰年有粮谷穰穰。
来假来飨，	神明降临受歆享，
降福无疆。	降下福禄多无边。
顾予烝尝⑧，	光顾我的秋冬祭，
汤孙之将⑨。	汤之子孙奉先祖。

玄鸟

——这是祭祀殷高宗武丁的颂歌。

天命玄鸟⑩，	上天下命玄鸟降，
降而生商，	附于简狄生商祖，
宅殷土芒芒⑪。	住在广阔商之地。

---

①鬷（zōng）假：集合大众祈祷。②绥：安抚。眉寿：高寿。③黄耇（gǒu）：义同“眉寿”。④约軝（qí）错衡：用皮革缠绕车毂两端并涂上红色，车辕前端的横木用金涂装饰。⑤鸾：一种饰于马车上的铃。鸧（qiāng）鸧：同“锵锵”，象声词。⑥假（gé）：同“格”，至也。享：享用。⑦溥（pǔ）：大。将：长。⑧烝尝：冬祭叫“烝”。秋祭叫“尝”。⑨汤孙：指商汤王的后代子孙。将：佑助。⑩玄鸟：燕子。⑪宅：居住。芒芒：同“茫茫”。

古帝命武汤[1]，
正域彼四方[2]。
方命厥后[3]，
奄有九有[4]。
商之先后[5]，
受命不殆[6]，
在武丁孙子[7]。
武丁孙子，
武王靡不胜[8]。
龙旂十乘[9]，
大糦是承[10]。
邦畿千里[11]，
维民所止[12]，
肇域彼四海[13]。
四海来假[14]，
来假祁祁[15]。
景员维河[16]，
殷受命咸宜[17]，
百禄是何[18]。

从前上帝命武汤，
征服天下有四方。
广施号令命诸侯，
拥有整个大九州。
殷商先君和先王，
秉受天命不懈怠，
那汤之后裔名武丁。
这成汤子孙武丁，
王之大业无不任。
十辆马车插龙旗，
酒食丰盛祭先王。
国土之境千里广，
人民居住在此方，
开疆拓土到四海。
四海诸侯来朝见，
朝见之人数量多。
商土四面有江河，
殷商受命真顺利，
受天之千福百禄。

---

①古：从前。帝：天帝，上帝。武汤：即成汤，汤号曰武。②正域：征服疆域。③方：遍，普。后：此指各部落的首长首领。④奄：全部。九有：九州。⑤先后：先王。⑥命：天命。殆：通“怠”，懈怠。⑦武丁：即殷高宗，汤的后代。⑧武王：即武汤，成汤。胜：胜任。⑨旂（qí）：古时一种旗帜，上画龙形，竿头系铜铃。乘（shèng）：四马一车为乘。⑩大糦（chì）：大祭。⑪邦畿：国都附近。⑫维民所止：人民所居紧相连。⑬肇域彼四海：始拥有四海之疆域。⑭假（gé）：通“格”，到。⑮祁祁：纷杂众多之貌。⑯景员：通“广运”，东西日广，南北曰运。指大的国界。⑰咸宜：人们都认为适宜。⑱何：通“荷”，承担。

长发

——这是殷商后王祭祀成汤及其列祖，并以伊尹从祀的乐歌。

濬哲维商①，	贤明睿智殷商王，
长发其祥②。	上天常常现吉祥。
洪水芒芒③，	洪水一片白茫茫，
禹敷下土方④。	大禹治水定四方。
外大国是疆⑤，	拓展夏朝的疆域，
幅陨既长⑥。	幅员辽阔土地广。
有娀方将⑦，	有娀之国正兴盛，
帝立子生商⑧。	简狄为妃生商契。
玄王桓拨⑨，	玄王威武且奋进，
受小国是达⑩，	受封小国政令通，
受大国是达。	受封大国政令行。
率履不越⑪，	遵循礼法不僭越，
遂视既发⑫。	各处视察敦促行。
相土烈烈⑬，	商契子孙真威武，
海外有截⑭。	海外诸侯亦有序。
帝命不违，	上帝命令不违背，

①濬（jùn）哲：明智。商：指商的始祖。②长：久。祥：吉祥。③芒芒：茫茫，水盛貌。④敷：治。下土方：指天下的土地。⑤外大国：外谓邦畿之外，大国指远方诸侯国。疆：疆土。⑥幅陨：面积。长：增长。⑦有娀（sōng）：古国名。⑧帝立子生商：上帝立女生殷商。⑨玄王：商契。桓拨：威武刚毅。⑩达：通达。⑪率履：遵循礼法。履，“礼”的假借。⑫视：巡视；发：施行。⑬相土：人名，契的孙子。烈烈：威武貌。⑭海外：四海之外，泛言边远之地。有截：截截，整齐划一。

至于汤齐①。	代代相传至成汤。
汤降不迟，	汤王降生正适时，
圣敬日跻②。	聪慧贤德日有进。
昭假迟迟③，	虔诚祈祷意迟迟，
上帝是祗④，	对待上帝多恭敬，
帝命式于九围⑤。	上帝命他作九州的榜样。
受小球大球⑥，	接受大小的法制，
为下国缀旒⑦，	为下国诸侯作表率，
何天之休⑧。	蒙受天赐的美名。
不竞不絿⑨，	不争夺也不急躁，
不刚不柔，	不强硬也不柔弱，
敷政优优⑩，	施行政令多宽和，
百禄是遒⑪。	福禄千百都聚集。
受小共大共⑫，	接受大小的法度，
为下国骏厖⑬，	替下国诸侯为庇护，
何天之龙⑭。	蒙受天赐的荣耀。
敷奏其勇⑮，	施展他的大神勇，
不震不动⑯，	不震惊也不动摇，
不戁不竦⑰，	不胆怯也不惶恐，

① 汤：成汤。齐：齐一，一样。② 跻：升。③ 昭假：向神祷告，表明诚敬之心。迟迟：久久不息。④ 祗：敬。⑤ 式于九围：领导九州。⑥ 球：玉器。⑦ 下国：下面的诸侯方国。缀旒：旗上的飘带，此指表率。⑧ 何：同“荷”，承受。休：美。⑨ 絿（qiú）：急。⑩ 优优：温和宽厚。⑪ 遒：聚。⑫ 共：通“珙”，美玉。⑬ 骏厖（máng）：庇护。⑭ 龙：恩宠。⑮ 敷奏：施展。⑯ 不震不动：不可惊惮。⑰ 戁（nǎn）、竦：恐惧。

百禄是总[①]。　福禄千百都来从。

武王载旆[②]，　武王出兵伐夏桀，
有虔秉钺[③]，　拿着大斧意志坚，
如火烈烈，　就如熊熊的烈火，
则莫我敢曷[④]。　没人胆敢阻挡我。
苞有三蘖[⑤]，　一棵树木三叉枝，
莫遂莫达[⑥]。　没有一枝能繁盛。
九有有截[⑦]，　九州一统得秩序，
韦顾既伐[⑧]，　诛灭韦国和顾国，
昆吾夏桀[⑨]。　还有吾昆和夏桀。

昔在中叶[⑩]，　从前商朝中期时，
有震且业[⑪]。　国势威武且强盛。
允也天子[⑫]，　汤为天子有诚信，
降予卿士[⑬]。　天赐与他好卿士。
实维阿衡[⑭]，　贤明卿士是伊尹，
实左右商王[⑮]。　是他辅佐商汤王。

---

①总：聚。②武王：指商汤。旆：旌旗，此作动词。③有虔：坚强威武貌。秉钺：执持长柄大斧。④曷：通“遏”，阻挡。⑤苞：本，指树桩。蘖：旁生的枝桠。⑥遂：草木生长之称。达：苗生出土之称。⑦九有：九州。⑧韦：国名，在今河南滑县东南。顾：国名，在今山东鄄城东北。⑨昆吾：国名，在今河南省许昌市东。⑩中叶：商朝中世。⑪震：威力。业：功业。⑫允：信然。⑬降：天降。⑭实维：是为。阿衡：即伊尹，辅佐成汤征服天下建立商王朝的大臣。⑮左右：在王左右辅佐。

殷武

——这首诗祭祀殷高宗武丁，歌颂武丁伐楚、复兴殷商的功绩。

挞彼殷武[①]，	殷王武丁真威武，
奋伐荆楚[②]。	奋力讨伐荆楚国。
罙入其阻[③]，	深入到那险要地，
裒荆之旅[④]，	俘获荆楚的士兵，
有截其所，	整治楚地有秩序，
汤孙之绪[⑤]。	汤王子孙的功绩。
维女荆楚[⑥]，	你们荆楚之地啊，
居国南乡[⑦]。	地处我国的南方。
昔有成汤，	昔日成汤的时候，
自彼氐羌[⑧]，	即使偏远的氐羌，
莫敢不来享，	也不敢不来进贡，
莫敢不来王，	不敢不来朝见王，
曰商是常[⑨]。	都说商朝是常君。
天命多辟[⑩]，	天子命令各诸侯，
设都于禹之绩[⑪]。	建都在禹治水地。
岁事来辟[⑫]，	年终祭祀即来朝，
勿予祸适[⑬]，	不给你们降罪责，

---

①挞：勇武貌。殷武：即殷高宗武丁。②荆楚：即荆州之楚国。③罙（shēn）："深"之本字。④裒（póu）：俘虏。⑤汤孙：指商汤的后代武丁。绪：功业。⑥女（rǔ）：同"汝"。⑦居国南乡：住在我国的南乡。⑧氐羌：散居在今西北狭西、甘肃、青海一带的两种少数民族。⑨常：通"尚"，尊崇。⑩多辟：众多诸侯。⑪绩：通"迹"。⑫来辟：犹言"来王""来朝"。⑬祸适：谴责。

稼穑匪解①。	农业生产勿懈怠。
天命降监，	天子下令要视察，
下民有严②。	下民肃静又庄重。
不僭不滥③，	不敢越礼和妄为，
不敢怠遑。	不敢懈怠和拖拉。
命于下国，	天子命令我宋国，
封建厥福④。	分封建国有福气。
商邑翼翼⑤，	商朝城市多齐整，
四方之极⑥。	可作四方的榜样。
赫赫厥声，	他有赫赫的声名，
濯濯厥灵⑦。	他有光明的威灵。
寿考且宁，	祝他长寿且安宁，
以保我后生⑧。	以保护我的后代。
陟彼景山⑨，	登上高高的景山，
松伯丸丸⑩。	松柏光滑又笔直。
是断是迁，	砍伐下来迁移走，
方斫是虔⑪。	用刀削来用刀砍。
松桷有梴⑫，	松木屋椽长又大，

① 懈：懈怠。② 严：敬谨。③ 不僭（jiàn）不滥：毛传："赏不僭、刑不滥也。"④ 封建厥福：分封立国福禄有光。⑤ 商邑：指商朝的国都西亳。翼翼：都城整饬貌。⑥ 极：表率。⑦ 濯濯：形容威灵光辉鲜明。⑧ 后生：犹言后代子孙。⑨ 景山：今河南偃师。⑩ 丸丸：形容松柏条直挺拔。⑪ 斫：砍。虔：削。⑫ 桷（jué）：方形的椽子。梴（chān）：木长貌。

旅楹有闲①，
寝成孔安②。

根根柱子粗又圆，
寝庙建成神灵安。

① 旅楹：排列的楹柱。有闲：闲闲，粗大貌。② 寝：寝庙。孔：很。

图书在版编目（CIP）数据

诗经译注 /（春秋）孔子等编选；李春青等译注 .—
北京：民主与建设出版社，2018.6（2021.3 重印）
（经典随身读 / 侯海博主编）
ISBN 978-7-5139-2183-1

Ⅰ.①诗… Ⅱ.①孔… ②李… Ⅲ.①古体诗—诗集—中国—春秋时代②《诗经》—译文③《诗经》—注释
Ⅳ.① I222.2

中国版本图书馆 CIP 数据核字 (2018) 第 122069 号

诗经译注
SHIJING YIZHU

出 版 人　李声笑
编　　选　［春秋］孔子等
译　　注　李春青等
责任编辑　王　越
封面设计　冬　凡
出版发行　民主与建设出版社有限责任公司
电　　话　（010）59417747　59419778
社　　址　北京市海淀区西三环中路 10 号望海楼 E 座 7 层
邮　　编　100142
印　　刷　北京德富泰印务有限公司
版　　次　2018 年 9 月第 1 版
印　　次　2021 年 3 月第 4 次印刷
开　　本　880mm × 1230mm　1/32
印　　张　15
字　　数　216 千字
书　　号　ISBN 978-7-5139-2183-1
定　　价　38.00 元